SABINE VÖHRINGER

Das Ludwig Thoma Komplott

SABINE VÖHRINGER

Das Ludwig Thoma Komplott

KRIMINALROMAN

Personen und Handlung sind frei erfunden.
Ähnlichkeiten mit lebenden oder toten Personen
sind rein zufällig und nicht beabsichtigt.

Immer informiert

Spannung pur – mit unserem Newsletter informieren wir Sie
regelmäßig über Wissenswertes aus unserer Bücherwelt.

Gefällt mir!

Facebook: @Gmeiner.Verlag
Instagram: @gmeinerverlag
Twitter: @GmeinerVerlag

Besuchen Sie uns im Internet:
www.gmeiner-verlag.de

© 2018 – Gmeiner-Verlag GmbH
Im Ehnried 5, 88605 Meßkirch
Telefon 0 75 75 / 20 95 - 0
info@gmeiner-verlag.de
Alle Rechte vorbehalten
6. Auflage 2023

Lektorat: Claudia Senghaas, Kirchardt
Herstellung: Julia Franze
Umschlaggestaltung: U.O.R.G. Lutz Eberle, Stuttgart
unter Verwendung eines Fotos von: © Bokic Bojan / shutterstock
München Stadtplan U3: Sabine Vöhringer
Druck: Custom Printing, Warschau
Printed in Poland
ISBN 978-3-8392-2294-2

Für meine Familie.
In großer Dankbarkeit auch meinen
verstorbenen Eltern.

»Vergessen Sie nie, dass der Skandal sehr oft erst dann beginnt, wenn ihm die Polizei ein Ende bereitet.«

aus ›Moral‹ von Ludwig Thoma

PROLOG

München. Freitag, 20. Oktober 2017. Nachmittag.

München versank in den ersten, verfrühten Schneeflocken. Es würde noch mehr Schnee kommen, das konnte Claas Buchowsky durch den Spalt der Dachluke riechen. Die eisige Luft kühlte sein erhitztes Gesicht. Doch obwohl er einen schrecklichen Tag hinter sich hatte, ahnte er, dass ihm weit Schlimmeres bevorstand.

Er spähte zum Eingang des Wirtshauses gegenüber. Die gelbe Fassade strahlte Gemütlichkeit aus. Tom Perlinger, sein ehemaliger Freund und Kollege, musste jeden Moment eintreffen.

Claas hatte seine wenigen Habseligkeiten installiert. Es war ein Riesenglück gewesen, dass er diese Bleibe vis-à-vis von Tom hatte anmieten können. Das leerstehende Dachgeschoss eines ehemaligen Lederwarengeschäftes befand sich kurz vor dem Abriss.

Claas' Isomatte und sein Schlafsack lagen auf dem kahlen Betonboden, daneben sein alter Rucksack. Die Baustellenklamotten mit dem nicht zu übersehenden Logo der DeuWoBau GmbH & Co. KG hatte er fein säuberlich über die gestapelten Bierkisten gehängt, die wohl irgendein Obdachloser vergessen hatte. Als Baustellenleiter musste Claas vorbildlich aussehen, wenn er nicht auffliegen wollte. Allerdings würde er seinen Auftrag sowieso abbrechen, sollte sein Plan endlich gelingen.

Claas horchte auf, als es im Stockwerk unter ihm schepperte. Vermutlich war der Alte zurückgekehrt, der tagsüber auf der Sendlinger Straße bettelte. Claas ging zur Tür. Er drehte den großen rostigen Schlüssel im Schloss herum, um jegliche Störung zu vermeiden. Dann zog er trotz der Kälte die doppelte Lage Wollpullis aus. Sie ließen seinen zwar durchtrainierten, doch schmächtigen Körper kräftiger wirken, doch jetzt engten sie ihn ein.

Er würde sich einen neuen Auftraggeber suchen müssen. Nicht nur bei der DeuWoBau, sondern überhaupt. Auch wenn er sein eigentliches Ziel nie aus den Augen verlieren würde, sobald er Tom aus dem Weg geschafft hatte: der russischen Mafia das Handwerk zu legen. Es würde sich zeigen, wer am Ende gewinnen würde.

Claas hatte das erste Mal, seit er auf Iwan Maslovs neuer Großbaustelle in München angeheuert hatte, wegen des schlechten Wetters früher Feierabend. Damit war endlich die Chance gekommen, auf die er sich seit annähernd drei Jahren vorbereitete. Seit dem Moment, als Nastasja in seinen Armen gelegen und verblutet war.

Er sah ihr Gesicht vor sich. Ihre Lippen, die mühsam die Worte formten: »Ich liebe dich.« Nur für ihn. Ganz nach der Art der Taubstummen. Die Frage in den Augen, ob er sie verstand. Er hatte sie verstanden. Schließlich hatte er in den beiden Jahren, die sie sich gekannt und geliebt hatten, gelernt ihre Sprache zu sprechen. Ihre Gesten zu deuten.

Iwan Maslovs schöne Tochter war in Folge einer Hirnhautentzündung im Alter von fünf Jahren zunächst taub geworden. Dann hatte sie nach und nach aufgehört zu sprechen. Ihr Vater, der Kopf der russischen Mafia, hatte sie wegen dieses körperlichen Gebrechens aus seinem Leben verbannt – so sehr er sie auch geliebt haben mochte. Erst Claas hatte ihr vor Augen geführt, aus welcher Familie sie stammte. Denn er wollte, dass sie wusste, warum er sich so verhielt, wie er es tat. Sie war mit der Gewissheit gestorben, der Hölle entsprungen zu sein. Jede ihrer mühsam gebildeten Silben hatte ihn mitten ins Herz getroffen. Er konnte sich bis heute nicht verzeihen, dass er sie zu diesem Einsatz mitgenommen hatte.

Es war Toms Querschlägerkugel damals in Düsseldorf gewesen, die sie getötet hatte. Claas und Tom hatten eigentlich Nastasjas Bruder stellen wollen, was Tom erst Monate später gelungen war. Auch Iwan Maslov war ihnen entwischt. Inzwischen war er dabei, den Mittelpunkt der Euroasiatischen Drogenmafia von Düsseldorf nach München zu verlegen.

Heute würde Claas den Moment, wenn Tom aus dem Polizeipräsidium nach Hause kam, nicht ungenutzt verstreichen lassen. Tom hatte sein Leben zerstört. Claas würde Nastasjas Leben und ihrer beider verpasste Chance auf Glück rächen. So sehr ihm Tom in Düsseldorf auch ans Herz gewachsen war.

Claas' Hand zitterte, als er den gelben Zettel aus der Vordertasche seines Rucksacks nahm und ihn auffaltete. Tom und er hatten sich regelmäßig solche Zettel geschrieben. Tom gelbe, Claas blaue. *ZB*, stand in Toms großen Druckschriftbuchstaben darauf. *Zusammenbleiben.* Ja, sie waren ein fest zusammengeschweißtes Team gewesen.

Trotzdem holte Claas jetzt seelenruhig seine Walther PPK aus dem Rucksack. Mit der gleichen Gelassenheit schraubte er den Schalldämpfer auf die Dienstwaffe, die er ganz offiziell als Mitarbeiter des Bundeskriminalamtes trug. Den Schalldämpfer allerdings hatte er sich in einem Geschäft am Münchner Hauptbahnhof auf nicht ganz legale Weise organisiert. Die offizielle Erlaubnis einzuholen wäre zu auffällig gewesen.

Er griff nach der Baseballkappe auf seinem Bettenlager und zog sie tief ins Gesicht. Anschließend fuhr er sich durch den dichten Bart, den er sich ganz der Mode entsprechend hatte wachsen lassen. Eine hervorragende Tarnung! Nicht einmal seine Mutter hätte ihn in dieser Verkleidung erkannt, wenn sie noch leben würde.

Luca, sein Führer im Landeskriminalamt Bayern, würde bitter enttäuscht sein. Ihre Top-Secret-Aktion war zum Scheitern verurteilt, sobald Claas von der Bildfläche verschwand. Seine Legende hatte aufwändiger Vorarbeiten bedurft. Schließlich ging es darum, zu vermeiden, dass München, eine der sichersten Städte Deutschlands, zum Dreh- und Angelpunkt einer ganz neuartigen und bisher ungeahnten Form der organisierten Kriminalität wurde.

Claas stutzte. Endlich. Da kam Tom. Claas stellte sich in Position. Breitbeinig, damit er einen guten Stand hatte. Er stieß die Luke auf, sog die frische Luft ein, konzentrierte sich auf seinen Atem. Dann streckte er den rechten Arm mit der Pistole aus, visierte sein Ziel. Sein Standort war perfekt. Kimme und Korn bildeten eine Linie, einen einzigen Punkt im Blick: seinen ehemaligen Freund und Kollegen Tom Perlinger, der unten auf der Straße wie eine lebende Zielscheibe auf ihn zusteuerte.

1.

München. Mittwoch, 15. November 2017. 16.30 Uhr

»Nur über meine Leiche!« Hauptkommissar Tom Perlinger
sprang so heftig vom Sitz seines Bürostuhls auf, dass dessen
Rollen über das abgeschabte Parkett ratterten. Das durfte jetzt
nicht wahr sein!

Vor allem, weil er es eilig hatte, nach Hause zu kommen.
Seine Jugendfreundin Julia Frey wollte ihn dringend treffen.
Eben am Telefon war sie außer sich gewesen. Angeblich hatte
sie einen entscheidenden Hinweis zum aktuellen Cold Case
»Rosi«, der Tom seit Wochen den Schlaf raubte.

Aber auch Weißbauers plötzlicher Sinneswandel brachte
Tom zur Weißglut. Er vermied es, den sonst in Bayern üblichen Ausdruck »Ja, hamms dir ins Hirn g'schissn?«, der ihm
auf der Zunge lag, zu verwenden. Xaver Weißbauer war immerhin der Präsident des Polizeipräsidiums München und damit
sein höchster Chef.

Tom kannte Weißbauer seit einer Ewigkeit und wusste, wie
gut der Mann es verstand, sich sicher durch die Höhen und
Tiefen des politischen Dschungels in Bayern zu lavieren.

Stattdessen riss Tom sich zusammen und mäßigte seinen
Ton. »Du willst mir allen Ernstes zu verstehen geben, dass
wir unseren aktuellen Fall, bei dem wir kurz vor dem Durch-
bruch stehen, ad acta legen sollen?«

Tom nahm sein Handy vom Schreibtisch und schob es in die
Gesäßtasche seiner Jeans, die so eng war, dass er den Gegenstand deutlich spürte.

Weißbauer, ein großer Mann mit Bauchansatz, schütterem
grauen Haar, einer breit geränderten Harry-Potter-Brille und

einer tiefen Stimme mit hörbar bayrischem Einschlag, senkte die Lautstärke. »Tom, reg dich ab. Das musst du verstehen.«

»Verstehen?« Toms Blick fiel auf die seitliche Front der Jesuitenkirche St. Michael. Er sollte längst bei Julia sein. Sie hatte fast panisch geklungen.

Und jetzt kam Xaver Weißbauer und raubte ihm wichtige Minuten, weil er Tom und sein Team aus unerklärlichen Gründen von dem Fall abziehen wollte. »Lass mich raten. Irgendetwas ist damals schiefgelaufen. Der Falsche ist verurteilt worden. Aber glücklicherweise hat der sich in seiner Zelle aufgehängt. Jetzt sind alle tot. Warum also sollen wir weiter ermitteln? Wen interessiert schon, wie es wirklich war? Aber du vergisst, dass der Fall nicht abgeschlossen ist. Wir suchen nach wie vor nach Mittätern!«

»Spar dir deinen Sarkasmus! Der Artikel in der Zeitung war ein Schmarrn.« Weißbauer rückte das Horngestell seiner Brille mit wurstigen Fingern zurecht.

»Schmarrn? Was meinst du, was hier seit gestern los ist? Die Telefone stehen nicht still. Es gehen zahlreiche Meldungen ein. – Und das, obwohl der letzte Mord 50 Jahre zurückliegt. Es gibt Menschen, die interessiert die Wahrheit. Der Fall berührt. Nicht nur mich und mein Team.« Tom verschwieg sein Treffen mit Julia.

Weißbauer stellte sich neben ihn, teilte seinen Blick, wollte zweifelsohne Nähe und Loyalität herstellen. »Klar. Fünf fesche Dirndl. Prostituierte. Brutal ermordet und vergewaltigt. Da horcht die Öffentlichkeit auf. Aber mei, das ist lang her. – Glaub mir, Tom. Tote soll man ruhen lassen. Wir haben andere Probleme, als alte Geister zu wecken.«

Tom konnte Weißbauers Angst regelrecht riechen. Sein Chef musste Druck von ganz oben haben. Tom drehte sich ihm abrupt zu, während er nach seiner schwarzen Lederjacke über der Stuhllehne griff. »›Geister, die du gewähren lässt, gebären solche, denen du nicht gewachsen bist‹ – diesen Spruch solltest du kennen, Weißbauer.«

Damals, bevor er nach Düsseldorf gegangen war, hatte Tom ein Polizeipräsidium erlebt, das hoch motiviert und gut aufgestellt gewesen war. Ein fest miteinander verwobenes Team. Unverwundbar im Kampf für das Gesetz. Das war jetzt anders.

Inzwischen war eine Bürokratie in Gang gesetzt worden, eine Maschinerie der Selbstverwaltung, ein sich selbst erhaltendes System. Es ging nicht mehr um Gerechtigkeit, sondern darum, niemandem auf die Füße zu treten. Man dachte nicht mehr darüber nach, was man tat, sondern, ob es den Vorschriften entsprach. Nicht Toms Welt. Vielleicht war jetzt der richtige Moment aufzuhören und sich einem neuen Ziel zuzuwenden.

Weißbauer drohte ihm mit der Faust. »Gut ist's, Perlinger. Wir brauchen jeden Mann. In zwei Wochen ist Christkindlmarkt. Was meinst du, was da los ist?«

Tom warf sich die Jacke über. Sein Vater hatte ihm genügend Geld hinterlassen, um gemeinsam mit Christl ein ruhiges Leben in seiner Dachgeschosswohnung zu führen oder gemeinsam mit ihr auf Weltreise zu gehen.

Tom berührte das kleine Kästchen mit dem Verlobungsring in seiner linken Jackentasche, das er seit Tagen bei sich trug. Bisher hatte er nicht den Mut gefunden, Christl mit dem Ring zu überraschen.

Weißbauer kam nun richtig in Fahrt. »Meinst du, ich will in München ein zweites Köln 2015 erleben? Oder ein zweites Berlin oder Nizza 2016? Oder ein Barcelona 2017? Denk an das Attentat im Olympiazentrum. Selber dabei warst du! Glück haben wir gehabt, dass wir vorbereitet waren, dass alle perfekt reagiert haben. Die Kölner Kollegen werden bis heut von den Medien zerrissen. Das können wir uns nicht leisten. Die Touristenzahlen haben sich heuer erstmals stabilisiert.«

Tom ging auf die Verbindungstür zu, die Jessica immer offen, Mayrhofer immer geschlossen hatte. Gerade war sie zu, was ihn davon abhielt, den Raum mit einem Gruß, aber ansatzlos zu durchqueren und den kürzesten Weg zum Paternoster zu nehmen.

Ein letzter Versuch, um an Weißbauers Mitgefühl zu appellieren. »Die Mutter vom Horst Wagner, dem Theologiestudenten, der damals verurteilt wurde, war gestern bei mir. Todkrank ist die alte Frau. Angefleht hat sie mich, seine Unschuld zu beweisen. Als Mutter eines Serienmörders, meint sie, kann sie nicht sterben.«

Weißbauer hob gleichzeitig beide Arme, was ihm etwas von einer überdimensionalen Marionette verlieh. »Perlinger. Ihr lassts den Fall jetzt ruhen. Ursprünglich war der Mayrhofer drauf angesetzt, jetzt ist das ganze Team damit befasst. Die Prioritäten sind verrutscht. Ab morgen schauts ihr euch die Sicherheitspläne für den Christkindlmarkt an. Basta.«

Tom drehte sich jetzt frontal zu Weißbauer. Sie standen dicht an dicht. Beide waren in etwa gleich groß, ihre Nasen keine 20 Zentimeter voneinander entfernt.

Tom beherrschte sich und sprach mit betont leiser Stimme. »Wieso sollte sich die Polizei heute dafür interessieren, warum und von wem damals fünf Nutten ermordet wurden? Zumal das Sperrgebiet wenig später ja sowieso weg musste. Wegen der Olympischen Spiele 1972. Da hat halt jemand schon früher aufgeräumt.«

»Jetzt hörst aber auf mit dem Schmarrn!« Weißbauers Gesicht nahm eine puterrote Färbung an.

Tom fuhr fort. »Kommissar Löhnig hat den Fall damals abgeben müssen. Er hat nicht geglaubt, dass der Student Horst

Wagner der Täter war. Das wird jedem klar, der seine Protokolle liest. Die Fragen sollten aufhören, als endlich jemand gefunden war, auf den das Täterprofil einigermaßen zugetroffen hat. Horst Wagner war ein Bauernopfer. Endlich Ruhe. Zumal das letzte Mädchen in der Endphase der Olympiabewerbung ermordet wurde. Eine Lösung musste her. Egal wie. Aber die Beweisführung hinkt an allen Ecken und Enden. Als Horst Wagner dann im Gefängnis gesessen hat und kein weiterer Mord geschehen ist, hat man ihm kurzerhand alle fünf Leichen angehängt. Und auch mögliche Mittäter nicht weiter verfolgt.«

»Schließlich hat es kein totes Madl mehr gegeben!«

»Das ist hier nicht die Frage! Der Verdacht auf Wagner stützt sich auf die Aussage einer Gruppe von Stadträten! Das Olympiakomitee. Diejenigen, die von Anfang an die Bewerbung vorangetrieben haben. Eine Stadt, in der ein Serienmörder wütet, hätte den Zuschlag nie bekommen.«

»Das wird ja immer besser.« Weißbauer bemühte sich jetzt um ein klares Standarddeutsch. »Erst ein Justizirrtum mit Todesfolge und dann die Falschaussage einer Gruppe hochdekorierter politischer Würdenträger. Da werden sich die Herren im Innenministerium freuen. Am besten gehst gleich damit an die Presse, Perlinger. Der perfekte Einstieg zum Jubiläum im nächsten Jahr.«

Tom hatte nicht vor, seinen Kurs zu ändern. »100 Jahre Freistaat Bayern? Geht das schon los? Mei, was hat denn das eine mit dem anderen zu tun? Bis dahin haben wir den Fall längst gelöst. Brauchst keine Angst haben, dass ein schlechtes Licht auf dich fällt, Weißbauer.«

Mit einer heftigen Bewegung öffnete Tom die Verbindungstür, hinter der Mayrhofer mit gespitzten Ohren in seine vorabendliche Leberkässemmel biss und Jessicas orangerot gefärbter Schopf blitzartig hinter einer Akte verschwand. Sollte sein Team sich seine eigene Meinung bilden.

Weißbauer sah nicht glücklich mit der Antwort aus. Er baute sich zu voller Größe auf, packte das ganze Gewicht seiner Amtsautorität in die Lautstärke seiner Stimme. »Nochmal für alle: Die Akte »Rosi – Prostituiertenmorde 1963–67« wandert unverzüglich und unwiderruflich zurück ins Archiv. Das ist eine Dienstanweisung. Sie folgt schriftlich.«

Mayrhofer verschluckte sich an seiner Semmel. Für seine Begriffe hatte er sich tief in den Fall verbissen. Jessica nahm einen Schluck Kaffee und warf Tom durch die Fransen ihres überlangen Ponys einen fragenden Blick zu. Tom antwortete mit einem vieldeutigen Heben der Augenbrauen. Dann durchquerte er endlich das Büro in Richtung Paternoster – ohne Weißbauer eines weiteren Blickes zu würdigen.

2.

Julia Frey klappte ihren Laptop auf. Nervös strich sie die kinnlangen, schwarzen Locken zurück, die ihr immer wieder ins Gesicht fielen. Dann tippte sie zum x-ten Mal *Ein Münchner im Himmel* in die Suchmaske ein.

Über 100.000 Mal war ihre Lieblingsfassung des gleichnamigen Zeichentrickfilms nach dem Drehbuch von Ludwig Thoma und mit Illustrationen von Gertraud und Walter Reiner aufgerufen worden. Rund 500 Klicks davon gingen auf ihr Konto.

Normalerweise musste sie schmunzeln, sobald die Musik ertönte. Doch heute liefen ihr die Tränen über die Wangen, als die Comic-Zeichnungen auf dem Bildschirm erschienen. Doch sie wollte den Film unbedingt noch einmal anschauen.

Alois Hingerl, Dienstmann Nr. 172 auf dem Münchner Hauptbahnhof, wurde wegen Überarbeitung vom Schlag getroffen und starb. Im Himmel hieß er von da an »Engel Aloisius«. Er bekam eine Wolke und Harfe zugeteilt und musste täglich nach Dienstplan jubilieren. Als Lohn würde er »Manna« erhalten. Doch was sollte er mit Geld, wenn ihm sein Bier und sein »Schmaizla« – sein Schnupftabak – versagt blieb? Julia war jedes Detail vertraut.

Aber plötzlich, als Aloisius' Frohlocken zu einem Ha – lä – lu – Himmi – Hergott – Erdäpfi – Sakrament – luh iah! wurde, wurde ihr mit einem Schlag bewusst, in welcher Gefahr sie sich befand.

Sie starrte den Packen dicht beschriebener Blätter an, der vor ihr auf dem Schreibtisch lag. *Ein Münchner im Himmel, Teil II von Ludwig Thoma*. Das bisher unveröffentlichte letzte Werk des großen bayerischen Schriftstellers, das sie im Nachlass ihres Vaters gefunden hatte. Das Manuskript stammte noch aus dem Besitz ihres Großvaters Josef Seidl, der ein Freund und großer Bewunderer des Schriftstellers gewesen war.

Josef Seidl hatte in den 20-ern als blutjunger Mann das Verlags- und Druckhaus Seidl mitten in der Münchner Innenstadt in einem Hinterhof der Sendlinger Straße gleich beim heutigen Asamhof aufgebaut. Trotz des erheblichen Altersunterschiedes war die Beziehung zwischen ihm und Ludwig Thoma so eng gewesen, dass der Schriftsteller dem jungen Freund damals die Rechte an seinem letzten literarischen Werk vermacht hatte – wie dem persönlichen Anschreiben zu entnehmen war. Entschlossen packte Julia den Stapel Blätter und schob ihn in ihre hellbraune, abgegriffene Lederaktentasche. Es war nur eine Kopie. Das Original lag im Safe.

Bis gestern hatte Julia gehofft, dass ihr Mann Marcel und sie das Manuskript groß herausbringen würden. Dass es ihrem Leben eine positive Wende geben und sogar ihre Ehe retten könnte. Doch inzwischen war sie eines Besseren belehrt. Auch wenn Ludwig Thoma seine Geschichte im zweiten Teil geradezu genial fortgeschrieben hatte, die Veröffentlichung dieses Manuskriptes würde einen Aufschrei des Entsetzens nach sich ziehen. Aber damit nicht genug. Sie würde den Untergang einer Person bedeuten, die Julia sehr nahe stand und die sie unter normalen Gegebenheiten niemals verraten würde. Trotzdem blieb ihr keine andere Wahl. Wie zur Bekräftigung trank sie einen Schluck kalten Jasmintee, ignorierte das Zittern ihrer Hand. Die Wahrheit musste ans Licht.

Während die Pointe von Teil I darin gipfelte, dass die bayerische Staatsregierung bis heute vergeblich auf göttliche Eingebungen wartete, weil Engel Aloisius im Hofbräuhaus versumpft war, zielte Ludwig Thomas satirisches Augenzwinkern im Teil II darauf ab, dass »Manna« zwar vom Himmel fiel, aber an undichten Stellen versackte. Auch das entsprach der Realität, kein Zweifel. Doch niemand wollte es hören.

Aber es kam noch schlimmer. Julia blickte auf die Hausfassade des Innenhofs, als ob Hilfe aus einer der Wohnungen nahen könnte. Denn das eigentliche Dilemma war, dass ein von Ludwig Thoma lustig verpackter Lausbubenstreich 40 Jahre später als Vorlage für einen brutalen Serienmord gedient hatte. Doch damals war der Falsche verurteilt worden. Nur Julia kannte den wahren Mörder.

Sie zog die Schublade auf und nahm den Zeitungsartikel

heraus. Seit sie den Beitrag über die Prostituiertenmorde in den 60ern am Dienstag früh in der Zeitung gelesen hatte, war ihr wie Schuppen von den Augen gefallen, auf welchem Pulverfass sie saß. Sie hatte es als Wink des Schicksals verstanden, dass ausgerechnet Tom Perlinger, ihr alter Freund aus Jugendtagen, mit dem Fall betraut war. Schweren Herzens hatte sie den Entschluss gefasst, ihn um Hilfe zu bitten.

Tom, der inzwischen wieder in München keine 300 Meter Luftlinie von ihr entfernt lebte. Tom, der ihr bei Referaten, Schularbeiten und sonstigen Nöten zuverlässig aus der Patsche geholfen hatte. Mit dem sie sorglos gelacht und gefeiert hatte. Der ihr allerdings in den vergangenen zwei Jahren nur ein Mal auf der Straße begegnet war. Arm in Arm mit Christl, der hübschen Restaurantleiterin, die oft mit der Clique gefeiert hatte, obwohl sie fünf Jahre jünger war. Tom würde Julia nicht nur die Verantwortung für die Wahrheit abnehmen, sondern auch den Schmerz des Verrats.

Eigentlich war sie startbereit. Sie erhob sich vom Schreibtisch, ging zur Garderobe, zog ihren braunen Steppmantel an. Keine Sekunde länger als nötig wollte Julia dieses Manuskript bei sich haben, denn sie war sich sicher, dass sie verfolgt wurde. Die beiden Männer, die ihr bereits gestern Abend auf dem Weg zu ihrer Freundin Franziska begegnet waren, hatten sich auch heute früh im Asamhof herumgedrückt. Ungeduldig überprüfte sie ihr Handy. Dabei fiel ihr Blick auf die Leinwand mit der München-Ansicht, hinter der sich der Safe verbarg. Sollte sie das Original wirklich hier lassen?

Kurz entschlossen entschied Julia sich dagegen. Selbst der Safe war nicht mehr sicher. Sie konnte Marcel nicht mehr vertrauen. Nicht nach dem, was sie vor Kurzem herausgefunden hatte. Gerade, als sie ihr Entsetzen mit ihm hatte teilen wollen. Doch er hatte ihr nicht geholfen. Im Gegenteil. Marcel hatte sie über Jahre hinweg belogen und betrogen. 18 Jahre lang, genau genommen. Vermutlich hatte er ihr seine Liebe von Anfang an nur vorgespielt.

Sie nahm das Ölgemälde ab. Dann zog sie den Hocker vor den Safe und kletterte darauf. Sie musste sich auf Zehenspitzen stellen, um an die hellbeige Postmappe aus handgeschöpftem Büttenpapier mit dem Original zu gelangen, die sie ins oberste Fach geschoben hatte, nachdem sie die einzelnen Manuskriptseiten am Vortag bei Franziska kopiert hatte. Sie erinnerte sich an einen Widerstand. Sie tastete danach, streckte sich höher und bekam ihn schließlich zu greifen. Als sie die aus Ahorn geschnitzte Miniaturharfe in den Händen hielt, raubte die Erinnerung ihr kurzfristig den Atem. Sie kam ins Wanken und wäre beinahe gestürzt. Nachdem sie sich gefangen hatte, stieg sie vom Hocker und legte die Postmappe mit dem Original auf den Schreibtisch. Sie zupfte mit den Fingernägeln an den winzigen Nylonsaiten, die dumpfe Töne von sich gaben. Jeder Ton rief eine Erinnerung wach. Mühsam beherrscht schloss Julia den Safe und hängte das Gemälde wieder darüber. Dann schob sie Original und Kopie in die Ledertasche und kämpfte mit den Tränen, als sie plötzlich den Notfallpiepser hörte und befürchtete, ihre Mutter könnte den zweiten Schlaganfall innerhalb weniger Wochen erlitten haben.

Panisch vor Angst schob sie die Ledertasche in die oberste Schreibtischschublade und ließ die Ahornharfe in die Seitentasche ihres Steppmantels gleiten.

3.

Tom nahm den Ausgang zur Augustinerstraße – auch wenn er es sonst liebte, durch das Portal mit den zwei Löwen zu schreiten. Dieser prächtige Eingang hatte dem Polizeipräsidium nicht umsonst den Namen Löwengrube verliehen. Die beiden mächtigen Steinskulpturen ließen ihn eine tiefe Verbundenheit spüren. Denn auch er fühlte sich oft wie ein Löwe. Ruhelos, unbändig stark und immer hungrig. Unterwegs auf den Straßen der Stadt, in denen er für Ordnung sorgte.

Sein Magen knurrte hörbar, als er an der Frauenkirche seitlich vorbeilief. Es fing bereits an zu dämmern, war ungemütlich kalt und nieselte. Tom fröstelte. Seine schwarze Lederjacke war viel zu dünn für das Sauwetter. Während seiner Zeit in Düsseldorf und auch während seines Sabbatjahres und seiner Reise quer durch Asien hatte er ganz vergessen, wie eisig das Wetter um diese Zeit in München sein konnte. Dieses Jahr hatte es im Oktober das erste Mal geschneit, und die Regentropfen waren auch jetzt nur einen Hauch davon entfernt, sich in Schneekristalle zu verwandeln. Novemberwetter.

Noch ein paar Grad kälter und Christl und er konnten die erste Skitour planen. In den Bergen lag bereits Schnee bis auf 1.600 Meter. Während seine Wanderschuhe – zu denen er heute früh intelligenterweise gegriffen hatte – langsam durchnässten, weil er vergessen hatte sie zu imprägnieren, fragte er sich, welche Hinweise Julia wohl für ihn hatte.

Tom wich einer Pfütze aus, sah zu den Türmen der Frauenkirche hoch, von denen nur einer verpackt war und der andere frisch renoviert erstrahlte. Eilig überquerte er die Kaufingerstraße. Ein Blick in Richtung Marienplatz zeigte ihm, dass hier bereits Weihnachtsdekorationen an den Straßenlaternen und Hausfassaden angebracht und die ersten Buden für den Christkindlmarkt aufgebaut wurden. Da wählte er lieber den schnellen Weg über den Färbergraben. Allerdings war die Hotterstraße weiterhin gesperrt, wodurch sie selbst für Fußgänger schwierig zu passieren war. Der Lärm der Bauarbeiten drang bis zu ihm herüber. Also setzte Tom seinen Weg über den Färbergraben mit langen Schritten bis zur Sendlinger Straße fort.

Von einer plötzlichen weihnachtlichen Vorfreude erfüllt, öffnete er im Gehen mit zwei Fingern das Kästchen in seiner Jackentasche. Er fuhr über den Samt des Bodens und fühlte die Vertiefung, in der der Platinring steckte. Zufrieden zeichnete er die Gravur am Innenrand mit der Spitze seines Zeigefingers nach. *Für immer.*

Er würde schon heute mit Christl sprechen. Ob ihr der Ring gefallen würde? Tom hatte ihn selbst entworfen, angelehnt an den Anhänger, den er trug. Ein Geschenk seines Vaters. Doch während in Toms Platinanhänger ein Drache eingraviert war, war Christls Ring schlicht gehalten, aber mit einem einkarätigen, lupenreinen und feinweißen Brillanten besetzt. Seit dem Fall mit den Montez-Juwelen hatte Tom sein Faible für Schmuck entdeckt. »Geschenke erhalten die Freundschaft«, hatte Juwelier Thromschatz ihm zugeraunt. Und Tom wollte Christl auf keinen Fall verlieren. Zumal sie am Vorabend gestritten hatten, was bisher selten vorgekommen war. Sie hatten einfach zu wenig Zeit füreinander. Außerdem widmete Christl sich seit Neuestem vermehrt dem Kochen. Aber Tom aß lieber unten in der Gaststube, was sie bisher auch sehr genossen hatte. Am Stammtisch und in Gesellschaft der großen Familienrunde. Aber jetzt wäre Christl an manchen Tagen lieber mit ihm allein gewesen. Erschwerend kam hinzu, dass sie – auch wenn sie jahrelang im Restaurant gearbeitet hatte – am Anfang ihrer Kochkünste stand und bei jeglicher Kritik in die Offensive ging.

Ihre Beziehung stand an einem Wendepunkt. Christl hatte ihr BWL-Studium wieder aufgenommen und war in einer stressigen Prüfungsphase. Tom im Kommissariat mit dem aktuellen Cold Case sehr eingespannt. Aber heute würden sie sich einen schönen Abend machen. Er dachte an ihre weiche, vom Sommer leicht gebräunte Haut. Sah ihre sanduhrenförmig geschwungene Silhouette im Licht des nächtlichen Dachgeschosses neben sich auf dem Bett liegen. Ließ in Gedanken ihre Haare durch seine Finger gleiten, zeichnete die Rundungen ihres Busens nach.

Mit einem Mal fiel ihm ein, dass sie morgen ihre letzte Prüfung hatte. Er würde ihr den Ring trotzdem heute schenken – auch wenn es taktisch klüger wäre, zumindest einen Tag länger zu warten. Aber jetzt, da er sich zu diesem Schritt durchgerungen hatte, wollte er nicht mehr warten. So heimisch und sicher Tom sich auf der einen Seite in München fühlte, auf der anderen überkam ihn oftmals eine tiefe Unruhe, und er befürchtete, dass sich das Glück von einer Sekunde auf die andere ins Gegenteil verkehren könnte. So wie damals, als die Kugel ihn getroffen und alles verändert hatte. Tom schaute sich um.

Plötzlich hatte er wie häufig in letzter Zeit das Gefühl, beobachtet zu werden. Für einen Moment glaubte er sogar, seinen ehemaligen Kollegen Claas im Gedränge der Hofstatt verschwinden zu sehen. Das konnte nur sein übermüdeter Geist sein. Wieso sollte Claas, der seit ihrem spektakulären Fall in Düsseldorf vor drei Jahren bis heute verschollen geblieben war, plötzlich hier sein? Er hätte sich bestimmt bei ihm gemeldet.

4.

Phil Nguyen, der koreanische Pfarrer aus der Asamkirche, war bei ihrer Mutter, als Julia Sekunden später panisch in ihre Privatwohnung stürzte, nur wenige Meter vom Büro entfernt.

»Ach, Mama.« Julia roch sofort, dass glücklicherweise nur ein Malheur passiert war. Trotz aller Vorkehrungen, die sie trafen. »Danke, dass du mich gleich gerufen hast.«

Der Pfarrer lächelte sie auf seine gutmütige Art an und half wortlos, ihre Mutter umzubetten. Ob er merkte, wie nervös sie war? Schließlich hatte sie am Morgen bei ihm gebeichtet.

Anders als ihr Noch-Ehemann Marcel hatte der junge Pfarrer es sich zur Lebensaufgabe gemacht, Julia und ihrer Mutter nach dem Schlaganfall zur Hand zu gehen. Von einem auf den anderen Tag war die einst lebenslustige, quirlige Maria in den Zustand einer leblosen Puppe versetzt worden. Phil hatte Julia auch bei dem Papierkram unterstützt, der erst ermöglicht hatte, dass die alte Frau in ihrer gewohnten Umgebung bleiben durfte. Im Gegenzug half Julia dem Pfarrer bei der Jugendarbeit. Sie waren gerade dabei, einen Jugendchor aufzubauen. Julia leitete die Gruppe mit ihrem Cello an.

»Ich muss gleich noch mal weg.« Es war Julia unangenehm, Phil schon wieder um Hilfe zu bitten. Sie würde sich eine andere Lösung einfallen lassen müssen.

»Passt. Ich bin da.«

»Ich weiß gar nicht, wie ich dir danken soll.«

»Spielst bald mal wieder Bach für mich.« Phil legte Julia die Hand auf den Arm. Trotz seiner koreanischen Abstammung hatte Phils Aussprache einen bayerischen Einschlag, was ihm zweifelsohne half, Nähe zu seiner Kirchengemeinde herzustellen. Er war ein sehr feinsinniger Mensch und ihr eine große Stütze.

»Es wird alles gut, Julia.« Er sah ihr tief in die Augen.

Sie wusste, wie sehr er sie mochte. Aber wie meinte er das? Sie legte ihre Hand auf seine. »Danke, Phil. Ich nehme den Hund mit. Er muss dringend raus.«

Ihr Blick fiel auf die gerahmte Schwarz-Weiß-Fotografie, die im Schlafzimmer ihrer Mutter an der Wand hing. Der Schnappschuss zeigte ihren Großvater als jungen Mann und zwei weitere Burschen bei einem Besuch bei Ludwig Thoma vor Thomas Haus »Auf der Tuften« am Tegernsee in ausgelassener Stimmung. Auf dem Tisch vor den Männern lag ein Packen Papier. Das Manuskript, das Thoma wenige Tage zuvor fertiggestellt haben musste, wie Julia inzwischen wusste. In seinem Anschreiben erwähnte Thoma, dass er es den Burschen bei diesem Treffen vorgelesen hatte. Julia nahm die Fotografie kurzentschlossen ab und klemmte sie sich unter den Arm. Ein weiteres Beweisstück, das sie Tom aushändigen würde. Denn hier schloss sich der Kreis. Auf dem Schnappschuss war der spätere Mörder zu sehen. Dort, wo das Bild gehangen hatte, blieben ein weißes Rechteck und ein Nagel an der Wand zurück.

Julia leinte den Hund an. Kurz vor ihrem Schlaganfall hatte ihre Mutter von ihrer besten Freundin einen Beagle namens Einstein geerbt. Julia hatte es nicht übers Herz gebracht, den Hund ins Tierheim zu bringen. Obwohl Einstein ein Tier mit einem ausgeprägten Eigenleben war. Vor der Tür zog der Hund heftig in Richtung Sendlinger Straße, aber Julia zerrte ihn zurück zum Büro. Sie musste die Ledertasche holen.

Nachdem sie die wenigen Meter über den Hinterhof zurückgelegt hatten, fiel Julias Blick durch das Fenster ins Büro. Sie erschauderte, als sie sah, was an ihrem Schreibtisch vor sich ging. Marcel hatte die Schublade aufgezogen und war gerade dabei, ihre Aktentasche zu öffnen. Wie meist trug er nur ein

Feinrippunterhemd zur verwaschenen Jeans. Wie hat er sich in den letzten 20 Jahren verändert, dachte Julia. Aus dem energiegeladenen, gut aussehenden Künstler war ein drogenabhängiger Eigenbrötler geworden. Einstein bellte.

»Marcel!« Ihre Stimme klang selbst in ihren Ohren schrill. Ihr Mann ließ die Tasche sinken. »Julia, bitte. Lass uns über alles reden. Es ist anders, als du denkst. Wir finden eine Lösung. Lass uns einen Neuanfang wagen.«

»Bist du verrückt? Nach dem, was du mir angetan hast? Seit 17 Jahren belügst du mich!« Sie wollte nur die Ledertasche zurück und dann eilig weg.

»Bitte, es tut mir leid. Es war ein Fehler. Ich hätte dir von Anfang an die Wahrheit sagen sollen. Ich liebe dich. Immer noch.« Er ließ die Tasche sinken. Als sie neben ihm stand, roch sie, dass er geraucht hatte. Marihuana. Einstein sprang bellend an ihm hoch.

Julia stieß Marcel weg, griff nach der Tasche. »Ich spiele dieses Theater nicht mit. Du weißt genauso gut wie ich, was hier läuft. Aber im Gegensatz zu mir hast du ein großes Interesse, die Wahrheit zu vertuschen. Ich nicht!« Sie zog den Hund mit sich, obwohl Marcel nach der Leine griff.

»Ich muss. Tom wartet auf mich.«

»Du gehst zu Tom?« Marcel war fassungslos. »Julia, bitte. Lass uns reden. Du weißt, dass du damit alles zerstören wirst.«

Sie verließ wortlos das Büro. Kaum war sie im Schlepptau des Hundes auf der Sendlinger Straße, da hörte sie, dass Marcel ihr folgte. War es ein Fehler gewesen, ihm zu sagen, wohin sie ging?

5.

In der Gaststube war jetzt am späten Nachmittag jeder Tisch besetzt. Freudige Stimmen, Lachen und das Anstoßen dicker Biergläser drangen an Christls Ohr. Es roch nach Heimat und Wärme, frischen Brezn, Braten, Hendl und Apfelkücherl. Hier drinnen war es einladend und gemütlich im Gegensatz zur Eiseskälte draußen.

Christl kam von der Uni zurück. Ihr Kopf schwirrte von all den Zahlen und Fallbeispielen, die sie sich für die Prüfung am nächsten Tag einprägen musste. Danach würde sie endlich ihren Master der Betriebswirtschaftslehre in den Händen halten – oder eben nicht.

Max, unübersehbar der Wirt und Toms 14 Jahre älterer Halbbruder, der ihm einst das Leben gerettet hatte, saß auf der Bank am Stammtisch, einen Brief in der mächtigen Linken, von dem er nur kurz aufblickte. Max' schulterlanges, blondes Haar war wie meist mit einem Gummiband hinten zum Zopf zusammengebunden. Zur hellen Jeans trug er einen Trachtenjanker. Er war eine charismatische Erscheinung.

Tom hat recht, dachte Christl, froh darüber, dass Max da war. Max sieht aus wie der Heilige Christopherus, obwohl er weder einen Bart hat, noch das Jesuskind über einen Fluss trägt. Aber wahrscheinlich machte es die Persönlichkeit stark, ein Wirtshaus über Generationen hinweg durch Höhen und Tiefen zu steuern. Allerdings standen Max im Moment die Sorgen deutlich ins Gesicht geschrieben.

Christl knöpfte ihre rote, praktische Allwetterjacke auf, öffnete den vom Nieselregen feuchten, dicken braunen Pferdeschwanz, warf ihre Tasche in die Ecke der an der Wand angebrachten Holzbank und nahm Platz. »Puuh, was für ein

Sauwetter. Und das Mitte November. Wenn es wenigstens richtig schneien würde. Aber diese nasse Kälte! Die mag ich gar nicht.«

»Mhm.« Max reagierte nicht.

Gut, also kein Small Talk. »Was ist los?«

Max hielt ihr den Brief hin. »Lies selber.«

Christl studierte das Logo. Oberste Baubehörde im Bayerischen Staatsministerium des Innern, für Bau und Verkehr. Daneben prangten zwei goldene Löwen, die das bayerische Wappen in ihrer Mitte hielten. Ihr zweiter Blick galt dem Betreff: Ihr Antrag auf den Ausbau des Innenhofs, Gebäude Sendlinger Straße 14.

»Ich hab gedacht, das ist längst durch.«

»Lies es.« Max rieb sich mit der gesunden Linken über die Falten auf der Stirn. Sein rechter Arm blieb bewegungslos. Wie immer, seitdem er sich das Ellenbogengelenk zertrümmert hatte, nachdem Max als junger Mann Tom vor einem Sturz vom Gerüst des Wirtshauses bewahrt hatte und selbst gefallen war.

Christl las und verstand Max' Besorgnis. Ein echtes Desaster. Ihr Blick blieb an der zügig dahingeworfenen Unterschrift hängen: Carolyn Wallberg, Leitung Oberste Baubehörde. Christl spürte, wie die Röte bis unter ihre Haarwurzeln kroch. Toms Exfreundin. Eine, bei der es tiefer gegangen war als sonst. Seine erste große Liebe. Da hatte Max sich gehörig in die Nesseln gesetzt.

Christl war froh, als jemand aus dem Service – wie immer fesch im Dirndl – ihr ungefragt eine dampfende Tasse heiße Schokolade mit Sahne servierte. Sie warf der Exkollegin eine Kusshand zu, während sie vor ihrem geistigen Auge den Ordner mit dem mühsam gesammelten Prüfungswissen in weite Ferne rücken sah. Max brauchte jetzt Hilfe. Sie dachte nach. Gerade in schwierigen Situationen gelang es ihr meist, einen kühlen Kopf zu bewahren.

»So ein Mist«, legte Max los. »Morgen rücken die Bauarbeiter an.«

»Du musst ihnen absagen.«

»Wie stellst du dir das vor? Die Aufträge sind vergeben.«

»Wenn du jetzt – nach diesem Brief – mit dem Umbau anfängst, dann musst du nicht nur mit einer saftigen Strafe rechnen, sondern mit dem kompletten Rückbau.«

»Himmiherrgottsakramentzefix!« Max fluchte selten. »Es geht um nichts weiter als um ein paar klitzekleine Schönheitsreparaturen. Die komplette Fassade bleibt stehen. Ich will ja nicht den Stil des Hauses verändern. Ein schönes Dach, ein paar hübsche Lichter, eine Fußbodenheizung. So, dass die Gäste halt auch an Weihnachten im Innenhof sitzen können.« Max entriss ihr den Brief.

Christl nippte an ihrer heißen Schokolade. »Als Wirt des Stammhauses der Hacker-Pschorr-Brauerei unterliegst du ganz besonderen Denkmalschutzanforderungen. – Trotzdem. Was hat Carolyn sich dabei gedacht. Sie sitzt doch selbst gern im Innenhof. Das muss ein Versehen sein. Vermutlich hat sie gar nicht registriert, was sie da unterschrieben hat.«

Max schaute nachdenklich. »Ich versteh es auch nicht. Sie kennt mich. Sie weiß, wie genau ich den Denkmalschutz nehme. Ihre Eltern haben ihre Hochzeit bei uns gefeiert. Später hab ich als Teenager ihren Kinderwagen höchst persönlich über die Schwelle getragen. Und jetzt so was!«

Statt zu sagen, was ihr spontan in den Sinn kam, wärmte Christl sich die Hände an ihrer heißen Schokolade, während sie weitergrübelte.

Insgeheim atmete Christl jedes Mal auf, wenn die schöne Carolyn in ihrem perfekt sitzenden Business-Kostüm gut gelaunt und sehr geschäftig mit ihren Gesprächspartnern das Gasthaus verließ, bevor Tom kam. Obwohl Carolyn häufig zu Gast war, hatten die beiden sich seit Toms Rückkehr noch nicht wiedergesehen.

Christl hatte den Eindruck, dass Carolyn nicht nur Tom, sondern auch ihr gezielt aus dem Weg ging. Dabei war Carolyn bei allem, was sie tat, nicht zu unterschätzen. Unter anderem war ihr gelungen, was trotz aller Gleichberechtigungsbemühungen bis heute wenigen Frauen vergönnt war. Sie war in die Führungsetage einer großen Behörde aufgerückt und hatte es gleichzeitig verstanden, ihren weiblichen Charme effektvoll weiterzuentwickeln.

Tom war als Teenager – wie die meisten Jungs – hemmungslos in Carolyn verliebt gewesen. Die Leidenschaft ihrer Beziehung war Christl nicht entgangen. Als Carolyn dann mit 18 schwanger geworden war, war Christl überzeugt gewesen, dass niemand anderes als Tom der Vater sein musste. Aber Carolyn hatte den Erzeuger ihres Kindes bis heute nicht preisgegeben.

»Die Wiesn ist vorbei. Das Weihnachtsgeschäft hat noch nicht begonnen. Es ist die ideale Zeit für den Umbau.« Max lehnte sich auf seinem Stuhl zurück, streckte die Beine breit von sich und legte den linken Arm auf seinen Bauch. Christl kannte die Geste von Tom. Hätte Max gekonnt, dann hätte er beide Arme vor der Brust verschränkt. Er würde nicht so ohne Weiteres von seinem Vorhaben ablassen.

»Wann kommt eigentlich der Rest der Familie zurück?« Vor lauter Prüfungsstress hatte Christl den zeitlichen Überblick verloren.

Die anderen Mitglieder der erweiterten Hacker-Familie waren zu einer Kreuzfahrt aufgebrochen. Christl wusste, dass Max sie bewusst in der staden Zeit dazu überredet hatte, damit er Hedi mit dem renovierten Innenhof überraschen konnte. Sie hasste nichts mehr als Bauarbeiten. Andererseits hatte sie von der Modernisierung des Innenhofs geträumt, seit Max und sie das erste Mal die Entwürfe gesehen hatten.

»Samstag in einer Woche.«

»Ich versteh das nicht.« Christl schüttelte den Kopf und trank ihre Schokolade leer. »Der Architekt hatte doch die Denkmalschutzvorlagen bei seinen Entwürfen berücksichtigt.«

»Eben. Drum!«

»Red noch mal mit Carolyn, Max.«

Max' Handy piepte. Das Zeichen, dass er eine WhatsApp bekommen hatte. Max las. »Tom. Er wird sich verspäten. Streit mit Weißbauer.«

»Schon wieder.« Christl seufzte. Es fiel Tom nicht leicht, sich jemandem unterzuordnen. Einem offiziellen Chef schon gar nicht.

»Kümmerst du dich um Julia? Sie müsste jeden Moment hier sein. Ich muss die Franzosen begrüßen.« Max erhob sich. Am Eingang stand eine Busladung neuer Gäste.

»Max! Morgen ist Prüfung. Oben wartet ein ganzer Ordner auf mich.«

»Das schaffst du schon.« Max lächelte breit wie ein Tiger im Comic, während Christl den Prüfungsordner vor ihrem geistigen Auge beiseiteschob, als sie Julia mit einem kniehohen Hund bei dem historischen Bierfass in der Mitte des überdachbaren Biergartens stehen sah. Christl beobachtete, wie Julia jetzt durch den Innenhof auf sie zukam und nervös am Verschluss ihrer Ledertasche nestelte. Scheinbar klemmte die Schließe unter der Lasche.

6.

Tom war jetzt in der Sendlinger Straße, auf der Höhe von Abercrombie & Fitch. Gleich würde er Julia dort treffen. Hoffentlich war sie wegen seiner Verspätung nicht verärgert. Der Regen hatte sich verstärkt, und die Menschen waren in die Geschäfte geflüchtet. So hatte Tom einen freien Blick auf den Eingang des Wirtshauses. Es dämmerte bereits, die Straßenbeleuchtung hatte sich eben angeschaltet.

Gerade wollte Tom zum Endspurt ansetzen, da sah er, wie eine Frau mit kinnlagen schwarzen Locken in einem braunen Steppmantel aus dem Eingang des Gasthauses trat. Sie telefonierte mit einer Hand, unter den Arm hatte sie eine abgegriffene Ledertasche gepresst. Selbst auf diese Entfernung wirkte sie hektisch und nervös, als sie ungebremst in den Regen trat. Während Toms Gehirn in der zierlichen Gestalt Julia ausmachte und er ihr schon zuwinken wollte, überschlugen sich die Ereignisse.

Ein dunkel gekleideter, durchtrainierter Mann mit Motorradhelm rempelte Julia so heftig an, dass sie ins Straucheln geriet. Sie taumelte auf die Straßenmitte. Der Mann griff nach der Ledertasche, riss daran. Die Tasche sprang auf. Ein Packen ungebundener Blätter flatterte heraus. Julias Arme schnellten hoch. Sie versuchten, die Seiten zusammenzuhalten. Sie stolperte. Dann klappte sie wie in Zeitlupe willenlos in sich zusammen. Tom schrie auf, als sie mit dem Kopf voran auf die feucht glänzenden Steine der Fußgängerzone stürzte.

Tom spurtete los. Er griff nach seiner Dienstwaffe. Verflucht! Durch den Streit mit Weißbauer hatte er vergessen, die Waffe anzulegen. Er zog sie immer aus, wenn er ins Büro kam, weil sie beim Sitzen drückte. Jetzt hätte er sie brauchen können, auch nach Dienstschluss.

Der Unbekannte klaubte eilig möglichst viele Blätter zusammen. Im Rennen stopfte er sie in die Tasche. Ecke Hackenstraße sprang er auf den Rücksitz eines wartenden Motorrads. Der Fahrer gab Gas. Das Motorrad bäumte sich auf. Es schlitterte auf der regennassen Straße, fing sich aber wieder. Ein alter Mann sprang panisch zur Seite. Zwei Passanten stellten sich den Flüchtenden in den Weg. Vergeblich. Das Motorrad brach durch.

Tom stürzte zu Julia. Ihr Körper lag bewegungslos auf den feuchten Betonsteinen. Ihr Kopf war zur Seite gedreht.

»Julia.« Tom rief ihren Namen, ertastete ihre Halsschlagader. Fühlte eine warme Nässe, aber keinen Puls.

Ihre Augen waren weit aufgerissen, ihr Blick leer. Ihre Lippen sahen aus, als ob sie eben noch versucht hätten, Worte zu formen. Er beugte sich über sie. Kein Atem. Tom wusste sofort, was los war. Trauer und Schmerz verschnürten ihm die Kehle. Julia war tot.

Durch die dunklen Locken, die sich auf der Straße ausbreiteten wie schwarz-braune Erde, sickerten Blut und eine giftig hellgelbe Flüssigkeit. Gehirnwasser. Tom hatte keinen Schuss gehört, aber die Kugel musste am Hinterkopf, ganz in der Nähe der Halswirbelsäule, eingedrungen sein.

Julia war nicht das erste Opfer mit Kopfverletzung, das Tom sah. Ein Kopfschuss musste nicht tödlich enden. Aber Tom hatte genügend Obduktionen beigewohnt, um zu wissen, dass genau dort, wo Blut und Gehirnwasser heraussickerten, der Hirnstamm saß, in dem sich unter anderem das Atemzentrum befand. War diese überlebenswichtige Steuerzentrale verletzt, bedeutete das den sicheren Tod. Die Erkenntnis traf ihn wie ein Schlag. Alles, was er jetzt für Julia tun konnte, war, ihren Mörder zu finden.

Binnen Sekunden hatte sich ein Kreis von Menschen um sie herum versammelt. Tom rief einem Mann mit Handy zu, die

110 zu rufen und dafür zu sorgen, dass keiner etwas berührt. Dann stürzte er dem Motorrad hinterher, das in den Asamhof bog. Tom wusste, dass der Ausgang über die Kreuzstraße wegen der Bauarbeiten gesperrt war. Das war seine Chance.

Er war immer ein guter Läufer gewesen. Jetzt gab er alles. Als Tom in den Hof bog, drehte der Mann auf dem Rücksitz sich um. Der Fahrer versuchte durch die Baustelle zu brechen, was unmöglich war. Er musste wenden, fuhr frontal auf Tom zu, dem es in letzter Sekunde gelang, auf die Seite zu springen. Der Asphalt war nass und rutschig. Tom fiel hart auf seine linke Seite. Er kämpfte sich eilig wieder hoch. Das Motorrad schlingerte, krachte mit dem Vorderrad an eine Hausmauer. Die Vorderlampe zerbarst in kleine Stücke. Tom konnte die Gesichter hinter den dunkel verspiegelten Helmen nicht erkennen. Aber es gelang ihm, in Windeseile die Splitter des Vorderlichts aufzusammeln. Er stopfte sie in seine rechte Jackentasche.

Die Aktion hatte ihn wichtige Sekunden gekostet. Als er zurück auf der Straße war, raste die rote BMW bereits über den Sendlinger-Tor-Platz. Kurz darauf verschwand sie auf der Sonnenstraße, wo sie auf Höchstgeschwindigkeit beschleunigte. Der Mann auf dem Rücksitz zeigte Tom den Stinkefinger. Tom fluchte. Die Chance, die Täter zu stoppen, war vertan.

Schwer atmend griff er in seine linke Jackentasche. Sie stand offen. Seine Finger suchten nach dem Ringschächtelchen. Es war noch da. Aber in der Eile hatte er vergessen, es zu schließen. Deckel und Boden bildeten zwei Teile. Der Ring steckte nicht mehr in der dafür vorgesehenen Vertiefung des Samtbodens. Toms Finger suchten tiefer im Futter der Tasche. Nichts. Der Ring war weg.

Vor Wut und Verzweiflung schlug Tom mit der Faust in seine offene Hand und merkte, dass sie blutig war. Niedergeschlagen und traurig machte er sich auf den Rückweg zum Tatort. Vor der Asamkirche begegnete er einem Pfarrer in schwarzer Soutane, der ihn unverwandt anstarrte. Tom überlegte, ob er den Mann schon einmal gesehen hatte, doch er konnte sich nicht erinnern wo.

7.

Auf der Treppe hatte Christl Schreie gehört. Ein Unbekannter stürzte in die Gaststube, rief nach einem Arzt. »Was ist los?«

Kurz nachdem sie sich begrüßt hatten, hatte Julia einen Anruf erhalten. Panisch hatte Julia daraufhin Christl die Hundeleine in die Hand gedrückt und war Richtung Ausgang geeilt.

Nachdem Christl den Hund versorgt hatte, war sie auf dem Weg nach oben gewesen, um den Ordner zumindest nach unten zu holen.

Jemand zeigte auf die Menschenmenge. »Schüsse.«

Christls erster Gedanke galt Tom. Ein Kreis von Menschen drängte sich um die am Boden liegende Gestalt, über die jetzt jemand einen Regenschirm spannte, um sie vor dem Regen zu schützen. Die Stimmung war bedrückt. In den Gesichtern der Menschen waren große Bestürzung und völliges Unverständnis zu lesen.

Christl erkannte den braunen Steppmantel, die dunklen Locken. Es war Julia, die am Boden lag. Ihr Kopf war von einer bräunlichen Flüssigkeit umgeben, die jetzt mit dem Regen verlief. Warum bewegte sie sich nicht? Wo war Tom?

Christls suchender Blick fiel auf Marcel, der rund 50 Meter abseits stand. Im Eingang des ehemaligen Lederwarengeschäftes gegenüber. Mit hängenden Schultern. Ausdruckslos. Was machte Marcel hier? Warum kam er nicht, um nach seiner Frau zu sehen?

Die Martinshörner von Polizei und Krankenwagen waren zu hören. Jemand hatte also bereits die offiziellen Stellen alarmiert. Christl überlegte gerade, ob sie zu Marcel gehen sollte, als sie Tom erblickte, der mit hängenden Schultern auf sie zukam. Die Menschen wichen auseinander, machten Platz.

Jemand murmelte: »Er hat die Motorradfahrer verfolgt.«

»Aber nicht derwischt«, konterte ein anderer.

Christl fühlte eine unsagbare Erleichterung darüber, dass Tom unversehrt war. Seine mittelblonden, immer leicht verstrubbelten Haare mit dem Stich ins Rötliche klebten vor Regen und Schweiß am Kopf. Seine blauen Augen sprühten vor Wut und Adrenalin. Er kam ihr noch größer vor als sonst. Mehr denn je erinnerte er sie an einen Ranger bei einem Rodeo im amerikanischen Mittelwesten. Es war nicht zu übersehen, dass er den Kampf gegen den Feind verloren hatte. Seine Hose war auf einer Seite schmutzig und zerrissen. Seine Hand blutete.

Mit einer warmen Welle wurde ihr bewusst, wie sehr sie ihn liebte. Trotz oder gerade wegen des Streites am Vorabend, bei dem die geballte Sturheit ihrer beiden Dickköpfe aufeinandergeprallt war. In letzter Zeit hatte sie vor Sorge um ihn oft nicht einschlafen können. Er befand sich immer dort, wo der Hurrikan am stärksten tobte. Sie sah Tom an, dass er ihr etwas sagen wollte. Doch er schwieg, nickte ihr nur kurz zu. Sie wäre ihm am liebsten um den Hals gefallen, hielt sich aber zurück.

Tom kniete neben Julia nieder. Christl folgte ihm wie betäubt. Sie zwang sich, ruhig zu bleiben, doch sie musste jetzt bei ihm sein.«»Sie war gerade noch bei uns. Wer macht so was? Und warum?«

»Wäre ich früher gekommen, dann würde sie noch leben.« Er sah von unten zu ihr herauf. Sein Blick war schmerzerfüllt.

»Wärst du früher gekommen, dann wärst du jetzt auch tot«, antwortete sie, während sich ein Kloß in ihrem Hals bildete.

»Hatte sie was bei sich?« Tom richtete sich auf.

»Eine Lederaktentasche. Sie hat sich nicht einmal hingesetzt, da hat sie eine Nachricht bekommen und ist hinausgelaufen.«

»Von wem?«

Christl schüttelte den Kopf und hob die Schultern. Die Tränen kamen nun doch. Sie wischte sie mit dem Handrücken aus den Augen.

Tom kramte die Latexhandschuhe aus den Innenseiten seiner Lederjacke, zog sie aus und hängte sie ihr über die Schultern.

»Danke.«

Doch Tom hatte sich wieder hingekniet und durchsuchte bereits Julias Manteltaschen. »Kein Handy. Es muss hier aber irgendwo sein. Sie hat telefoniert, als sie angerempelt wurde.«

Er erhob sich, rekonstruierte, was er beobachtet hatte, während die Blicke der Menschenmenge jedem seiner Handgriffe folgten. Dann ging er einige Meter. Er bückte sich, suchte unter den Außentischen des Wirtshauses, die für sonnige Novembertage draußen standen. Und tatsächlich: Julias Handy war ob der Wucht des Aufschlags unter die Verstrebungen eines Biertisches gerutscht.

Tom kehrte zurück. Sichtlich froh über seinen Fund. »Das wird uns eine Menge Arbeit ersparen. Zumindest werden wir ihre letzten Telefonate zurückverfolgen können.«

Christl blickte sich nach Marcel um. Warum kam er nicht? »Marcel hat eben dort drüben gestanden. Jetzt ist er weg.«

»Was? Marcel war hier? Wo?«

Sie zeigte auf den leeren Eingang des ehemaligen Lederwarengeschäftes.

»Bist du sicher?«

Christl nickte, irritiert, dass Marcel verschwunden war. »Seltsam. Man lässt seine Frau doch nicht einfach im Stich, wenn sie auf der Straße liegt? Er muss doch mitbekommen haben, was passiert ist!«

Der Regen wurde stärker, und sie wischte sich die Tropfen aus dem Gesicht. Tom schien nach einer Erklärung zu suchen. Tom und Marcel hatten sich sehr nahe gestanden. »Er ist vor der Wahrheit geflohen.«

»Das rechtfertigt sein Verhalten nicht. Wie kann Marcel Julia in so einem Moment allein lassen?« Christl war außer sich.

Plötzlich schob sich jemand neben Christl. »Stimmt das, was ich gerade gehört habe? Lasst mich durch.«

Die Frau war so kreidebleich, dass Christl sie fast nicht erkannt hätte. Franziska Pohl. Eine von Julias besten Freundinnen.

Franziska führte mit ihrem Mann Sebastian eine Anwaltskanzlei am St.-Jakobs-Platz. Um diese Zeit, nach Büroschluss, hatte Christl sie schon das ein oder andere Mal auf der Sendlinger Straße beobachtet. Oftmals in nicht mehr ganz nüchternem Zustand. Auch wenn Franziska mit ihrem honigblonden Kurzhaarschnitt und den braunen Augen rein äußerlich den Eindruck einer abgeklärten Juristin zu vermitteln suchte: Christl konnte sie nicht täuschen.

»Julia? Das darf nicht Julia sein.« Franziskas Stimme war nur ein Flüstern. Sie sah aus, als ob sie jeden Moment zusammenklappen würde. Christl stützte sie spontan unter dem Arm.

Franziska starrte fassungslos auf die am Boden liegende Freundin. »Sie ist nicht tot. Bitte sagt, dass sie nicht tot ist.« Jetzt überschlug sich ihre Stimme.

Tom, der wohl einen hysterischen Anfall befürchtete, hakte

Franziska an der anderen Seite unter. »Komm, Franzi. Du solltest dir das jetzt nicht antun.«

Christl bewunderte ihn für seine besonnene Haltung. Sein Sweatshirt war inzwischen komplett durchnässt. Seine Haare hingen in Strähnen herunter. Er musste ausgehungert und von dem Gedanken beherrscht sein, dass er Julia hätte retten können, wenn er früher da gewesen wäre.

Trotz aller Bemühungen ließ Franziska sich nicht überreden, auch nur einen Schritt von Julias Seite zu weichen. »Nein. Ich lasse sie jetzt nicht hilflos zurück. Jetzt nicht!«

Sie ließ sich so schlagartig auf die Knie fallen, dass Tom und Christl es nicht verhindern konnten. Franziska wollte Julias Kopf in die Hand nehmen, die Freundin an sich drücken, doch Tom hielt sie davon ab. »Das geht nicht, Franzi. Komm.«

Tom zog sie wieder auf die Beine. Franziskas Hand war blutverschmiert. Tom reichte ihr ein Taschentuch aus seiner Hosentasche. Als sie nicht reagierte, wischte er ihre Hand notdürftig trocken.

Sie starrte ihre Hand an. »Julias Blut.«

Franziska begann unkontrolliert zu weinen. »Caro. Ich muss mit Caro sprechen.«

Ausgerechnet, dachte Christl. Doch als Franziska das Handy aus der Tasche zog und es ihr aus der Hand fiel, weil sie so stark zitterte, hob Christl es auf. Es war unversehrt.

Franziska schniefte in eine freie Ecke des blutverschmierten Taschentuchs. Dann gelang es ihr innerhalb weniger Sekunden, Carolyn zu erreichen. »Caro. Du musst sofort kommen. Es ist etwas Schreckliches passiert! Julia. Sie ist tot.«

Christl war klar, dass Carolyn aus Franziskas stammelndem Lallen nicht schlau werden würde. Tatsächlich reichte Franziska Tom das Handy weiter, der nach einer kurzen Begrüßung kurz und knapp schilderte, was passiert war.

Aus seinen Gesichtszügen konnte Christl lesen wie aus einem offenen Buch. Tom hatte Carolyn seit Jahren weder gesehen noch gesprochen. Es war eindeutig, dass ihn das Gespräch nicht unberührt ließ. Die gesamte Situation tat ihren Teil dazu. Christl meinte sogar, eine flüchtige Röte über Toms Gesicht huschen zu sehen, dabei ließ er Christl während des Gesprächs nicht aus den Augen.

Sie schämte sich für ihre Eifersucht, aber jetzt war unabdingbar, was Christl hatte verhindern wollen: Tom würde Carolyn wiedersehen.

8.

Sollte sie weinen oder lachen? Carolyn Wallberg stand am Schreibtisch und blickte aus dem Fenster. Gerade hatte sie den Hörer aufgelegt. Ihre beste Freundin Julia war tot.

Julia, bei deren Familie sie so gut wie aufgewachsen war. Julia, die für sie gewesen war wie die Schwester, die sie nie gehabt hatte. Erschossen. In München. Auf offener Straße. Und ausgerechnet Tom war am Tatort gewesen.

Die Fenster von Carolyns großzügig bemessenem Büro zeigten zum überdachten Innenhof des Odeons. Früher war der Saal für Konzerte und Bälle genutzt worden. Sie liebte dieses Gebäude und den Blick in die ovale Halle, die sie in eine andere Zeit versetzte. Auch wenn die Mauern nicht mehr von den Fresken geschmückt wurden, die sie einmal verziert hatten. Aber die übereinander gestellten Säulenreihen verliehen dem Raum, der einst 1.500 Konzertgäste gefasst hatte, ein zeitlos beeindruckendes Ambiente. Anstelle der Fresken von Wilhelm Kaulbach, die Apollo unter den Musen gezeigt hatten, konnte man nun durch eine einmalige Glas-Stahl-Dach-Konstruktion in den Himmel schauen. Vergangenheit und Moderne vereinten sich zu etwas Grandiosem und Neuem. Carolyn spürte, wie eine Träne kitzelnd über ihre Wange lief. Sie wischte sie mit dem Handrücken ab. Julias Leben. Ausgehaucht im Bruchteil einer Sekunde.

Carolyn trat dichter ans Fenster. Sie wollte das Tröstende, das Jahrhunderte-Überdauernde der Atmosphäre dieses der Öffentlichkeit so gut wie unbekannten Innenhofes noch stärker in sich aufsaugen.

Ihr eigentliches Büro in der Prinzregentenstraße, in dem ihre gesamte Abteilung untergebracht war, wurde gerade renoviert. Mit viel Charme und etwas Glück war es ihr auf Grund ihrer guten Beziehungen gelungen, während dieser Zeit nicht in ein Kämmerlein vor Ort kriechen zu müssen, sondern dieses mehr als imposante Büro im Odeon direkt neben dem Innenminister zu ergattern.

Und noch etwas Positives hatte der Umzug gebracht. Denis von Kleinschmidt, der smarte Junge, der inzwischen an ihren Lippen klebte – in all seiner Doppeldeutigkeit – war ihr vom Minister selbst als persönlicher Assistent mit an die Hand gegeben worden. Sie würde ihn gleich rufen. Erst aber musste wirklich der Letzte von der Etage das Gebäude verlassen haben. Mittwochnachmittag, 18 Uhr. Lange dauern konnte es nicht mehr. Es klopfte. Sie zog ihren engen Kostümrock zurecht.

Denis schob seinen kahlen Kopf zur Tür herein und strahlte sie mit tiefblauen Augen an. Die Glatze gepaart mit dem jungen Gesicht gab seiner ganzen Erscheinung das gewisse Etwas.

Er hatte ein markant geschnittenes Profil. In Kombination mit seinem blanken Schädel betonte es seine aristokratische Eleganz und vereinte seine jugendliche Ungeduld mit der Glätte des Opportunisten. Eine Mischung, der sie nicht widerstehen konnte.

»Die Luft ist rein.«

Sie lächelte. Sollte sie ihm sagen, was passiert war?

Aber da war er schon hereingekommen, hatte die Tür leise hinter sich ins Schloss gleiten lassen. Er hatte schöne Hände. Mit langen, sanften Fingern, deren Entdeckungsfreunde sie von Anfang an geahnt hatte. Es war nicht zu übersehen, dass er zur Verfügung stand.

Die dunkelblaue Anzughose war im Schritt ausgebeult und stand ihm hervorragend. Sie betonte seine kräftigen, durchtrainierten Oberschenkel. Seine Schultern waren breit. Das weiße Hemd spannte an Bizeps- und Brustmuskeln. Sein Hintern war fest und knackig. Kein Wunder, denn er trainierte seinen Körper regelmäßig im Fitnessstudio. Und er wusste, welche Stellen Frauen sexy fanden.

Sie konnte nicht verhindern, dass ihr Körper zu reagieren begann, und war froh darüber, denn sie wollte nicht reden. Deshalb lächelte sie. Sie warf die kastanienroten Locken zurück, bewegte sich vom Fenster zur Schreibtischvorderseite und setzte sich auf die Kante. Dabei war sie sich bewusst, dass der Saum ihres Rocks sich merklich nach oben schob. Sie genoss, wie er jede ihrer Bewegungen mit immer gieriger werdenden Augen quittierte. Nur ein kleines bisschen öffnete sie die Beine jetzt, gerade so, dass das Zeichen ihm Gewissheit gab. Und er verstand sofort.

Mit wenigen schnellen Schritten war er bei ihr. Er rollte ihr die Strumpfhose von den Beinen, küsste die Innenseiten ihrer Schenkel. Seine Hände fanden sofort den Weg zu der Stelle, wo es kein Zurück gab, drückten fest und bestimmt. Er war ein Naturtalent. Sie hatte es sofort gewusst. Es hatte nur millimeterkleiner Justierungen bedurft.

Der Schreibtisch hatte die perfekte Höhe. Das hatten sie bereits erfolgreich erprobt. Sie stöhnte voller Ungeduld, nahm den herben Duft seines Parfüms wahr, der sich perfekt mit seiner männlichen Eigennote mischte. Als sie mit geübtem Griff den Reißverschluss seiner Hose öffnete, versanken seine Augen lustvoll in ihren.

Während die Vorstellung, ein jähes Klopfen an der Tür könnte sie unterbrechen, ihre Fantasie beflügelte, schob er ihren Rock bis hoch zur Taille und sie ihr Höschen beiseite. Sie drehte sich mit dem Bauch auf den Schreibtisch. Als ihr Oberkörper heftig hin und her gestoßen wurde und ihr Unterkörper bebte, dachte sie an Tom. Carolyn krallte ihre Finger um das Papier, das auf dem Schreibtisch lag. Erst als sie beide nach einem leidenschaftlichen Rausch zufrieden waren, fiel ihr Julia wieder ein.

Sie verbot sich zu weinen. Ob Julia ihr von dort oben zusah? Auf einer Wolke sitzend, eine Harfe im Arm? Carolyn richtete sich auf, zog das Höschen zurecht und den Rock glatt, wobei sie ihren Blick fest auf die hölzerne Miniaturharfe neben dem Stiftehalter auf ihrem Schreibtisch geheftet hielt.

Als Denis das Zimmer verlassen hatte, griff sie nach dem pittoresk-filigranen Saiteninstrument und begann hintereinander jede der acht Nylonsaiten mit spitzen Fingern sanft zu zupfen.

9.

»Hat jetzt der Weißbauer doch seinen Willen. Wir haben einen neuen Fall. Damit ist der Alte dann wohl ad acta gelegt.« Mit diesen Worten begrüßte Jessica Tom, die Kapuze ihres Regencapes tief ins Gesicht gezogen. Im Schlepptau hatte sie Mayrhofer, der sich mit in den Taschen vergrabenen Händen nach allen Seiten umschaute und sichtlich auf Feierabend eingestellt war.

»Schauen wir mal. Gut, dass der Fall bei uns gelandet ist.« Tom war froh, dass die Kollegen da waren und sie offiziell mit der Arbeit beginnen konnten. Der gesamte Polizeiapparat war angelaufen. Über Julias Leiche war ein zeltartiger Regenschutz gespannt. Die Frauen und Männer der Spurensicherung wuselten herum und hatten den Tatort großräumig abgesperrt. Die wenigen Papierblätter, die die Täter in der Eile nicht hatten mitnehmen können, steckten in einer Klarsichthülle.

Tom, Jessica und Mayrhofer standen unweit des Eingangs des Wirtshauses. Unter Jessicas Kapuze lugten orangerote Fransen hervor. Tom hatte bis heute nicht verstanden, warum seine Kollegin ihren blonden Pagenkopf mit dem eleganten, überlangen Pony orangerot gefärbt hatte. Die flotte Frisur hatte ihrer kleinen, kugeligen Figur eine vorwitzige Eleganz verliehen. Jetzt fehlten nur noch ein auffälliges Tattoo im Nacken sowie ein Nasenpiercing, und die Reminiszenz an ihre Herkunft aus dem Berliner Kiez Kreuzberg wäre perfekt.

»Mei, schon wieder ein Mord. Und diesmal direkt vor eurem Wirtshaus! Ihr scheints das Unheil ja regelrecht anzuziehen. Die Einschläge rücken näher, Perlinger.« Mayrhofer war sichtlich ungehalten, dass sich sein Feierabend nach hinten verschoben hatte.

»Klappe, Mayrhofer.« Blöde Sprüche konnte Tom jetzt gar nicht gebrauchen.

»Stimmt das, die Tote ist Julia Seidl?« Mayrhofer deutete auf das Zelt.

Tom nickte traurig.

»Die mit uns in der Schule war?« Mayrhofer reckte das Kinn frech nach vorne, die Hände in den Taschen vergraben.

Tom nickte wieder.

»Du hast sie ja besser gekannt.« Der Argwohn in Mayrhofers Stimme war nicht zu überhören.

»Und? Du doch auch.«

»Oh, mein Beileid, Chef«, schaltete sich Jessica ein, blickte mitfühlend zu ihm hoch und streckte ihm die Hand entgegen, die Tom automatisch ergriff. Sie war gut eineinhalb Köpfe kleiner als er. Ihn mit »Chef« anzusprechen, hatte Tom ihr nicht abgewöhnen können. Das war wohl in Berlin so üblich. Ohne ihren siebten Sinn dafür, wann sie zwischen Mayrhofer und Tom gehen musste, würden sie sich als Team in stetigen Streitereien aufreiben und rein gar nichts zustande bringen. Neben ihrer Teamfähigkeit rechnete er Jessica ihren engagierten Einsatz und ihre unkonventionelle Eigeninitiative hoch an, die jeden anderen Vorgesetzten zur Verzweiflung gebracht hätte.

»War sie eine enge Freundin?« Jessicas Mitgefühl war ehrlich, ohne Hintergedanken. Ihre hohe Empathie war gerade bei Verhören unbezahlbar. Sie konnte sich intuitiv in die Gemütslage anderer Menschen hineinversetzen, und irgendwie gelang es ihr meist, selbst hinter die schönsten Fassaden zu blicken.

»Kann man so sagen«, fuhr Mayrhofer dazwischen. »Ihr wart doch früher unzertrennlich. Wenn man's genau nimmt, müsstest du den Fall abgeben.«

Tom zwang sich, sich zusammenzureißen, denn er kannte Mayrhofers Versuche, ihn zu provozieren. Mayrhofers Vorhaben war leicht zu durchschauen. Er zielte auf Befangenheit ab. Aber das würde Tom nicht zulassen. Auf keinen Fall durfte er sich jetzt zu einer Handlung hinreißen lassen, die es Mayrhofer ermöglichte, Tom vom Fall abberufen zu lassen oder gar ein Disziplinarverfahren gegen ihn einzuleiten. Es würde nicht einfach werden. Denn Tom war längst klar, dass Mayrhofer nichts sehnlicher wünschte, als seinen Platz einzunehmen.

So weit würde Tom es allerdings nie und nimmer kommen lassen. Er grinste und klopfte Mayrhofer betont gut gelaunt auf die knochige Schulter. »Da täuschst du dich, mein Lieber. Ja, ich war mit Julia befreundet. Aber das ist lange her. Trotzdem geht mir ihr Tod nahe. Und ich will nichts lieber, als so bald wie möglich ihren Mörder stellen. Genau wie du, nehme ich an. Du hast sie schließlich auch gekannt.«

Für Tom lag es auf der Hand, dass sein Einblick in Julias Wesen und ihr persönliches Umfeld bei der Lösung des Falls einen großen Heimvorteil bedeutete. Aber er würde den Fall nur so lange behalten, bis sich herumsprach, wie gut er Julia wirklich gekannt hatte. Eine Karte, die Mayrhofer ansatzlos spielen würde. Wenn Tom ihm nicht von Anfang an klar machte, dass er dann dafür sorgen würde, dass Mayrhofer aus dem gleichen Grund vom Fall abgezogen würde. Sie würden den Fall gemeinsam lösen – oder keiner von ihnen.

Tom sah Jessicas gerunzelter Stirn an, dass sie die Problematik erkannt hatte. Er würde sich wie schon bei dem letzten großen Fall rückhaltlos auf sie verlassen können. Jetzt erwiderte sie sein warmes Lächeln. Die Gefahr drohte einzig und allein von Mayrhofer.

Je stärker das Band der Loyalität zwischen Jessica und Tom wurde, desto rigoroser war Mayrhofer auf Angriff gebürstet. »War sie diejenige, die du treffen wolltest, weil sie wichtige Hinweise zu unserem Cold Case hatte?«

Yap. Kandidat hat 100 Punkte, dachte Tom. »Wie kommst du denn da drauf?«

Er wollte erst sehen, wo Mayrhofer stand und ob er dicht halten würde. Würde er bereit sein, auch gegen Weißbauers Ansage weiter zu ermitteln. Mayrhofer war bisher bei den Prostituiertenmorden in seinem Element gewesen. Allerdings vermutete Tom, dass das weniger am Fall selbst lag. Eher daran, dass es Mayrhofer ganz einfach eine spannerhafte Lust beschert hatte, im Intimleben von fünf Prostituierten herumzuschnüffeln. Besonders, weil die 60er-Jahre die Zeit gewesen waren, in der die sexuelle Befreiung laufen gelernt hatte. Was man der Ausdrucksstärke der Zeugenaussagen und Protokolle anmerkte.

Im Moment war sein lieber Kollege so gepolt, dass er alles gegen ihn verwenden würde, um Tom aus dem Fall zu bugsieren. Es war klüger, Mayrhofer erst einmal zu beschäftigen, als ihm Bälle zuzuspielen. Bisher hatte Mayrhofer bei jedem neuen Fall ein solches Tauziehen veranstaltet. Er suchte nach Chancen, um selbst das Ruder zu übernehmen, und dafür war ihm jedes Mittel recht. Dabei war er wenig belastbar, verlor schnell den Überblick und neigte dazu, sich in Details zu verlieren.

Da Tom und Mayrhofer schon im Gymnasium Parallelklassen besucht hatten, im Pausenhof des Öfteren aneinandergeraten waren und sich später in der Polizeischule während des Unterrichts wahre Wortgefechte geliefert hatten, würde Mayrhofer in Tom nie den Vorgesetzten akzeptieren, dessen war sich Tom bewusst. Zumal Mayrhofer ein Jahr älter war als er. Die einzige Chance bestand darin, ihn abzulenken. Ihn mit Arbeit zuzuschütten und dafür zu sorgen, dass er ab und an ein Erfolgsgefühl hatte. Und darauf zu vertrauen, dass Mayrhofer die Freundschaft zwischen Tom und Julia nicht an die große Glocke hängen würde. Einzig und allein deshalb, weil das gleiche Argument auch gegen ihn zog.

»Teilen wir uns auf«, sagte Tom. »Mayrhofer, du befragst die Passanten. Jessica, wir schauen uns Julia noch mal an.« … bevor sie in die Rechtsmedizin kommt. Er verbiss sich, seinen Satz zu vollenden, denn es gab ihm einen Stich, sich Julias Körper auf einer kalten Edelstahlbahre in einem der Kühlschränke vorzustellen.

»Hier Spuren zu finden wird ähnlich schwer werden wie bei der Fischbrunnenleiche«, gab Jessica zu bedenken, als sie zu zweit waren, und fuhr fort, als Tom nickte. »Woher kennt ihr beide die Tote?«

Tom entschied, Jessica die Wahrheit zu sagen. »Julia und ich waren von der 5. Klasse an Schulkameraden. Sie hat mit ihren Eltern in einem Hinterhof in der Nähe des Asamhofs gewohnt – nur ein paar hundert Meter entfernt. Wir haben die Nachmittage und später die Abende miteinander verbracht. Mayrhofer war auch im Wilhelmsgymnasium und ursprünglich eine Klasse über uns. Er hat in der 10. eine Ehrenrunde gedreht und kam in unsere Stufe.« Er beugte sich zu Jessica herunter und flüsterte ihr ins Ohr. »Julia und ihre beiden Freundinnen Franziska und Carolyn waren der Schwarm der Oberstufe. Mayrhofer war in Julia verliebt, und sie hat ihn abblitzen lassen.« Tom richtete sich wieder auf. »Soviel zum Thema Befangenheit – auch was Mayrhofer angeht.«

»Und du?«

»In wen ich verliebt war? Wir waren eine gewisse Zeit lang so was wie unzertrennlich. Julia, Franziska, Carolyn, Marcel, Sebastian und ich.«

»Verstehe. Die Insider.«

»Die Hackenviertel-Gang haben wir uns genannt.«

»Vermutlich die Clique, in der alle sein wollten.«

Tom zuckte die Schultern. Darüber hatte er nie nachgedacht.

Aber die Tragweite von Julias Tod wurde ihm mit der Erinnerung umso bewusster.

»Und wer war mit wem zusammen?«

Tom schreckte aus seinen Erinnerungen hoch. »Wir waren jung, wir haben ausprobiert. Wir wollten unsere Grenzen ausloten. Das war bei dir doch bestimmt genauso.«

Jessica sah nicht so aus, als ob sie verstand, was er meinte. »Also jeder mit jedem, wenn ich richtig verstehe. Fühlst du dich denn der Sache gewachsen? Ich meine, Julia war immerhin eine gute Freundin. Es könnte ja sein, dass im Laufe der Ermittlungen noch weitere alte Bekannte auftauchen.«

»Was meinst du wohl? Aber so was von! Und so lange es nicht die Runde macht – wo kein Kläger, kein Beklagter!«

Jessica nickte.

Tom bückte sich und verschwand im Zelt. Es war inzwischen dunkel, und jemand hatte eine Art improvisierte Beleuchtung angebracht. Im Schein des künstlichen Lichts zeigte der Tod sein unverstelltes Gesicht der Endgültigkeit.

Wie sie da lag, ihr Kopf von einer roten, bereits an den Rändern eingetrockneten Lache Blut umgeben wie von einem Heiligenschein, sah Julia noch zarter und zerbrechlicher aus, als er sie in Erinnerung hatte. Sie bot ein Bild unendlicher Einsamkeit. Nie hätte man eine gestandene Verlegerin in dieser zarten Person vermutet. Viel eher die begnadete Cellospielerin, die sie auch gewesen war. Tom kämpfte gegen die Trauer an, die seine Kehle zu verschnüren drohte. Am liebsten hätte er Julia ihr Cello in die Arme gelegt. In der Hoffnung, dass sie es dort gebrauchen konnte, wo sie jetzt war.

Jessica stolperte ächzend zu ihm ins Zelt und stieß an Julias Arm. Er sah, wie sie erschrak. »Eine schöne Frau. – Aber, sag mal, was liegt denn da unter ihrer Hand?«

Tom war bisher nicht aufgefallen, dass Julias linke Hand höher lag. Sofort erinnerte er sich, dass sie die Aktentasche unter den linken Arm geklemmt hatte, als sie aus dem Wirtshaus getreten war. Sie konnte also durchaus etwas in der Hand gehalten haben. Ihr Tod war inzwischen über eine Stunde her, und die Leichenstarre hatte bereits eingesetzt. Vorsichtig schob er seine behandschuhten Finger unter ihre Hand und zog den Gegenstand hervor.

Jessica stieß einen unterdrückten Schrei aus. »Eine geschnitzte Miniaturharfe. Um Gottes Willen. Was soll denn das?«

Tom betrachtete die filigrane Schnitzerei. Das Holz fühlte sich warm und glatt an. Eine der winzigen Nylonsaiten war gerissen. Tatsächlich. Kein Zweifel. Es war genau so eine Miniaturharfe aus Ahorn wie die fünf weiteren, die im Präsidium bei den »Rosi«-Fallakten lagen.

Rund acht Zentimeter hoch war die Schnitzerei. Fuß, Säule, Kopf, Hals, Knie, Korpus, Resonanzdecke, ja sogar Pedale, Aufhängeleiste und Stimmstifte des Instruments waren klar erkennbar. Ein Meisterwerk! Wie geschaffen für eine Art Puppenhaus-Orchester.

»Wie kommt die hierher?« Jessicas Augen waren schreckensweit. »Ich meine, sie sieht genau so aus wie die Harfen, die bei jeder unserer fünf Prostituierten gelegen hat.«

»Ja. Allerdings waren sie bei den toten Dirndln fein säuberlich auf dem Dekolleté drapiert. Julia hat sie in der Hand gehalten. Und sie ist nicht erwürgt, sondern erschossen worden.«

»Entschuldige, aber spielt das jetzt eine Rolle! Zwischen den Morden liegen 50 Jahre. Und auf einmal taucht genau so eine Harfe bei einer Toten wieder auf. – Sorry, Chef. Ich muss raus. Mir wird mit einem Mal speiübel.«

Tom verließ das Zelt mit ihr. »Wenn ich wenigstens wüsste, worüber sie mit mir hat sprechen wollen. Ein bisher unveröffentlichtes Manuskript von Ludwig Thoma, das ist alles, was ich weiß.«

Während die Spurensicherung abrückte und Julias Leiche in die Rechtsmedizin transportiert wurde, rief Tom kurzerhand zu einer Teamsitzung an den Stammtisch. Jessica bat die Kollegen, ihr eine Kopie der Manuskriptseiten, die die Täter zurückgelassen hatten, noch heute Abend auf den Schreibtisch zu legen.

Sie waren alle komplett durchgefroren und durchnässt. Max servierte einen Schnaps und zündete eine Kerze auf dem Stammtisch an. Tom genoss die brennende Schärfe des Schnapses, die seine Lebensgeister zurückholte. Die Wärme von innen und außen tat sichtlich gut.

»Also«, begann Tom, nachdem alle bis auf Mayrhofer den Schnaps heruntergekippt hatten und sie nur noch zu dritt am Tisch saßen. »Julia ist kurz vor 17 Uhr erschossen worden. Ich habe beobachtet, wie einer der Täter sie angerempelt und ihr die Tasche entrissen hat. Während sie zu Boden gestürzt ist, ist er mit der Tasche zu einem Komplizen gerannt, der Ecke Sendlinger Straße / Hackenstraße auf ihn gewartet hat. Die beiden sind mit einem Motorrad über den Asamhof zum Sendlinger-Tor-Platz geflüchtet und über die Sonnenstraße entkommen. Ich habe noch versucht, sie aufzuhalten. Leider erfolglos. Die Vermutung liegt nahe, dass der Mann auf dem Motorrad den Schuss abgegeben hat. Bezeugen kann ich es allerdings nicht. Christl hat Marcel Frey, Julias Ehemann, nicht weit vom Tatort entfernt gesehen. Nur wenige Meter hinter dem Motorradfahrer und rund sieben Meter nach links versetzt. Vermutlich hat er den Mord beobachtet.«

»Wenn er nicht gar selbst geschossen hat. Julia Frey. Julia Seidl. Marcel Frey. Julia hat Marcel geheiratet?« Mayrhofer leckte sich über die Lippen.

»So ist es.«

»Da wär' sie mit mir besser dran gewesen.« Jetzt nippte auch Mayrhofer an seinem Schnapsglas.

Weder Tom noch Jessica gingen auf den unpassenden Kommentar ein. Ob die Spurensicherung schon eine Patronenhülse gefunden hatte, fragte sich Tom. Er nahm sein Handy und wählte die Leiterin der Spurensicherung an. Anna Maindl, die selbst vor Ort war und der er den genauen Hergang bereits geschildert hatte. »Hi, Anna. Habt ihr schon etwas gefunden?«

»Ja. Eine Patronenhülse.«

»Kannst du schon sagen, von wo genau geschossen wurde?«

Sie verneinte. Er beschrieb ihr die beiden Standorte genau, und sie versprach, mit ihrem Team eine Sonderschicht einzulegen, um ihm möglichst bald mehr sagen zu können.

»Die meisten Morde gehen letztendlich auf das Konto naher Familienangehöriger«, meinte Mayrhofer jetzt.

Tom dachte daran, wie spinnefeind sich Mayrhofer und Marcel gewesen waren. Einmal hatte er sie auf dem Schulhof getrennt. »Wir müssen die Untersuchungen abwarten.«

Tom wollte sich nicht vorstellen, es mit einem Familiendrama zu tun zu haben.

»Marcel war ein richtiger Motorradfanatiker.« Mayrhofer saß kerzengerade auf der Holzbank. »Was für ein Motorrad war das?« Mayrhofers Schnapsglas war halb voll.

Vermutlich hätte er lieber ein Bier getrunken, aber Tom wollte verhindern, dass er sich einzurichten begann.

Während Tom das Motorrad beschrieb, erinnerte er sich erleichtert daran, dass Marcel ausschließlich Harleys gefahren hatte. Tatsächlich hatte Tom aber ein BMW-Logo erkannt.

Die Splitter der Vorderlampe fielen ihm ein. Er zog sie aus der Tasche, bat eine vorbeieilende Bedienung um ein Tütchen und überreichte es Mayrhofer. »Damit müsste sich das Modell herausfinden lassen.«

»Nach deiner Beschreibung tippe ich auf eine S 1000 XR«, meinte Jessica, während sie versuchte, mit der Zunge den letzten Tropfen Schnaps aus dem Glas zu lecken. »Eine Mischung aus Sport, Adventure und Touring. Hab mich vor Kurzem dafür interessiert. Ein echter Knaller.«

Tom bat Max um eine weitere Runde.

»Seit wann fährst du Motorrad?«, fragte Mayrhofer.

»Tja, ich stecke voller Überraschungen.« Jessica warf ihren roten Pony nach hinten. Tom konnte sie sich sehr gut auf einem Motorrad vorstellen, allerdings eher auf einer Vespa als auf so einer Rakete.

»Dann ist die Recherche ja genau das Richtige für dich.« Mayrhofer schob ihr das Tütchen zu.

»Jessica kommt mit zu Marcel.« Tom stand auf und warf ihm entschlossen das Tütchen zu. Mayrhofer fing es auf und ließ es in seine Tasche gleiten.

Max, der gerade vorbeieilte, hatte seinen letzten Satz gehört. »Julias Mutter hat einen Schlaganfall gehabt. Ich hab gehört, dass sie seitdem nicht mehr ansprechbar ist. Seids bitte vorsichtig, Tom. Man weiß nie, was die Menschen wirklich mitbekommen.«

Tom war erleichtert. Denn nichts war schlimmer, als einer Mutter die Nachricht vom gewaltsamen Tod ihres Kindes zu überbringen.

Tom konnte sich an die quirlige Maria Seidl sehr gut erinnern. Sie hatte immer für Butterbrezn und ausreichend Getränke gesorgt, wenn die Clique einmal nicht im Wirtshaus, sondern ein paar Häuser weiter bei Julia gewesen war. Kurt und Maria Seidl hatten für ihre einzige Tochter sogar einen Partykeller eingerichtet.

Mayrhofer steckte das Tütchen mit den Splittern ein und setzte seine Opfermine auf. »Mei, dann geh ich halt ins Büro zurück. Aber alt werde ich heut nimmer.« Wer ihn kannte, wusste, dass ihm diese Lösung gar nicht so unrecht war.

»Ist sicher wieder eine wichtige Mail eingetroffen«, neckte Jessica ihn, während sie ihr Regencape überwarf.

»Meldung zu unserem Cold Case?«, fragte Tom, als der Kollege außer Reichweite war.

»Dating. Mayrhofers Brunftaktivitäten nehmen sicher ein Drittel seiner Bürozeiten ein.«

»Seit wann?«

»Seit er die Protokolle liest.«

»Und ich dachte schon, er hat sich in den Fall verbissen.«

»Schon, aber der Fall hat auch seinen Sexualtrieb aktiviert.«

Tom staunte über Jessicas Art, die Dinge schonungslos auf den Punkt zu bringen. »Komm. Wir müssen los. Wir haben schon genug Zeit verloren.«

»Vergesst den Hund nicht.« Max war schon dabei, Einstein loszubinden.

Der Hund hatte die letzten beiden Stunden brav damit verbracht, erst den halben Knochen zu vertilgen und dann genüsslich mit dem Kuscheltier auf dem Kissen zu dösen. Nur, wenn ein anderer Hund gekommen war, hatte er gebellt und sein neues Revier verteidigt.

Ansonsten schien Einstein sich in der geschäftigen Atmosphäre des Wirtshauses ausgesprochen wohl zu fühlen. Er genoss aus halb geschlossenen Augenlidern den Anblick all der Gerichte, die auf großen Tabletts vor seiner Nase aus der Küche getragen wurden. Von Julias Tod hatte er scheinbar nichts mitbekommen. Er ließ sich schwanzwedelnd von Tom mitziehen.

10.

Claas war trotz des einsetzenden Regenwetters erst kurz vor 17 Uhr in sein karges Domizil zurückgekehrt. Er war quer durch die Stadt gelaufen, hatte einen Döner am Bahnhof heruntergeschlungen und eine Pizza für später mitgenommen, weil er dem würzigen Duft nicht hatte widerstehen können. Dann hatte er es sich nicht nehmen lassen, am Polizeipräsidium vorbeizugehen, und wäre beinahe mit Tom zusammengestoßen.

Bei seiner Rückkehr in sein improvisiertes Zuhause hatte er einen ungepflegten Mann unten am Eingang getroffen und schon befürchtet, einen neuen Mitbewohner zu bekommen. Für den Bruchteil einer Sekunde hatte er geglaubt, Rainer Werner Fassbinder an einem seiner schlechtesten Tage gegenüberzustehen. Fehlte nur das Feinripp-Unterhemd. Er war an dem Mann vorbeigeschlichen, hatte den Rauch des Joints inhaliert, den der Unbekannte ungeniert im Schutz des Eingangs des ehemaligen Lederwarengeschäfts in langen Zügen eingesogen hatte. Am liebsten hätte Claas mitgeraucht.

Durchnässt und unterkühlt wie er war, war Claas in keiner guten Verfassung gewesen und hatte dann den Fehler begangen, das einzige Foto von Nastasja zu betrachten, das er hatte. Es war ein Kinderfoto und zeigte sie als circa 8-jähriges Mädchen im Kreis ihrer Familie. Es verdeutlichte ihm umso mehr, wie allein er war.

Vater, Mutter, Tochter, Sohn. Die perfekte Familie, hätte man glauben können. Wenn, ja, wenn da nicht der hochkriminelle Hintergrund des Vaters gewesen wäre, der seine Tochter kurz nach der Aufnahme des Fotos – nach dem Tod der Mutter – in ein Heim gegeben hatte. Der Sohn, einige Jahre jünger als seine Schwester, war schon als Teenager in die Fußstapfen des Vaters getreten. Die taub-stumme Tochter war von allem ferngehalten worden. Bis zu dem Tag, als Claas ihr die Augen geöffnet hatte und sie kurz darauf gestorben war.

Claas war zu dem winzigen Toilettenraum gegangen, hatte sich eiskaltes Wasser ins Gesicht geworfen, neue Klamotten angezogen, auf die Geräusche des Hauses gehört. Totenstille. Es gab keine Dusche. Aber er hatte sich einen kleinen Elektroheizkörper organisiert, den er abends andrehte. Zumindest wärmte er den Raum ein wenig. Auch wenn die Wärme schnell entwich, da die Decke nicht isoliert war. Claas hatte das Wirtshaus beobachtet und seine Pistole aus dem Rucksack gekramt. Er wollte einen zweiten Anlauf wagen!

Wie erwartet hatte er nach einiger Zeit Tom mitten auf der Sendlinger Straße erkannt, noch in weiter Ferne. Eine Frau war aus dem Eingang getreten, ein Handy am Ohr, eine Aktentasche dicht an sich geklemmt. Claas hatte die Dachluke geöffnet, sich in Position gebracht. Dann war wieder einmal alles anders gelaufen als geplant.

Hatte er etwa geschossen und sein Ziel verfehlt?

Plötzlich war die Frau auf der Straße in sich zusammen gesunken und auf die Steinplatten gekippt. Während er unten auf der Sendlinger Straße Schreie und das Quietschen nasser Motorradreifen auf Asphalt gehört hatte, war er einen Moment lang verwirrt gewesen. Er hatte den Eindrücken seiner Sinne misstraut, die Pistole untersucht.

Fassungslos hatte er dann über Stunden hinweg beobachtet, was auf der Sendlinger Straße vor sich ging. Ursprünglich hatte er befürchtet, dass das leerstehende Haus durchsucht, dass sein Versteck im Dachgeschoss auffliegen würde, was allerdings nicht geschehen war. Obwohl der komplette Polizeiapparat angelaufen und Tom mit seinen Kollegen aktiv geworden war. Die Rundliche mit dem orangeroten Pagenkopf gefiel ihm und machte ihm plötzlich schmerzlich bewusst, wie fern sein Leben als verdeckter Ermittler von einem täglichen, kollegialen Miteinander war. Typ: Betriebsnudel. Ein wahres Musterexemplar der Sorte, wie man sie in Düsseldorf und Köln massenhaft in den Büros fand und zu schätzen wusste.

Als er sich wieder gefangen hatte und der Spuk vorüber war, klappte Claas seinen Laptop auf. Er ließ sich auf der Isomatte nieder und lehnte den Rücken an den Heizkörper. Inzwischen war es finster in dem Raum, die Wärme bis auf die direkte Nähe um den Heizkörper entwichen. Claas hatte sich angewöhnt, mit dem wenigen Licht zurechtzukommen, das seine digitalen Geräte und die Dachluke spendeten. Er nahm einen Schluck aus der Mineralwasserflasche und legte los. In den sozialen Netzwerken musste bereits etwas zu den Vorfällen stehen. Er googelte: »Sendlinger Straße, Schuss«.

Tatsächlich bekam er sofort einige Treffer. Die Verlegerin Julia Frey war auf offener Straße erschossen worden. Zwei mutmaßliche Täter auf dem Motorrad geflüchtet. Jemand hatte sogar ein verwackeltes Video vom Moment der Tat ins Netz gestellt. Es war jedoch wenig aussagekräftig, und die Polizei hatte bisher keine offizielle Stellungnahme veröffentlicht.

»Julia Frey« tippte Claas als Nächstes in die Suchmaschinen. Er bekam den Link zu einer Firmenhomepage und einen Treffer bei Facebook mit »geborene Seidl« in Klammern gesetzt.

Claas war mit unterschiedlichen Identitäten auf allen Sozialen Netzwerken vertreten. Meist mit ansprechenden, völlig harmlos wirkenden Frauen- und Männerprofilen, damit er sich überall problemlos registrieren und befreunden konnte.

Zunächst informierte er sich über Julias Firmenhomepage und prägte sich ihr Porträt ein. Er fand allerlei offizielle Informationen über ihren beruflichen Background und verschaffte sich einen Eindruck über ihr persönliches Umfeld, indem er sich bei Stay Friends einloggte und Julias Mädchennamen »Seidl« suchte. Er stieß auf Informationen, die mehr als interessant waren.

Auf den Jahresklassenfotos des Wilhelmsgymnasiums der Jahrgänge 1991 bis 2000 lächelten ihm Tom und Julia entgegen. Auch wenn bald 20 Jahre zwischen den damaligen Aufnahmen und dem heutigen Aussehen lagen, waren beide unverkennbar unter anderem an ihren Haaren. Claas konzentrierte sich auf das Abi-Abschlussfoto, ein gestochen scharfes Farbfoto. Die meisten Köpfe waren mit Namen gekennzeichnet. Er dachte daran, wie leicht Menschen dadurch, dass sie gewissenhaft solche Angaben eintrugen, ihr Privatleben preisgaben und für Profis wie ihn gläsern wurden.

Er klickte die Köpfe der Reihe nach an, musste unwillkürlich grinsen, als er Tom in Großaufnahme auf dem Bildschirm hatte. Mit seiner Sturmfrisur wirkte er wie der Inbegriff eines Jugendlichen im Pubertätskampf. Linkisch, in die Höhe geschossen, ohne dass das Gehirn mitgewachsen wäre. Doch er war von einigen hübschen jungen Mädchen umgeben. Neben Julia Seidl fielen Claas eine honigblonde Franziska Krüger und eine kastanienrote Carolyn Wallberg auf. Sie waren mit Abstand die attraktivsten Mädchen auf dem Foto und hätten so wie sie da standen jeden Werbeprospekt geziert.

Anschließend richtete Claas sein Augenmerk auf die Jungs um Tom und die Mädchen. Aha. Marcel Frey. Dieser Junge musste Julia Frey geheiratet haben, warum sonst würde Julia, geborene Seidl jetzt Frey heißen, kombinierte Claas. Er zoomte Marcel auf Großaufnahme und stellte ihn sich unwillkürlich 20 Jahre älter vor. Er konnte durchaus der Unbekannte sein, der am Eingang den Joint geraucht hatte. Aber ganz sicher war Claas sich nicht. Der Junge auf dem Foto wirkte schmächtig, der Mann am Eingang hatte doch einige Kilos mehr auf den Rippen gehabt – wodurch auch die Gesichtsform stark verändert war.

Den Jungen rechts neben Marcel dagegen konnte Claas sofort zuordnen. Sebastian Pohl. Der gleiche, schon damals vor Selbstbewusstsein strotzende, mächtige Körper. Die aufgeworfene Nase, der gesamte Habitus hatten etwas Staatsmännisches an sich.

Interessanterweise kannte Claas Sebastian Pohl von der Baustelle. Er war Inhaber der Rechtsanwaltskanzlei, die von Seiten des Ministeriums die laufenden Projekte der DeuWo-Bau betreute. Allerdings war Claas unklar, warum. Es ging irgendwie um langfristige Mietverträge, die vor Fertigstellung der Gebäude, die fast allesamt einem sozialen Zweck dienten, ausgehandelt wurden.

Anschließend durchleuchtete Claas die Kanzlei, konnte allerdings auf den ersten Blick nichts Auffälliges entdecken. Namhafte Klienten, eine renommierte Sozietät, alles höchst seriös. Wenn Sebastian Pohl in Iwans Geschäfte verwickelt war, dann war er gut darin, seine Spuren zu verwischen. Auch Sebastian Pohl hatte eine Schulkameradin geheiratet, stellte Claas überrascht fest und notierte sich: Julia & Marcel, Sebastian & Franziska. Tom? Carolyn?

Seine nächsten Schritte waren klar. Er würde mehr über Toms Schulfreunde in Erfahrung bringen. Aber als Erstes wollte er sich einen persönlichen Eindruck der Kanzlei Pohl & Partner verschaffen. Er packte die inzwischen kalte Pizza aus dem Karton, riss sie in zwei Teile und begann die erste Hälfte von der Mitte her abzunagen, während er sich beim Kauen seinen Gedanken hingab.

11.

Bei Julia zu Hause, nur wenige 100 Meter entfernt auf der Sendlinger Straße in einem rückwärtigen und älteren Teil in der Nähe des Asamhofs, wurden Tom, Jessica und der Hund von einem jungen, koreanischen Pfarrer in Soutane begrüßt, der sich um Maria Seidl kümmerte, die mit leeren Augen in einem speziellen Krankenbett zentral im Wohnzimmer lag. Es war derselbe Pfarrer, der Tom vor der Asamkirche bereits begegnet war. Trotz seiner asiatischen Herkunft sprach der feingliedrige Koreaner mit einem leichten bayerischen Akzent. Er muss in Bayern aufgewachsen sein, dachte Tom.

Trauer und Leere hingen bedrückend schwer in den spärlich beleuchteten Räumen der Erdgeschosswohnung. Aber der Hund lief sofort schwanzwedelnd auf das Bett der alten Dame zu. Er stellte sich auf die Hinterpfoten und schaffte es, die Schnauze durch das Gitter zu stecken, doch Maria Seidl reagierte nicht. Schon an der Eingangstür hatte der Pfarrer flüsternd gebeten, in Marias Gegenwart nicht über Julias Tod zu sprechen, denn man wisse nicht, was die alte Dame wirklich mitbekam.

Tom trat ans Bett, beugte sich zu ihr hinunter, begrüßte sie, aber ihre hellgrauen Augen blicken teilnahmslos durch ihn hindurch. Jetzt verstand er, was der Pfarrer gemeint hatte. Er nickte dem ernsten Koreaner freundlich zu.

»Komm Maria, ich bring dich ins Schlafzimmer.« Der Pfarrer, der sich als Phil Nguyen vorgestellt hatte, löste die Bremse am Bett und schob Maria hinaus.

Tom sah sich im Zimmer um, während Jessica Einstein kraulte. Die muffige Wärme nahm Tom fast die Luft. Er öffnete den Reißverschluss seiner Lederjacke. Jessica schälte sich schwer atmend aus ihrem Cape.

Überrascht registrierte Tom, dass sich weder im Eingangs-
bereich, noch im Ess- und Wohnzimmer in den letzten Jahrzehnten viel verändert hatte. Vermutlich bewohnten Julia und
Marcel ein anderes Appartement, denn der altdeutsche Einrich-
tungsstil mit dem röhrenden Hirsch an der Wand hätte wohl
kaum zu Julia gepasst, die Tom als Ästhetin durch und durch
gekannt hatte. Allerdings standen ein Cello und ein Noten-
ständer in der Ecke.

»Ist es also wahr?« Der Pfarrer bat sie mit Tränen in den
Augen im Esszimmer an dem runden Tisch mit der geblümten
Tischdecke Platz zu nehmen, an dem Tom sich als Teenager
mit Julia auf Referate und Klausuren vorbereitet hatte. Konnte
es sein, dass selbst das Tischtuch dasselbe war?

Nguyen holte drei Gläser und schenkte jedem ungefragt
Wasser ein. Er fühlt sich hier zu Hause, stellte Tom fest und
nickte.

»Julias Tod hat sich schnell herumgesprochen. Ich weiß gar
nicht, was ich sagen soll. Die Seidl-Frauen sind so was wie die
guten Engel der Straße. Erst Marias Schlaganfall. Und jetzt ist
die Julia tot.«

Tom fand es interessant, dass Nguyen Julia mit ihrem Mädchennamen ansprach. »Die Seidl-Frauen?«

»Freilich.«

»Aber Julia heißt seit bald 20 Jahren Frey mit Nachnamen«,
gab Tom zu bedenken.

Der Pfarrer schaute ihn irritiert an. »Schon, aber seit ich
in der Asamkirche diene, hat die Julia mit ihrer Mutter hier
gelebt, und alle sprechen von den Seidl-Frauen. Schon bevor
die Maria den Schlaganfall bekommen hat.«

»Haben Marcel und Julia sich getrennt?«

»Mei, schon lange.« Nguyens Gesicht sprach Bände, und
Tom beantwortete sich die Frage selbst. Er dachte an Christls

Beobachtung: Marcel zur Tatzeit im Eingang des ehemaligen Lederwarengeschäftes. Auch Mayrhofers Bemerkung, dass Marcel seine Frau erschossen haben könnte, bekam nun ein anderes Gewicht. »Wo ist Marcel jetzt?«

»Kommen S', ich führ Sie zu ihm. In der Druckerei.«

Jessica spülte das Wasser hinunter. Auch sie schien irritiert, wie heimisch der Pfarrer sich fühlte. »Welche Funktion haben Sie eigentlich in der Familie?«

Phil Nguyen war kaum größer als sie. Er trug eine Brille mit einem schmalen Rand, so schwarz wie seine Soutane, deren weißer Kragen hervorstach. Hätte er Jeans getragen, so hätte man ihn für einen Oberstufenschüler halten können. »Ich bin der Pfarrer der Asamkirche.«

»Ich dachte immer, die Asamkirche ist eine Filialkirche von St. Peter und hat keinen eigenen Pfarrer.« Tom dachte an die Klagen seines Religionslehrers. Dem Mann war es unbegreiflich gewesen, dass ein barockes Meisterwerk wie die Asamkirche, errichtet von den Gebrüdern Asam, sich keinen eigenen Pfarrer leisten konnte. Er war fest davon überzeugt gewesen, dass man mit einem Konzept, das kunstgeschichtliche Aspekte mit einer menschennahen Religion vereinte, dem allgemeinen Schwund der Kirchengemeinden entgegentreten könnte.

»Jetzt schon. Dank der Familie Seidl.«

»Inwiefern?« Jessicas Direktheit bestätigte einmal mehr, dass ein Grund, warum sie Polizistin geworden war, darin lag, dass sie ungehemmt fragen durfte. Ihr Beruf war ein Freibrief zum Fragenstellen und entband sie dabei jeglicher Diplomatie, falls nötig.

Der Pfarrer warf Tom einen Hilfe suchenden Blick zu. Aber Tom hütete sich, ihm einen Ausweg aus der Antwort zu signalisieren.

Nguyen seufzte. »Die Familie Seidl hat die Asamkirche von je her finanziell unterstützt. Aber es wurde immer schwieriger. Das Verlagswesen – man hört es ja überall – läuft nicht mehr so gut wie früher.«

Als Jessica und Tom keine Anstalten machten, seine Pause zu unterbrechen, fuhr er fort. »Als Julias Vater, der Kurt Seidl, vor einem Jahr gestorben ist, hat er einen Teil seines Privatvermögens der Asamkirche vermacht. Unter der Prämisse, dass wieder ein Pfarrer in das kleine Pfarrhäuschen einzieht, wo einst die Gebrüder Asam wohnten. Da aber der Spendenbetrag für die langfristige Finanzierung nicht ausgereicht hätte, haben Maria und Julia eine Idee gehabt. Sie haben die Mieten der Wohnungen nicht erhöht, aber die Mieter gebeten, einen Teil der Differenz, monatlich zu spenden. Das war für alle gut. Und es kommt ein ganz erkleckliches Sümmchen zusammen.«

»Was für Wohnungen?«, fragte Jessica Tom.

»Den Seidls gehört der ganze linke, ältere Immobilienteil. In dritter Generation. Julias Großvater, Josef Seidl, hat den gesamten Hinterhof als junger Mann nach dem Ersten Weltkrieg erworben und dort die Mietshäuser sowie den Verlag mit Bürogebäude und angeschlossener Druckerei erbaut, bevor er dann in späten Jahren eine Familie gegründet hat«, klärte er sie auf.

Jessica stieß einen anerkennenden Pfiff aus.

»Von wie vielen Wohnungen sprechen wir?«, hakte Jessica nach.

»Rund 30 Wohneinheiten in unterschiedlicher Größe.« Nguyen ging in Richtung Tür. Sofort fing Einstein an zu fiepen.

»30 Wohneinheiten!«, rief Jessica aus. »Und das in Bestlage München! Zentraler geht es ja kaum!«

Der Hund begann zu fiepen, als sie sich in Richtung Tür bewegten.

»Mei, der Hund! Der will nicht allein bleiben. Der braucht Gesellschaft um sich herum.« Der Pfarrer schlug die Augen

gen Himmel, während Einstein ihnen in tiefster Gangart mit unnachahmlichem Augenaufschlag folgte.

Tom hatte die Leine zuvor auf das Garderobenschränkchen in den Flur gelegt. »Dann nehmen wir ihn halt mit.« Bereitwillig und schwanzwedelnd ließ Einstein sich anleinen.

»Der Marcel liebt ihn zwar, aber er hat eine Hundeallergie«, gab der Pfarrer zu bedenken.

Tom traute seinen Ohren nicht. Er gab nicht allzu viel auf die aktuelle Allergiedebatte. »Also bitte. Was mich nicht umbringt, das macht mich stark.«

Nguyen zuckte mit den Schultern – eindeutig stärker dem Seelenheil der Menschen als deren körperlichen Gebrechen verpflichtet, wie Tom zufrieden feststellte.

Kälte und Dunkelheit schlugen ihnen vor der Tür entgegen. Sie mussten den Hof überqueren, um zur Druckerei zu gelangen. Die Fenster des einstöckigen Gebäudes im Hinterhof waren hell beleuchtet. Wo früher zahlreiche Mitarbeiter im Schichtdienst gearbeitet hatten, waren jetzt die Umrisse einer einzigen Gestalt zu erkennen. Marcel an einem Computer.

Sie hatten den Pfarrer in ihre Mitte genommen. Da er durch den langen Rock der Soutane beim Laufen eingeschränkt war, gelang es Jessica ohne Mühe Schritt zu halten. »Und Sie kümmern sich als Gegenleistung um die kranke Maria Seidl, wenn ich richtig verstehe.«

Sie sprach ungeniert aus, was Tom gedacht hatte.

»Gegenleistung?« Nguyen sah sie überrascht an. »Ich würde eher von einer tiefen Dankbarkeit gegenüber einem lieb gewonnenen Menschen sprechen. Es ist meine christliche Pflicht, der Familie in solch einem Moment der Prüfung unter die Arme zu greifen. Marias Schlaganfall hat alles verändert. – Aber was wird jetzt ohne die Julia. Ich kann es noch gar nicht begreifen.«

Mit einem schnellen Griff schob Nguyen seine Brille nach oben, wischte sich mit dem rechten Ärmel über die Augen. »Die Julia hat auch unser Jugendorchester angeführt. Wir haben so viel aufgebaut. Die Pfarrgemeinde hat sich vergrößert. Es kommen immer mehr Jugendliche. Zweimal pro Woche findet eine Beichtstunde statt. Die Asambrüder wären begeistert. Gerade die Jugendbeichte war ihnen besonders wichtig. Sie glauben gar nicht, wie gut es den Menschen tut, über das zu sprechen, was sie bewegt. Die Julia, die hat einen Blick dafür gehabt, wenn es jemandem nicht gut ging. Viele sind ihrem Rat gefolgt, sich bei mir auszusprechen. Wir sind alle sehr eng miteinander verwachsen.« Er ließ seinen Blick über die Hinterhoffassade gleiten.

Tom fragte sich wie eng. »Hat Julia auch gebeichtet?«

Nguyens Augen funkelten im Schein des Neonlichtes aus der Druckerei. »Schon«, sagte er langsam. »Heute Vormittag.« Er holte jetzt ein Taschentuch aus der Rocktasche, die so tief war, dass sein Unterarm zur Hälfte verschwand.

Tom blieb stehen.

»Und?« Jessica wäre fast über einen Karton gestolpert, der nachlässig vor dem Gebäude lag.

Nguyen blickte wieder gen Himmel. Er schien auf göttliche Eingebungen zu warten. »Was soll ich da sagen. Das müssen Sie verstehen. Noch nie war ich in so einer Situation. Ich kann mich nicht einfach über das Beichtgeheimnis hinwegsetzen. Aber, glauben Sie mir, das, was die Julia mir anvertraut hat, das hat nichts mit ihrem Tod zu tun.«

»Woher wollen Sie das wissen?« Tom gab dem Karton einen Stups mit der Fußspitze. Einstein schnüffelte sofort daran, hob sein Beinchen. Tom stellte sich dem Mann frontal entgegen. »Es geht um einen Mord!«

»Ich weiß. Aber ich muss Sie bitten, meine Entscheidung zu

akzeptieren. Oder muss ich Sie an das Zeugnisverweigerungsrecht der Berufsgeheimnisträger erinnern«, meinte Nguyen.

»Sie berufen sich tatsächlich auf Paragraf 53 der Strafprozessordnung, Absatz 1? Sie enttäuschen mich, Herr Pfarrer!«

»Abgesehen davon hat die Kirche eigene Regelungen zum Beichtgeheimnis, die mir heilig sind.« Nguyens Lippen wurden zu einem Strich.

»Sie sollten uns alles sagen, was Sie wissen. Und zwar am besten sofort. Jede Verzögerung führt zu einem Ermittlungsstau, und der geht dann auf Ihr Konto.« Tom hätte den Pfarrer gerne an seiner Soutane gepackt und geschüttelt. Das konnte jetzt nicht sein. Doch der Pfarrer schüttelte den Kopf und ging wortlos weiter.

Tom wurde plötzlich klar, dass Julia in dem feinsinnigen Priester ganz offensichtlich mehr als einen Kirchenvater gefunden hatte. Er fragte sich, ob der Pfarrer sich im Ernstfall seinem Talar wirklich stärker verpflichtet gefühlt hatte als der Liebe. Gab es das heute noch? Nach all den Skandalen, die die katholische Kirche in den letzten Jahren geschüttelt hatten. Oder pickte man sich da inzwischen ganz selbstverständlich, wenn auch weiterhin hinter verschlossenen Türen, die Rosinen aus dem Teig?

Marcel hatte sie anscheinend gehört. Mit einem Ruck wurde die Tür von innen aufgerissen. Sein alter Freund war in keinem guten Zustand, das erkannte Tom sofort. Marcels Haut glänzte schweißig und roch ungewaschen. Die Augen schauten glasig aus halb geschlossenen Lidern, die Pupillen waren riesig. Marcel war bekifft, obwohl er sich den Anschein gab, hochkonzentriert zu sein. Er trug lediglich ein weißes Feinrippunterhemd zu den schwarzen Jeans.

Wo sollte Tom ansetzen?

»Hi.« Er streckte Marcel auf Kopfhöhe die Handfläche entgegen. Der Kumpel verstand den Cliquengruß von einst sofort und schlug ein. Handfläche, Knöchel, Handfläche, Knöchel, Daumentop. Dann fielen sie sich in die Arme und klopften sich auf die Schultern.

Marcel hatte nach dem Abi große Pläne gehabt. Er wollte auf die Filmhochschule. Nach der ersten Absage hatte er sich schon damals zum hemdsärmeligen Künstlertyp entwickelt, sah jetzt aber aufgeschwemmt, verwahrlost und heruntergekommen aus. Dabei wirkte er gutmütig und melancholisch wie eh und je. Mit den strähnigen braunen Haaren hätte man ihn für einen Bildhauer halten können. Julia dagegen war als Musikerin eine ganz andere Art von Künstlerin gewesen. Feinsinnig, leise und geradezu transparent.

Dabei hatte Tom immer gedacht, wenn jemals einer von ihnen berühmt werden würde, dann Marcel. Ihm hätte er so etwas wie ein One-Hit-Wonder zugetraut. Weniger einen Erfolg, der auf disziplinierter Arbeit beruhte, als vielmehr ein wundersames Zusammenspiel von Genialität und glücklichen Umständen.

Aber keines von beidem hatte wohl geklappt. Im Gegenteil: Marcel schien sich aufgegeben zu haben. Kein Wunder, dass Julia und er sich auseinandergelebt hatten, denn Julia war eine zähe Kämpferin gewesen. Auch verstand Tom jetzt, warum Marcel ihn seit seiner Rückkehr nach München nie besucht hatte, obwohl sie beide sich einmal sehr nahe gestanden hatten.

»Mein Beileid.« Es gab keinen Grund, um den heißen Brei herumzureden. Sie standen zwischen Tür und Angel, aber Marcel machte keine Anstalten, sie hereinzubitten.

»Wo können wir ungestört reden?« Tom sah sich in der leeren Halle um. Der Geruch frischer Drucksachen stieg ihm in die Nase. Lange Tischreihen bildeten Verpackungsstraßen entlang der Wände. In der Mitte des Raumes befand sich eine

Gruppe verwaister Computerarbeitsplätze. Das Neonlicht schien unangenehm hell und erhitzte den Raum, was Marcels spärliche Bekleidung erklärte.

»Seids ihr jetzt allein hier?« Tom konnte es nicht glauben. Keine ratternden Druckmaschinen, keine herumwuselnden Mitarbeiter.

Marcel nickte und führte sie zu einem Arbeitsplatz, der sehr zentral gelegen war. Dort schnippte er eine Zigarette aus einer Schachtel und bot jedem eine an. Tom verneinte, Jessica nahm das Angebot an. Nguyen fühlte sich sichtlich unwohl. Einstein schnüffelte den Boden nach Essbarem ab.

»Du rauchst nicht mehr?« Marcel hatte die Angewohnheit beibehalten, die Zigarette in den linken Mundwinkel zu stecken, wobei seine rechte Hand den Mund verdeckte, wenn er an der Zigarette zog. Dabei kniff er das linke Auge zu.

Nachdem er nicht fündig geworden war, sprang Einstein bettelnd an Marcel hoch, der ihn zu kraulen begann. »Na, Alter. Du scheinst deinen Frauchen kein Glück zu bringen.«

»Wieso?« Jessica blies den Rauch seitlich aus.

»Maria hat ihn vor dem Tierheim gerettet, als ihre beste Freundin verstorben ist. Kurz darauf hat sie den Schlaganfall gehabt. Dann ist Julia eingesprungen.« Wenn Marcel an der Zigarette zog, schwangen seine Augenbrauen in der Mitte nach oben. Das gab ihm etwas Provokantes.

»War«, verbesserte Jessica prompt.

Marcel bedachte sie mit einem so schwermütigen Blick, dass er Tom leidtat. Dann fing Marcel unvermittelt an, schwer zu atmen, klemmte die Zigarette in die Halterung des Aschenbechers, rang nach Luft. »Asthmaanfall. Scheißallergie. Ich liebe den Kleinen, aber jedes Mal, wenn ich ihn streichle, ersticke ich fast.« Er wurde von einem Hustenkrampf geschüttelt und zeigte auf ein Inhaliergerät auf der

Fensterbank, das Tom schnell holte, während der Pfarrer den Hund beiseite zog.

Als Marcel sich gefangen hatte und wieder ruhig atmen konnte, setzte Jessica zur nächsten Frage an, doch Tom winkte ab. Es war nicht der richtige Zeitpunkt, Marcel weiter zu quälen. »Geht ihr mit Einstein besser raus. Ein weiterer Anfall wäre das Letzte, was wir jetzt brauchen können.«

Jessica zog einen Schmollmund, doch Nguyen war eindeutig froh, der Situation entfliehen zu können.

Themenwechsel, dachte Tom, als die Tür hinter den beiden zuschlug. »Fährst du noch Motorrad, Alter?«

Marcel schüttelte den Kopf. »Weder Geld. Noch Zeit.«

Tom betrachtete das Inhaliergerät eingehend. Er hatte Marcel immer vertraut. »Lass uns ehrlich miteinander sein! Christl hat dich im Eingang des ehemaligen Lederwarengeschäfts auf der Sendlinger Straße gesehen, als Julia erschossen wurde.«

»Gute Augen, deine Christl.« Marcel griff nun wieder nach der Zigarette, die fast abgebrannt war. Tom sparte es sich, ihn daran zu erinnern, dass Rauchen nach einem Asthmaanfall alles andere als ideal war. »Was hast du dort gewollt?«

»Wir hatten gestritten. Ich hab mit ihr reden wollen.«

»Worüber?«

»Alltagskram. Worüber man streitet, wenn man seit 20 Jahren aufeinanderhängt.« Marcel presste die Lippen zusammen.

Tom glaubte ihm nicht. »Wer hat sie erschossen, Marcel? Und warum?«

»Woher soll ich das wissen?«

»Du hast direkt daneben gestanden!«

Marcel schüttelte den Kopf. Er holte einen dicken, selbstgedrehten Joint aus der Schublade, hielt ihn Tom hin, legte ihn neben den Aschenbecher, als Tom den Kopf schüttelte.

»Weißt du, was ich gemacht habe, als meine Frau erschossen

wurde?« Viel zu spät drückte Marcel die bis auf den Stummel abgebrannte Zigarette im Aschenbecher aus. »Ich habe diesen Joint gedreht. Mit dem Gesicht zur Wand, damit es niemand sieht. Ich habe gewusst, dass sie mir nicht zuhören wird. Es war vorbei. Aber ich habe sie geliebt. Du weißt Tom, wie das mit uns war.«

Tom nickte. Julia und Marcel waren ein Traumpaar gewesen. Unzertrennlich. Hatte er gedacht. Damals.

»Als das Motorrad davongerast ist, habe ich mich danach umgedreht. Da hat Julia bereits auf dem Boden gelegen. Ich habe nicht einmal einen Schuss gehört. Aber mir war sofort klar, dass sie tot ist.« Die Erinnerung überkam ihn mit voller Wucht. Marcel verschränkte die Hände auf dem Schreibtisch, legte den Kopf darauf und fing bitterlich an zu weinen.

Tom hielt den Computer fest, der fast heruntergefallen wäre.

Dann legte er Marcel die Hand auf den gebeugten Rücken. Tom hatte den Freund nie weinen sehen. »Warum bist du nicht zu ihr gegangen, als sie auf dem Boden lag?«

»Ich hab gewusst, dass es zu spät ist. Ich konnte nicht. Ich hab unser Leben vor mir gesehen. Es war alles so verpfuscht. So ganz anders, als wir es uns erträumt hatten. Ich bin hierher gekommen und hab zu arbeiten angefangen.«

»Kannst du dir einen Grund vorstellen, warum jemand Julia loswerden wollte?« Tom musste weiter fragen.

Marcels Augen waren rot unterlaufen. Als er sich aufrichtete, klang seine Stimme lauter als nötig. »Seit ich sie auf dem Boden habe liegen sehen, zermartere ich mir den Kopf mit dieser Frage. Ich weiß es nicht, Tom.«

Tom glaubte ihm nicht. Als Marcel nach dem Joint griff, nahm Tom ihm die Tüte aus der Hand, legte sie entschlossen zurück in die Schublade. »Komm auf ein Bier zu uns, sobald dir danach ist. Aber die Tüten solltest du in nächster Zeit außer Reichweite halten. Wenn man die hier findet, kann ich nichts für dich tun. – Und, warte nicht zu lange.«

Marcel ließ den Kopf wieder auf die Arme sinken. Es war sinnlos, ihn weiter zu befragen. Tom verabschiedete sich mit einem schalen Gefühl, den Freund in seiner Trauer alleine zu lassen. Aber er musste weitermachen, durfte jetzt nicht nachlassen, denn die ersten Stunden nach einer Straftat brachten die meisten Erkenntnisse.

Draußen warteten Jessica und der Pfarrer mit dem Hund. Ob Jessica weiter hartnäckig geblieben und ihre Befragung erfolgreicher gewesen war? Die Stimmung zwischen den beiden wirkte angespannt.

»Was wird jetzt mit Einstein?«, fragte der Pfarrer.

Tom sah Nguyen fragend an.

Der schüttelte den Kopf. »Ich muss mich um die Maria kümmern. Keine Chance. Kein Hundedienst. Selbst solche Zamperl wie der Einstein sind in der Kirche nicht erlaubt. Ich muss jetzt eh los. Um 22 Uhr ist mittwochs späte Jugendbeichte.«

»So klein ist der Hund auch wieder nicht. Aber, was meinens, wie Ihre Beichtlinge reden, wenn Einstein sie mit seinem unvergleichlichen Augenaufschlag ansieht?«

»Keine Chance.«

»Gibt es etwas Wichtigeres, als den Mord an Julia aufzuklären?«

»Machen Sie Ihre Arbeit. Ich mach meine.« Damit überreichte Nguyen Tom die Hundeleine und eilte mit fliegendem Rock in Richtung Kirche.

»Was hat Julia Ihnen über das Manuskript erzählt?«, rief Tom dem sich in der Dunkelheit auflösenden Pfarrer hinterher.

»Nichts.«

»Der verschweigt uns was.« Tom drehte sich zu Jessica um. »Was hast du aus ihm rausbekommen?«

»Nur, weil er dir den Hund nicht abnehmen will? Der Pfarrer ist harmlos. Er hat mir seine Lebensgeschichte erzählt. Kommt aus Rosenheim, lebt in zweiter Generation in Bayern. Sein Vater ist Arzt. Aber er hat gehört, wie Julia und Marcel gestritten haben. Und laut einer Studie des Bundeskriminalamtes wird jeder zweite Frauenmord vom Partner begangen. Ich fürchte, Mayrhofer könnte gar nicht so falsch liegen mit seinem Verdacht gegen Marcel.«

»Worüber haben Julia und Marcel gestritten?«

»Hat der Pfarrer nicht verraten.«

»Ich glaube, er war in Julia verliebt. Für diesen Pfarrer ist das Zölibat mehr Fluch als Segen.«

»Könnte es denn je Segen sein?« Jessica grinste ihn durch die orangeroten Fransen ihres Ponys hindurch an.

»Dachte ich bisher schon.« Toms linke Hand tastete nach dem Ringschächtelchen, das nach wie vor leer war. Nachdem, was er gerade erlebt hatte, fragte er sich allerdings, ob es ein Wink des Schicksals war, dass er den Ring verloren hatte. Er wollte sich nicht vorstellen, dass Christl und er sich jemals so auseinanderleben könnten, wie es Julia und Marcel getan hatten. »Bei nächster Gelegenheit fühlst du dem Pfarrer aufs Zahnfleisch. Er hat eindeutig zu engen Familienanschluss.«

12.

Obwohl Jessica nach dem langen Tag hungrig und todmüde war, hatte sie Toms Angebot abgelehnt, mit ihm zum Essen zu kommen. Sie wollte sich im Büro den geretteten Manuskriptseiten widmen. Ein angeblich bisher unveröffentlichtes Manuskript des berühmten bayerischen Schriftstellers Ludwig Thoma lief einem schließlich nicht jeden Tag über den Weg.

Zu ihrer Verwunderung saß Mayrhofer am Computer und verglich verschiedene Motorradmodelle mit dem Ausschnitt eines Facebook-Videos von der Sendlinger Straße, auf dem das flüchtende Motorrad einen winzigen Moment lang im Bild erschien. Das Video hatte ein Passant gleich nach der Tat ins Netz gestellt, den Fokus aber auf die tote Julia und nicht auf das flüchtende Motorrad gelegt. Es gab nicht viel her.

Außerdem hatte er die Vorderlichtsplitter an die Spurensicherung gegeben, die sie entsprechend eingescannt hatten, sodass Mayrhofer die Angaben mit der Bundesdatenbank abgleichen konnte. Hier waren alle wichtigen Daten zu Baujahr und Modell aller Hersteller hinterlegt.

Vermutlich war Mayrhofers Date geplatzt. Mal wieder. Manche Frauen haben wirklich einen siebten Sinn, dachte Jessica anerkennend und erinnerte sich an eine Reihe von Reinfällen, die sie schon erlebt hatte. Das deutete allerdings auf dicke Luft hin. Mayrhofer konnte Zurückweisungen gar nicht verkraften. Sie versuchte es mit versöhnlichem Small Talk. »Nichts mehr vor?«

»Den Fleißigen sucht die Arbeit. – Siehe da, Frau Kollegin. Du hast recht gehabt. Eine BMW S 1000 XR.«

Der Satz wäre nett gewesen, hätte er ihr nicht die Abbildung eines Motorrads mit einem schulmeisterlichen Blick dicht vor die Augen gehalten. So als ob ihm der Treffer zuzuschreiben wäre. Insgeheim beglückwünschte Jessica sich zu ihrem Scharfsinn, hütete sich aber davor, es ihm zu zeigen.

Trotzdem hatte sie eine Spontanidee. »Lust auf einen Absacker und etwas zu essen? Mir hängt der Magen in den Kniekehlen.«

»Als Lückenbüßer für den dicken Benno?«

»Natürlich nicht. Zur Stärkung der Arbeitsatmosphäre. Das kann nicht schaden. Wie es aussieht, haben wir einen komplizierten Fall vor uns.« Den »dicken« Benno überhörte sie geflissentlich.

Mayrhofer lehnte sich in seinem Stuhl zurück und wies mit seinem Bleistift in ihre Richtung. »Ich halte es eher mit dem Witz, den ich heute gehört habe. Willst du ihn hören?«

Obwohl sie seinen Witzen misstraute, nickte sie, denn normalerweise fragte er nicht.

»Sagt ein Mann zu einer Frau: Gegen Übergewicht hilft leichte Gymnastik.« Er sprach eine Oktave höher. »Sie meinen Liegestützen und so?« Wieder tiefer. »Nein. Ein Kopfschütteln reicht, wenn man Ihnen was zu Essen anbietet.«

Er wartete auf ihre Reaktion. Als die ausblieb, schlug er sich auf die Oberschenkel und lachte.

Einen Moment war sie sprachlos, obwohl sie einiges von ihm gewohnt war. Sie ließ sich auf ihren Bürostuhl plumpsen, vollführte eine halbe Drehung und ließ die Augen über das Plakat an der hinteren Stirnseite der Wand gleiten. Sie hatte sich extra gut sichtbar einen Spruch rahmen lassen: *Manchmal ist das Schönste an meinem Job, dass sich der Stuhl dreht.* Der Spruch half ihr, den Ärger herunterzuschlucken. »Es war ein Versuch.«

»Humor ist, wenn man trotzdem lacht.«

»Nicht immer.« Jetzt fiel ihr Blick auf ihren Schreibtisch. Dort lag tatsächlich eine Kopie mit den Manuskriptseiten, obenauf klebte ein gelbes Notizblättchen. *Kopie von der Kopie. Leider schlecht lesbar.*

Es waren sechs Seiten. Allerdings nicht in Folge. Ein Brief. Das Titelblatt. Seite 5, 12 und 55 und 89. Außerdem waren die Seiten in altdeutscher Schrift von Hand eng und an vielen Stellen unleserlich beschrieben. Jessica stöhnte. Wie sollte sie jemals schlau daraus werden? Bei der Kopie von der Kopie waren manche Rundungen verloren gegangen. Eine Seite war mit Blut bespritzt, eine andere hatte dicke Wasserflecken, die Kopierfarbe war stellenweise verlaufen. Erschwerend kam hinzu, dass ein Großteil des erkennbaren Textes in bayerischer Mundart verfasst war. Ein sinnloses Unterfangen!

Sie nahm sich zunächst das Deckblatt vor. Die Großbuchstaben waren einigermaßen gut zu entziffern. *Ein Münchner im Himmel, Teil II von Ludwig Thoma*, stand dort in schwungvollen Großbuchstaben. Datiert war das Blatt vom Februar 1921.

Tom hatte also recht gehabt, als er gemeint hatte, Julia Frey wolle ihn wegen eines bisher unveröffentlichten Manuskriptes von Ludwig Thoma treffen, in dem sie wichtige Hinweise auf den Prostituiertenmörder der Sechziger gefunden hatte. Daraus ergab sich im Umkehrschluss: Wenn das Manuskript wirklich Hinweise auf den Fall enthielt und Jessica diese auf den vorliegenden Seiten fand, dann könnten sie der Lösung ihres Cold Cases näher kommen. Weißbauers Abruf hin oder her.

Bevor Jessica solch eine Aufgabe in Angriff nahm, brauchte sie eine Stärkung. Sie griff automatisch nach ihrer Kaffeetasse und trank. Der Kaffee war eiskalt, die Milch sauer. Sie schluckte tapfer, warf die Luxus-Kaffeemaschine an, die Tom seiner Abteilung gestiftet hatte, und brühte eine frische Latte Macchiato auf. Mayrhofer trank um diese Zeit nie Kaffee, daher brauchte sie ihn nicht zu fragen, worüber sie nach der Abfuhr eben froh war. Aber sie hätte sich denken können, dass er ihre Gewohnheiten kannte.

Kaum saß sie mit ihrem Traum von Milchschaum wieder am Schreibtisch, da schlich er sich an, spähte ihr über die Schulter. »Was gefunden?«

Obwohl sie ihn hatte kommen hören, zuckte sie zusammen.

»Da schau her. Von unserem Ludwig Thoma.« Mayrhofer wollte ihr die Manuskriptseiten aus der Hand ziehen, was sie nicht zuließ.

»Die Blätter, die bei der Leiche lagen.«

»Ein Manuskript?«

»Ein bisher unveröffentlichtes.« Was blieb ihr anderes übrig, als ihn einzuweihen. Schließlich arbeiteten sie im Team.

»Von Ludwig Thoma?«

»Sieht so aus.«

»Und das hat die Julia in ihrer Aktentasche gehabt?«

»So ist es.« Jessica nahm sich das Anschreiben vor.

Mayrhofer schien einen Augenblick intensiv nachzudenken. Man sah es ihm an, weil er beim Denken den Finger an den Mund legte wie ein Kleinkind. »Meine Vermutung war richtig. Perlinger hat die Julia treffen wollen. Sie war diejenige, die wichtige Hinweise zu unserem Rosi-Fall gehabt hat.«

Es war keine Frage, sondern eine Feststellung. Man konnte über Mayrhofer sagen, was man wollte. Eines konnte er: kombinieren.

Mayrhofer stützte sich auf ihre Rückenlehne, die prompt nach hinten nachgab. Er schaute ihr von oben ins Gesicht, die Augen rund aufgerissen. »Weißt du, was das bedeutet? Wenn der Perlinger sich nicht mit Weißbauer gestritten hätte, dann tät die Julia noch leben!«

Jessica setzte ihr volles Gewicht ein, um die Lehne wieder in die Senkrechte zu bringen. »Quatsch! Wir wissen nicht, warum sie umgebracht wurde.«

»Aber, wenn sie noch am Leben wäre – dann wüssten wir jetzt mehr zu unserem Fall!«

»Von dem wir offiziell abgezogen sind«, versuchte sie ihn abzulenken. Denn die schriftliche Weisung, den Fall bis auf Weiteres ad acta zu legen, hatte sie inzwischen alle per Mail erreicht.

Mayrhofer nahm sich das Anschreiben vom Tisch. »Perlinger hat auf das falsche Pferd gesetzt. Und das ist jetzt vor seinen Augen aus dem Rennen gezogen worden.«

»Wie kann man nur so herzlos sein, Mayrhofer. Was meinst du, wie es Tom jetzt geht? Eine gute Schulfreundin ist vor seinen Augen erschossen worden. Die Täter sind entkommen. Klar macht er sich Vorwürfe.«

»Manchmal frage ich mich, ob in dieser Stadt jemand sterben kann, der nicht das Glück gehabt hat, mit Perlinger bekannt zu sein.«

Es war sinnlos, die Unterhaltung in dieser Form fortzuführen. Sie musste ihn ablenken. Sie hielt die Manuskriptseiten hoch. »Meinst du, das ist wirklich ein Originalmanuskript von Ludwig Thoma?«

Obwohl Jessica aus Berlin stammte, kannte sie den berühmten bayerischen Schriftsteller. Sie hatte sogar vor Kurzem mit Benno ein Theaterstück von ihm im Ludwig-Thoma-Theater in der Karlstraße besucht. Moral. Daraufhin hatten sie sich gemeinsam den Zeichentrickfilm *Ein Münchner im Himmel* auf dem Handy angesehen und herzlich darüber gelacht.

Irgendwie hatte dieser Engel Aloisius sie insgeheim an Benno erinnert, der ursprünglich Christls Freund gewesen war. Jessica hatte Benno bei ihrem ersten gemeinsamen Fall mit Tom Perlinger »Die Montez-Juwelen« näher kennen und schätzen gelernt. Wahrscheinlich lag es daran, dass Benno genauso ein Münchner Original war, wie Ludwig Thoma es in der Satire beschrieb.

Mayrhofer studierte das Anschreiben. »Hier steht's jedenfalls.«

Er gab ihr den Brief zurück und nahm sich dafür die Seite 5 vor.

Der Brief war leserlicher geschrieben, als die wohl schnell dahingeworfenen Manuskriptseiten. Jessica bemühte sich, die Worte zu entziffern, was ihr mit großer Mühe schließlich gelang. Seinem Stil nach konnte das Anschreiben tatsächlich aus den 1920-ern stammen. Datiert war es vom 29.5.1921, adressiert an einen Josef Seidl. Julias Großvater, vermutete Jessica, der von Thoma mit »mein junger Spezi« angesprochen wurde und den Thoma bat, das Manuskript zu veröffentlichen und alles Weitere mit einer Maidi Liebermann zu klären.

»Josef Seidl muss Julias Großvater gewesen sein«, schloss auch Mayrhofer mit nachdenklich gekräuselter Stirn.

Jessica nickte. So hatte Tom es ihr erklärt.

Während Mayrhofer sich weiter in die Manuskriptseite vertiefte, recherchierte Jessica die Lebensdaten des Schriftstellers. Geboren am 21. Januar 1867 in Oberammergau. Gestorben am 26. August 1921 am Tegernsee. Also keine drei Monate, nachdem er den Brief verfasst hatte. Nach schwerer Krankheit. Ausgerechnet Magenkrebs.

Jessica berührte unwillkürlich den Speckring, der sich über ihrem Gürtel wölbte, und horchte in sich hinein. Sie lebte in der ständigen Angst, dass die Magensäure die Schleimhaut zu verdauen begann, falls der Magen nicht genug zu tun hatte wie jetzt, weil sie ihm seit Stunden keine Nahrung zugeführt hatte.

Bei der Internetrecherche stieß sie auf zahlreiche handschriftliche Notizen des Schriftstellers. Sie verglich die Handschrift von Manuskriptseite 30, die weniger fleckig war als die anderen.

Auch Mayrhofer merkte auf. »Wir brauchen ein Schriftgutachten. Mit Eilvermerk. Wir müssen als Erstes wissen, ob das Manuskript wirklich von Thoma stammt.«

»Was meinst du, was ich gerade vorhatte?«

Er hatte es mal wieder geschafft, den Überblick zu bewahren und Anweisungen zu geben, indem er sich hinter ihr aufgebaut hatte.

Mit wenigen Klicks schickte Jessica eine Mail an die Kollegen der Grafologie vom LKA und setzte außerdem die Spurensicherung in Kopie, damit der Informationskreislauf geschlossen war, falls es Fragen gab. Die Grafologen würden sich um ein Originalschriftstück kümmern und es dann mit dem Manuskript vergleichen.

»Was fällt dir im Blick auf unseren Rosi-Fall noch auf?«, fragte Jessica dann. Irgendwie konnte man Mayrhofer ja doch gebrauchen.

Tatsächlich schien der Fall auch ihm keine Ruhe zu lassen. »1921. Das ist lange her. Wo kann da die Verbindung sein? – Warum hat der Mann, der die Julia überfallen hat, die anderen Blätter mitgenommen? Ist es ihrem Mörder darum gegangen?«

Jessica nickte. Mayrhofer hatte in Worte gefasst, was sie dazu bewegt hatte, die Manuskriptseiten anzufordern.

Nachdem Mayrhofer die einzelnen Seiten noch mal akribisch durchgesehen hatte, legte er sie nebeneinander auf den Tisch und deutete auf einzelne Worte, die aus dem Zusammenhang gerissen waren und keinen Sinn ergaben. Sie erinnerten an unterschiedliche Werke des Dichters. »*Aloisius. Hofbräuhaus. Bier. Lausbubengeschichten. Ludwig. Arthur. Dirndl. Münchnerinnen. Petrus. Wolke. Halleluja. Geld. Regierung. Aber hier: Hacklstecka. Schmaidosn. Harpfe.*«

»Was um alles in der Welt bedeuten Hacklstecka, Schmaidosn und Harpfe?«

»Spazierstock, Schnupftabaksdose und Harfe.«

Jessica erstarrte. Spazierstock. Schnupftabaksdose. Harfe.
Das waren die Bezüge! Sie dachte an die Miniaturharfe unter
Julias lebloser Hand, die nun bei der Spurensicherung lag und
von der Mayrhofer noch nichts wusste.

Diesmal war sie schneller als er. »Wir brauchen eine Reinschrift.«

Er stimmte ihr zu, nahm seinen Parka. »Pfiat di.«

Jessica nahm allen Mut zusammen, um endlich dieses Wort
herauszubringen. Sie atmete tief ein. Beim Ausatmen knetete
sie die Lippen und stieß die Laute hervor: »Pfuitti.« Es hörte
sich an, als ob 50 Kilo pures Fett in eine Pfütze klatschten.

Mayrhofer schüttelte den Kopf und ging.

Jessica schrieb eine weitere Mail an die Schriftexperten des
LKA und bat darum, den Text ins Hochdeutsche zu übersetzen.

Trotzdem. So seltsam die Übereinstimmungen auch waren:
Das Manuskript war annähernd 100 Jahre alt, wie konnte es
wichtige Hinweise enthalten? Lebte hier irgendwo in den Tiefen der bayerischen Wälder eine Art unsterblicher Methusa-
lem, der sich vom Blut junger Frauen nährte?

Sie schrieb sich die Jahreszahlen auf und rechnete nach. Zwischen 1963 und 1967 waren fünf junge Frauen getötet worden. Aber zwischen dem ersten Mord und diesem Manuskript
lagen über 40 Jahre. Zwischen dem letzten Mord und heute
50 Jahre. Wie konnte das passen? Sie würden unglaublich viel
Zeit darauf verwenden müssen, um in der Vergangenheit zu
bohren, und das ohne handfeste Anhaltspunkte. Das war ein
fast aussichtsloses Unterfangen. Es blieb zu hoffen, dass dieser Ermittlungsansatz eine reale Spur versprach.

Wer konnte ein Interesse an diesem Manuskript haben, wenn es der Grund dafür war, dass Julia auf offener Straße erschossen worden war? Wo waren die fehlenden Seiten? Wie viele Seiten umfasste das Manuskript überhaupt? Statt Antworten weitere Fragen. Oder gab es einen ganz anderen Grund – und das Manuskript war nur ein Vorwand?

Jessica schüttete den Rest der Latte in einem Zug hinunter. Sie würde schlecht schlafen, das wusste sie jetzt schon.

Sie schrieb eine Mail an Tom, dass sie die Seiten ans LKA weitergeleitet hatte. Dann erhob sie sich so abrupt aus ihrem Stuhl, dass ihr Kreislauf rebellierte und sich das Zimmer um sie herum drehte. Zeit, nach Hause zu gehen.

13.

Das Champions League-Spiel wurde abgepfiffen, die Bayern hatten gewonnen und kamen ins Viertelfinale. Die Stimmung war entsprechend ausgelassen. Bierkrüge stießen dumpf aneinander. Ein ganzer Tisch sang zu der Melodie von ›Eisgekühlter Bommerlunder‹: *Bayern München Deutscher Meister, Bayern München das sind wir. Alle fürchten Bayern München, denn wir trinken Weizenbier …*

Tom, Christl und Max saßen am Stammtisch und rekapitulierten die letzten Stunden. Dabei hätte Christl für ihre Prüfung lernen müssen. »Ich sollt sie sausen lassen«, stöhnte sie.

Tom schüttelte den Kopf. »Auf keinen Fall. Ein bisschen

Zeit hast du ja noch. Du schaffst das locker.« Er gab ihr einen Kuss.

»Ich muss immer an Julia denken.« Sie stützte den Kopf auf die Hände.

»Hätte ich mich nicht von Weißbauer aufhalten lassen, dann wäre Julia vielleicht noch am Leben.« Tom legte den Arm um sie, obwohl er jetzt Zuspruch brauchte, denn er hatte sich selten so schlecht gefühlt.

»Oder du wärst auch tot.« Christl drückte ihm einen Kuss auf die Wange. »Versprich mir, dass du das nicht denkst! Irgendjemand hat Julia unbedingt aus dem Weg schaffen wollen, egal wie. Er hätte auch vor dir nicht haltgemacht.«

»Das waren Profis. Die hätten sie überall erwischt.« Max bot Tom ein Bier an. Aber Tom war nicht in Stimmung, ein Helles zu genießen. Wäre er früher da gewesen, dann hätte Julia ihm ihre Hinweise zu ihrem Cold Case anvertraut. War das der Grund gewesen, warum sie hatte sterben müssen? Wenn er jetzt wenigstens den Ring gehabt hätte, um Christl aufzumuntern und ihren Blick auf die Zukunft zu lenken. Aber auch der war fort.

Beagle Einstein lag zu ihren Füßen und schnarchte hörbar. Tom hatte bis dahin nicht gewusst, dass Hunde schnarchen konnten und fand es befremdend. Trotzdem hatte der regelmäßige Rhythmus des Ein- und Ausatmens etwas Beruhigendes. Einstein schien Julia nicht zu vermissen. Vermutlich lag es daran, dass sie sein zweites Frauchen innerhalb kurzer Zeit gewesen war und er sich noch nicht an sie gewöhnt hatte.

»Ein laut schnarchender Hund! Das hat uns gerade noch gefehlt.« Max holte sein Päckchen Pfeifentabak vom Regal über dem Stammtisch und begann seine Pfeife zu stopfen. Er öffnete die Tür zum Innenhof und entzündete den Tabak. Sofort umhüllte sie der feine Duft von Kirsche und geräuchertem

Karamell. »Das stört heut keinen. Jetzt, wo die Bayern Sieger sind.«

Tom dachte an Franziska und Marcel. Seit Tom wieder in München war, hatte er – außer Julia gelegentlich auf der Straße – keinen der alten Clique wiedergesehen, obwohl er sich oft vorgenommen hatte, ein Treffen zu organisieren. Es lag wohl daran, dass sie alle sehr beschäftigt waren. Im Frühling und Sommer hatten Christl und er jede freie Minute in den Bergen verbracht. Im Herbst und Winter hatten sie sich unten ins Wirtshaus oder in ihr Liebesnest oben im Dachgeschoss verkrochen oder waren auf der Skipiste unterwegs gewesen. Tom stand auf und zapfte für alle drei je eine Apfelsaftschorle. Zurück am Tisch hob er sein Glas und trank einen kräftigen Schluck. Das tat gut.

Christl erhob seufzend ihr Glas. »Auf das Leben. Und auf Julia. Sie war eine tolle Frau. – Möge es ihr gut gehen, wo immer sie jetzt ist.«

Sie schwiegen im Gedenken an die Freundin.

»Marcel hat mir nicht gefallen«, meinte Christl dann ernst.

»Sein Leben ist anders verlaufen als geplant. Ich hab ihn immer in der Kreativbranche gesehen. – Und Julia hat eigentlich als Solo-Cellistin ins Orchester gewollt. Die beiden waren ein Traumpaar. Habt ihr gewusst, dass sie getrennt waren?« Tom fragte sich, wie es Marcel jetzt wohl ging.

Christl nickte nachdenklich. »Julia hat das Orchesterleben körperlich nicht verkraftet. Marcel hat einen Riesenflop mit einem Filmprojekt erlebt. Der Verlag war für beide eine Notlösung. Und Marcel hat wohl ganz beträchtliche Schulden angehäuft.«

»Wie läuft der Verlag?«, fragte Tom.

»Soweit ich das beurteilen kann, mehr schlecht als recht.« Max war von Rauchschwaden umgeben. »Aber sie haben ja die Mieteinnahmen.«

Tom verstand. »Und Franzi? Sie war stockbesoffen. Und das am Nachmittag! Als sie nach dem Abi in die USA gegangen ist, war ich überzeugt, dass sie sich einen Multi-Millionär à la Donald angeln würde.«

»Trump?«, fragte Christl.

Tom lachte. »Eher Duck. Als Dagoberts Erbe. Aber im Zweifel hätte sie alle drei genommen.«

Christl zog die Augenbrauen hoch.

Max feixte. »Jetzt hat sie sich für Sebastian entschieden.«

Tom stieß pfeifend die Luft aus. »Für Sebastian! Das erklärt alles. Hat er etwa die Kanzlei seines alten Herrn übernommen, obwohl er das nie wollte?«

Christl und Max nickten gleichzeitig.

»Wär auch blöd gewesen, es nicht zu tun. So ein Familienunternehmen lässt du doch nicht einfach über den Jordan gehen«, meinte Max und stieß eine Rauchwolke aus.

»Sebastian hat von einer Managerkarriere in einem internationalen Konzern geträumt.« Tom hatte keine Minute daran gezweifelt, dass es ihm gelingen würde.

Max zuckte mit den Schultern, zufrieden mit seiner Pfeife und dem Blick ins volle Wirtshaus. »Außerdem will Sebastian in die Politik. Kandidiert für den Stadtrat 2020.«

»Und Carolyn hat Karriere gemacht.« Christl sah ihn mit diesem prüfenden Blick an, der ihn verunsicherte, weil er nicht wusste, was sie von ihm wollte.

Auf Max' Stirn bildeten sich zwei tiefe Zornesfalten über der Nasenwurzel. »Leitet die Oberste Baubehörde im Bayerischen Staatsministerium des Innern, für Bau und Verkehr. Sie verantwortet maßgeblich, was und wie in München gebaut wird – und wenn es nur um die Modernisierung eines Innenhofs geht.«

Er erzählte Tom von dem Brief, der ihn am Morgen erreicht hatte.

Aber Tom hörte nur mit halbem Ohr zu, denn die Erinnerungen waren plötzlich zum Greifen nahe. An die rauschende Silvesterparty zur Jahrtausendwende, seine heiße Nacht anschließend im Dachgeschoss mit Carolyn, die damals im Gegensatz zu ihm schon sehr erfahren gewesen war.

Christl schien seine Gedanken erraten zu haben und riss ihn heraus. »Habt ihr nicht nächstes Jahr 20-jähriges Abi-Jubiläum?«

Er nickte.

»Und Carolyn hat schon einen 17-jährigen Sohn.« Christl beobachtete Tom über den Rand ihres halbvollen Glases sehr genau.

Max stopfte die Pfeife nach. »Der Leon ist inzwischen im Kloster Schäftlarn. Hat im Wilhelmsgymnasium Schwierigkeiten gehabt. Macht im nächsten Jahr Abi.«

»Keine leichte Zeit.« Tom erinnerte sich mit zwiespältigen Gefühlen daran. Er selbst war damals wenig zielstrebig gewesen, hatte gerade von seiner Mutter erfahren, wer sein Vater war, was ihn seelisch völlig aus dem Gleichgewicht geworfen hatte. Die anderen dagegen waren voller Lebenslust und Perspektiven.

Nur ausgerechnet die sonst so ehrgeizige Carolyn war ähnlich unentschlossen gewesen wie Tom. Dabei hatte sie damals schon in der deutschen Damen-Tennismannschaft die ersten Pokale geholt, war als eine Art zweite Steffi Graf gehandelt worden. Niemand hatte damit gerechnet, dass sie wenige Monate nach dem Abitur als Jahrgangsbeste ein Kind zur Welt bringen würde. Gegen alle Widerstände. Sie hatte sich, anders als ihre eigene Mutter, rührend um den kleinen Jungen gekümmert – ohne die Identität des Vaters je preiszugeben –, soweit Tom wusste.

»Weiß man inzwischen, wer Leons Vater ist?« Tom gab seiner Stimme einen betont gleichgültigen Klang. Trotzdem entging ihm nicht, dass Christl zusammenzuckte.

Max schüttelte den Kopf. »Nicht, dass ich wüsste. Und das wüsste ich.«

Christl erhob sich abrupt, nahm das Tablett vom Tischrand und sammelte die leeren Gläser ein. »Warum macht sie daraus so ein Geheimnis?«

»Muss jemand ganz Besonderes sein«, meinte Max, und Tom spürte seinen fragenden Blick auf sich gerichtet.

Christl stemmte das Tablett hoch. Das Thema schien ihr nicht zu behagen. Die Muskeln an ihren schlanken Armen zeichneten sich ganz deutlich ab. Ihr Muttermal schien zu leuchten. Die Gläser stießen klirrend aneinander. »Ich versteh nicht, warum Carolyn den Brief an Max persönlich unterzeichnet hat! Entweder war es ein Versehen oder ihre Unterschrift ein Wink mit dem Zaunpfahl, um mit dir in Kontakt zu treten. Vielleicht solltest du mal einen Vaterschaftstest in Auftrag geben.«

Das hatte betont pragmatisch geklungen. Christl rauschte in Richtung Küche davon. Ihr brauner Pferdeschwanz wippte energisch nach rechts und links.

»Was war jetzt das?«, fragte Max zwischen zwei Zügen.

»Stimmungsschwankungen«, meinte Tom und schaute ihr nach. Auch wenn er gerne mit Christl nach oben gegangen wäre, so wusste Tom aus Erfahrung, dass es besser war zu warten, bis sie sich beruhigt hatte.

»Schwanger?«, fragte Max.

»Nicht, dass ich wüsste. Und das wüsste ich«, antwortete Tom.

Max wiegte den Kopf vielbedeutend von einer Seite zur anderen.

Tom wurde es heiß. Er hatte das Thema Vaterschaft die ganzen Jahre erfolgreich verdrängt. Jetzt wurde es wieder präsent – und zwar in doppelter Hinsicht. Sollte er wirklich einen inzwischen 17-jährigen Sohn mit Carolyn haben? Konnte Christl schwanger sein? Oder lag ihre Gereiztheit vielmehr an der bevorstehenden Prüfung?

Jetzt bat er Max doch um einen Schnaps.

Als der mit sicherem Instinkt das Thema wechselte und erzählte, dass Sebastian und Franzi wie schon Sebastians Eltern über der Kanzlei am St.-Jakobs-Platz wohnten, beschloss Tom spontan, den beiden einen Besuch abzustatten. Es war erst kurz vor 23 Uhr, und er würde jetzt unmöglich schlafen können. Und die beiden waren – genauso wie er – immer Nachteulen gewesen.

14.

Claas hatte sich einen Platz gesucht, von dem aus er die Vorgänge in der Kanzlei Pohl & Partner ungestört beobachten konnte. Ursprünglich hatte er geplant, der Kanzlei einen diskreten Besuch abzustatten, um mehr über die Zusammenhänge zwischen Iwan Maslov und dieser Julia Frey herauszufinden. Sebastian Pohl war ihm nach seiner Recherche als ein ideales Bindeglied erschienen.

Jetzt fragte sich Claas allerdings, ob der Anwalt nicht eine zentralere Rolle spielte. Denn tatsächlich brannte um diese Uhrzeit – kurz vor 23 Uhr – Licht in den drei Meter hohen Räumen, und hinter den erhellten Fenstern gingen kuriose Dinge vor sich.

Die Sozietät war in einem freistehenden rosa Altbau aus der Jahrhundertwende am Rande des St.-Jakobs-Platzes untergebracht. Von seinem Standort aus konnte Claas links das quaderförmig wirkende Gebäude des Jüdischen Museums erkennen, an das die Synagoge angeschlossen war.

Claas saß auf dem Geländer eines erhöhten Aufgangs gegenüber der Kanzlei. Mit seiner tief ins Gesicht gezogenen Baseballkappe musste er auf einen Beobachter wirken wie ein Angetrunkener, der in Ruhe eine letzte Zigarette rauchte, bevor er nach Hause schlurfte. Dank des Podestes befand er sich quasi auf Augenhöhe mit den beiden Personen, die hinter den vorhanglosen Fenstern im Parterre stritten. Die beiden liefen aufgeregt durch die nebeneinanderliegenden Räume und suchten ganz deutlich nach etwas.

Sebastian Pohl redete und schimpfte auf die Frau ein, die selbst auf diese Entfernung gut erkennbar schwankte. Wann immer möglich schlich sie in ein Büro, goss eine gelbliche Flüssigkeit in ein Glas und trank gierig. Whisky. Die Marke konnte Claas zwar nicht erkennen, aber angesichts der ungemütlichen feuchten Kälte hätte er gerne einen Schluck mitgetrunken.

Claas hatte ein kleines Fernglas bei sich. Es gehörte zu seiner Standardausrüstung, seit er durch Nastasja gelernt hatte, von den Lippen zu lesen. Er stellte sicher, dass er nicht beobachtet wurde, holte es aus der Tasche seines schwarzen Trenchcoats und sah hindurch.

»Ich brauche diese Unterlagen.« An der vorgebeugten Haltung und den wild gestikulierenden Armen des Hünen im grauen Anzug erkannte Claas, dass Pohl brüllte.

Ein Mann mit einer beeindruckenden Statur, dieser Sebastian Pohl, das musste Claas zugeben, und deshalb war er ihm auch auf der Baustelle aufgefallen. Wie geschaffen für die Politik. Sehr fotogen. Claas hatte die Aufzeichnung einer Talkrunde mit ihm bei seinen Recherchen zuvor entdeckt. Pohl konnte und wollte reden. Er würde sich wohl nicht lange mit dem Amt als Stadtrat zufriedengeben, für das er 2020 kandidieren wollte, wie er überall kundtat.

Die Frau stand mit dem Rücken zu Claas. Sie hob und senkte die vornübergebeugten Schultern. Scheinbar wusste sie nicht, was ihr Mann suchte.

»Und dass du ausgerechnet Tom über den Weg laufen musstest! Es ist nur eine Frage der Zeit, bis er vor der Tür steht und seine Nase in unsere Angelegenheiten steckt.« Der Hüne schlug sich mit der Hand gegen die Stirn, wie um ihr zu zeigen, für wie bescheuert er seine Frau hielt.

Sie wirkte wie ein Häufchen Elend. Die Kräfteverteilung war eindeutig asymmetrisch. Pohl lief jetzt mit einer wegwerfenden Handbewegung in das angrenzende Büro. Dort zog er verschiedene Ordner aus dem meterlangen, dicht bestellten Regal, während die Frau sich einen weiteren Whisky genehmigte.

Am späten Vormittag hatten der Anwalt und diese Carolyn Wallberg – wie Claas nach nochmaligem Studium des Klassenfotos herausgefunden hatte – an einer Baustellenbesichtigung teilgenommen. Carolyn Wallberg hatte eine verantwortliche Position im Bayerischen Staatsministerium des Innern, für Bau und Verkehr. Das war mehr als interessant. Denn Claas hatte sich bereits gefragt, wie Iwan Maslov so schnell an die Genehmigungen seiner Projekte kam, die wie die Pilze aus dem Boden schossen. Auf der anderen Seite wusste er, dass Carolyn Wallberg in ihrer Position gerade in Bayern unter strengster Beobachtung stand. Es war so gut wie unmöglich, dass sie sich etwas zuschulden kommen lassen konnte.

Nach der Besichtigung hatten Wallberg und Pohl mit den beiden Geschäftsführern der DeuWoBau in einer schwarzen

Limousine die Baustelle verlassen. Claas hatte gemutmaßt, dass sie mit dem großen Meister zu Mittag essen würden, und überlegte, ihnen zu folgen. Denn, so gut er auf der Baustelle auch platziert war, zu Gesicht hatte er Iwan Maslov bisher nicht bekommen.

Bei der Frau in der Kanzlei dagegen musste es sich um Franziska Pohl, Sebastians Gattin, handeln. Um sie dem lachenden Mädchen mit der positiven Ausstrahlung auf dem Klassenfoto zuzuordnen, brauchte man Fantasie. Franziska trug jetzt statt einer wallenden Mähne einen praktischen, honigblonden Kurzhaarschnitt, der durch das volle, leicht gewellte Haar noch immer sehr apart wirkte und einen hübschen Kontrast zu den dunklen Augen bildete. Auch wenn sie jetzt ungekämmt und zerzaust war. Ihre Figur in dem samtschwarzen Hausanzug war schlank, allerdings bewegte sie sich steif und wenig sportlich. Auch die Proportionen von Augen, Nase, Wangen und Mund waren symmetrisch und ausgeglichen, wie Claas erkennen konnte, als sie mit dem Glas an den Lippen aus dem Fenster blickte, ohne ihn zu bemerken. Aber ihre aufgequollenen und abwärts gerichteten Gesichtszüge ließen sie verlebt und wesentlich älter wirken als die rund 37 Jahre, die sie alt sein musste. Daraus, dass Franziska einen Hausanzug trug, schloss Claas, dass sie zuvor oben in der Privatwohnung gewesen war, in der ebenfalls Licht brannte. Wahrscheinlich hatte ihr Mann sie aus der abendlichen Entspannung gerissen, damit sie ihm beim Suchen helfen konnte.

Sebastian Pohl riss nun Ordner aus dem Regal, blätterte sie durch, entnahm Seiten, packte sie in seinen geöffneten Aktenkoffer. Er schien sich für unverwundbar zu halten und dachte nicht daran, die Rollläden herunterzulassen, um sich vor fremden Blicken zu schützen.

Claas steckte das Fernglas zurück in die Tasche und zog an seiner Zigarette, die bereits zur Hälfte heruntergebrannt war.

Ohne Halt verlor Claas für einen Moment das Gleichgewicht auf dem Geländer. Erst in letzter Sekunde hielt er sich wieder fest. Er dachte an Tom, der jetzt vermutlich keine 100 Meter von hier entfernt war. Trotzdem war es nur eine Frage der Zeit, bis sie sich begegnen würden. Jetzt, wo ihre Fälle sich miteinander verwoben.

Plötzlich schlich Franziska Pohl zu ihrem Mann, lehnte sich an das Regal. Sie wirkte verzweifelt, wollte wohl Trost, erkannte dann, was ihr Mann tat. Claas griff erneut zum Fernglas, starrte auf ihre Lippen, bewegte seine unweigerlich mit. »Was machst du da?«

Sebastian stand seitlich, Claas konnte seine Antwort nur erraten, denn Franziska fiel in sich zusammen. Doch sie bäumte sich gleich darauf mit verzweifelter Miene wieder auf. »Sie ist tot! Verstehst du! Julia ist tot!«

Da Sebastian nicht reagierte, sondern umso schneller einen Ordner nach dem anderen herauszog, begutachtete, Blätter herausnahm oder zurückstellte, wankte Franziska auf ihn zu, klammerte sich an seinen rechten Arm. »Lass mich jetzt nicht allein.«

Doch statt sie zu trösten, schüttelte er sie ab wie eine lästige Fliege, griff nach dem Aktenkoffer und verließ das Zimmer.

Als Claas den Anwalt kurz darauf über den Hinterausgang aus dem Haus kommen sah, warf er seine Zigarette auf die feuchte Straße und sprang vom Geländer. Keine Sekunde zu früh. Denn auf der anderen Seite näherten sich Schritte. Das durfte nicht wahr sein. Tom. In letzter Sekunde drehte Claas den Kopf weg. Er konnte nur hoffen, dass Tom ihn nicht an seinem Gang erkannte. Instinktiv zog Claas sein rechtes Bein nach, als er Sebastian folgte, der bereits in Richtung Oberanger verschwunden war.

15.

Tom sah schon von Weitem, dass sowohl die Räume der Kanzlei Pohl & Partner als auch die Privatwohnung hell erleuchtet waren. Es wurde also sogar noch gearbeitet. Das traf sich gut.

Doch als er die Treppenstufen zur Haustür hochsprang, war plötzlich das Gefühl wieder präsent, beobachtet zu werden. Ein Mann in einem schwarzen Trenchcoat hinkte eilig in Richtung Jüdisches Museum davon, sonst waren die regennassen Straßen leer. Bildete er sich das nur ein?

Tom kramte in seiner Lederjacke, holte seine Brieftasche hervor und fand den blauen Zettel, den er stets bei sich trug. Buchstaben, die an ihn gerichtet waren, die er erst entschlüsseln musste und die keine allzu große Bedeutung gehabt hätten, wären sie nicht das letzte Zeichen von Claas, bevor er vor inzwischen drei Jahren verschwunden war. *Ü.* Das *Ü* stand für Überraschung. *HA.* Heute Abend. *FM.* Freu mich! *C.* Claas. *Überraschung. Heute Abend! Freu mich, Claas.*

Anstelle einer Überraschung hatte der Tag ihrer beider Leben für immer verändert. Tom wäre fast gestorben, was aus Claas geworden war, wusste er nicht.

Obwohl Maslovs Sohn damals in Düsseldorf im Gefängnis gelandet war, wurde Iwan Maslov selbst – so sein offizielle Name – nie gefasst. Allerdings gab es Gerüchte, dass der Mann – erwiesenermaßen der Kopf eines weitverzweigten und hochkriminellen euroasiatischen Netzwerkes – nicht nur einen Sohn, sondern auch eine Tochter hätte, Nastasja. Diese Nastasja war seit dem Tag, als Tom von der Kugel getroffen worden war, ebenfalls unauffindbar – genau wie Claas. Ihr Vater ließ über sein internes Netzwerk nach ihr suchen, was der Polizei nicht verborgen blieb. Diese Nastasja war angeblich taubstumm gewesen. Tom erinnerte sich, dass Claas sich in den Wochen, bevor er verschwand, stark verändert hatte. Er hatte an den Abenden keine Zeit mehr gehabt, hatte sich mit Gebärdensprache und Lippenlesen befasst, was zu zahlreichen komischen Situationen und Missverständnissen geführt hatte. Es hatte Claas Spaß bereitet, zu übersetzen, wer was gerade zu wem sagte, was bei der deutschen Sprache nicht leicht war, weil viele Wörter unterschiedliche Bedeutungen, aber sehr ähnliche Mundbilder hatten. Zum Beispiel Mutter und Butter. Aber Claas hatte schnell gelernt. Im Kollegenkreis sprach man ihm geradezu vorherseherische Fähigkeiten zu. Zum Beispiel, wenn die Sekretärin hinter dem Glasfenster am Nachmittag zu ihrer Kollegin sagte: »Ein Kuchen zum Kaffee wär schön«, Claas in die Kantine ging und ihr ein riesiges Stück Schwarzwälder Kirsch brachte. Claas und Tom hatten sich ob der verdutzten Gesichter oft ins Fäustchen gelacht.

Schnell steckte er den Zettel in die Brieftasche zurück. Dann begann er, die Klingelschilder zu studieren. Jetzt wohnten also Sebastian und Franzi über der Kanzlei wie zuvor Sebastians Eltern mit den beiden Söhnen. Aber mit Kindern hatte es wohl sowohl bei Franzi und Sebastian, als auch bei Julia und Marcel nicht geklappt. Wie es wohl ist, Vater zu sein, fragte sich Tom, als er auf den Klingelknopf mit dem Kanzleischild drückte.

Kaum hatte sich die Tür geöffnet, da fiel Tom eine angesäuselte Franzi mit zerzaustem Haar in die Arme.

»Hoppla.« Er fing sie auf. Sie sah verweint aus.

Trotzdem lachte sie zu ihm hoch. »Tom! Schön, dass du da bist.«

Sichtlich bemüht, ihre Stimme unter Kontrolle zu bekommen, öffnete sie die Tür weit, versuchte, sich das ungeordnete Haar mit den Fingern zu richten, strich den Hausanzug aus schwarzem Samt glatt.

»Hi, Franzi. Dachte, ich schau nach dir. War ein ganz schöner Schock heute.«

Sie nickte und verbiss sich weitere Tränen. Als sie sich gegenseitig ein Bussi rechts und links auf die Wangen drückten, konnte er ihre Fahne riechen.

»Komm rein. Magst du was trinken?« Ihre Wimperntusche war verlaufen, doch sie bemühte sich, ihn anzustrahlen.

Säufer brauchen Gesellschaft, dachte er. Aber wenn er sie so anschaute, konnte er einfach nicht. »Ein Glas Wasser gerne.«

Sie tippte ihm mit dem Finger auf die Brust. »Lass uns nach oben in die Wohnung gehen. Ich bin eh fertig hier. – Gut schaust du aus.«

Da es gelogen gewesen wäre, das Kompliment zurückzugeben, schwieg er.

Als sie den Zahlencode in die Tasten des Kästchens neben der Tür eingab, um die Kanzleitür zu verschließen, vertippte sie sich zwei Mal. Dann hängte sie sich bei ihm ein, und gemeinsam schritten sie die mit schwarzen und weißen Granitkacheln belegte breite Treppe hinauf. Tom war darauf gefasst, dass Franzi jeden Moment stolpern könnte und er sie auffangen musste. Oben angekommen bat sie ihn ins Wohnzimmer. Es war hochmodern und anders eingerichtet als bei Sebastians Eltern. Viel Weiß, ein heller Perser aus seidiger Wolle auf den schwarzen Marmorfliesen. Ein überdimensionales rundes, weißes Ledersofa in der Mitte des Raumes. Glasvitrinen mit chinesischem Porzellan, dominiert von Gold, Rot, Weiß und Schwarz. Eine expressionistische Landschaftsansicht aus der Murnauer Gegend von Gabriele Münter an der Wand. Tom ging davon aus, dass sie echt war.

Er ließ sich in das weiße Leder gleiten, hätte jetzt jedoch gerne etwas Hochprozentiges getrunken. Die Räume waren ihm vertraut und doch fremd. »Ich nehme doch einen Whisky«, rief er ihr zu.

Er hörte, wie sie sich frisch machte, Wasser ins Gesicht spritzte. Als sie zurückkam, hatte sie zumindest die verwischten Mascaraspuren entfernt, neue Wimperntusche aufgetragen, ihr immer noch schönes, honigfarbenes Haar gebürstet, aber die Lippen zu großzügig übermalt. Sie trug ein Tablett mit zwei Whiskyschwenkern und einer Flasche Johnnie Walker Blended Malt Scotch Whisky. Ihre braunen Augen glänzten.

Tom stieß einen Pfiff durch die Zähne. »Man gönnt sich ja sonst nichts.«

Weil er befürchtete, dass es ihr nicht gelingen würde, das Tablett heil zu dem kleinen Beistelltischchen zu balancieren, sprang er auf. »Komm, ich nehm dir das ab.«

Sie ließ es zu und setzte sich neben den Platz, wo er eben noch gelümmelt hatte, während er vorsichtig den Kristallpfropfen herauszog und je zwei Zentimeter des teuren Getränks in die bauchigen Schwenker goss.

»*Ich habe beschlossen, den Rest meines Lebens zu dem Schönsten zu machen,* hat Einstein gesagt. Ich halte mich an ihn.« Sie lehnte sich zurück und sah ihn fragend an. Vermutlich glaubte sie selbst nicht, dass ihr das gelingen würde. Tom dachte an den Hund, der damit offensichtlich keine Schwierigkeiten hatte.

»Nicht einfach.« Er reichte ihr ein Glas und setzte sich auf seinen Platz zurück, neben sie. »Aber ein guter Plan«, prostete er ihr aufmunternd zu, als sie traurig den Blick senkte.

Dann schwenkte Tom den Whisky und genoss das Bouquet. »Ein unglaublicher Duft. Gebackene Banane, frische Croissants, Pflaume, Orange, Marzipan. – Und der Rauch eines Lagerfeuers an einem lauen Münchner Sommerabend am Isarstrand. Weißt du noch?«

Sie schmunzelte. »Du bist und bleibst ein Genießer.«

Sie stießen an, auch wenn es inzwischen nicht mehr Usus

war und man es beim Zuprosten beließ. Tom war froh, dass Franzi sein Glas traf.

»Auf das Leben«, meinte er und dachte an Julia.

Tom ließ sich an die Sofalehne fallen, trank einen Schluck, während er sie beobachtete. Er liebte die Geschmackstiefe des Whiskys und gab sich der Explosion von Tabakrauch und getrockneter Pflaumen auf seiner Zunge hin.

Trotzdem drängte sich Julias Gesicht vor die sinnlichen Eindrücke. Ihr gebrochener Blick. Tom trank, schloss die Augen. Zwang sich, sich nur auf den Geschmack zu konzentrieren, ließ den Whisky über seine Zunge gleiten, schluckte. »Seidenweich. Dunkle Schokolade und reife Herzkirschen im Abgang.«

»Es ist so furchtbar.« Franzi begann zu schluchzen. »Sie war so unglücklich. Sie hat mich gestern Abend besucht. Ich habe ihr nicht zugehört. Wir haben uns im Streit getrennt. Sie wollte mir etwas Wichtiges sagen. Sie hätte meine Hilfe gebraucht, und ich habe sie im Stich gelassen.«

»Hat sie dir etwas von dem Thoma-Manuskript erzählt?«

»*Ein Münchner im Himmel, Teil II*. Bescheuert.« Franzi lachte hell auf. »Ich habe es erst nicht geglaubt, bis sie erzählte, dass es aus dem Nachlass ihres Großvaters stammte. Das konnte schon sein. Denn der war ja als junger Bursche beim Simplicissimus, bevor er seinen eigenen Verlag gegründet hat. Es gibt Fotos von ihm und Thoma. Eines mit zwei weiteren jungen Männern am Tegernsee. Da ist angeblich die Idee für das Manuskript entstanden, meinte Julia. Deswegen hat ihr Großvater auch die Rechte bekommen. Sonst ist ja wohl alles an diese Maidi Liebermann gegangen. Als alter Mann hat er sogar bei der Verfilmung der *Lausbubengeschichten* mitgewirkt. Kennst du die vielen Zeitungsausschnitte und Fotos im Büro? Warum ihr Großvater dieses Manuskript allerdings nicht publiziert hat? Frag mich nicht. Vielleicht hat er Rechtsprobleme mit dieser Lieber-mann befürchtet.«

»Und Julia hat dich keinen Blick hineinwerfen lassen?«

Franzi schüttelte den Kopf. »Sie hat gemeint, zum der-zeitigen Zeitpunkt sei zu es gefährlich, wenn außer ihr noch jemand Bescheid wüsste. Es müssten erst die richtigen Schritte eingeleitet werden, und dann müsse man sehen. Sie hat es ges-tern Abend hier für dich kopiert.«

»Warum hier? Sie hat doch im Verlag auch einen Kopierer.«

»Marcel sollte nichts mitbekommen.«

»Wenn sie nur die Kopie dabei hatte, dann muss das Origi-nal noch irgendwo sein.«

Franziska zuckte mit den Schultern. »Sie hätte es mir geben können. Für den Safe. Aber das wollte sie nicht. Sie hat es lie-ber wieder mitgenommen.«

»Habt ihr euch deshalb gestritten?«

Franzi schüttelte den Kopf, ihre Lippen wurden schmal. Tom kannte sie gut genug, um zu wissen, dass es besser war, jetzt einen Bogen um das Thema zu machen und später nach-zuhaken.

»Worum geht es bei der Geschichte?«, bohrte er weiter.

»Sie war ganz begeistert. Hat gemeint, Thomas Meisterwerk. Die Krönung seiner Schöpfung gewissermaßen. Alle Perso-nen tauchen noch mal auf, die er im Laufe seines schriftstel-lerischen Lebens erfunden hat.« Franzi nahm einen großen Schluck, lehnte sich zurück, schluckte und schloss die Augen. Langsam, aber unaufhaltsam liefen Tränen über ihre Wangen. Sie wischte mit dem Ärmel ihres Hausanzuges über die Augen. Aber die Mascara hinterließ neue Spuren.

»Aber nicht nur das. Er hätte auch eine Art Vorlage für eine Mordserie geliefert, meinte Julia. Und dass er sich im Grab umdrehen tät, wenn er das wüsste.«

Eine Vorlage für einen Mord! Das war ein Hinweis. »Warum hat Julia sich eigentlich von Marcel getrennt? Die beiden waren doch ein Traumpaar. Klar, sie haben jung geheiratet. Aber ich war sicher, dass es kein besseres Paar geben könnte als die beiden.«

»Das Übliche. Der Alltag. Schau Sebastian und mich an. Julia und Marcel haben auch keine Kinder gehabt. Genau wie wir. Alles wird beliebig.« Jetzt starrte Franzi in ihr Glas und zog die Nase hoch.

»Mit 36 können noch viele süße Kinderlein kommen.«

»Könnten. Aber dazu gehören zwei.« Franzi trank das Glas aus, stand auf, wankte zum Beistelltischchen, goss sich einen großzügigen Schuss nach, bot Tom auch einen an, den er ablehnte.

»Wie willst du Kinder bekommen, wenn du seit Jahren keinen Sex hast?«

»Julia?«

Wieder lachte sie spitz auf. »Ich. Aber für sie hat es wohl auch zugetroffen. Wir haben nicht darüber gesprochen, aber wir haben beide gespürt, dass uns das verbindet.«

Tom nippte an seinem Glas.

Mit weit ausholenden Gesten fuhr Franzi fort. »Carolyn dagegen hat einen bald erwachsenen Sohn und vögelt wild in der Gegend herum. Je oller, desto doller.«

»Sie war nie eine Kostverächterin.«

Franzi lächelte ihn schief an. »Du musst es ja wissen.«

»Weißt du, wer Leons Vater ist?«, fragte er rundheraus.

»Sebastian«, flüsterte sie und balancierte mühsam zu ihrem Platz zurück. Dabei ließ sie die Augen nicht von der Flüssigkeit, die sie im Kreis schwenkte. Tom hätte sich fast an seiner Spucke verschluckt. Er erschrak über den kalten Blick in ihren Augen, so erleichtert er auch über Franzis Annahme war.

Da schienen ja mehrere in Frage zu kommen. Vielleicht hatte Carolyn den Vater nie preisgegeben, weil sie es selbst nicht wusste und sich der Peinlichkeit eines Vaterschaftstestes hatte entziehen wollen. Tat es weh? Ein bisschen schon.

»Wo ist Sebastian überhaupt?«

»Ich vermute bei seiner aktuellen Geliebten.« Sie ließ sich etwas näher als zuvor neben ihm auf das Sofa plumpsen. Schien zu frösteln. »Bis gestern habe ich geglaubt – Julia.«

»Julia? Sie war nie Sebastians Typ.«

»Sag das nicht. Manche Männer wechseln ihren Geschmack wie andere die Hemden«, lachte Franzi schrill auf.

Das wurde ja immer besser. Aber fragen, warum sie sich für Sebastian entschieden hatte, wollte Tom sie nicht. Schließlich hatten sie alle gewusst, dass Sebastian alles vögelt, was nicht bei drei auf dem Baum war – wie man so salopp sagte. Dass er sich nicht ändern würde, hätte ihr klar sein müssen.

»Habt ihr euch deshalb gestritten, Julia und du?«

»Indirekt.«

»Das musst du mir erklären.« Er stellte sein Glas auf den Couchtisch. Sie tat es ihm gleich, ließ sich nach hinten fallen, legte die nackten Füße mit den hellrot lackierten Nägeln neben die Gläser auf den Couchtisch. Er befürchtete, sie könnte sie umstoßen.

Dann verschränkte sie die Arme im Nacken. »Julia hat gemeint, ich wär naiv, Sebastian zu vertrauen. Ich solle endlich der Wahrheit ins Gesicht sehen. Er sei ein rücksichtsloses Arschloch, und ich solle mich von ihm trennen wie sie von Marcel. Mit jedem Ziel, das Sebastian erreicht, würde er maßloser werden. Der Sitz im Stadtrat wäre erst der Anfang. Während ich mich in der Kanzlei zu Tode schuften und saufen würde, würde er sich amüsieren.«

Tom schluckte. »Mei, Sebastian halt.«

»Jetzt fang du nicht auch noch an. – Ich hab sie rausgeworfen.« Franziska wurde von einem Weinkrampf geschüttelt. »Ich hab meine beste Freundin rausgeworfen – und jetzt ist sie tot.«

Tom wartete, bis sie sich wieder gefangen hatte. »Du warst wütend.«

»Ich dachte, sie will mir mal wieder alles kaputt machen. Du weißt selbst, wie charmant Sebastian sein kann, wenn er will. Gerade haben wir eine gute Phase. Er ist nett zu mir, auch wenn er eine Geliebte hat. Er braucht mich. Ich weiß auch nicht, wie Julia auf einmal darauf gekommen ist, so gegen ihn zu hetzen. Sie hat ursprünglich nur das Manuskript kopieren wollen. Dann hat sie von einem Testament gesprochen. Und dann hat sie aus heiterem Himmel gegen Sebastian geschossen. Ich hab gefunden, dass sie das alles nichts angeht. Ich hab Sebastian später sogar davon erzählt. Er hat sich furchtbar aufgeregt. Er hat es für eine absolute Schnapsidee gehalten, dass sie dir das Thoma-Manuskript geben wollte. ›Jetzt dreht sie völlig ab‹, hat er gemeint.«

»Sie hat von einem Testament gesprochen?«, hakte Tom nach.

»Ja. Auf einmal hat sie ihren Anteil am Familienbesitz dem Münchner Tierschutzverein und der Pfarrgemeinde St. Peter vermachen wollen. Mit der Auflage, dass Phil Nguyen Pfarrer auf Lebenszeit in der Asamkirche bleibt. Er geht bei den Seidls praktisch ein und aus.«

Tom nickte. Das hörte sich nach einer Art Kurzschlussentscheidung an.

Franzi fuhr fort. »Julia wollte auf keinen Fall verkaufen. Es war idiotisch. Die Immobilienpreise sind in den letzten Jahren explodiert. Stell dir mal vor, ihr Großvater hat den Besitz nach dem Ersten Weltkrieg gekauft. So was gibt es ja heute gar nicht mehr. Beste Innenstadtlage. Aber dem Verlag ist es schlecht gegangen. Früher oder später hätte sie reagieren müssen. Sie hatte vor, eine Wohnung zu verkaufen. Der Mieter sollte Vorkaufsrecht erhalten. Auf Basis der aktuellen Miete. Julia hat sich ein sehr unübliches Modell ausgedacht. Überhaupt nicht geschäftstüchtig. Aber so war sie. Du weißt es selbst. Bei ihr hat nur das Herz entschieden, nie der Verstand.«

Tom nickte und dachte daran, dass er sie deswegen so gern gehabt hatte.

»Im Moment zahlen alle weit unter dem üblichen Mietpreis, das weiß ich von Sebastian. Er bearbeitet solche Fälle in der Kanzlei. Er hat gemeint, da sei ganz viel Luft nach oben, auch wegen der neuen Situation mit der Fußgängerzone. Sebastian hat Julia geraten zu verkaufen. Er hat ihr auch empfohlen, zumindest Drittangebote einzuholen, damit sie nicht gänzlich über den Tisch gezogen wird. Aber sie wollte nichts davon wissen.«

»Und Marcel?«, fragte Tom.

»Marcel hat sich rausgehalten. Julia hätte privatisieren können. Aber sie wollte nicht. Sie wollte dieses Manuskript ganz groß rausbringen und neu durchstarten. Sie wäre es ihrem Großvater schuldig, meinte sie.«

»Sie hätte das eine tun können, ohne das andere zu lassen«, sagte Tom. »Aber so war Julia eben nicht. Sie wollte ihre kleine heile Welt erhalten.«

Franzi nickte traurig.

Tom setzte sich seitlich auf die Kante, damit er sie besser sehen konnte. »Wer erbt jetzt eigentlich?«

»Tja, das ist kompliziert. Nach Kurt Seidls Tod vor einem Jahr ist das Erbe zu gleichen Teilen an Julia und Maria gefallen. Andere direkte Nachkommen hat es nicht gegeben.« Franzi genehmigte sich einen weiteren Schluck. Auch wenn sie lallend sprach, wirkte sie fachlich überzeugend. »Du hast Maria gesehen. Sie ist seit dem Schlaganfall nicht mehr ansprechbar. Das wird sich kaum ändern. Das ist ein Problem. Ich habe Julia gebeten, dass wir uns zusammensetzen und die Dinge in Ruhe besprechen. Ich hab nie vermutet, dass es so eilig ist.« Sie weinte wieder.

»Und Marcel? Was erbt er jetzt?«

»Du weißt, dass ich dir das eigentlich gar nicht sagen dürfte.«

Tom nickte. »Verschwiegenheitspflicht. Ich weiß schon. Erspar mir den Paragrafen. Den hab ich heute schon zitiert.«

»Also gut. Laut gesetzlicher Erbfolge Julias Anteil. Vorausgesetzt, Julia hat kein Testament aufgesetzt, das ihn explizit ausschließt. Dann bekäme er nur einen Pflichtteil. Mir liegt keines vor.« Sie blickte Tom mit hängenden Augenlidern an.

Tom fragte sich spontan, auf wessen Seite Franzi stand. Auf Marcels oder Julias? Würde Franzi zu einem Testament stehen, das Marcel ausschloss? Anwaltliche Berufsehre hin oder her. Es wäre ein Leichtes für sie gewesen, das Testament verschwinden zu lassen. Aber, hätte Julia ein solch heikles Dokument Franzi überhaupt anvertraut? Wenn nicht ihr, wem dann? Dem Pfarrer vielleicht? Sie mussten danach suchen.

»Was ist mit Marias Anteil? Geht der auch an Marcel?«

»Nein. Außer, Maria hat das vor ihrem Schlaganfall schriftlich so verfügt. Julia hätte Marias Anteil bekommen. Mit ihrem Tod ist die Linie ausgestorben!« Franzi ließ die Schultern hängen und schüttelte den Kopf.

»Wer bekommt denn dann Marias Anteil?«

»Wenn Maria für den Fall, dass ihre Tochter vor ihr stirbt, nicht vorgesorgt hat …« Franzi selbst schien das volle Ausmaß erst jetzt bewusst zu werden. »Mein Gott! Dass die Leute sich nicht mit den Konsequenzen ihres Todes auseinandersetzen können! Dass sie nie daran denken, dass so etwas wie mit

Maria jederzeit jeden von uns treffen kann. Ein Familienbesitz von über 100 Jahren! Es ist ein Jammer!« Sie schwieg, trank. »Aber mei, ist nicht eh alles egal?«

»Wer denn nun?«, hakte Tom nach.

»Der Fiskus.« Sie lachte kurz auf, und er erkannte, dass auch Franzi eine sarkastische Ader hatte.

Tom konnte es kaum fassen. Er schüttelte ungläubig den Kopf. »Und der kann dann richtig Profit aus Marias Anteil schlagen! Damit sind Julias Pläne dahin.«

Franzi nickte.

Umso wichtiger war es also aus Marcels Sicht, dass ein Testament, das ihn ausschloss, nie auftauchte.

Tom wusste, wie nahe sich Franzi und Marcel gestanden hatten. »Marcel und du, ihr wart auch mal zusammen.«

Sie ließ den Oberkörper wieder unkontrolliert nach hinten fallen. Ihr Genick lag auf der Sofalehne, und sie betrachtete die Decke. Als ob sie nach den Sternen sucht, dachte Tom.

»Wahrscheinlich wären wir alle glücklicher geworden, wenn wir unsere erste Konstellation beibehalten hätten. Julia und du, Sebastian und Carolyn, Marcel und ich«, sagte sie.

Tatsächlich hatte Tom verdrängt, dass Julia und er für kurze Zeit ein Paar gewesen waren. »Julia und ich? Wir waren eher gute Freunde.«

Ihr Oberkörper schnellte nach vorne, und sie legte ihm ihre Hand auf den Oberschenkel. Für seine Begriffe zu hoch, was vermutlich daran lag, dass sie die Entfernungen nicht richtig einschätzen konnte und ihr Gefühl der Diskretion verschwommen war. »Wir beide waren auch einmal zusammen. Erinnerst du dich?«

Auch das hatte er verdrängt und als nichts weiter empfunden als eine jugendliche Schwärmerei. Ein Ausprobieren, ein Sich-Herantasten an das andere Geschlecht.

Tom nahm Franzis Hand, drückte sie fest und stand auf. Sie sah schlecht aus. Sie schwankte so stark, als sie aufstand, dass er sie unmöglich in diesem Zustand allein zurücklassen konnte und sichergehen wollte, dass sie unversehrt ins Bett kam. Er wartete, bis sie sich die Zähne geputzt und ein Nachthemd übergeworfen hatte, und war froh, dass sie keine Hintergedanken vermutete.

Als sie im Bett lag, deckte er sie zu und war erst beruhigt, als er sie schnarchen hörte, nachdem er die Schlafzimmertür hinter sich zugezogen hatte.

Auf dem Nachhauseweg musste er sich eingestehen, keine bahnbrechenden Erkenntnisse zum Manuskript gewonnen zu haben. Vielmehr hatten Franziskas Aussagen Mayrhofer einen Ball zugespielt mit seiner These, dass jeder zweite Frauenmord vom Ehepartner begangen wurde, denn Julias Tod versprach zum derzeitigen Zeitpunkt durchaus einen finanziellen Vorteil für Marcel. Solange kein Testament auftauchte, das ihn vom Erbe ausschloss.

16.

Claas saß im Fonds des Taxis, das Sebastian Pohl folgte. Der Anwalt hatte, den Aktenkoffer unter den Arm geklemmt, die Tiefgarage im Oberanger angesteuert. Claas hatte eilig einem Taxi gewinkt, während Sebastian das Auto aus der Tiefgarage geholt hatte. Keine Sekunde zu früh hatte ein Fahrzeug mit quietschenden Bremsen gehalten. Kurz bevor Sebastians schwarze Maybach S-Klasse Limousine die Tiefgarageneinfahrt hinaufgefahren war.

Jetzt bog die schwarze Edelkarosse vom Oberanger rechts in die Sonnenstraße. Straßenlaternen, Schaufensterbeleuchtungen, Auto- und Straßenbahnlichter spiegelten sich auf dem dreispurigen Altstadtring, der um diese Zeit gut befahren war.

Der Taxifahrer, ein kettenrauchender Urbayer, der sich Claas mit dem Namen Blasius vorgestellt hatte, fluchte, als sich Sebastian bei der Ampel am Karlsplatz plötzlich blinkend in Richtung Hauptbahnhof in die Bayerstraße einordnete. Es gelang Blasius gerade rechtzeitig, das Steuer herumzureißen und Sebastian auf den Kurzzeitbesucherparkplatz seitlich des Bahnhofs zu folgen, während die Asche von der Zigarette auf den Fahrersitz fiel.

Claas bat Blasius bei den Taxiplätzen anzuhalten und auf ihn zu warten. Doch der wollte erst »Manna« sehen, was Claas verstehen konnte, denn wo wäre es einfacher, den Fahrpreis zu prellen, als am Hauptbahnhof. Außerdem hätte sich Blasius gerne in die Schlange seiner Kollegen eingereiht und einen neuen Fahrgast aufgenommen. Schließlich versprach der Hauptbahnhof »a guads Gschäft«, wie er Claas lautstark kundtat.

Die anderen Taxifahrer beobachteten sie bereits misstrauisch. Bevor er einen Streit vom Zaun brechen konnte, drückte Claas dem Mann einen 50-Euro-Schein in die Hand, schrieb sich die Taxinummer auf und gab Blasius deutlich zu verstehen, dass ihm eine Beschwerde sicher sei, falls er nicht warten würde.

Erst als Blasius seine alarmierten Kollegen beschwichtigt hatte, Claas zunickte und Olaf Hennings »*Komm, hol das Lasso raus …*« aus dem Radio tönte, stieg Claas aus. Blasius war wohl einer der wenigen, die noch im Wiesnfieber waren. Die meisten konnten die Wiesnhits danach nicht mehr hören.

Sebastian telefonierte im Auto. Für Claas sah es so aus, als ob es ein schwieriges Gespräch war, denn Sebastian gestikulierte wild.

Möglichst unauffällig schlich Claas an den breiten Osteingang des Bahnhofs und begann ein unverfängliches Gespräch mit einer aufgedonnerten Brünetten, die auf Gesellschaft aus war. Bereitwillig ließ sie sich auf einen Plausch ein.

Schließlich stieg Sebastian aus. Claas wechselte die Seite mit der Brünetten und drehte ihm den Rücken zu. Als Sebastian an ihm vorbei war, verabschiedete er sich mit einem Blick auf die Uhr und folgte dem Rechtsanwalt in gebührendem Abstand durch die übervolle Bahnhofshalle. Hier tobte das Leben. Menschen aller Kulturen rannten in alle Richtungen. Einfahrende Züge, Lautsprecheransagen und Begrüßungsrufe hallten durcheinander. Nicht alle wollten verreisen. Claas wusste, dass sich unter die zahlreichen Sicherheitsbeamten auch Kollegen von der Drogenfahndung gemischt hatten. Nicht ohne Grund.

Die Drogenkriminalität am Münchner Hauptbahnhof war seit September 2015 sprunghaft angestiegen – auch ein Geschäft, das Iwan Maslov nebenbei mitankurbelte. Hier wurde mit allem gehandelt, was verboten war, das erkannte Claas sofort. Es gab massenhaft Jobs, für die man weder Ausweispapiere noch Aufenthaltsgenehmigungen brauchte. Für viele junge Männer die Verheißung eines schnellen Wohlstands. Während man sich tagsüber um die offiziellen Fördergelder bemühte, konnte man nachts seinem eigentlichen Gewerbe nachgehen. Die alteingesessenen Dealer jedenfalls konnten sich über Fachkräftemangel nicht beklagen, hatte Claas die Fahnder hinter vorgehaltener Hand scherzen hören.

Mit langen Schritten eilte er hinter Sebastian her durch die Halle, während ein Duftgemisch aus Bratwurst, Pommes, Döner und Asiatischem seine Nase flutete. In der Bahnhofsmitte bog Sebastian nach links, nahm dann eine Rolltreppe nach oben. Claas erkannte das Icon für die Schließfächer, und plötzlich war ihm klar, wohin der Anwalt wollte.

Claas zog die Baseballkappe tiefer, schlang seinen schwarzen Schal mehrfach um Hals und Gesicht. Das war unauffällig, da die meisten Menschen bei der feuchten nächtlichen Novemberkälte ähnlich eingemummt wie er durch die zugige Bahnhofshalle eilten.

Die Schließfächer im ersten Stock waren Sebastians Ziel. Es war nicht leicht für Claas unbemerkt zu bleiben. Denn hier war deutlich weniger los als in der Halle unten. Jeder Schritt hallte durch den Raum. Um sich den genauen Platz von Sebastians Fach besser einprägen zu können, entschied Claas, selbst ein Fach in der gleichen Reihe anzumieten. Er hatte Glück. Die Tür des Eckfaches stand weit offen und war genau zehn abgezählte Einheiten von dem Schrank entfernt, dessen Tür Sebastian nun öffnete.

Claas trug Turnschuhe, zog die Schultern hoch und machte einen Rundrücken, um die Silhouette seines Körpers zu verändern, als er die Reihe betrat. Er nickte Sebastian freundlich zu, als er die Schranktür öffnete. Der Rechtsanwalt blickte ihn ob des Knarzens erschrocken an. Würde Sebastian ihn trotz der tief ins Gesicht gezogenen Kappe vom Treffen am Morgen auf der Baustelle wiedererkennen?

Siedend heiß fiel Claas ein, dass er überhaupt nichts bei sich hatte, was er im Schrank hätte unterbringen können. Also beugte er sich weit in den Innenraum hinein, griff in seine Taschen, tat, als ob er etwas herausholte, während er Sebastian durch die Ritze der Tür beobachtete.

Der Rechtsanwalt schaute immer wieder um sich, öffnete seinen Koffer und schob schließlich zwei Ordner und mehrere Packen Papier in den Schließschrank mit der Nr. 2021. Als er fertig war, befestigte er den Schlüssel an seinem Schlüsselring, warf einen letzten Blick auf Claas, der weiter im Inneren seines Schranks hantierte. Dann trat Sebastian zügig den Rückweg an.

Da Claas den Weg kannte, schlängelte er sich unabhängig von Sebastian durch die Halle. Außerdem nahm er die Baseballkappe ab, zog seinen Trenchcoat aus und schlang den Schal mehrfach um seinen Hals, um seine äußere Erscheinung zu verändern.

Kurz nachdem Sebastian sein Auto erreicht hatte, saß auch Claas im Taxi. Blasius hatte sich vermutlich inzwischen eine Verfolgungsjagd à la Blues Brothers in L.A. erträumt, und Claas hatte alle Mühe, seinen Eifer zu bremsen.

»Auf geht's!«

Sebastian fuhr durch die Paul-Heyse-Unterführung und dann rechts über die Mars- und Elisenstraße wieder auf den Oskar-von Miller-Ring in Richtung Osten. Plötzlich bog er allerdings links in die Gabelsbergerstraße ab, was Blasius beinahe verpasst hätte. Mit quietschenden Reifen bekamen sie die Kurve. »Mei Liaba, du kummst ma ned aus.«

Claas duckte sich im Fonds. Glücklicherweise telefonierte der Anwalt wieder und hatte das Taxi-Manöver nicht mitbekommen.

Nach wenigen Metern zweigte der schwarze Maybach in die Türkenstraße ab, die er gemächlich entlangschlich. Claas bat Blasius, Abstand zu halten und so zu tun, als ob er nach einer Hausnummer suchen würde, was der nach erstem Unverständnis tat. Im Schritttempo folgten sie Sebastian in den Teil Schwabings, der sich nah der Ludwig-Maximilians-Universität befand. Nach rund 150 Metern blieb die Limousine in der zweiten Reihe mit eingeschalteter Warnblinkanlage stehen. Claas stieg aus und bedeutete Blasius, an Sebastian vorbei den Block zu umkreisen und ihn im Anschluss wieder abzuholen.

Ein weiterer 50-Euro-Schein ließ Blasius ein anerkennendes »sauber« entweichen.

Claas drückte sich in den nächsten Hauseingang, fror und packte seine Zigaretten aus, verbot sich aber, sie anzuzünden. In der Tür gelehnt beobachtete er, wie nach wenigen Minuten ein schlankes Mädchen aus der Haustür eines dieser typischen Altbauten trat, die von studentischen Wohngemeinschaften bewohnt wurden. Trotz der gefütterten Jacke war nicht zu übersehen, dass sie eine Modelfigur hatte. Hüftlanges, honigblondes Haar. Groß und schlank, dabei wohlproportioniert und mit ellenlangen Beinen. Claas traute seinen Augen nicht. Das sonst oft madonnenhaft abwesend wirkende Gesicht strahlte jetzt lebhaft.

Es war Hannah, Nastasjas Cousine und beste Freundin, die nun zu Sebastian ins Auto stieg und ihn nach einigen temperamentvollen Streitgesten mit einem langen, innigen Kuss begrüßte.

17.

Tom fühlte sich wie erschlagen, als er nach seinem Besuch bei Franziska nach Mitternacht das Wirtshaus betrat. Die letzten Gäste waren gegangen, nur Max war noch wach und stellte die Stühle hoch. Beagle Einstein lag neben dem Stammtisch in einem Körbchen und beobachtete die Szenerie.

Max folgte dem Blick seines Bruders. »Das Körbchen hat Hubertus gespendet.«

»Und Christl?«

»Ward nicht mehr gesehen.«

Tom seufzte und rutschte auf die Eckbank. Manchmal war sie wirklich kompliziert. Schließlich hatte Tom rein gar keinen Kontakt mehr zu Carolyn, und es gab überhaupt keinen Anlass für Christl, eifersüchtig zu sein. Blieb zu hoffen, dass sie mit dem Lernen gut vorangekommen war. Die Vaterschaftsfrage verdrängte er, dafür war es um diese Uhrzeit zu spät.

»Hungrig schaust aus.«

Tom nickte. »Und ein Bier geht jetzt auch.«

Max zapfte ihnen beiden ein Helles. »War Sebastian da?«

Als Tom verneinte, ging Max in die Küche und kam kurz darauf mit einem Wiener Schnitzel und Kartoffelsalat zurück. »Der will für den Stadtrat kandidieren. 2020. Rührt jetzt schon fleißig die Trommel, damit ja nichts schiefgeht. Ist übrigens öfter mit Carolyn am frühen Nachmittag hier. Also zu Zeiten, wenn du nicht da bist.«

Tom schnitt ein großes Stück Wiener Schnitzel ab und schob es genussvoll in den Mund. Er hatte gar nicht gespürt, wie hungrig er gewesen war. »Meinst du, dass die beiden was miteinander haben? Die Franzi meint, er hat eine Geliebte.«

»Mei, irgendetwas hat der doch immer am Laufen. Aber die Caro, na, das glaub ich nicht.«

Auch der Kartoffelsalat schmeckte köstlich. Als Tom fertig gegessen hatte, weckte Max Einstein und drückte seinem Bruder die Leine in die Hand. »Jetzt seids auf den Hund kemma. Huift nix. Gegessen hat er genug, aber Gassi muss er noch.«

Max sprach nicht oft Bayerisch mit Tom. Aber wenn, dann hörte es sich sehr konsequent an. Trotzdem versuchte Tom einen Anlauf: »Mei, magst du ihn nicht mitnehmen? Jetzt, wo die Hedi auf Kreuzfahrt ist?«

»Keine Chance, Brüderchen. Kleiner Finger, ganze Hand. Die Hedi reißt mir den Kopf ab. Wir haben genügend Familienzuwachs.« Damit knipste Max das Licht aus.

Einstein folgte Tom schwanzwedelnd zum Ausgang, stoppte aber abrupt, als er sah, dass es draußen regnete. Trotzdem überredete Tom ihn zu einer kurzen Runde und fragte sich, ob er sich je an nächtliche Hundespaziergänge gewöhnen könnte, Nachteule hin oder her.

Als Tom weit nach Mitternacht mit Einstein die Dachgeschosswohnung aufschloss, saß Christl tief über ihren Schreibtisch gebeugt, einen dicken Ordner vor sich, der mit allerlei Notizzetteln und Bleistiftanmerkungen versehen war. Sie blickte auf, als sie Tom und den Hund kommen hörte und musterte die beiden geistesabwesend durch die Gläser ihrer Brille, die sie seit Kurzem zum Lesen tragen musste und ihre ohnehin großen, dichtbewimperten Augen noch größer wirken ließ.

Christl hatte seiner kargen, loftartigen Dachgeschosswohnung ihren modernen, gemütlich virtuosen Wohnstil mit viel Liebe zum Detail eingehaucht. Wo einst eine Biergarnitur als Esstisch gedient, der Lattenrost zum Schlafen auf Bierkästen gelegen hatte und Kartons als Regale zum Einsatz gekommen waren, diente nun eine moderne offene Küche mit einem Kochblock und einem erhöhten, ovalen Holztisch als Mittelpunkt. Außenherum fanden bis zu zehn Personen auf gemütlichen weiß lackierten Barhockern mit Lehne Platz.

Der Lattenrost hatte im rechten Teil des großen Raums mit einem Bettgestell aus massivem Holz und einem weißen Baldachin einen soliden Unter- und Überbau bekommen. Außerdem war das Bett mit einem japanischen Paravent abtrennbar, der nun an der Wand lehnte.

Die Regale an der Stirnseite bildeten Christls Bibliothek. Ihr ganzer Stolz. Sie sammelte Erstausgaben, wenn möglich signiert. Darunter sowohl Sachbücher als auch Kriminalromane, aber auch viele deutsche Klassiker und Theaterstücke, die Christl mit ihrer Theatergruppe einübte, wobei sie meist die Hauptrolle besetzen durfte. Tom hoffte, dass auch etwas von Ludwig Thoma darunter war. Er würde bei Gelegenheit stöbern.

Abstrakte Bilder schmückten die Wände, ein Sofa mit farbenfrohen Kissen gab dem Wohnraum im rechten Bereich seinen Mittelpunkt. Eine antike Apothekerkommode mit zahlreichen Schubläden bot gemeinsam mit einer antiken Glasvitrine einen interessanten Blickfang. Beide Stücke kamen aus der Passauer Gegend, aus der Apotheke von Christls Mutter und befanden sich seit Generationen im Familienbesitz.

Außerdem achtete Christl stets auf frische Blumen, die den großen Raum mit einem angenehmen Duft erfüllten. Tom merkte, wie die Anspannung des Tages von seinen Schultern fiel. Nach Jahrzehnten der Odyssee war er endlich zu Hause angekommen. Instinktiv tastete er wieder nach dem Schächtelchen in seiner Tasche und schüttelte es. Kein Ton. Er wollte einfach nicht glauben, dass der Ring verloren war.

Tom ging zu Christl, beugte sich zu ihr herunter und drückte ihr einen Kuss auf die Wange. In dem Moment schoss Einstein wie ein Torpedo hoch und tat es ihm gleich. Sie lachten beide. Der Hund schien äußerst bemüht, einen guten Eindruck zu hinterlassen.

»Ich glaub, er wäre gern ein Zweibeiner«, meinte Tom und genoss den Blick aus dem Fenster. Christls Schreibtisch stand am Erkerfenster. Jetzt, bei Nacht, wanderte das Auge über die Dächer der Sendlinger Straße bis hin zu den angestrahlten Türmen des Neuen Rathauses am Marienplatz und zu St. Peter.

»Na, mein Guter, da musst du noch ein bisschen üben?«
Christl streichelte den Hund. Die weiße Schwanzspitze
schlug hin und her, dann lief er im Zimmer herum, um alles
zu beschnüffeln.

»Max hat sich geweigert, ihn zu nehmen.« Tom nahm sie in
die Arme, als sie aufstand. Sie war herrlich warm und weich.
Das Feuer im Ofen prasselte. Wie meist zu Hause trug sie ein
langes T-Shirt, das oben weit ausgeschnitten war und eine
Schulter freigab. Jetzt hatte sie sich eine helle Wolljacke über-
gehängt. Die Haare fielen in Wellen über ihre Schultern. Trotz
der nächtlichen Uhrzeit schien sie voller Elan. Christl nahm
die Brille ab.

Ob sie noch an Carolyn und ihren Sohn Leon dachte? Besser, das Thema gar nicht erst anzuschneiden. »Bist du gut vorangekommen?«

»Schon, aber ich habe das Gefühl, gar nichts mehr zu wissen.«

»Ich weiß, was da hilft.« Er küsste ihren Hals, wie sie es
liebte. Nach kurzem Zögern schmiegte sie sich an ihn. Als er
bei ihren Lippen angekommen war, erwiderte sie seinen Kuss.

»Ich glaube, das mit dem Lernen wird jetzt nichts mehr.«
Sie streifte das Jäckchen ab.

»Aber das«, meinte Tom und zog sie fest an sich. »Das wird
auf jeden Fall was, genauso wie deine Prüfung morgen.« Er
lenkte sie mit beiden Händen in Richtung Bett. Sie lachte.

Kein verlorener Ring, keine Julia, kein Claas, kein Einstein,
kein Mayrhofer oder Ludwig Thoma waren in diesem Moment
wichtig. Es gab nur Christl und ihn.

Als sie später erschöpft und glücklich kurz vor dem Einschlafen neben ihm lag, hörte er sie leise murmeln. »Hast du
sie geliebt?«

»Wen?«

»Carolyn.«

Er drückte ihr einen weichen Kuss auf die Wangen und streichelte ihr liebevoll mit der Hand über den Kopf. »Ich liebe nur dich.«

Das schien sie zu beruhigen, denn sie drehte sich um und schlief ein. Die ideale Vorbereitung für die Prüfung, wie Tom fand.

18.

Donnerstag, 16. November 2017

Wie meistens war Jessica am nächsten Morgen die Erste im Büro. Sie war am Vorabend früh zu Bett gegangen, nachdem sie mit ihrer Mutter telefoniert hatte und über einem aufgenommenen Liebesfilm eingeschlafen war.

Auf dem Weg in den 4. Stock hatte sie die Akten »Rosi« aus dem Raum zurückgeholt, in dem die Fallakten im Präsidium aufbewahrt wurden. Mayrhofer hatte sie auf Weißbauers Weisung hin dorthin zurückstellen lassen. So gern Weißbauer die Akten vermutlich der Staatsanwaltschaft in die Nymphenburger Straße übergeben hätte, der Fall war nicht abgeschlossen, da laut Urteilsverkündung der Verdacht auf Mittäterschaft bestand. Daran kam selbst Weißbauer nicht vorbei.

Sie hatte den diensthabenden Kollegen gebeten, ihre Ausleihe nicht an die große Glocke zu hängen, trotzdem hatte sie natürlich gegenzeichnen müssen. Auch wenn sie wusste, dass Ärger mit Weißbauer vorprogrammiert war, vertraute sie darauf, dass sie Toms volle Unterstützung hatte. Und das war, was zählte. Das, und der Fall selbst. Seit sie gestern die Miniaturharfe unter Julias lebloser Hand gesehen hatte, stand Jessica unter Strom.

Nun stapelten sich also die drei Kisten, die sie eigenhändig nach oben geschleppt hatte, neben ihrem Schreibtisch. Nur die Asservate, die fünf geschnitzten Miniaturharfen, waren ausgeliehen gewesen. Von der Spurensicherung. An den Kollegen war die Weisung von Weißbauer entweder vorübergegangen oder sie hatten sich ebenso darüber hinweggesetzt wie Jessica.

Sie kannte Anna Maindl, die Leiterin der Spurensicherung, gut genug, um zu wissen, dass sie Tom den Gefallen bestimmt getan hätte. Jeder einzelnen der fünf toten Frauen aus den 60ern hatte der Täter eine solche Miniaturharfe sorgfältig ins Dekolleté gelegt. Auch Julia hatte eine solche Harfe besessen. Es war unumgänglich zu untersuchen, ob sie aus der gleichen Serie stammte, die Handschrift des gleichen Kunsthandwerkers trug.

Wo sollte sie beginnen? Jessica stellte alle Ordner im Halbkreis vor der Wand auf, damit sie die Rückenbeschriftung von ihrem Arbeitsplatz aus erkennen konnte. Das würde ihr helfen, den Überblick zu bewahren. Jessica führte sich die Fakten vor Augen.

Verteilt über einen Zeitraum von fünf Jahren – von 1963 bis 1967 – waren fünf junge Frauen ermordet und post mortem vergewaltigt worden. Jede von ihnen hatte ein Dirndl getragen und war spät nachts auf dem Fahrrad an einer dunklen Stelle der Innenstadt überrascht worden. Tätig gewesen waren die Mädchen im Rotlichtmilieu rund um das Hofbräuhaus. Bereits mit den ersten Überlegungen Anfang der 60er-Jahre hinsichtlich einer Bewerbung Münchens für die Olympischen Spiele 1972 hatte sich Widerstand gegen das Viertel geregt. Man strebte eine strengere Sperrbezirksverordnung an. Denn ein Freudenhaus neben einer der Hauptattraktionen Münchens stand in krassem Gegensatz zu dem Image der »Stadt mit Herz«. Da die Verordnung nicht ohne Weiteres durchgesetzt werden konnte, hatte man begonnen, die Mädchen regelrecht »auszuhungern«, indem den dort parkenden Autos Strafzettel aufgebrummt worden waren. Denn, was konnte für einen Ehemann verräterischer sein als ein Knöllchen aus dem Rotlichtmilieu? So waren viele Freier auf andere Anlaufpunkte ausgewichen. Die Mädchen waren häufig unterwegs, um an Kundschaft zu kommen. Unter anderem auch mit dem Fahrrad.

Drei der Mädchen waren Studentinnen gewesen, die sich ihren Lebensunterhalt finanziert hatten. Die Leichen der jungen Frauen waren an den unterschiedlichsten Orten der Stadt gefunden worden. Die Erste im Finanzgarten. Die Zweite in dem kleinen Park zwischen Westenrieder- und Frauenstraße. Die Dritte im Englischen Garten, unweit vom Haus der Kunst. Die Vierte am Eisbach. Und die Letzte auf dem breiten Grünstreifen in dem Teil der Maximiliansstraße, der hinter dem Thomas-Wimmer-Ring lag. Ihr Tod hatte den Ermittlungen eine Wende gegeben. Jessica griff sich diese Akte als Erste.

Lisa Schmitt, so der Name des Mädchens, war auf dem Rückweg von ihrem Freund gewesen, dem Theologiestudenten Horst Wagner, einem der 49 Elite-Stipendiaten des Maximilianeums. Seiner Aussage entsprechend hatte sie ihm zugesichert, mit ihrer Tätigkeit aufzuhören. Doch das Paar war darüber in Streit geraten. Wie die der anderen Mädchen war auch Lisas Leiche unter einem Baum abgelegt worden. Die Hände gefaltet, das Rad ordentlich an den Baum gelehnt. Der Mörder hatte ihr – wie den anderen – einen in Bier getränkten

Wattebausch in den Mund gedrückt und eine handgeschnitzte Miniaturharfe aus Ahornholz auf die Brust gelegt – eine Art Anhänger ohne Kette. Ein Symbol, dessen Bedeutung in diesem Zusammenhang nur der Mörder kannte.

Bier, Harfe, *Ein Münchner im Himmel.* Das waren die Verbindungsstücke zwischen den Morden und dem Manuskript. Wie ein Lausbubenstreich, der aus dem Ruder gelaufen war, sich aber Ludwig Thomas Stilmittel bediente. Sie musste sich den Zeichentrickfilm ins Gedächtnis rufen. Es war schon zu lange her, dass sie ihn mit Benno angeschaut hatte. Vielleicht ergaben sich im Vergleich zwischen Akte und Film weitere wichtige Details. Im Nu hatte sie das Video angeklickt.

Alois Hingerl, Dienstmann Nr. 172 auf dem Münchner Hauptbahnhof, wurde vom Schlag getroffen und starb. Als Engel Aloisius bekam er im Himmel eine Wolke und Harfe zugeteilt, um täglich nach Dienstplan zu jubilieren. Als Lohn sollte er »Manna« statt Bier erhalten. Als Aloisius' Frohlocken zu einem wütenden Ha – lä – lu – Himmi – Hergott – Erdäpfi Sakrament – luh iah! wurde und er Streit mit einem anderen Engel bekam, wurde Petrus auf ihn aufmerksam. Man entschied, Aloisius mit einem anderen Auftrag zu betrauen. Er sollte der bayerischen Regierung die göttliche Botschaft übermitteln. Aloisius erster Weg führte ins Hofbräuhaus. Endlich wieder ein Bier! Er nahm Platz, bestellte, trank und vergaß seinen Auftrag. Und da er bis heute dort sitzt, wartet die Bayerische Regierung noch immer vergeblich auf göttliche Eingebungen. Jessica lachte. Die Geschichte hatte wirklich einen ganz eigenen Charme.

Sie war noch in den Film vertieft, als die Tür aufgestoßen wurde und Mayrhofer seine Tasche auf den Schreibtisch warf. »Grüß dich, Frau Kollegin. Werden jetzt schon während der Arbeit Filme angeschaut?«

»Tachchen. Im Gegensatz zu dir, Mayrhofer, hab ich bereits einen guten Teil meines Tagwerks hinter mir. An was denkst du da?« Jessica lehnte sich zurück.

»Ein Haferl Kaffee und eine Leberkässemmel.« Mayrhofer ging zu der Kaffeemaschine und ließ sich einen Cappuccino heraus, ohne zu fragen, ob sie auch einen wollte. Geistige Arbeit machte sie hungrig, und da sie einen neuen Diätanlauf genommen hatte, konnte nur Kaffee helfen, diesen Zustand zu überbrücken.

»Ich schau mir gerade noch mal den Zeichentrickfilm von *Ein Münchner im Himmel* an, bis wir die Reinschrift der Seiten vom Manuskript haben. Der Mörder hat eindeutig Bezug auf diese Geschichte von Ludwig Thoma genommen. Aber warum? War er einfach nur Ludwig Thoma-Fan? Hat ihn die Story angeregt? Hat er sich einen Spaß daraus gemacht, sie in seine Sexfantasien einzubauen? Kannte er den Dichter eventuell sogar?« Jessica stand auf und ließ sich auch einen Cappuccino heraus.

»Ich hab auch nachgedacht. Wir sollten uns auf den aktuellen Fall konzentrieren, und der präsentiert sich anders. Wir haben eine auf offener Straße am Nachmittag ermordete Frau, zu der uns die Rechtsmedizin gleich sagen wird, dass sie erschossen wurde. Auf offener Straße in München. In der Fußgängerzone. Nicht in irgendeinem Problemviertel! Das muss man sich mal auf der Zunge zergehen lassen. Das ist unser Ermittlungsansatz. Alles andere ist Beiwerk.«

Sein Blick glitt über die aufgereihten Ordner. »Nicht doch! Hast du jetzt die alten Akten wieder geholt. Bist du narrisch?«

»Du kennst doch die Akten am besten, Mayrhofer! Wir haben gestern Abend wichtige Hinweise gefunden. Der Zusammenhang ist offensichtlich!« Jessica verrührte den Milchschaum.

Mayrhofer kramte tatsächlich eine Leberkässemmel aus seiner Tasche und wickelte sie aus der Alufolie. Eine zum Frühstück, eine vorm Abendessen. Seit Wochen ging das so.

»Wann hörst du eigentlich mit deiner Leberkässemmel-Diät auf?« Jessica stieg der Duft in die Nase. Irgendwann würde sie auch eine essen.

»Wieso?« Mayrhofer klopfte auf die Mulde in seinem Magen. Tatsächlich war da nichts als Haut und Knochen. »Eine Leberkässemmel hat noch keinem geschadet.« Er kaute genüsslich.

Jessica vertiefte sich wieder in die Akte. Auf Mayrhofer konnte sie aktuell nicht zählen.

Im Obduktionsbericht von 1967, Lisas Todesjahr, hatte man die seltsam gemusterten Würgemale am Hals der Toten nicht genauer bestimmen können. Das war erst im Rahmen der Neuaufnahme des Falles und mit Hilfe eines neuen 3-D-Verfahrens sowie eines wichtigen Hinweises von Lisas Mutter gelungen.

Jessica suchte nach der Aufnahme des toten Mädchens im Ordner und hielt sie Mayrhofer hin.

Er kaute genüsslich. »Was meinst du, wie oft ich dieses Foto angeschaut hab. War ein hübsches Mädchen, diese Lisa.«

»Julia sind die Hinweise im Manuskript erst nach Erscheinung des Zeitungsartikels aufgefallen. Der kleinste gemeinsame Nenner sind Ludwig Thoma selbst, die Harfe, die Schnupftabaksdose und der Spazierstock mit dem passenden Knauf.« Jessica betrachtete erneut das Foto des toten Mädchens.

Mayrhofer startete seinen Computer. Ein lauter fanfarenartiger Ton ertönte, den er extra so einprogrammiert hatte.

Jessica ließ sich auf keine weitere Diskussion ein. Seit sie aufgewacht war, ließ ihr der Fall keine Ruhe, und ihre Gedanken kreisten darum, dass Julias Tod in Verbindung mit dem Hinweis auf das Manuskript eine andere Dimension bekam – so wie auch umgekehrt ihr »Rosi«-Fall.

Bei den Ermittlungen in den 60ern war man davon ausgegangen, dass die Mädchen ein Kropfband getragen hatten. Ein eng am Hals anliegendes Samtband mit Ornament, das gern zur Tracht getragen wurde. Man hatte vermutet, dass der Mörder es ihnen zuvor geschenkt hatte. Das Ornament musste er tief in ihren Hals gepresst haben. Der Tod war durch erhebliches Eindrücken des Kehlkopfes in Richtung der Wirbelsäule herbeigeführt worden. Lisas Mutter allerdings war sich sicher gewesen, dass ihre Tochter niemals mehr ein Kropfband getragen hätte und auch keines als Geschenk angenommen hätte. Sie hatte nur dasjenige getragen, das ihr Vater ihr kurz vor seinem Tod geschenkt hatte. Aber es war bei ihrem letzten Besuch zu Hause gerissen, als das Mädchen sich das Band vom Hals gerissen hatte mit den Worten: »Das bringt ihn auch nicht wieder zurück.«

Ausgerechnet Mayrhofer hatte Lisas inzwischen 80-jähriger Mutter Gehör geschenkt und die Neuuntersuchung der Würgemale mit Hilfe des 3-D-Verfahrens angestoßen. Damit konnte der Gegenstand genauer bestimmt werden, der sich zwischen der Haut des Mädchens und den Händen des Täters befunden hatte und mit dessen Hilfe der Kehlkopf eingedrückt worden war. Es musste nur der Halsumfang des Mädchens rekonstruiert werden. Ihr Halsumfang ließ sich mit Hilfe von Lisas Kropfband bestimmen, das die Mutter zum Andenken aufbewahrt hatte.

Mayrhofer hatte wirklich ganze Arbeit geleistet und die Ermittlungen so weit vorangetrieben, dass Tom und Jessica sich schließlich mit in den »Rosi«-Fall verbissen hatten. Der nächste Schritt wäre gewesen, ein Täterprofil in Auftrag zu geben. Der Zeitungsbeitrag am Dienstag, also einen Tag vor Julias Todestag, hatte dem Fall eine neue Dynamik verliehen – und genau da hatte Weißbauer sie vom Fall abgezogen. Jessica konnte überhaupt nicht verstehen, dass Mayrhofer sich so leicht von Weißbauer in die Schranken weisen und sich von weiteren Ermittlungen abhalten ließ, nachdem sie so weit vorgestoßen waren. Es wäre seine Gelegenheit gewesen, sich in ihrem Kleinteam zu profilieren. Sie hatten nämlich herausgefunden, wie die fünf Mädchen wirklich gestorben waren. Das 3-D-Verfahren hatte ergeben, dass der Täter einen runden Gegenstand mit der Wölbung nach außen mit beiden Daumen gegen den Kehlkopf der Mädchen gedrückt hatte. Laut Analyse und diversen Vergleichen hatte es sich um eine fein ziselierte Schnupftabaksdose gehandelt. Sogar das eingravierte Muster auf der Dose hatte rekonstruiert werden können. Zwei Löwen mit dem bayerischen Wappen in ihrer Mitte, von einem Blumenmeer umgeben. Schließlich hatte man durch verschiedene Vergleiche genau dieses Modell gefunden, das sehr beliebt gewesen war. In dem Zeitungsbeitrag am Dienstag war eben diese Schnupftabaksdose abgebildet gewesen. Es war völlig verrückt.

Die Wahrscheinlichkeit, dass es sich bei dem Täter um einen Bayern handelte, war groß, dachte Jessica jetzt. Oder einen, der gerne einer gewesen wäre. Wer sonst hatte schon eine Schnupftabaksdose? Selbst vor 50 Jahren war Schnupftabak schon so gut wie aus der Mode gewesen. Obwohl es auch im Norden der Republik durchaus Tabakhersteller gab, die sogar nach wie vor Schnupftabak herstellten, wie sie mit wenigen Klicks recherchierte.

»Hat sich eigentlich der alte Mann wegen des Spazierstocks noch mal gemeldet?«, wollte Jessica von Mayrhofer wissen, der gerade den letzten Bissen Semmel verschlang.

Der nickte. »Schon. Die Kombi mit den Löwen und dem Wappen war besonders beliebt bei Touristen – vor allem bei euch Preußn.«

Schon wieder ein Seitenhieb gegen sie, denn in seinen Augen war sie ein »Parade-Preuß«. Bei Touristen aus den 60er-Jahren. Das machte die Suche nicht einfacher. »Mehr nicht?«

Mayrhofer schüttelte den Kopf.

Denn auch eine weitere Spur, die man von der feuchten Erde rund um den Tatort der ersten Leiche gesichert hatte, konnte neu ausgewertet werden. Man hatte einen Abdruck genommen, der in Gips gegossen worden war. Nachdem nun die Schnupftabaksdose gefunden worden war, erkannte man die Ähnlichkeit des Musters. Außerdem hatte sich auf den Zeitungsartikel hin ein älterer Herr gemeldet, der angegeben hatte, dass seine Großeltern in ihrem Kurzwarengeschäft dieses Schnupftabaksdosenmodell mit dem dazugehörigen Spazierstock verkauft hätten. Eine sehr elegante Kombination für den modebewussten Herrn. Er erinnerte sich daran, weil sie ihm als Teenager so weltmännisch erschienen war. Tatsächlich besaß er noch ein Exemplar. Der Abdruck passte.

Damit hatten Tom, Jessica und Mayrhofer den Tathergang neu rekonstruiert. Der Mörder hatte immer die gleiche Methode angewandt. Er hatte von einem verdeckten Standort aus den Spazierstock in die Fahrradspeichen der vorbeiradelnden jungen Frau gesteckt, wodurch sie hingefallen war. Dann hatte er sich auf sie gestürzt, ihr mit der Schnupftabaksdose den Kehlkopf eingedrückt und sie anschließend vergewaltigt. Auch ohne ein offizielles Täterprofil vorliegen zu haben, war offensichtlich, dass es sich bei diesem Mann um jemanden handeln musste, der zwar intelligent, aber eindeutig gestört war.

»Mei, Jessica, wir sind nicht mehr in dem Fall.«

»Wie kannst du nur so einfach alles hinschmeißen?«

»Weil es einen neuen Fall gibt. Ganz einfach. Und der spielt in der Gegenwart und nicht vor 50 Jahren. Wer sagt uns denn, dass nicht wieder ein Serienmörder am Werk ist?«

»Du hast doch selbst die übereinstimmenden Worte entdeckt.« Sie suchte nach den bayerischen Begriffen. »Hacklstecka. Schmaidosn. Harpfe. Das kann doch kein Zufall sein.«

»Lass das bleiben.« Mayrhofer winkte ab und vertiefte sich in seinen Computer.

Jessica gab nicht auf. »Wer kann das Manuskript außer Julia noch gekannt haben?«

»Marcel.« Das kam wie aus der Pistole geschossen.

»Und ihr Großvater«, meinte Jessica und gab sofort Josef Seidl, München, in die Suchmaske ein. Josef Seidl war 1965 verstorben. Fehlanzeige. Die letzten beiden Mädchen konnte er nicht getötet haben. Und warum sollte jemand seine Enkelin erschießen, um ihn zu schützen. Nein, das war eine Sackgasse.

Mayrhofer kam nicht einmal auf die Idee nach dem Ergebnis ihrer Recherche zu fragen, also behielt sie es für sich. Ob er seine Haltung ändern würde, wenn er von der Miniaturharfe unter Julias Hand erfuhr? Es war an Tom, dem Kollegen die Zusammenhänge zu erklären. Nur der Hinweis auf den Serienmörder ließ sie zusammenzucken. So unwahrscheinlich war das gar nicht, wenn man von einer gewissen Parallelität der Fälle ausging.

Aber der Gedanke ließ sie nicht los: Vielleicht hatte doch jemand außer Julia das Manuskript gelesen und bewusst gewisse Parallelen inszeniert. Als eine Art »Ludwig-Thoma-Falle«.

Oder anders, durchfuhr es Jessica. Der Mörder könnte sich Anleihen bei Thoma geholt haben. Erst vor Kurzem hatte Jessica Stephen Kings Thriller »Der Mercedeskiller« als CD gehört. Ein Mercedes fuhr wie ein Rammbock in eine vor dem Arbeitsamt stehende Menschenmenge. In jüngster Vergangenheit war diese Art zu töten mehrfach kopiert worden. Vielleicht hatte sich auch der Prostituiertenmörder von Ludwig Thomas

Manuskript »inspirieren« lassen. So fehl am Platz das Wort Inspiration an dieser Stelle auch war. Das würde bedeuten, dass mindestens eine weitere Person außer Julia und ihrer Familie das bisher unveröffentlichte Manuskript gekannt haben musste.

Denn: Wie konnte umgekehrt Ludwig Thoma einen Hinweis auf einen Täter geben, der erst rund 40 Jahre später zuschlug?

Jessica notierte sich, den alten Herrn bei Gelegenheit anzurufen. Vielleicht konnte er sich an besondere Kunden seiner Großeltern erinnern, wenn sie weiter nachhakte. Oder einen Hinweis darauf geben, wie viele Exemplare dieser Accessoires verkauft worden waren. Gab es eventuell noch irgendwelche Unterlagen? Und von wann bis wann wurde das Modell geführt? Da er von seinen Großeltern gesprochen hatte, konnte die Kombination durchaus in den 20ern schon existiert haben. Der Mörder könnte Ludwig Thoma also gekannt haben. Was wiederum bedeuten würde, dass der Mörder erst über 40 Jahre später zugeschlagen hatte. Er wäre 1920 noch sehr jung, später relativ alt gewesen. Konnte das sein? Oder hatte Thoma in seinen letzten Lebensjahren einen wahren Mord beobachtet, schließlich hatten die meisten seiner Werke autobiografische Züge. Warum aber hatte er dann nicht dafür gesorgt, dass der Täter zur Rechenschaft gezogen worden war? Nein, das war unwahrscheinlich.

Jessicas Gedanken drehten sich im Kreis. Die entscheidende Frage blieb: Wer hatte Julia getötet und warum? Denn unter den Lebenden konnte jemand, den Thoma persönlich gekannt hatte, nicht mehr weilen. Es könnte höchstens ein Verwandter sein, schoss es Julia durch den Kopf. Jemand, der nicht wollte, dass der Mord an den Mädchen im Nachhinein aufgedeckt würde. Vielleicht, damit kein schlechtes Licht auf die Familie fiel?

19.

»Heute nur zwei Stück bitte.« Tom winkte ab, als Max ihm zwei weitere Weißwürste auf den Teller legen wollte, so gut sie auch dufteten. Die Nacht war einfach zu kurz gewesen.

Er saß wie üblich mit Christl beim Frühstück am Stammtisch – wegen der Prüfung allerdings eine Stunde früher als sonst. Es war kurz vor halb acht. Da sonst noch niemand da war, servierte Max persönlich.

Christl war bereits mit Einstein spazieren gewesen, der nun, nach einer Weißwurst, in seinem Körbchen lag und seine Gastgeber zufrieden beäugte. Er schien mit seinem neuen Zuhause einverstanden zu sein. Freilich in Unkenntnis dessen, dass man sich noch nicht geeinigt hatte, bei wem der Hund zukünftig bleiben würde.

»Ich bin so was von aufgeregt!« Christl sortierte ihre Unterlagen.

Max legte ihr eine Brezn auf den Teller. »Jetzt iss erst mal was.«

»Ich bekomme keinen Bissen runter.«

Tatsächlich war Christl kreidebleich.

Plötzlich fing Einstein an zu bellen. Historiker und Journalist Hubertus Lindner näherte sich mit seinem Rauhaardackel Günther der Gruppe. Hubertus wohnte unterhalb von Toms Dachgeschosswohnung und gehörte gewissermaßen mit zur Familie. »Grüß Gott beisammen. Habts Zuwachs bekommen?«

Günther und Einstein musterten sich misstrauisch, bis Hubertus ihnen ein Leckerli zusteckte, was sie beide gierig verschlangen. Um möglichst nah an der Futterquelle zu bleiben, legten sich beide Hunde unter den Tisch. Keiner ließ den anderen aus den Augen.

»Und?«, fragte Tom. »Wie geht's den ›Montez-Juwelen‹?«

Sie hatten sich einige Wochen nicht gesehen, da Hubertus mit seinem Krimi auf Lesereise gewesen war.

»Sehr gut. Heute Abend noch die Lesung im Hugendubel am Marienplatz, dann bin ich erst einmal durch.«

»Wer hätte das gedacht.« Max setzte sich zu den anderen. »Unser armer Poet auf dem besten Weg zum Bestsellerautor.«

Alle vier lachten.

»Das liegt nur an der Lola Montez.« Hubertus strich einen Löffel süßen Senf auf seinen Teller.

»Es gibt halt immer noch Menschen, die sich für Geschichte interessieren.« Christl sah auf ihre Armbanduhr. Tom spürte, wie aufgeregt sie war.

»Vor allem für das Liebesleben unseres Königs!« Mit einem fachmännischen Schnitt durchtrennte Hubertus die Wursthaut der Länge nach.

»Mit Geschichte hat unser neuer Fall auch was zu tun.« Mit wenigen Sätzen weihte Tom ihn in die aktuellen Ereignisse ein.

»Der zweite Mordfall innerhalb von zwei Jahren!« Hubertus vergaß zu essen.

»Wehe, es sickert irgendetwas durch! Kein Wort. Und kein Gedanke an ein Buch. Julia ist vor unseren Augen erschossen worden!«

Ein wild recherchierender Krimiautor war das Letzte, was Tom jetzt gebrauchen konnte.

»Ehrensache.« Hubertus, der Julia nur flüchtig gekannt hatte, kraulte nachdenklich den Beagle. Günther hob den Kopf und wollte auch gestreichelt werden. »Jetzt erzähl halt mal. Was wisst ihr denn schon?«

Obwohl nicht zu übersehen war, dass Hubertus Blut geleckt hatte, ließ sich Tom unter dem Siegel der Verschwiegenheit dazu hinreißen, von den Geschehnissen zu berichten.

»Ein unbekanntes Manuskript von Ludwig Thoma über Jahrzehnte hinweg im Safe der Seidls!« Hubertus war schwer beeindruckt. »Ihr wisst schon, dass ich meine Diplomarbeit über Ludwig Thoma geschrieben habe? Außerdem hab ich erst gestern einen hochinteressanten Artikel über ihn gelesen. In der ›Muh‹«.

»In der ›Muh‹?«, fragte Christl verständnislos.

»Ein tolles Magazin. Hat sich auf rein bayerische Themen spezialisiert. Dort gab es einen mehrseitigen, gut recherchierten Artikel über Ludwig Thoma. Anlässlich seines 150-jährigen Geburtstags.« Hubertus fuhr sich durch die kurzen, grauen Stoppelhaare. Seine grünen Augen sprühten. Tom stöhnte innerlich. Welche Geister war er gerade dabei zu wecken? Er schaute Christl an.

Aber Christl wirkte ganz anders als sonst. Normalerweise hätte sie sofort nachgehakt. Sie behielt meist einen kühlen Kopf, erfasste die Situation und moderierte geschickt. Doch heute war sie außergewöhnlich kleinlaut und still, als sie nun Einstein kraulte, der zu ihr auf die Bank springen wollte. Max zog ihn energisch runter, um ihm zu verstehen zu geben, dass das im Wirtshaus verboten war.

Christl hatte wohl Toms prüfenden Blick gespürt. Sie richtete sich auf und trank einen Schluck Tee. »Vor fünf Jahren haben wir *Die Münchnerinnen* aufgeführt. Leider habe ich vor lauter Textlernen keine Zeit gehabt, mich intensiver mit Ludwig Thoma zu beschäftigen. Hubertus, lass hören! Aber die Kurzfassung. Ich muss gleich los!«

Hubertus lehnte sich zurück. Tom kannte die Haltung. Nun würde trotz Christls Aufforderung, sich kurz zu fassen, ein längerer Monolog folgen. Tom seufzte. Das würde ihm immerhin die Lektüre ersparen. Ein glücklicher Zufall! Auch in Thomas Biografie konnte sich eine Spur verbergen.

Tom legte das Besteck neben den Teller, um sich besser konzentrieren zu können. Hubertus hatte ein phänomenales Gedächtnis und konnte hervorragend wiedergeben, was er gelesen hatte.

Nach einer kurzen Pause begann Hubertus zu sprechen.

»Geboren worden ist Ludwig Thoma 1867 in Oberammergau. Also vor 150 Jahren. Deswegen wie gesagt auch dieser hochaktuelle Artikel über ihn. Als fünftes Kind des dortigen Försters. Sein Vater ist gestorben, als der Bub sieben Jahre alt war. Die Familie war völlig mittellos. Der kleine Ludwig ist in die Obhut eines Onkels nach Landstuhl in der Pfalz gekommen. Aber er hat Probleme gehabt, den Tod des Vaters zu verarbeiten, galt als verhaltensauffällig und schwierig. Unter anderem war er übrigens am Wilhelmsgymnasium, hat dann aber zwischen Internaten und Prien am Chiemsee pendeln müssen, wo die Mutter eine Gaststätte geführt hat.«

»Daher die *Lausbubengeschichten*?«, fragte Tom.

»Ja, die beruhen teilweise auf wahren Begebenheiten.« Hubertus sah ihn mit gerunzelter Stirn an. Unterbrechungen mochte der alte Freund gar nicht.

»Er hat Streiche gespielt, weil er sich nach Liebe gesehnt hat und falsch verstanden wurde«, warf Christl ein und schenkte Tom einen vielbedeutenden Blick, den er erwiderte.

Hubertus ergriff wieder das Wort. »In der Fantasie hat der Schriftsteller seinem Lausbub den Charme verliehen, der ihm selbst gefehlt hat. Deswegen sind seine *Lausbubengeschichten* auch so rührend. Obwohl die Konsequenzen seiner Streiche für die Familie durchaus spürbar waren. Seine Schwester Marie, die in *Die Vermählung* Ludwigs ungeliebten Lehrer Bindinger heiratet, ist in Wahrheit ledig geblieben, weil der echte Ludwig den Verehrer seiner Schwester erfolgreicher vertrieben hat als sein Pendant in den *Lausbubengeschichten*.«

»Ganz schön tragisch. Aber, dass sie sich das hat gefallen lassen.« Christl schüttelte den Kopf.

»In den *Lausbubengeschichten* genial komisch verpackt«, ergänzte Hubertus und fuhr fort. »Nach dem Abitur hat Thoma Rechtswissenschaften an der LMU und in Erlangen studiert, als Praktikant in Traunstein gearbeitet und eine Dissertation verfasst, die er allerdings nie hat drucken lassen. Parallel ist er als Anwalt tätig geworden. Erst in München, dann in Dachau. Bis heute sitzt dort übrigens die Ludwig-Thoma-Gesellschaft.«

»Ludwig-Thoma-Gesellschaft in Dachau. Das könnte ein Ansatz sein.« Tom zog sein Handy aus der Tasche und tippte eine SMS an Jessica.

Hubertus nickte. »Außerdem hat er erste Erfolge als Schriftsteller gefeiert. Kurz vor dem Jahrhundertwechsel hat er Manuskripte an den Simplicissimus geschickt und ist dort bald darauf Redaktionsleiter geworden, obwohl er laut dieses Artikels ein Eigenbrötler war. Er hat sich eher mit den einfachen Leuten und den Bauern identifiziert als mit den Bürgersöhnchen, die ihm zu intellektuell waren. Aber angeblich hat er eine Affäre mit der Frau seines späteren Kollegen Ludwig Ganghofer gehabt.«

»Da schau her!« Christl schaute Tom an und hob warnend den Zeigefinger.

»Naja, sein Verhältnis zu Frauen war wohl schwierig. Aber als Schriftsteller hat er sich endlich den großbürgerlichen Lebensstil leisten können, den er sich immer gewünscht hat.« Hubertus rollte nun das erste Viertel seiner Wurst aus der Haut.

»Aber unser Serienmörder aus den 60ern kann er nicht gewesen sein«, kam Tom auf den Fall zurück und holte Hubertus aus seinen Träumereien. »Thoma muss irgendwann in den 20ern gestorben sein.«

Hubertus nickte. »Obwohl er einmal im Gefängnis gesessen hat. 1906. Wegen Beleidigung einiger Mitglieder eines Sittlichkeitsvereins.«

Christl stand unvermittelt auf und packte ihre Unterlagen in die Umhängetasche. »Was tät ich drum geben, wenn ich dein Elefantengedächtnis hätt'.«

Hubertus fuhr fort: »Als er Stadelheim hat verlassen dürfen, hat er eine philippinische Tänzerin geheiratet, von der er sich allerdings schnell wieder scheiden ließ. Kurz nachdem er 1908 in sein Traumhaus ›Auf der Tuften‹ am Tegernsee mit ihr gezogen ist. Seinen ersten wirklich triumphalen Erfolg hat Thoma dann mit dem Lustspiel *Moral* gefeiert.« Hubertus schien jetzt ganz in seinem Element.

Nachdenklich band Christl den Pferdeschwanz neu und schlüpfte in ihre taillierte Jacke. »Da hab ich mir sogar einen Satz gemerkt.«

Sie gab ihrer Stimme einen tiefen Ton. »*Herr Assessor, wenn in der Ehe die Lügen aufhören, dann geht sie auseinander.*«

Die drei Männer lachten. Tom dachte an den verlorenen Ring. Das wäre der perfekte Moment gewesen, um ihn hervorzuzaubern und ihr ins Ohr zu flüstern, dass sie sich trotzdem nie belügen würden. Seine Bedingung.

Hubertus fiel ein weiteres Zitat ein. »*Der Ehestand heißt wohl deshalb der heilige, weil er so viele Märtyrer hat.*«

Jetzt lachten sie alle vier.

»Und noch was stammt von Thoma«, meinte Hubertus. »Das geht dich an, Tom. ›*Vergessen Sie nie, dass der Skandal sehr oft erst dann beginnt, wenn ihm die Polizei ein Ende bereitet*‹.«

Tom dachte an Weißbauer. War es nicht genau das, was sein Chef befürchtete? »Von wann sind die *Lausbubengeschichten*?«, fragte er dann.

»1905«, meinte Hubertus zwischen zwei Bissen. »Später ist mit *Tante Frieda* eine weitere Streichesammlung gefolgt.«

»Hat er je einen Krimi geschrieben?«

»Kann ich mir nicht vorstellen. War nicht sein Genre.« Hubertus nutzte die Denkpause, um ein weiteres Viertel Weißwurst in süßen Senf zu tauchen und zu verspeisen. »Bis zum Ersten Weltkrieg hat Thoma vor allem Satire verfasst. Linksliberal. Gegen Kirche und Staat. Für die Bauern. Gegen das Bürgertum. Mit dem Ersten Weltkrieg hat sich seine Haltung geändert, und er hat sich von der allgemeinen Kriegsbegeisterung anstecken lassen.«

»Männer«, kommentierte Christl. Tom sah ihr an, dass sie gehen wollte, sich aber nicht losreißen konnte.

»Er hat sich freiwillig als Sanitäter an die Ostfront gemeldet, ist aber krank und felddienstuntauglich geworden. Nach seiner Rückkehr hat er umso mehr geschrieben, sich aber schwer mit der Kriegsniederlage getan. In dieser Zeit hat er sich in Maidi Liebermann verliebt. Sie stammte aus der jüdischen Sektdynastie Feist Belmont und war verheiratet. Thoma war ihr früher schon begegnet und hat bereut, dass er sie nicht geheiratet hat. Zumal ihr Ehemann Wilhelm Liebermann von Wahlendorf standhaft die Scheidung verweigert hat.« Hubertus machte eine Pause.

»In den letzten Jahren vor seinem Tod hat Thoma sehr zurückgezogen gelebt und antisemitische und politische Hetzschriften verfasst. Gegen die Regierung in Berlin, die Sozialdemokraten und die erstarkende Räterepublik.«

»Wieso hat er antisemitische Schriften verfasst, wenn er in eine Jüdin verliebt war?«, wollte Christl wissen und schob sich von der Eckbank in Richtung Gang. Tom hatte sich die gleiche Frage gestellt.

»Tja, das verstehe einer. Ich weiß es nicht. Auf jeden Fall ist Thoma 1921 an Magenkrebs gestorben. – Mit diesen antisemitischen Schriften hat er sich tragischerweise zum Ende seines Lebens um sein literarisches Erbe gebracht.«

Tom dachte nach. »Haben wir deshalb vom 150. Jubiläum nichts mitbekommen? So was wird doch normalerweise groß gefeiert!«

»War ein echtes Dilemma. Auf der einen Seite hast du so einen großen bayerischen Schriftsteller, auf der anderen sind in den 90er-Jahren diese Hetzschriften im Miesbacher Anzeiger aufgetaucht. Dieser Artikel hat das sehr schön herausgearbeitet.«

»Ungünstig«, meldet sich Max zu Wort, der schweigend zugehört hatte. Jetzt stellte er klirrend die Teller zusammen. Tom blickte in den Innenhof. Die ersten Handwerker würden gleich anrücken.

»Den größten Teil seines Vermögens hat Maidi Liebermann geerbt. Sie hat sich auch um sein literarisches Vermächtnis gekümmert.«

»Die Jüdin? Das ist ja lustig.« Christl hängte sich ihre Tasche um. Sie war startbereit. Tom sah ihr die Aufregung an.

Er kroch aus der Eckbank und nahm sie in die Arme. »Du machst das schon, mein Schatz! Du hast schon ganz andere Dinge geschafft. Laufen gelernt, Radfahren gelernt. Hohe Berge bestiegen.« Er beugte sich zu ihr vor und flüsterte in ihr Ohr. »Einen Frosch in einen glücklichen Prinzen verwandelt. Was ist dagegen schon so eine läppische Prüfung.«

Sie knuffte ihn in die Seite und verabschiedete sich, nachdem Einstein eine Streicheleinheit bekommen hatte. »Er darf doch bleiben?«, fragte sie Max. Der willigte seufzend ein.

Tom atmete auf. »Ich frage mich, ob das Manuskript wirklich der Auslöser für Julias Tod gewesen sein kann. Schließlich ist Ludwig Thoma bald 100 Jahre tot? Sämtliche Rechte sind erloschen. Selbst seine Nachkommen in zweiter Generation wären längst Greise, wenn nicht unter der Erde. Wann ist diese Maidi Liebermann verstorben?«

»1971. Sie hat einen Sohn gehabt, der allerdings nach Afrika ausgewandert ist. Thoma selbst hatte keine Kinder. – Aber man müsst halt den Inhalt dieses Manuskriptes kennen. Vielleicht geht es ja um einen Freund oder Bekannten.« Hubertus schob den leeren Teller von sich und leckte sich über die Lippen. »Guad sans scho, deine Weißwürscht, Max!«

Die drei verabschiedeten sich. Während Max die ersten Handwerker begrüßte, begab sich Tom auf den Weg ins Büro, beschäftigt mit der Frage, ob er der Spur um Maidi Liebermann nachgehen sollte. Wie immer, wenn er aus der Geborgenheit des Wirtshauses kam, war er in eine andere Welt eingetaucht und völlig unvorbereitet auf die Nachricht, die ihn gleich erwarten sollte.

20.

»Sorry, Peter. Wenn das so ist, dann brauchen wir jetzt umso dringender deinen Bericht.« Tom beherrschte sich, nicht in den Hörer zu brüllen. Dr. Peter Ehinger, der Chef der Rechtsmedizin, wand sich bereits seit einigen Minuten am anderen Ende der Telefonleitung. Tom hatte soeben erfahren, dass die Obduktion von Julia bereits stattgefunden hatte. Im Beisein der Staatsanwältin und eines Kollegen. Über seinen Kopf hinweg. War Mayrhofer mit seinem Befangenheitsargument etwa auf Gehör gestoßen? Die neue Staatsanwältin war seine Cousine.

»Der Bericht ist bei Weißbauer, Tom.«

»Was zur Hölle mischt sich Weißbauer jetzt in unsere Angelegenheiten ein?« Toms Blick fiel auf den Gummibaum, den Jessica ihm geschenkt hatte.

Als Ehinger trotz der anhaltenden Pause nicht weitersprach, ergriff Tom die Initiative. »Komm, sag schon, was steht in diesem verdammten Bericht? So geheimnisvoll kann es ja nicht sein. Julia ist vor meinen Augen erschossen worden.«

Ehinger seufzte. »Dann hab ich aber was gut bei dir. Und kein Wort zu Weißbauer. Verstanden?«

»Ehrensache.«

»Sie ist wie vermutet an der Kopfschussverletzung gestorben.« Ehinger atmete schwer. »Mannstopp-Munition.«

»Mannstopp-Munition?«, fragte Tom ungläubig. Bei dieser Art von Geschoss war die Patronenspitze nicht glatt, sondern gewölbt, wodurch sich der Geschossmantel beim Auftreffen zerlegte und der Kern zersplitterte. Die Splitter sorgten für weit größere Gewebeverletzungen. Eine spezielle Form eines Deformationsgeschosses, das beispielsweise bei Polizeieinsätzen nur in Ausnahmefällen bei höchster Gefahr erlaubt war.

»So ist es.« Ehinger schwieg wieder. »Die Splitter haben den Hirnstamm verletzt. Es ist binnen Sekunden zum Atem- und Kreislaufstillstand gekommen.«

Genau wie Tom vermutet hatte. Aber da musste noch mehr sein.

Warum wollte Ehinger jedes Detail aus der Nase gezogen bekommen, er war doch sonst ganz redselig. »Was ist mit der Patronenhülse? Irgendetwas, was auf den Waffentyp schließen lässt?«

»Das musst du eigentlich die Spurensicherung fragen.« Ehinger zögerte. »Aber gut. Weißbauer hat gewollt, dass wir unsere Berichte abgleichen. Weil du es bist, Tom. Eine Sig Sauer P6.«

Tom stutzte. »Mit einer Sig Sauer P6 ist sie erschossen worden? Mit der Polizeiwaffe aus Nordrhein-Westfalen? Das ist nicht der Waffentyp, den Killer üblicherweise benutzen.«

»Ich weiß.« Ehinger schien das Gleiche zu denken wie Tom. Die Sig Sauer P6 hatte Toms früherer Arbeitgeber im Einsatz gehabt.

»Hat Weißbauer deshalb den Bericht?«, fragte Tom.

»Er hat ihn schon angefordert, bevor wir das wussten.«

Konnte das Zufall sein? Tom dachte an sein Gefühl, beobachtet zu werden. Nach der Verfolgungsjagd des flüchtenden Motorrads war er bisher fest davon ausgegangen, es bei den Tätern mit professionellen Killern zu tun zu haben. Er war selbst in unmittelbarer Nähe des Schusses gewesen, hatte aber keinen Schall gehört. Der Täter musste also einen Dämpfer eingesetzt haben, was bei diesem Fabrikat gut möglich war. Tom versuchte sich die Situation nochmals vor Augen zu führen. Aber trotz aller Konzentration konnte er nicht mit Gewissheit sagen, wer wirklich geschossen hatte. Er hatte einen Mann gesehen, der Julia die Tasche entrissen hatte. Mehr nicht. Aber der hatte nicht geschossen. Der Schuss war aus der Richtung des Motorrads gekommen. Aber eben nur aus der Richtung.

Tom dachte an Christls Aussage. Sie hatte Marcel in unmittelbarer Nähe des Tatorts beobachtet. Auf einmal begannen sich alle Fakten vor seinem geistigen Auge zu drehen und mündeten bei seinem Fall in Düsseldorf damals, als er selbst fast Opfer einer tödlichen Kugel geworden wäre. Konnte noch jemand vor Ort gewesen sein?

»Wir brauchen ein ballistisches Gutachten«, sagte Tom in die Stille hinein, auch wenn er damit bei Ehinger an der falschen Adresse war. Aber Ehinger war sein Freund und hatte beste Beziehungen.

»Wie stellst du dir das vor?« Natürlich war Ehinger nicht

begeistert. »Der gemeinsame Bericht von Spurensicherung und Rechtsmedizin liegt jetzt bei Weißbauer. Es ist eindeutig. Weißbauer wird die Kosten für die Ballistik nicht tragen wollen.«

»Wir haben Hinweise, dass der Ehemann der Toten in der Nähe des Tatorts war. Wir müssen die genaue Richtung wissen, aus der geschossen wurde. Kannst du das auf Grund des Einschusswinkels feststellen?«

»Du machst mein Leben nicht einfacher, Tom.«

»Anna und du, ihr bekommt das hin.«

Ehinger seufzte.

»Noch was.« Tom wollte Sicherheit haben. »Ich muss wissen, ob die Patrone aus der Dienstwaffe von Claas Buchowsky stammt, meinem ehemaligen Kollegen aus Düsseldorf. Es gibt ein ballistisches Gutachten von seiner Waffe. Es hat sich einmal ein Schuss aus seiner Waffe gelöst und einen Kollegen verletzt. Seine Dienstwaffe ist damals bei unserem letzten Fall in Düsseldorf gemeinsam mit ihm verschwunden. Ich weiß, es ist nur eine vage Idee, die sich verrückt anhört. Aber trotzdem.«

Diesmal war es Ehinger, der lange schwieg. »Ich habe auch schon daran gedacht, Tom. Irgendwie ein komischer Zufall, denn das LKA hat sich bereits eingeschaltet. Anna hat die Hülse auf Weißbauers Bitten eben per Kurier hingeschickt. Außerdem ist ein ehemaliger Kollege von dir angereist. Findus Lindström. Aber dort anrufen musst du selbst.«

Findus Lindström. Er war Spezialist für das, was man den individuellen Fingerabdruck einer Patronenhülse nannte. War er etwa extra eingeflogen, um das Gutachten von Claas ehemaliger Dienstwaffe mit dem der Waffe abzugleichen, die Julia getötet hatte?

»Und die Miniaturharfe, die wir bei Julia gefunden haben? Was meint Anna dazu?«

»Mit zwei Maß Bier ist das aber nicht getan.« Ehinger machte eine Pause.

»Schweinsbraten inbegriffen. Mit deiner Frau«, beeilte sich Tom zu sagen.

»Dass das mal nicht der Complience-Beauftragte hört.«

»Gott sei Dank sind Mayrhofers Gebete für den Job bisher nicht erhört worden.« Tom hätte schwören können, dass Ehinger die Hand vor den Hörer hielt, wie um etwaige Mithörer auszuschalten. »Jetzt sag schon.«

»Ein zweites großes Fragezeichen«, seufzte Ehinger. »Passt genau zu diesen komischen Spielzeug-Harfen aus eurem Dirndlfall aus den 60ern. Gleiches Holz, gleiche Schnitz- und Bauweise, gleiches Nylon, gleiches Alter. Die muss jemand in Serie produziert haben. – Man könnt' grad meinen, es wollt euch jemand ärgern.«

»Die Splitter des Motorradlichts?«

»Auch Annas Ressort. Aber sei's drum. Sie würde es dir auch sagen, das weiß ich. – Genau wie von euch vermutet.«

Nach dem Gespräch mit Ehinger war Tom kurzfristig aus der Bahn geworfen. Eigentlich hatte er einen klar strukturierten Plan für den Tag gehabt, der war jetzt wie weggewischt. Um sich zu sammeln, nahm er ein Blatt Papier und schrieb die einzelnen Punkte auf, die ihm besonders wichtig erschienen. Eines war jetzt klar: Es gab eine Verbindung zwischen Julias Tod und ihrem Cold Case. Aber welche? Und er musste mit Findus Lindström sprechen. Doch noch war es zu früh.

Als Tom wenig später die Tür zu Jessicas und Mayrhofers Büro aufriss, waren die beiden in ihre Computer vertieft, Jessica umgeben von Akten. Tom erkannte sofort, dass es die Cold Case-Akten waren, die laut Weißbauer geschlossen zu sein hatten.

»Und, was gibt es Neues?«, fragte er in die Runde und musterte Mayrhofer. Triumphierte er, weil die Obduktion an ihnen vorbeigegangen war? Was wusste er bereits von seiner Cousine?

»Besprechung, Chef?« Jessica schaute ihn über den Berg Akten hinweg an. Ihr roter Schopf erschien ihm wie ein schillernder Lichtblick an diesem grauen Tag.

Tom nickte und setzte sich auf die Kante des an der Wand stehenden freien Schreibtisches. So, dass er beide im Blick hatte. »Ist die Handyauswertung schon da?«

Jessica verneinte. »Kommt im Laufe des Nachmittags.«

»Erst mal einen Kaffee?« Sie wollte aufstehen.

Toms Blick fiel instinktiv auf Mayrhofer. Denn im Gegensatz zu Jessica war er der Kaffeespezialist. Er verstand den Wink sofort und stand tatsächlich auf.

Obwohl man bei der Luxusmaschine, die Tom der Abteilung gespendet hatte, eigentlich nur auf den Knopf drücken musste, gelang Mayrhofer der beste Kaffee – eine Karte, die er gern ausspielte. Vermutlich liegt es daran, dass er sich die Zeit nimmt, das Wasser zu filtern, bevor er es in die Maschine füllt, dachte Tom jetzt, als er Mayrhofer beobachtete.

Mayrhofer nahm sich alle Zeit der Welt. Dann hielt er Tom die Tasse hin, zog sie wieder weg, als Tom danach greifen wollte, lachte. Einer seiner üblichen Mayrhofer-Scherze.

»Die Obduktion hat übrigens schon stattgefunden«, sagte Tom.

Sie waren beide überrascht, schienen die Erklärung aber in Toms gestrigem Streit mit Weißbauer zu suchen. Sollte Mayrhofer seine Finger nicht im Spiel haben? Daraus, dass Jessica sich mit ihrer Reaktion zurückhielt, schloss Tom, dass sie ein schlechtes Gewissen wegen der zurückgeholten Akten hatte. Angesichts der Tatsache, dass die Miniaturharfe unter Julias

Hand aus der gleichen Serie stammte wie die, die der Mörder den Mädchen ins Dekolleté gelegt hatte, hatte Jessica einen siebten Sinn damit bewiesen, die Akten zurückzuholen.

Er sah sie direkt an. »Dass du dich über Weißbauers Verbot hinweggesetzt hast, wird unsere Beziehung zu ihm nicht verbessern – zumindest solange nicht, bis wir den Fall gelöst haben. Danach hängt es vom Ergebnis ab. Und selbst wenn wir den oder die wahren Täter finden, kann das für Ärger sorgen.«

Plötzlich erinnerte sich Tom an die Passage aus dem Stück »Moral«, die Hubertus beim Frühstück zitiert hatte. »Wie schrieb Ludwig Thoma so treffend: *Vergessen Sie nie, dass der Skandal sehr oft erst dann beginnt, wenn ihm die Polizei ein Ende bereitet.*«

»Wow, Chef. Unter die Literaten gegangen?« Jessica hatte sich als Erste wieder gefasst. »Du meinst, unser Fall könnte größere Kreise ziehen? Waren wir deshalb von der Obduktion ausgeschlossen?«

Dessen war sich Tom inzwischen sicher. »Julia ist mit einer Sig Sauer P6 erschossen worden. Mannstopp-Munition. Der Bericht liegt bei Weißbauer.« Tom genoss den ersten Schluck des heißen Kaffees, der wirklich köstlich schmeckte.

Während sein Team die Information verhältnismäßig gelassen aufnahm, fühlte Tom eine unbestimmte Ahnung, dass Julia tatsächlich mit Claas' Waffe getötet worden sein könnte. Er hatte sich in den letzten Jahren oft gefragt, ob Claas in die Fänge der russischen Drogenmafia um Iwan Maslov geraten war, ohne zu wagen, daran zu denken, dass sein alter Freund übergelaufen sein könnte.

Aber was könnte Julia, was könnte das Manuskript von Ludwig Thoma mit der russischen Drogenmafia zu tun haben? Wie passte der Frauenserienmord aus den 60ern da hinein? Liefen hier alle Fäden zusammen? Oder liefen sie allen Spuren zum Trotz einem Phantom hinterher? Tatsache blieb, dass Julia ihn wegen Hinweisen zu ihrem Cold Case kontaktiert hatte, die sie in diesem Manuskript gefunden hatte, nachdem sie den Zeitungsartikel gelesen hatte. Die Miniaturharfe nicht zu vergessen! Doch er wollte nichts überstürzen.

»Ist die Reinschrift der Seiten schon da?«, fragte Tom.

Jessica schüttelte den Kopf. »Ich habe unsere Erkenntnisse zu den Morden von damals noch mal mit *Ein Münchner im Himmel* verglichen. Der Mörder hat Stilmittel eingesetzt, die in der Satire vorkommen.«

Stilmittel fand Tom einen ausgesprochen interessanten Ausdruck für bewusst am Tatort zurückgelassene Spuren wie eine geschnitzte Miniaturharfe, die man schon fast als Fetisch bezeichnen konnte. »Ein Ludwig-Thoma-Fanatiker?«, sinnierte er vage.

Jessica nickte. »Ich komme immer mehr zu der Ansicht, dass in dem Manuskript etwas erzählt wird, ein Streich vielleicht, der den Täter auf die Tötungsidee brachte.«

Tom nickte, während er Mayrhofer beobachtete, der weiter in seinen Computer vertieft war und Jessicas Gedanken nicht ernst zu nehmen schien.

Tom entschied, die Katze jetzt aus dem Sack zu lassen. »Die kleine Harfe, die wir gestern unter Julias Hand gefunden haben, stammt übrigens aus derselben Serie wie die bei den fünf toten Mädchen?«

»Holla!« Mayrhofer stieß einen Pfiff aus.

Diesmal war es an Jessica zu triumphieren. »Ich hab's gewusst.« Sie sprudelte hochmotiviert weiter. »Wir sollten uns im Umkreis von Ludwig Thoma umschauen. Wer waren seine Freunde und Bekannte. Das Manuskript stammt von 1921. Stellen wir uns einfach mal vor: Ein damals 21-Jähriger wäre 1963 rund 63 Jahre alt gewesen.«

»Mathe eins, Frau Kollegin. Passt perfekt. Der wäre dann 2017 genau 117 Jahre alt. Ein 117-jähriger Killer müsste leicht zu finden sein. Eine echte Rarität!« Mayrhofer zeigte ihr den Top-Daumen.

Jessica fuhr unbeirrt fort. »Thoma hat das Manuskript damals Julias Großvater gegeben. Der hat es aus irgendeinem Grund nie veröffentlicht und in den Safe gelegt. Erst Julia hat es aus seinem Dornröschenschlaf zum Leben erweckt. Josef Seidl ist 1965 verstorben, er kann nicht unser Serienmörder gewesen sein. Was ist mit Julias Vater, rein der Vollständigkeit halber? Als Mittäter?«

»Nein. Dann würde Julias Tod keinen Sinn ergeben.« Tom schüttelte den Kopf. »Denn wenn wir davon ausgehen, dass ihr Tod etwas mit dem Manuskript und unserem Cold Case zu tun hat, dann war Julia eine Gefahr für denjenigen, der den Prostituiertenmörder decken möchte. Aber warum? Zum Beispiel, weil es ihm schaden würde, mit einem Mörder in Verbindung gebracht zu werden.«

Jessica nickte heftig. »Vielleicht jemand, der in einer exponierten Position ist und der aus irgendeinem Grund weiß, wer der Täter war. Wir haben ja prägnante Indizien in unserem Zeitungsartikel genannt. Genau wie Julia hat derjenige diese Hinweise einer bestimmten Person zugeordnet. Vielleicht besitzt ja diese Person auch so eine Miniaturharfe. Davon scheint es ja eine ganze Reihe gegeben zu haben. Oder sogar die Kombi aus Schnupftabaksdose mit Spazierstock.«

»Er müsste Julia gekannt und gewusst haben, dass sie Bescheid weiß«, warf Tom ein.

»Wobei die Harfe auch so eine Art Todesomen sein könnte«, meldete sich Mayrhofer zu Wort. Allerdings war sich Tom nicht sicher, ob er sie veräppeln wollte.

Mayrhofer gab seiner Stimme einen übernatürlichen Ton. »Wer im Besitz einer geschnitzten Ahornharfe ist, wird sterben.«

Tom schüttelte den Kopf.

Jessica ignorierte den Kollegen. »Ich habe mir die alten Zeugenaussagen daraufhin erneut angeschaut. Es waren vor allem die Aussagen der Mitglieder des Olympia-Ausschusses, die den verurteilten Studenten Horst Wagner belastet haben. An dem Abend hat sich eine Gruppe im Maximilianeum getroffen. Fünf Stadt- und fünf Landräte, die Münchens Bewerbung für die Olympischen Spiele vorantreiben wollten. Die Bewerbung hatte einigen Vorlauf. Rund zehn Jahre, bevor die Spiele stattgefunden haben, wurden die ersten Strippen gezogen.«

»Gut Ding braucht Weile.« Mayrhofer liebte Plattitüden.

Jessica fuhr unbeirrt fort. »Fünf der Männer waren danach noch etwas trinken. Sie haben beobachtet, wie sich ein Pärchen in der Nähe des Maximilianeums heftig gestritten hat. Horst Wagner und die später ermordete Lisa. Zwei davon haben außerdem bezeugt, Horst Wagner zur Tatzeit zwischen ein und zwei Uhr morgens in der Nähe des Leichenfundorts gesehen zu haben. Einer der beiden hat allerdings zugegeben, stark angetrunken gewesen zu sein. Trotzdem hat sich die Anklage auf diese beiden Aussagen gestützt. Beide Männer waren damals in den 60ern, könnten also Ludwig Thoma durchaus gekannt haben. Wenn sie gelogen haben, dann könnte auch einer von ihnen der Täter gewesen sein.«

»Eine steile These!«, brummte Mayrhofer. Allerdings sah Tom ihm an, dass sich Mayrhofer, der sich von ihnen dreien am stärksten in die Akten vertieft hatte, insgeheim ärgerte, nicht selbst auf diese Idee gekommen zu sein.

Wenn Jessica recht hat, dachte Tom, dann waren sie gerade

dabei, den Finger in die Wunde zu stecken, die Weißbauer am meisten fürchtete.

»Die beiden haben sich gegenseitig ein bombenfestes Alibi gegeben.« Mayrhofer schob jetzt den Stuhl nach hinten, verschränkte die Arme vor der Brust und wollte die Füße auf den Tisch legen.

»Füße runter«, befahl Tom. Mayrhofer gehorchte.

Jessica fuhr fort. »Wir brauchen unbedingt so eine Wandtafel, auf der wir unsere Gedanken festhalten können.«

Tom nickte.

Jessica überflog ihre Notizen. »Der Knackpunkt ist die Uhrzeit. Wenn die falsch ist, ist das Alibi hinfällig. Braucht nur einer seine Uhr verstellt zu haben, der andere hatte sie nicht dabei oder so. Im angetrunkenen Zustand spielt Zeit sowieso keine große Rolle.«

Tom musste ihr recht geben.

Jessica machte einen Haken auf ihrem Blatt. »Ich finde es komisch, dass Löhnig, der damalige Kommissar, in dem Moment beurlaubt wurde, als er die Alibis der beiden Männer zur Tatzeit der anderen Morde überprüfen wollte.«

Genau das hatte Tom gemeint, als er Weißbauer gegenüber von unangenehmen Fragen gesprochen hatte, die Kommissar Löhnig gestellt hatte und die dazu geführt hatten, dass er abgesetzt worden war.

»Wie haben die beiden Männer gleich noch geheißen?«, fragte Tom.

»Hans-Gustav Huber und Friedrich Fink, der hauptamtliche und der ehrenamtliche Leiter des Komitees«, antwortete Jessica wie aus der Pistole geschossen. »Friedrich Fink war derjenige, der angetrunken war.«

»Nach eigener Aussage«, ergänzte Tom, der das ungewöhnlich fand. Wer gab schon gerne vor der Polizei freiwillig zu, betrunken gewesen zu sein? Trotzdem sagten ihm die beiden Namen nichts. »Schaut mal, was ihr über die Familien findet. Wer lebt noch? Was machen die Nachkommen usw.«

Jessica machte sich eifrige Notizen.

»Sorry. Ich bin da raus. Keine Zeit. Bin an einer anderen Spur«, sagte Mayrhofer.

Tom konnte ihn nicht zwingen, gegen Weißbauers Weisung aktiv zu werden. Außerdem war ihm etwas durch den Kopf geschossen, das allerdings nur dann relevant wäre, wenn seine Befürchtung zutraf und die Kugel, die Julia getötet hatte, tatsächlich aus Claas' Waffe stammte: Wer von Friedrich Finks oder Hans-Gustav Hubers Nachfahren hatte Kontakte zur russischen Mafia?

Aber diese Frage würde Tom solange für sich behalten, bis Fakten vorlagen. »Hast du schon mit der Ludwig-Thoma-Gesellschaft Kontakt aufgenommen, Jessica? Weiß man da mehr über das Manuskript?«

Jessica schüttelte den Kopf. »Noch keine Zeit, Chef. Hatte Ludwig Thoma eigentlich Nachkommen?«

»Offiziell nicht.« Das hätte Hubertus erwähnt.

»Und inoffiziell?«, hakte Jessica nach.

Tom zuckte mit den Schultern und dachte an Leon. »Wer kann das schon wissen?«

Mayrhofers Telefon klingelte, er nahm ab. Nach mehreren Minuten des Zuhörens säuselte er: »Sehr interessant. Warten Sie, ich notiere …«

Nachdem er aufgelegt hatte, baute Mayrhofer sich mit triumphalem Gesichtsausdruck zu voller Größe auf. »Tja, was hab ich gestern gesagt. Jeder zweite Frauenmord geht auf das Konto des Sexualpartners.«

Tom wusste sofort, auf wen Mayrhofer anspielte. Wobei Sexualpartner, wie er ja von Franziska wusste, wohl nicht mehr zugetroffen hatte. »Versuchen wir, uns nicht im Kreis zu drehen.«

Mayrhofer hielt einen Zettel hoch. »Wisst ihr, wer vor wenigen Tagen eine BMW S 1000 XR am Frankfurter Ring gekauft hat?«

Nun spuck es schon aus, dachte Tom, denn er wusste die Antwort.

Jessica nahm Mayrhofer die Arbeit ab. »Marcel Frey.«

»Richtig.«

»Eigentlich nicht Marcels Motorradtyp.« Tom hörte selbst, wie belanglos das klang.

Er spülte den letzten Schluck Kaffee hinunter und drückte sich von der Schreibtischkante hoch. Instinktiv fragte er sich, ob es eine Verbindung zwischen Claas und Marcel geben konnte. »O.k. Ihr geht noch mal zu Marcel. Aber ohne großes Aufheben. Fragt ihn nach dem Motorrad und nach konkreten Hinweisen. Woher hat Julia die Miniaturharfe gehabt? Vielleicht hat er inzwischen bei Julias Unterlagen etwas gefunden. Vielleicht gar das Original. Wir wissen nicht, ob Julia es dabei hatte und die Täter es erbeutet haben.«

»Ich bin für einen Untersuchungsbefehl.« Mayrhofer deutete mit dem Zeigefinger auf den Zettel. »Das Fluchtfahrzeug im Besitz des Ehemanns, der am Tatort war. Das reicht. Der Mann ist schon vom Tatort geflohen. Wer sagt uns, dass er nicht endgültig das Weite sucht. Außerdem sollten wir uns unbedingt Julias Wohnung und das Büro vornehmen.«

»Vorsicht mit vorschnellen Vermutungen. Wir wissen nicht, ob es das Fluchtfahrzeug war.« Allerdings musste Tom zugeben, dass Marcel selbst auf seine ausdrückliche Frage hin den Besitz des Motorrads verschwiegen hatte. Sollte Julia ein Testament aufgesetzt haben, dann war es aller Wahrscheinlichkeit dort, und sie mussten es vor Marcel finden, wenn das nicht längst zu spät war. Trotzdem weigerte Tom sich zu glauben, dass der Freund etwas mit Julias Tod zu tun haben könnte.

Sein Handy vibrierte und summte die Melodie von *Only you* von Flying Pickets, allerdings doppelt so schnell wie gewöhnlich. Er zögerte dranzugehen. Weißbauer. Was der wollte, war klar.

»Weißbauer. Der will seine Akten zurück.« Tom verschwand in seinem Büro.

»Dann zauber' mal, Chef. Die Kartons können wir der Putzfrau diesmal nicht unterjubeln«, rief Jessica ihm nach. Im Falle der »Montez-Juwelen« hatte sie ebenfalls kurzfristig Akten unterschlagen, allerdings nur eine schmale Postmappe.

Tom schloss die Tür. Das Team musste den Streit diesmal nicht mitbekommen, denn Mayrhofer blieb eine Unbekannte im Spiel.

Als Weißbauer zu Höchstform auffuhr, legte Tom den Hörer beiseite. Weißbauer beharrte eindringlich darauf, den Prostituiertenmord ruhen zu lassen, und drohte mit einem Disziplinarverfahren, wenn seiner Weisung nicht unverzüglich Folge geleistet würde. Er hatte inzwischen einen Anruf von höchster Stelle des Innenministeriums erhalten. Jemand hatte dort Kenntnis davon bekommen, dass die Akten erneut geholt worden waren. Das würde ein Nachspiel haben. So oder so.

Kein Wort zum Bericht.

21.

Tom stand wie meist, wenn er im Büro war, am Fenster und beobachtete durch den Korridor der Ettstraße das Treiben auf der Neuhauser Straße. So hatte er den Eindruck, mitten unter den Menschen zu sein, und das vergegenwärtigte ihm, für wen und warum er seinen Job tat.

Ein leises Klopfen an der Tür schreckte ihn aus seinen Gedanken hoch. Jetzt, nachdem Weißbauer selbst am Telefon kein Wort über den Bericht verloren hatte, war offensichtlich, dass irgendetwas anders lief als sonst. Sollte die Kugel tatsächlich aus Claas' Waffe stammen?

Toms Nerven standen bis zu den Spitzen unter Strom. Er fühlte sich unfähig, an etwas anderes zu denken. Je länger sich die offizielle Übergabe des Berichts hinauszögerte, desto sicherer wurde sich Tom, dass es eine Übereinstimmung gab. Was den kompletten Ermittlungsansatz in eine andere Richtung verschob.

Jessicas roter Schopf schob sich durch den Türspalt, die Akte in der Hand. »Kann ich, Chef?«

Er bedeutete ihr einzutreten und Platz zu nehmen, während er selbst am Fenster stehen blieb. »Neuigkeiten von der Ludwig-Thoma-Gesellschaft?«

»Ich glaube definitiv nicht, dass Wagner der Täter war«, sprudelte Jessica los. Der Cold Case ließ ihr scheinbar keine Ruhe.

Tom verschränkte die Arme vor dem Körper. »Ich glaube es auch nicht. Aber es gibt nichtsdestotrotz Punkte, die gegen ihn sprechen. Wagner war außer mit Lisa mit einem weiteren Opfer liiert. Er hat alle fünf Mädchen gut gekannt. Sein Vater war Schreiner. Es wäre ein Leichtes für ihn gewesen, solche

Harfen herzustellen. Nach seiner Inhaftierung ist kein weiterer Mord geschehen«, zählte Tom die Punkte auf.

»Ja, er war sonderbar. Ein Theologiestudent, der bei den leichten Mädchen ein- und ausgeht, hat per se etwas Anrüchiges. Trotzdem: Belastend war vor allem die Aussage von Hans-Gustav Huber. Er hat angegeben, Wagner nach der Tat in der Nähe des Tatorts gesehen zu haben. In einem völlig aufgelösten Zustand.«

»Genau wie Friedrich Fink.«

»Ja.« Sie las die betreffende Stelle vor.

Tom hörte geduldig zu.

»Außerdem haben die restlichen Gruppenmitglieder die Uhrzeit nicht bestätigt.«

»Die waren wahrscheinlich alle sternhagelblau.«

Jessica zeigte mit dem Stift auf den Textabschnitt im Protokoll. »Vage Angaben, so was wie, dass es immer später wurde. Nur Hans-Gustav Huber und Friedrich Fink haben auf zwei Uhr morgens beharrt, also nach dem Mord.«

Tom hatte das in Erinnerung.

»Und jetzt kommt das Interessante. Löhnig hat damals herausgefunden, dass alle Treffen des Olympia-Komitees in der Nähe der Tatorte stattgefunden haben, an denen auch die weiteren Mädchen ermordet worden sind.«

»Hast du schon etwas über die Familien herausgefunden?«, fragte Tom.

»Hans-Gustav Huber ist 1984, kurz vor seinem 80. Geburtstag, an den Folgen einer Grippe verstorben. Er könnte sich 1921 als 17-Jähriger im Dunstkreis des Schriftstellers aufgehalten haben.«

Da ist etwas dran, dachte Tom. »Gab es einen vergleichbaren Fall von Serienmorden an jungen Frauen in den 20er-Jahren?« Bisher hatte ihm die Zeit gefehlt, diesen Gedanken zu überprüfen.

Jessicas Wangen glühten vor Stolz. »Gerade recherchiert. Negativ.«

Eine weitere Frage beschäftigte Tom: »Wenn der Täter Thoma gekannt hat, kann er also erst im späten Alter seine sexuellen Vorlieben entdeckt haben.«

Jessica wiegte abwägend den Kopf. »Auszuschließen ist es nicht. Je nachdem, was passiert ist und welchen Auslöser es gab.«

Tom stimmte ihr zu, wollte sie aber weiter fordern. »Ist ein 60-Jähriger körperlich dazu im Stande, fünf junge Mädchen zu ermorden?«

»Er hat sich einen Weg gesucht, der wenig Kraftaufwand bedeutet hat. Erst die Mädchen mit dem Spazierstock vom Rad geholt, ihren Schock ausgenutzt, sie erwürgt, sie erst vergewaltigt, als sie schon tot waren. Ich würde sagen, der Tathergang spricht dafür.«

»Wir brauchen unbedingt die Reinschrift der Manuskriptseiten. Deine Theorie ist nicht unmöglich, aber sie bleibt Spekulation.«

Jessica zeigte sich einsichtig. »Wurde mir für 17 Uhr versprochen.«

»Schau zwischenzeitlich mal, was du über die Ludwig-Thoma-Gesellschaft herausfindest.«

»Aye aye, Sir.« Damit war Jessica aus der Tür.

Tom gratulierte sich zu dieser motivierten Mitarbeiterin, bevor er wieder auf die Uhr starrte und überlegte, welche Dimension der Fall bekam, wenn Claas in ihn verwickelt war. Die Frage war außerdem, auf wessen Seite er stand. Tom wollte Claas nicht zum Gegner haben.

Es war bereits nach zwölf Uhr. Jetzt brauchte er Gewissheit. Tom konnte nicht warten, bis die offiziellen Mühlen in ihren bürokratischen Gang kamen. Kurz entschlossen suchte er in den Kontakten seines Handys die Nummer eines ehemaligen Freundes und Kollegen aus der Ballistik in Düsseldorf, der laut Ehinger heute in München war. Findus Lindström, ein Schwede und echter Freak. Der Kollege ging sofort ans Handy.

»Hi, Findus. Tom hier.«

»Mensch, Alter. Alles klar? Woher weißt du, dass ich in München bin.«

»Auf die Buschtrommeln ist Verlass.«

»Du fehlst mir, Alter.«

»Du mir auch. Unsere Altbierabende im Schlüssel. Zeit für ein Bier bei uns im Wirtshaus?«

»Voll im Stress. Muss heute noch zurück nach Düsseldorf, sonst hätte ich mich schon gemeldet, Alter.«

»Schade. Aber du kannst mir helfen, Findus.«

»Die Waffenanalyse, die vor mir auf dem Schreibtisch liegt, Alter? Stimmt's?«

Tom atmete auf. Er war an der richtigen Stelle gelandet. »Yap.«

»Da klebt ein Zettelchen drauf, Alter.«

Tom musste nicht lange raten. Er kannte die Abläufe. »Top Secret.«

»So ist es, Alter.«

»Wir spielen unser Ja-Nein-Spiel.«

Einen Moment war es ruhig am anderen Ende der Leitung. Tom fragte sich, ob er Findus an die Abende erinnern musste, an denen er den Freund vor dem völligen Absturz bewahrt hatte, oder ob der Kumpel selbst drauf käme.

Findus lenkte ein. »Ok, aber Beeilung. Es kommt gleich jemand.«

Kein »Alter« diesmal. Tom entschied sich für die Ja-Version. »Die Kugel stammt aus Claas' alter Dienstwaffe.«

Stille.

»Yap. Mit 90-prozentiger Wahrscheinlichkeit. Die Hülse weist alle im Gutachten genannten prägnanten Spuren auf. Ganz genau kann ich es aber nur sagen, wenn ich die Waffe vor mir habe.«

Genau, wie Tom vermutet hatte. Kurzfristig wurde ihm schwarz vor Augen. »Dank dir, Kumpel.«

Tom wollte schon auflegen, da sprach Findus weiter. »Claas hat seine Waffe übrigens als vermisst gemeldet.«

»Was?« Tom war verwirrt. Claas galt als verschwunden oder gar tot. Wie konnte er seine Waffe offiziell als vermisst melden? »Ist Claas denn wieder aufgetaucht?«

»Sieht so aus, Alter.«

»Weißt du Näheres?«

»Mach's gut, Alter. Hier wird die Luft dünn.«

Nach diesem Gespräch brauchte Tom einige Minuten, um den Inhalt zu verdauen. Er hatte sich nicht getäuscht. Claas war in München. Doch warum hatte er sich nicht bei Tom gemeldet? Auf wessen Seite stand Claas? Warum war Julia mit Claas' Waffe erschossen worden? Und in wessen Besitz war die Waffe jetzt?

22.

Als Jessica nach dem Gespräch mit Tom in ihr Büro zurückkehrte, war Mayrhofer gerade dabei, die Akten auf einen Wagen zu verladen. »Spinnst du?«

»Ich hab keine Lust auf ein Disziplinarverfahren, Frau Kollegin. Weißbauer hat gerade extra angerufen. Diesmal kennt er keine Gnade.«

Wie armselig, dachte Jessica. Kommt an Tom nicht ran und versucht es einfach über das schwächste Glied der Kette.

»Du hast dich doch selbst so in den Fall hineinjekniet. Wieso ist er dir jetzt einfach schnuppe?« Vor Ärger fiel Jessica in ihren Berliner Dialekt, den sie sonst nie gebrauchte. Sie lief zum Wagen und zog gezielt den Ordner mit den Befragungen von Hans-Gustav Huber und Friedrich Fink heraus. »Den behalte ich.«

Wortlos schob Mayrhofer, der ihr knochiger erschien als sonst, mit glänzender Halbglatze den Aktenwagen aus dem Büro, während Jessica den Ordner in ihrer Schreibtischschublade verstaute und allerlei darüber schichtete wie halbangefutterte Kaugummi- und Schokoladenpackungen.

Der Kaugummi stand für die Notration in Diätzeiten, die Schokolade für das Gegenteil. Wobei manchmal beides verschwamm – so wie jetzt. Sie gönnte sich erst einen Riegel Schokolade und schob dann zwei Kaugummis hinterher, bis Mayrhofer zurück war.

»Lass uns zusammenarbeiten«, setzte sie an.

»Lass stecken. Ich mach jetzt erst einmal Mittag.«

Nicht, dass sie keinen Hunger gehabt hätte. Auch war sie sich bewusst, dass ein Salat jetzt sicher das Richtige gewesen wäre. Trotzdem verputzte sie vier weitere Riegel Schokolade und suchte dann die Nummer der Ludwig-Thoma-Gesellschaft heraus. Sie hatte Glück und erwischte die Sekretärin. Kurz bevor Frau Meier, die sich als sehr mitteilsam zeigte, das Büro verlassen wollte.

Frau Meier war so geschockt über Julias Tod, dass ein wahrer Redeschwall auf Jessica niederging. Ja, tatsächlich sei Julia

Frey – Gott hab sie selig – vor wenigen Monaten Mitglied des Vereins geworden. Erst bei der Sitzung vor zwei Wochen, der Frau Meier auch beigewohnt hätte – obwohl sie Halbtagskraft war, – sei es zu einem Streit zwischen Julia und einem anderen Mitglied gekommen. Julia, die ja so nebenbei bemerkt, eine ganz Reizende gewesen wäre, hätte etwas von einem bisher unveröffentlichten Thoma-Manuskript erzählt, was aber niemand so richtig ernst genommen hätte. Bis auf Ludwig Moosfeld. Ludwig Moosfeld sei ein – im Vertrauen – etwas verrückter Deutschlehrer. Manchmal wundere man sich ja schon, was die Kinder an Bayerischen Gymnasien so aushalten müssten. Sie könne davon ein Lied singen. Hätte zwei im Gymnasium. Die seien zwar auch schon geschlagen, aber Gott sei Dank nicht mit so einem wie dem Ludwig Moosfeld. Dass der noch nicht in der psychiatrischen Abteilung im Bezirkskrankenhaus Haar gelandet sei, wär ein wahres Wunder. – Oder besser mal wieder ein Zeichen dafür, mit wie wenig klarem Menschenverstand man Menschen betrachte, die im pädagogischen Bereich tätig seien. Obwohl doch gerade die Bildung der Kinder und Jugendlichen elementar für unsere Gesellschaft sei.

So sehr Jessica der Frau ihren Kummer nachempfinden konnte, sie musste ihre Antworten in die richtigen Bahnen lenken. »Was ist denn so komisch an Ludwig Moosfeld?«

»Er ist ein Fanatiker!«

»Und weswegen haben Julia und er gestritten?«

»Moosfeld meinte, das Manuskript könnte nie und nimmer ein Original sein. Und selbst wenn, dürfte es auf keinen Fall veröffentlicht werden.«

Jessica wurde hellhörig. »Haben Sie die Adresse von Ludwig Moosfeld?«

Frau Meier hatte. Ludwig Moosfeld wohnte ganz in der Nähe, im Tal.

Jessica warf einen Blick auf ihre Uhr. 13 Uhr. Die Stadtverwaltung war bis 16 Uhr besetzt. Sie würde erst im Rathaus vorbeischauen und dann Moosfeld aufsuchen.

Vielleicht konnte sich noch jemand an Hans-Gustav Huber oder Friedrich Fink erinnern, auch wenn beide längst tot waren. Hans-Gustav Huber war immerhin hauptamtlich in der Stadtverwaltung tätig gewesen und hatte den Olympia-Ausschuss in dieser Funktion betreut. Im Gegensatz zu Friedrich Fink, der als Leiter der Städtischen Altenheime ehrenamtlich im Stadtrat gesessen und den Vorsitz des Ausschusses innegehabt hatte.

Bei Moosfeld konnte sie, wenn sie sich beeilte, gegen 14 Uhr sein. Sie würde Moosfeld unangekündigt überraschen, und vielleicht flog ihr zwischen Polizeipräsidium, Rathaus und Tal noch ein Salat entgegen. Oder zwei. Oder doch ein Millirahmstrudel bei Rischart mit einem Extra-Klecks Sahne?

Aber vorher schrieb sie Tom schnell eine Nachricht. *Julia hatte Streit mit einem Ludwig Moosfeld, Deutschlehrer und Thoma-Fan.*

23.

Tom brauchte Bewegung, um über die aktuelle Situation nachzudenken. Sollte er wieder das Gefühl haben, beobachtet zu werden, dann würde er Claas stellen. Der ehemalige Freund und Kollege ging ihm einfach nicht aus dem Kopf. Obwohl sie sich so nahe gestanden hatten, hatte Claas Tom von einem Moment auf den anderen im Stich gelassen.

Trotz der nassen Novemberkälte draußen entschied Tom, zum Mittagessen nach Hause zu gehen. Vielleicht wusste Max hinsichtlich des verlorenen Ringes eine Lösung. Christl würde sicher noch nicht zurück sein, was gut war, denn Tom würde kaum die nötige Ruhe für sie haben.

Er nahm diesmal einen Umweg über den Asamhof und suchte die Rinnsteine ab. Dabei hoffte er, spontan auf Marcel oder den Pfarrer zu treffen. Beides erfolglos. Weder sah er einen der beiden Männer noch das Funkeln oder Glitzern eines Brillanten. Wahrscheinlich war der Ring in einen Gully gespült worden. Von den gusseisernen Gullyplatten lächelte ihm das eingeprägte Münchner Kindl entgegen. Die offizielle Wappenfigur der Stadt. Auch wenn die Wappenfigur im Laufe der Jahre verschiedentlich von Künstlern neu interpretiert worden war, so erinnerte das »Kindl« mit seiner Mönchskutte mit der großen Mütze bis heute an einen Mönch. Und damit an die Entstehung des Namens München, der aller Wahrscheinlichkeit zurückging auf den Ortshinweis »bei den Mönchen«.

Tom war in nachdenklicher Stimmung, als er das Wirtshaus erreichte, in dem wie üblich zur Mittagszeit bis auf den Stammtisch alle Tische besetzt waren. Wie vermutet war Christl noch in der Uni und musste wohl noch mitten in der Prüfung stecken. Aber Max, Hubertus und Einstein begrüßten Tom freudig am Stammtisch gleich neben dem Eingang zur Küche. Mit einem Mal fiel die ganze Anspannung von Tom. Der Kontrast der Welt da draußen und der Wärme und Gemütlichkeit drinnen hätte nicht stärker sein können.

»Ich war schon mit deinem Hund draußen«, meinte Hubertus, während Tom Einstein kraulte.

»Mein Hund?« Tom hatte sich zwar am Vortag in der Not Einsteins angenommen, doch war er nicht davon ausgegangen, dass es sich um eine Dauerlösung handelte.

»Jetzt iss erst mal was.« Max ließ ungefragt eine große Portion Rahmschwammerl mit Semmelknödl und einem Rest Filetspitzen kommen, weil er Toms Lieblingsgericht kannte. Um sie herum war eine rege Geräuschkulisse. Menschen begrüßten und trafen sich, Teller und Gläser klapperten. Es roch nach deftigem Essen und dem ersten Bier. Im Innenhof wurde fleißig gearbeitet.

Tom entschied spontan, das Thema Claas außen vor zu lassen. »Sagen euch die Namen Hans-Gustav Huber und Friedrich Fink etwas?«

Hubertus, der Jahrgang 1942 war und als junger Redakteur verschiedener Tageszeitungen an vielen regionalen Ereignissen teilgenommen hatte, legte den Zeigefinger an die Lippen und kniff die Augen zusammen. »Hans-Gustav Huber?«

»War in den 60ern in der Stadtverwaltung und hat den Ausschuss zur Olympia-Bewerbung von Seiten des Hauptamts geleitet«, antwortete Tom.

»Ja, richtig.« Hubertus sprang fast von seinem Sitz auf. »Bei den Sitzungen mit Hans-Gustav Huber war immer was los. Er war ursprünglich ein Spezi vom Franz-Josef Strauß. Das war noch eine andere politische Zunft. Da ist es nicht darum gegangen, unauffällig zu verwalten ohne anzuecken, sondern da waren Charakterköpfe gefragt. Hans-Gustav Huber war ein echter Charakterkopf.«

»Den Hans-Gustav Huber hab ich auch gekannt. Der war aber älter als Strauß«, schaltete sich Max ein.

»Stimmt. Zu Hubers aktiver Zeit war Strauß hauptsächlich auf Bundesebene tätig, hat aber trotzdem seine Drähte nach München gepflegt und war bei vielen Sitzungen dabei.«

»Aber wie passt das zusammen? München ist ja traditionell von den Sozialdemokraten regiert«, warf Tom ein.

»Hans-Gustav Huber war ein Hauptamtlicher. Aber du hast schon recht. Traditionell war die CSU in den 60ern im Stadtrat in der Opposition. Hat den Kampfgeist dieser politischen ›Urviecher‹ nur angespornt. Huber hat vermittelt. Aber wie!« Hubertus lachte. Ihm stand anscheinend eine konkrete Situation vor Augen.

»Und Friedrich Fink?«, fragte Tom und widmete sich den Filetspitzen, die er bis zum Ende aufgehoben hatte.

»Friedrich Fink?« Hubertus' Stirn legte sich in Querfalten. »Der war ein großer Befürworter der Olympischen Spiele. Ein kleiner, eher zierlicher Mann mit einem großem Kopf. Hat sich schon Anfang der 60er-Jahre dafür stark gemacht. Ein Sozi und sozusagen Hans-Gustav Hubers ehrenamtliches Pendant. Aber im Gegensatz zu ihm farblos. Fink war von Anfang an dafür, dass der Rotlichtbereich weg musste.«

»Ach, von wegen der Rosi? Skandal im Sperrbezirk, Spider Murphy Gang? Anfang der 80er«, meinte Max und begann grinsend zu rocken: »*In München steht ein Hofbräuhaus / Doch Freudenhäuser müssen raus / Damit in dieser schönen Stadt / Das Laster keine Chance hat / Doch jeder ist gut informiert / Weil Rosi täglich inseriert / Und wenn dich deine Frau nicht liebt / Wie gut, dass es die Rosi gibt. Skandal, im …*« Und an Tom gewandt: »Da warst du noch gar nicht auf der Welt, Kleiner.«

Tom stimmte trotzdem mit ein. »Was meinst du, wie oft ich das Lied auf der Wiesn gegrölt hab. *Ja, Rosi hat ein Telefon / Auch ich hab ihre Nummer schon / Unter zwounddreißig sechzehn acht / herrscht Konjunktur die ganze Nacht / Und draußen im Hotel L'Amour / langweilen sich die Damen nur / Weil jeder, den die Sehnsucht quält / ganz einfach Rosis Nummer wählt …*«

»… und viele haben tatsächlich Rosis Nummer gewählt.« Hubertus fuhr sich durch die Stoppelhaare.

Tom erkannte seinen peinlich berührten Gesichtsausdruck. »Du etwa auch?«

»Ich bin Journalist, Mensch. Natürlich habe ich die Nummer mal angerufen. Rein aus beruflich bedingter Neugier.«

»Und?«

»Hat einer älteren Dame gehört, die völlig entnervt war. Günther Sigl, der Sänger der Band, hat später gemeint, dass die 32 16 8 über Nacht die berühmteste Telefonnummer in ganz Deutschland geworden ist. Angeblich hatte die Band die Nummer in München gecheckt. Da hat es sie nicht gegeben. Aber in anderen Städten. Die Band hat zahlreiche Rufnummernänderungen bezahlen müssen und Blumensträuße durch die ganze Republik verschickt.«

Alle drei grinsten.

»Und tatsächlich sind Jahre, bevor der Song herausgekommen ist, fünf dieser Mädchen brutal ermordet worden.« Hubertus schüttelte den Kopf.

»Hat kaum jemand mitbekommen. Ist schon damals alles dafür getan worden, den Ball flach zu halten.« Tom schob den letzten Bissen in den Mund.

»Aber die Dirndl haben nicht sterben müssen, damit das Viertel abgeschafft werden konnte?«, fragte Max ungläubig.

»Zumindest hat bisher niemand einen Zusammenhang gesehen«, musste Tom zugeben. Wobei das eine zusätzliche Rolle gespielt haben konnte.

»Du meinst euren Cold Case?«, fragte Hubertus. »Ich habe den Artikel am Dienstag gelesen. Es ist damals ein Theologiestudent verurteilt worden, der sogar ein Stipendium im Maximilianeum gehabt hat?«

Tom nickte. Max bestellte Toms üblichen Cappuccino bei einer vorbeieilenden Mitarbeiterin.

»Und du glaubst nicht, dass Wagner der Täter war?«

»Du kennst Ludwig Thomas Werke. Julia hatte wichtige Hinweise zu unserem Fall in seinem Manuskript gefunden. Wenn das stimmt und sie deswegen ermordet worden ist, dann kann es Wagner nicht gewesen sein, weil er zu der Zeit noch gar nicht geboren war.«

»Aber Hans-Gustav Huber und Friedrich Fink schon.« Hubertus hatte verstanden. »Soll ich mal in meinem Archiv stöbern, was ich über die beiden herausfinden kann?«

»Das wäre super, Hubertus.« Tom klopfte dem alten Freund auf die Schulter. »Wir sind Land unter, und Weißbauer hat uns den Fall offiziell entzogen.«

Max zog ein postkartengroßes Stück Papier aus seiner Hosentasche und entfaltete es. Der Brief von Carolyn. »Wenn wir gerade bei Gefälligkeiten sind: Könntest du doch noch mal mit deiner Ex sprechen, Tom? Auch wenn Carolyn Christl ein Dorn im Auge ist? Der Umbau ist in vollem Gange. Wär besser, ein offizielles O.k. zu haben.«

»Carolyn Wallberg?«, fragte Hubertus. »Die habe ich gerade in der Damenstiftstraße gesehen. Sie weiht dort einen Kindergarten ein. Großes Presseaufgebot.«

»Ich nehm das Rad und fahr vorbei.«

Carolyn stand ganz oben auf Toms To-do-Liste. Vielleicht hatte Julia sie in ihre Geheimnisse eingeweiht. Auch das Thema Leon hätte Tom gerne geklärt gehabt, obwohl Christl nicht mehr davon angefangen hatte.

»Magst du nicht deinen Hund mitnehmen? Der schnarcht so laut, dass die Gäst Abstand halten.« Max deutete auf Einstein, der sofort aufstand und mit dem Schwanz wedelte.

»Christl kommt sicher gleich. Ein Hundespaziergang ist der perfekte Ausgleich nach der Prüfung!« Tom spurtete quer durch das Wirtshaus in den Keller und holte sein Rad.

Bevor er losfuhr, warf er noch einen Blick auf sein Handy.

Eine SMS von Jessica. *Julia hatte Streit mit einem Ludwig Moosfeld, Deutschlehrer und Thoma-Fan.*

Julia hatte Streit mit einem Ludwig Moosfeld gehabt! Der Name sagte Tom etwas. Er kramte in seinem Gedächtnis. Plötzlich sah er sich als 14-Jährigen. Neunte Klasse, Klassenzimmer, letzte Reihe. Vorne an der Tafel lief eine hagere Gestalt à la Woody Allen aufgeregt auf und ab. Auf einmal tickte der Lehrer aus. Er riss für alle überraschend ein Fenster im vierten Stock des altehrwürdigen Gebäudes auf und kletterte in den Fensterrahmen. Während die Kinder vor Entsetzen verstummten, war Moosfeld minutenlang freihändig auf dem schmalen Fenstersims balanciert und hatte gebrüllt. »Ich springe. Ich spriiiiingeeeee. Ihr bringt mich zum Wahnsinn!«

Zwar war der Lehrer wieder vom Sims gestiegen, doch der Deutschunterricht war danach monatelang ausgefallen, worüber allerdings niemand getrauert hatte.

Ludwig Moosfeld. Ja, der Name sagte Tom etwas. Er dachte nicht ohne Schuldgefühle an den Mann, der einer neunten Klasse nicht gewachsen gewesen war. Später, in der Zwölften waren sie vernünftiger gewesen. Hochinteressant, dass Julia dem alten Moosfeld nach so vielen Jahren und in anderem Zusammenhang wieder begegnet war und diese Begegnung in einen Streit gemündet hatte.

24.

Carolyn warf einen Blick in den Handspiegel, fuhr sich durch die kastanienroten Locken, zog den hellroten Lipgloss nach, nickte dem Fahrer über den Rückspiegel kurz zu und öffnete dann schwungvoll die Hintertür des dunklen BMW. Die beiden Sicherheitsleute folgten ihr mit einigem Abstand. Die Einweihung einer Kindertagesstätte in der Damenstiftstraße stand auf dem Protokoll.

Der ehemalige Altbau, in dem nur noch wenige Wohnungen vermietet gewesen waren, war von einem privaten Investor hochwertig renoviert und von der Stadt angemietet worden. Ein geniales Konzept, bei dem die Kinder komplett kostenfrei betreut würden, wie es in anderen Bundesländern längst üblich war. Für München allerdings war das ungewöhnlich. Ganz im Gegenteil. Hier erreichten die Betreuungskosten gerade für Kinder unter drei Jahren astronomische Summen von über 1.200 Euro pro Monat und Kind. Natürlich gab es viele Besserverdiener. Aber eben auch sehr viele Familien, die kämpfen mussten. Auch Carolyn hatte nicht im Geld geschwommen, als sie Leon bekommen und als junge, alleinerziehende Mutter hatte über die Runden kommen müssen.

Deshalb würde dieses Kinderhaus vor allem mittellosen Familien und solchen mit Migrationshintergrund zur Verfügung stehen. Ein soziales Vorzeigeprojekt, von dem weitere geplant waren. Carolyn war hochzufrieden. Es fühlte sich gut an, Gutes zu tun.

Ein Pulk von Journalisten wartete bereits auf sie. Die Fotografen drückten auf den Auslöser. Carolyn liebte das leise Klicken, flirtete mit der Kamera. Souverän lächelte sie den Multiplikatoren zu, deren Gunst heiß umkämpft war und die sich gerne um sie reihten. Sie scherzten, warfen sich freundliche Worte zu, während Carolyn den Kopf auf die Seite neigte, auf der sie die Lockenflut verteilt hatte. Schließlich kannte man sich seit Langem. Ein Heimspiel.

Eines, wie sie es in den letzten Monaten zuhauf hinter sich gebracht hatte und auch heute mit Bravour meistern würde. Die Presse liebte sie, und Carolyn wusste, dass ihr attraktives Äußeres dabei nicht unbedeutend war. Es gab nur wenige Frauen in exponierter Führungsposition. Gutaussehende waren umso rarer.

An der Tür wurde sie vom Leiter der karitativen Organisation begrüßt, die zukünftig die Verantwortung für die Einrichtung übernehmen würde. Dankbarkeit und Bewunderung standen ihm ins Gesicht geschrieben. Auch er sah das Potenzial. Das Konzept kam ihm und seiner Organisation entgegen. Um ihn herum versammelten sich Mitglieder des Stadtrates, Verbandsvertreter, Parteimitglieder jeglicher Couleur, zahlreiche Mitarbeiter aus Carolyns Referat und eben alle wichtigen Redakteure der großen Münchner Tageszeitungen, die ihre Blicke erwartungsvoll auf sie geheftet hielten.

An zentraler Stelle hatte sich Sebastian in unübersehbarer Pose aufgebaut, die Arme auf dem Rücken verschränkt und in ein Gespräch mit seinem Nachbar vertieft, den Rest der Menge um Haupteslänge überragend. Er war hier gewissermaßen in einer Doppelfunktion: zum einen als Projektanwalt, zum anderen als Stimmensammler für die nächste Stadtratswahl.

Auch viele der Familien waren gekommen, deren Kinder ab morgen betreut würden. Einige ältere Kinder klammerten sich an die Hosenbeine der Eltern, die teilweise desinteressiert in ihre Handys starrten. Es war ein bunter Querschnitt der innerstädtischen Bevölkerung. Carolyn verdrängte den kurz aufleuchtenden Gedanken, ob all diese Menschen hier ihr nun frei werdendes Zeitbudget wirklich dafür nutzen würden, arbeiten zu gehen und ihren Teil in den Steuertopf beizutragen. Aber spielte es denn eine Rolle? Geld war ja genug da. »Manna« fiel vom Himmel, wenn man zu den Regenmachern gehörte und wusste, wann und wie man den Schirm aufspannen musste, um einen Eimer voll zu bekommen.

Plötzlich erkannte Carolyn zu ihrer Überraschung das Gesicht des kleinen, koreanischen Pfarrers aus der Asamkirche, der in letzter Zeit kaum von Julias Seite gewichen war. Er winkte ihr zu. Gab ihr zu verstehen, dass er sie dringend sprechen müsse. Sie nickte und winkte zurück. Was er wohl wollte?

Bevor sie weiter darüber nachdenken konnte, schob sich Denis von Kleinschmidt ihr entgegen – wie immer im perfekt sitzenden dunklen Zweireiher mit polierter Glatze. Er grinste sie an, leckte sich über die Lippen, stellte sich hinter sie. So, dass sein Arm ihren Rücken streifte, als er ihr leise ins Ohr flüsterte: »Siehst toll aus. Und ich liebe dein Parfüm.«

Er war schon süß. Sie wackelte einmal dezent mit dem Po für ihn.

»Ein herzliches Willkommen Ihnen allen.« Carolyn holte zur großen Geste aus, während sie sich vornahm, das nächste Mal ihre Hausaufgaben zu machen und die Anwesenheitsliste zu studieren. Sie musste sich selbst eingestehen, dass sie aufpassen musste, nicht nachlässig zu werden. Sie hätte gerne vorab gewusst, dass der Pfarrer da war. Und Sebastians Präsenz heute war völlig überflüssig. Sie hätte ihn davon abhalten sollen zu kommen.

Carolyn senkte den Kopf, konzentrierte sich auf die tiefen, samtigen Töne ihrer Stimmbänder und achtete darauf, nach jedem Punkt mit der Stimme nach unten zu gehen und eine Pause einzulegen. »Ich freue mich, dass Sie heute alle den Weg zu uns gefunden haben. Lassen Sie uns mit einer Runde durchs

Haus starten, meine sehr verehrten Damen und Herren. Dann wissen Sie, wovon wir sprechen, wenn wir uns anschließend in der großen Turnhalle zu einem kleinen Imbiss versammeln. Vielen Dank, dass Sie sich die Zeit genommen haben, dabei zu sein.«

Lautes Klatschen.

Sie dachte an den Pfarrer. »Liebe Gäste, ich bin darauf aufmerksam gemacht worden, dass sich einige von Ihnen sorgen, weil gestern unweit von hier eine junge Frau auf offener Straße erschossen worden ist. Ich möchte Ihnen versichern, dass dieser Mord nicht für eine Bedrohung in diesem Stadtteil steht. Wir wissen noch nicht, warum Julia Frey erschossen wurde. Doch ich bin sicher, dass sich die Hintergründe ihres Todes bald aufklären werden. Seien Sie versichert, dass Ihr Kind hier in den besten und sichersten Händen ist.«

Der erneute Beifall zeigte ihr, dass sie die Sorgen und Nöte der Menschen vor Ort erfasst hatte. Während sie sich insgeheim zu ihrer spontanen Protokolländerung gratulierte, blickte sie in die Runde und ließ einen Moment der Traurigkeit zu. »Julia Frey war eine gute Freundin von mir. Ich bin auch in diesem Stadtviertel aufgewachsen. Ich würde mich sehr freuen, wenn Sie gemeinsam mit mir eine Gedenkminute für sie einlegen würden.«

Zustimmendes Gemurmel. Dann war alles still, bis Carolyn die Ruhe brach. »Danke.«

Sie wandte sich zum Gehen. Der Leiter der Organisation wartete bereits am Eingang auf sie, um die Anwesenden gemeinsam mit ihr durch das Haus zu führen. Ärgerlicherweise war ihr sein Name entfallen. Sie würde Denis bei nächster Gelegenheit danach fragen müssen.

Der Hausgang war dunkel, obwohl er frisch und weiß getüncht war. Der namenlose Organisationsleiter überholte sie. Die Absätze seiner Schuhe hallten in dem hohen schmalen Treppenhaus, und Carolyn dachte flüchtig, dass die Akustik zu bemängeln war, bis plötzlich der koreanische Pfarrer neben ihr die Treppe hinauflief. Er war einen guten Kopf kleiner als sie, wirkte aber in seiner Soutane mit dem weißen Kragen sehr würdevoll.

Sie kam ihm zuvor, denn schlagartig wurde ihr bewusst, dass man etwas versäumt hatte. »Ich freue mich, Herr Pfarrer, dass Sie da sind. Sicherlich wird sich eine Gelegenheit finden, die Tagesstätte ganz offiziell auch im christlichen Sinne einzuweihen.« Mit gewohnter Professionalität machte sie ihn mit dem Organisationsleiter bekannt und bat den Mann, die nötigen Schritte zu veranlassen.

Der Pfarrer, der sich als Phil Nguyen vorstellte, bedankte sich höflich. »Dank Ihnen. Aber ich bin aus einem anderen Grund hier.«

Sie verlangsamte kurzfristig ihre Schritte und warf ihm ein flüchtiges »Bitte, lassen Sie mich wissen, was ich für Sie tun kann« zu. Dann öffnete der Organisationsleiter vor ihr eine Tür, und sie betraten einen weitläufigen, hellen Raum, in dem es nach frischer Farbe roch. Carolyn nutzte die Ablenkung und machte die Anwesenden auf das freundliche Ambiente des großzügigen Gruppenraumes aufmerksam. Helle Pastelltöne, hohe Decken, lustige Kindermöbel und bunte Teppiche strahlten Ruhe und Geborgenheit aus.

Begeistertes Gemurmel. Na also.

Obwohl der Pfarrer fast doppelt so viele Schritte machen musste wie sie, als sie nun zügig weiterschritt, war der Mann nicht von ihrer Seite gewichen. »Wissen S', es geht um die Wohnungen. Julia hat mir von Ihrem Angebot erzählt.«

Aha, dachte Carolyn, daher weht der Wind.

Sie zog die Augenbrauen hoch. »Was hat Julia Ihnen erzählt? Es war nichts als eine Idee. Jetzt, da sie tot ist, ist das sowieso Geschichte.«

Ein trauriges Lächeln huschte über das Gesicht des Pfarrers. »Julia war gegen das Projekt. Aber jetzt, wo sie tot ist, fürchten wir, dass es doch kommen könnt.«

Der bayerische Akzent des Koreaners war wirklich überraschend. Carolyn hatte den gut beleibten Mann mit dem grauen Haarkranz neben dem Pfarrer bisher nicht beachtet, der nun schwer schnaufend im schönsten Münchner Dialekt loszubellen begann. »Wissen S', mir woin ned aus der Wohnung g'jagd wer'n, wia de arma Saii, die do g'wohnt hamm.«

»Also bitte!« Carolyn kannte den Typus zur Genüge. Je stärker sie zu beschwichtigen versuchen würde, desto lauter würde er werden. Das wollte sie jetzt keinesfalls riskieren. Wenn Sebastian schon da war, dann konnte er auch etwas tun.

Sie hob beide Arme. »Meine Herren, Sie brauchen keine Angst zu haben. Sie wissen, Herr Pfarrer, dass ich mit Julia eng befreundet war und ihren Willen immer respektieren würde. Aber abgesehen davon gibt es auch gewisse Gesetzmäßigkeiten, über die wir uns nicht einfach hinwegsetzen können. Schauen Sie, Rechtsanwalt Sebastian Pohl steht dort drüben. Er wird Ihnen die juristische Seite erläutern. Ich werde Sie zu ihm bringen. Es droht absolut keine Gefahr.«

»I hob scho Pferde kotzen sehng, di kann uns viel vazäin«, griff der Dickleibige ihre Worte auf, von denen sich Carolyn allerdings nicht beeindrucken ließ.

Eines muss man Sebastian lassen, dachte sie wenig später, als sie die ungleichen Männer bekannt gemacht und das Problem geschildert hatte. Seine Auffassungsgabe ist beachtlich.

Belustig beobachtete sie, wie Sebastian die beiden abseits in eine Ecke schob. Dann holte er einmal tief Luft, stellte sich breitbeinig mit verschränkten Armen auf, blickte allwissend über sie hinweg und hielt einen Monolog über Erb-, Eigentums- und Mietrecht sowie Bauverordnungen. Wortfetzen seines Vortrags drangen bis zu ihr hinüber und vergegenwärtigten ihr, dass sich durch Julias Tod ganz neue Perspektiven ergaben.

Glücklicherweise ging die weitere Besichtigung störungsfrei vonstatten, und als Carolyn in die große Turnhalle trat, erntete sie Standing Ovations. Ja, sie hatte ein Projekt geschaffen, das Schule machen würde und Anerkennung fand.

Hochmotiviert und erfreut kündigte sie während ihrer Rede das nächste soziale Wohnungsbauprojekt in der Nähe des Königsplatzes an, für das sie den gleichen privaten Investor gefunden hatte. Im Gegenzug hatte die Stadt sich verpflichtet, das Gebäude langfristig anzumieten. Alle waren begeistert. Die Journalisten stenografierten eifrig mit, und Carolyn fühlte sich bestärkt in ihrem Beschluss, über kurz oder lang in die Bundespolitik zu gehen. Das würde ihr ganz andere Perspektiven eröffnen.

Der Applaus hallte noch in ihren Ohren, als Carolyn kurz darauf mit den beiden Sicherheitsleuten und einem prächtigen Blumenstrauß in der Hand über einen normalerweise geschlossenen Notausgang auf die Straße trat. Sie erschrak, als sie plötzlich das Quietschen von Fahrradbremsen auf feuchtem Asphalt direkt vor sich hörte. Vor Schreck fiel ihr der Blumenstrauß aus der Hand. Der Radfahrer riss den Lenker herum, sonst wäre er direkt in sie hineingerast. Das Rennrad kam schlitternd zum Stehen. Die beiden Sicherheitsleute schimpften lautstark. Ihre Hosen waren mit Dreckwasser bespritzt. Doch Carolyns Herz schlug schneller, als sie sah, wer vom Rad sprang.

25.

Jessica war froh, als sie das Neue Rathaus betrat, denn der kalte Novemberregen hatte wieder eingesetzt – und sie hatte natürlich den Regenschirm vergessen. Auch, wenn ihr Cape eine Kapuze hatte, hatten die kalten Regentropfen ihr Gesicht benetzt.

Überrascht hatte sie zur Kenntnis genommen, wie viele Menschen trotz des schlechten Wetters dem Glockenspiel auf dem Marienplatz beigewohnt hatten. Selbst im November waren zahlreiche Touristen in der Stadt.

Die Dame der Stadtverwaltung, bei der sie schließlich nach mehreren Anläufen gelandet war, blickte ihr hinter dicken Brillengläsern von ihrem Schreibtisch aus aufgeschreckt entgegen. »Wen wollen S' sprechen? Die Frau Arnold?«

Jessica nahm die Kapuze ab und fuhr sich einmal durch die Haare, damit sie nicht ganz so am Kopf klebten. So wie die Frau sie anstarrte, musste sie mit ihrem Cape aussehen wie ein Ufo. »Frau Arnold, so wurde mir gesagt, arbeitet schon seit rund 50 Jahren hier.«

»Jawohl. Die geht bald in Pension. Hat schon hier gelernt. Aber heut ist sie krank.« Da die Verwaltungsfachangestellte sich ohne aufzuschauen ihren Unterlagen widmete, als sie auf den ihr gegenüberliegenden leeren Arbeitsplatz wies, war ihr nicht anzumerken, wie sie zu ihrer Arbeitskollegin stand.

»Wissen Sie, ob Frau Arnold morgen wieder kommt?«

»Woher soll ich das wissen? Sie ist mir ja keine Rechenschaft schuldig.«

»Gibt es sonst noch jemanden, der schon so lange hier arbeitet?«

»Naa.«

Jessica kramte ihr Handy aus der Tasche. »Dann bräuchte ich jetzt bitte dringend die Telefonnummer von Frau Arnold.«

»Dazu bin ich nicht befugt.«

Jessica griff nach ihrem Ausweis und hielt ihn der Frau hin. Das hätte ich eigentlich gleich beim Betreten des Zimmers tun sollen, dachte sie. »Kripo München. Ich ermittle in einem Mordfall.«

Der Beamtin fiel vor Schreck der Stift aus der Hand. Doch ihr anfänglich nicht besonders offener Gesichtsausdruck erstrahlte vor Neugier. »Und da brauchen S' die Telefonnummer von der Frau Arnold? Ja, was hat denn die mit einem Mord zu tun? Geht es um die Frau, die gestern auf der Sendlinger Straße erschossen worden ist?«

Jessica verbiss es sich, in der gleichen grantigen Tonart mit einem »Dazu bin ich nicht befugt« zu antworten. Vielmehr setzte sie ein verbindliches Lächeln auf. »Indirekt. Es geht um einen alten Fall aus den 60ern. Frau Arnold ist eine wichtige Zeitzeugin. Es wäre wirklich sehr nett, wenn Sie kooperieren könnten. Es geht ja nur um die Telefonnummer.«

»Die private Nummer wollen S'?«

»Am besten die Handynummer.«

»Die Frau Arnold hat kein Handy. Aber wissen S', die private Nummer hab ich eh nicht. Da müssen S' in die Personalabteilung. Zwei Stiegen höher, links den Gang runter, dann den zweiten Flur rechts. Zimmernummer 405.«

»Das Betriebsklima scheint ja nicht das beste zu sein.«

»Sie, auch wenn Sie von der Kripo sind, werden S' nicht unverschämt.«

»Danke auch.« Damit war Jessica zur Tür hinaus.

Eine halbe Stunde später hatte sie glücklich die Telefonnummer von Frau Arnold in die Notizen ihres Handys getippt und auch bereits mehrmals versucht, die Frau zu erreichen. Leider ergebnislos.

Aber immerhin hatte sie so viel erfahren: Franziska Arnold

hatte als 14-Jährige im November 1966 – also vor 51 Jahren – bei Hans-Gustav Huber ihre Lehre begonnen und würde Ende des Monats pensioniert. Es war fraglich, ob sie noch mal kommen würde. »Die hat sich ihre Auszeit wahrlich verdient«, hatte die Personalzuständige kommentiert. Da sie auf die Frage nach weiteren Personalunterlagen aus der Zeit auf ein nicht digitalisiertes Kellerarchiv hingewiesen hatte, war Frau Arnold aktuell Jessicas einzige Aussicht auf eine Zeitzeugin aus der Ära von Hans-Gustav Huber und Friedrich Fink.

Nun hoffte sie, bei Ludwig Moosfeld auf eine weitere Spur zu stoßen, als sie an der Konditorei Rischart vorbeischlich und sich trotz des köstlichen Dufts nach frischen Backwaren das Mittagessen verkniff. Sie würde ja auf dem Rückweg wieder vorbeikommen. Noch etwas Zeit also, um das Bild des Millirahmstrudels, dieser bayerischen Köstlichkeit, die immer wieder vor ihrem geistigen Auge auftauchte, umzuvisualisieren in einen Teller voll knackig grünem Salat, wie sie es bei ihrem letzten Diätkurs gelernt hatte.

Ludwig Moosfeld wohnte nur wenige Schritte vom Alten Rathaus entfernt im Hinterhof eines Gebäudes aus der Nachkriegszeit. Im Vorderhaus war das Ladengeschäft eines Einrichtungsspezialisten untergebracht. Der Hinterhof dagegen wirkte ungepflegt und grau, selbst jetzt, als sich für einen Moment die Sonne durch die dicken Wolken schob.

Unter der Vielzahl der Klingelschilder am Eingang des quer im Hinterhof stehenden grauweißen Mietshauses entdeckte Jessica schließlich Moosfelds Namen. Er bewohnte eine Erdgeschosswohnung. Kein Treppenlaufen, freute sich Jessica, denn einen Lift vermutete sie in diesem Gebäude nicht. Sie drückte auf die Klingel. Nichts. Inzwischen war es nach 14 Uhr. Sollte er noch in der Schule sein?

Mit wenigen Klicks gelang es Jessica die Telefonnummer des

Wilhelmsgymnasiums herauszufinden und über das Sekretariat zu erfahren, dass Moosfeld bis zur sechsten Stunde Unterricht gehabt hatte und danach nach Hause zu gehen pflegte. Also musste er da sein. Sie klingelte erneut. Diesmal Sturm. Tatsächlich krächzte nach einigen Minuten eine verschlafene Stimme aus der Sprechanlage. »Ich nehme keine Pakete an.«

»Jessica Starke, Herr Moosfeld, Kripo München. Ich muss Sie bitte dringend sprechen.«

Wieder dauerte es, bis der Türöffner surrte und Jessica den Hausflur betreten konnte, in dem es nach altem Fett, allerlei Muff und typisch Treppenhaus roch.

Schließlich öffnete ein rund 50-jähriger, hager und verhärmt aussehender Mann eine der dicht aneinandergereihten Wohnungstüren. Im ersten Moment erinnerte Ludwig Moosfeld Jessica an den gealterten Woody Allen. Das verhältnismäßig volle, ergraute Haupthaar war seitlich gescheitelt. Das lange Gesicht lief am Kinn schmal zu, die hinter dicken Brillengläsern winzigen braunen Augen blinzelten melancholisch-intellektuell und irgendwie verloren. Offensichtlich hatte Moosfeld sich hingelegt, denn statt Straßenkleidung trug er einen alten, gestreiften Morgenmantel.

Hatte es im Hausflur schon ranzig gerochen, so raubte ihr der Gestank in Moosfelds Wohnung fast den Atem. Als Moosfeld sie durch die mit Kisten und Kartons vollbepackte Küche führte, wusste Jessica, warum. Unverschlossene Plastiktüten, angefüllt mit leeren oder halbvollen Dosen Katzenfutter, reihten sich neben einem überquellenden Mülleimer aneinander. Eine dunkelgraue Katze strich Jessica miauend um die Füße. Wäre der Geruch nicht so intensiv gewesen, hätte sie sich gebückt und die Katze gestreichelt. Doch so wollte sie nichts lieber als schnell ins nächste Zimmer flüchten – in der Hoffnung, dass die Luft dort erträglicher wäre.

Allerdings präsentierte sich auch der nächste Raum, der fragmentarisch als Wohnzimmer zu erkennen war, kaum besser. Hier war zwar eine Ecke auf dem Sofa frei, dort, wo Moosfeld – der Decke nach zu schließen – geschlafen hatte. Aber auch sonst war alles vollgestellt mit Kisten, Kartons, Taschen und Tüten, aus denen Haushaltsprodukte und sonstige Gebrauchsgegenstände lugten. Dazwischen stapelten sich unglaublich viele Bücher, Zeitschriften, alte Bilder und undefinierbarer Kleinkram. So, dass man kaum einen Gang finden konnte. Ein Messie, dachte Jessica. Deutschlehrer Ludwig Moosfeld war ein Messie.

Sie hatte einmal mit ihrer Mutter das Haus einer Großtante nach deren Tod ausgemistet und war dort auf ein ähnliches Chaos gestoßen. Jessica hatte im Anschluss einiges an Fachliteratur zu diesem Krankheitsbild verschlungen. Sie konnte sich gut in Moosfeld hineinfühlen. Da für ihn alles gleichbedeutend war, fiel es ihm schwer, sich von Dingen, egal, ob Alltagsgegenstände, Fotos oder halbleeren Katzenfutterdosen zu trennen. Er konnte keine Prioritäten setzen. Oft war das Sammeln und Aufheben von Gegenständen emotional verknüpft mit der angenehmen Erinnerung daran, etwas geschenkt zu bekommen. Eine schwere seelische Verwundung zum Beispiel durch einen schlimmen Schicksalsschlag konnte ein solches Trauma auslösen. Genauso gut konnte allerdings auch reiner Geiz die Ursache sein.

Das hatte die nette Sekretärin von der Ludwig-Thoma-Gesellschaft also gemeint, als sie Moosfeld als »sonderbar« beschrieben hatte.

Jessica traute sich kaum zu atmen. »Entschuldigen Sie, können wir das Fenster öffnen?«

Sie brauchte Luft, wenn sie hier länger ausharren und auch nur einen vernünftigen Gedanken fassen wollte. Hungrig wie sie war, war sie gegenüber Gerüchen noch sensibler als sonst.

Tatsächlich arbeitete sich Moosfeld zum Fenster vor und stellte es auf Kippe. Besser als nichts. Draußen stritt ein Ehepaar in einer fremden Sprache lautstark im Innenhof.

Moosfeld ließ sich auf das freie Fleckchen Sofa plumpsen, wischte sich fahrig mit den Händen über die Augen, zog den Gürtel seines Morgenmantels enger. »Wollen Sie etwas trinken?«

»Nein, danke.« Bloß nicht.

»Nehmen Sie doch bitte Platz.« Er wies auf den verschlissenen Sessel ihm gegenüber. Auch hier lag ein Stapel Zeitschriften, den Jessica auf den Boden über einen anderen häufte. Dann rutschte sie auf die Sesselkante.

»Ich habe natürlich die Zeitung gelesen und bin auf dem Laufenden«, setzte der Deutschlehrer an. »Ich nehme an, es geht um den Mord an Julia Frey.«

»Ja. Sie haben sie gekannt?«

»Bitte. Verkaufen Sie mich nicht für dumm. Sie wissen natürlich, dass Julia Frey und ich uns wegen dieses ominösen Thoma-Manuskriptes gestritten haben. Es ist gut, dass Sie gekommen sind.« Moosfeld sprang auf. »Ich muss Ihnen etwas zeigen.«

Ohne weiter auf sie zu achten, begann der Mann nach etwas zu suchen. Jessica war so perplex, dass sie Mühe hatte, sich auf die Fragen zu konzentrieren, die sie geistig vorbereitet hatte. Sie fragte sich, was mit dem Mann geschehen war, um so zu werden. Denn dass er an krankhaftem Geiz litt, glaubte sie nicht. Dazu wirkte er zu verschroben und liebenswürdig. Allerdings musste sie der Sekretärin in einem Punkt beistimmen, denn auch Jessica konnte sich nur wundern, dass ein so durchgeknallter Mensch als Gymnasiallehrer arbeiten konnte. Fiel sein krankhaftes Verhalten niemandem auf? Konnte er sich so verstellen? Zwar führten Messies außerhalb ihrer vier

Wände nicht selten ein normales Leben, aber oftmals neigten sie auch dazu, Termine nicht einzuhalten und sich völlig zu isolieren.

Während sich Moosfeld weiter in einem überraschenden Tempo durch die Kartons wühlte, fiel Jessica ihre Frage wieder ein. Sie räusperte sich. »Was hatten Sie denn dagegen, dass Julia Frey das Thoma-Manuskript veröffentlichen wollte?«

»Ganz einfach.« Er hielt inne. »Ich glaube nicht, dass es wirklich von ihm ist.«

»Haben Sie es gelesen?«

»*Ein Münchner im Himmel, Teil II.* Schmarrn. Von 1921. Nie im Leben hätte Thoma zu diesem Zeitpunkt diese Geschichte aufleben lassen. Er war in einem ganz anderen geistigen Zustand. Er hatte im Krieg gelitten. Er war kein Satiriker mehr.«

Kein Satiriker mehr? Trotzdem konnte es einen Grund geben. »Außer, es gab irgendeinen Ansatz, eine Idee, eine Inspirationsquelle, die ihm 1921 wieder begegnet ist«, überlegte Jessica laut und hatte das Gefühl, auf einen entscheidenden Punkt gestoßen zu sein.

Aber er hatte ihre Frage nicht beantwortet. »Haben Sie das Manuskript gelesen?«

Während er weiter suchte, schüttelte er den Kopf.

»Haben Sie sich auch fachlich, also als Deutschlehrer, mit Ludwig Thoma beschäftigt?« Jessica musste einen anderen Zugang zu ihm finden.

Sie entschloss sich spontan, ihm mehr zu verraten, auch wenn sie nicht ausschließen konnte, dass der Mann etwas mit Julias Tod zu tun haben konnte. Aber wie hätte er zwei Profis organisieren können? Und dass er mit Marcel Frey kooperierte, konnte sie sich auch nicht vorstellen. Wobei! Wilhelmsgymnasium. Die beiden konnten sich kennen. Genau wie Tom.

Trotzdem. »Sie können uns mit Ihrem Wissen helfen. Der Fall scheint größere Kreise zu ziehen. Haben Sie den Zeitungsbeitrag zu den Prostituiertenmorden aus den 60ern auch gelesen?«

Moosfeld, der inzwischen auf dem Boden kniete und eine Kiste nach der anderen aufriss und durchwühlte, nickte. »Darum geht es ja. Ich will Ihnen etwas zeigen. Ein Foto. Ein Schnappschuss von Ludwig Thoma mit drei weiteren Männern vor seinem Haus am Tegernsee. ›Auf der Tuften‹. Nach 1920. Wissen Sie, ich habe eine ganze Sammlung von alten Bildern und Zeitungsausschnitten vom Ludwig Thoma.«

»Was für ein Schnappschuss?«

»Thoma sitzt mit drei jungen Männern im Garten. Sie trinken Bier und amüsieren sich. Alle lachen einvernehmlich in die Kamera. Vor ihnen auf dem Tisch liegt ein Packen Papier. Ein Manuskript vermutlich. Seit ich diesen Artikel gelesen habe, denke ich ununterbrochen daran, dass ich diese Aufnahme finden muss. Ich weiß aber nicht, warum. Sie können mir helfen. Hier.«

Er hielt ihr eine speckige Kiste hin. »Das sind Fotos aus der Simplicissimuszeit. Ab 1899. Da könnte es hineingerutscht sein. Schauen Sie die durch.«

Jessica überwand ihren Ekel und studierte einen Schwarz-Weiß-Abzug nach dem anderen. Es war schwer, nach etwas zu suchen, wenn man nicht einmal wusste, wonach. Die Abbildungen zeigten zahlreiche Redaktionskonferenzen. Immer wieder war ein anderer Redakteur in den Fokus gerückt. Jessica erkannte nur Ludwig Thoma. So tief war sie mit der Geschichte nicht vertraut, um weitere Personen zuordnen zu können. Sie sah auf die Uhr. Viertel vor drei.

Sie täte nun besser daran, ins Büro zurückzukehren. Außerdem spürte sie, wie ihre Kräfte nachließen, ihr Körper zu unterzuckern drohte, ihr Magen zu schmerzen begann. »Dürfte ich die Fotos mitnehmen?«

»Nein«, Moosfelds Reaktion fiel heftig aus. »Warten Sie.«

Er stand auf und verließ den Raum. Jessica war versucht, den Packen Bilder in ihrer Umhängetasche verschwinden zu lassen. Vielleicht gab es auf dem Präsidium jemanden, der mit den Bildern mehr anfangen konnte. Doch Moosfeld war zurück, bevor sie ihre Idee in die Tat umsetzen konnte.

»Schauen Sie.« Er hielt ihr ein Porträtfoto hin. »Kennen Sie die Frau?«

Jessica schüttelte den Kopf.

»Das war Thomas erste Frau, Marietta di Rigardo, genannt Marion.« Moosfelds Augen wurden groß. »Vielleicht war sie meine Großmutter.« Er begann flüsternd eine fadenscheinige Geschichte zu erzählen. Er war überzeugt, ein Nachfahre des Schriftstellers und seiner Frau zu sein, die das Kind, seinen Vater, aber gleich nach der Geburt weggegeben hätte, da die Ehe in die Brüche gegangen sei. Sein Vater war bei Moosfelds Geburt schon über 50 gewesen. »Verstehen Sie jetzt, warum ich nicht zulassen konnte, dass Julia Frey dieses Manuskript veröffentlicht?«

Jessica schwirrte der Kopf. Das wurde ja immer besser. Doch Moosfeld fuhr fort. Nach und nach erfuhr sie, dass er im Waisenhaus in der Tegernsee-Region aufgewachsen war und wegen eines Burn-outs – einem bei Lehrern häufigen Krankheitsbild – wiederholt im Bezirkskrankenhaus Haar in psychiatrischer Behandlung gewesen war.

Jessica horchte auf. Es war wohl bald wieder so weit. Und so harmlos sich der Mann ihr auch präsentierte, sowohl im Kinderheim als auch in der Klinik konnte er zwielichtige Kontakte geknüpft haben. In jedem Fall hatte er verhindern wollen, dass Julia das Manuskript veröffentlichte, und er hatte Ansprüche darauf angemeldet, so absurd das auch immer sein mochte.

Jessica würde versuchen, ein Gespräch mit dem behandelnden Arzt zu führen. Vielleicht würde sie trotz Arztgeheimnis mehr erfahren. Denn dass der Mann »einen im Kasten hatte« war nicht zu übersehen.

»Wie alt sind Sie?«, fragte sie.

»Jahrgang 1968«, antwortete er.

»Dann können Sie ja bald ein halbes Jahrhundert feiern«, lächelte sie. Aber er konnte nichts mit den Prostituiertenmorden zu tun haben, auch, wenn sie ihn älter geschätzt hatte.

Moosfeld hatte wieder begonnen, in den Kisten zu wühlen. Und plötzlich stieß er einen triumphierenden Freudenschrei aus. »Ich habe es gewusst. Es ist ein anderes Foto. Aber trotzdem. Schauen Sie! In dem Zeitungsbeitrag war von einer geschnitzten Miniaturharfe die Rede.«

»Miniaturharfe? Zeigen Sie!«

Tatsächlich. Ludwig Thoma am Konferenztisch. Er hielt etwas in den Händen. Sie kniff die Augen zusammen. Ja, es war genau so eine Miniaturharfe von vielleicht zehn Zentimetern Höhe, wie sie als Asservate zu den »Rosi«-Fallakten aufbewahrt wurden und wie Jessica sie bei Julia gesehen hatte.

Und noch etwas fiel ihr auf. Der rechte Platz neben Thoma war leer. Doch vor diesem Platz lag eine ziselierte silberne Schnupftabaksdose. Und an den Stuhl lehnte ein Spazierstock. Auf dem Stuhl gegenüber saß ein zierlicher Junge, dessen Blick bewundernd auf dem Schriftsteller ruhte.

Jessica drehte das Foto um. Es war datiert auf den 11. September 1911. Wer war dieser Junge?

26.

Die beiden Sicherheitsbeamten waren Tom vom ersten Moment an unsympathisch, als er sein Fahrrad jetzt an die Hauswand lehnte. Dafür sah Carolyn umwerfend aus, ganz Grande Dame.

Hätte es den Titel »Miss Führungskraft« gegeben, dann hätte sie ihn verdient. Sie hatte sich kaum verändert. Das hellgraue Kostüm betonte ihre Silhouette mit den vollen, kastanienroten Haaren. Ihr Teint war samtig beige. Die Augen strahlten blau-grün. Sie hatte es nicht nötig, viel Farbe aufzutragen.

Tom nahm die Genugtuung wahr, mit der Carolyn seinen Blick registrierte. Zweifelsohne hatte sie ihr Talent ausgebaut, Komplimente und anerkennende Blicke zu nutzen. Aber gab sie sich jetzt mit Mitte 30 noch damit zufrieden? Oder hatte sie ihre Ziele inzwischen höher gesteckt?

»Stürmisch wie immer.« Carolyn hatte sich als Erste von ihrer Überraschung erholt. Geistesgegenwärtig bückte sie sich lachend nach einer Blume und drückte sie einem der Sicherheitsmänner in die Hand, bevor er Tom in den Schwitzkasten nehmen konnte. »Passt schon. Wir kennen uns.«

»Nix für ungut wegen der Hosen«, entschuldigte sich Tom. Die Männer machten schließlich auch nur ihren Job. Wie jetzt, als sie begannen, die Blumen einzusammeln, wenn auch mit zusammengepressten Mundwinkeln.

An Carolyn gewandt fragte er: »Hast du einen Moment? Können wir reden?«

»Gerade ist es schlecht. Warum kommst du nicht am Nachmittag in mein Büro? Ich lasse einen Termin verschieben. Sagen wir um 17 Uhr? Oder du besuchst mich nach Dienstschluss zu Hause.«

»Ich brauch dich jetzt.«

»Gut. Dann setzen wir uns einen Moment in meinen Wagen.« Carolyn hauchte ihm rechts und links ein Bussi auf die Wangen. Sie roch frisch und pudrig. Ein faszinierender Duft.

In dem Moment knarzte die Notausgangstür erneut, die wie Tom jetzt bemerkte, unvermittelt auf die Damenstiftstraße führte, weswegen es zuvor beinahe zu dem Radunfall gekommen wäre.

Sebastian trat auf die Straße. Auch wenn Tom mit Carolyn lieber allein gewesen wäre, traf es sich gut, da er mit Sebastian ebenfalls sprechen wollte.

»Dafür, dass dieser Ausgang aus Sicherheitsgründen geschlossen ist, ist hier ganz schön viel Verkehr«, lachte Carolyn.

Sebastian steuerte auf Tom zu. »Hi, Tom. Endlich. Wollte schon lange mal vorbeikommen. Aber du weißt ja, wie das ist. Franzi hat mir erzählt, dass du gestern bei ihr warst. Hab dich leider verpasst.«

Hörte Tom trotz der verbindlichen Freundlichkeit einen vorwurfsvollen Unterton heraus, weil er Sebastians angetrunkene Frau gestern ins Bett gebracht hatte?

Handfläche, Knöchel, Handfläche, Knöchel, Daumentop. Der alte Cliquengruß war sofort wieder da. Dann klopften sie sich kumpelhaft gegenseitig auf die Schultern. Auf Augenhöhe. Es gab nur wenige Männer, die so groß waren wie sie beide. Nur Max ist zwei oder drei Zentimeter größer, schoss es Tom durch den Kopf.

»Hast dich gut gehalten, Alter.« Das Kompliment meinte Tom ernst. Im Gegensatz zu seiner Frau sah Sebastian aus wie das blühende Leben. »Was man von Franzi nicht behaupten kann.«

»Du auch«, gab Sebastian zurück. »Julias Tod geht Franzi sehr nahe.«

Sebastian und Carolyn blickten beide zu Boden.

So einfach wollte Tom sie nicht davonkommen lassen. »Franzi ist nicht erst seit gestern Alkoholikerin. Wieso habt ihr beide es so weit kommen lassen?« Der Kontrast hätte nicht schärfer sein können.

Carolyn ergriff als Erste das Wort. »Es ist nicht alles so einfach, Tom, wie es nach außen hin aussehen mag. Hast du Marcel getroffen? Franzi und Marcel, die sind beide nicht für diese Welt geschaffen. Es gibt Dinge, mit denen sie nicht umgehen können. Alle beide haben sich in ihre eigene Welt gerettet. Weder Julia noch Sebastian konnten da helfen.« Sie nahm Sebastian also in Schutz.

Tom konnte das nicht ohne Weiteres akzeptieren. »Ihr hättet alles tun müssen, um das zu verhindern.«

»Das haben wir.« Sebastian griff sich an den Hosenbund und baute sich zu voller Größe auf.

Wie ein Hahn, bevor er anfängt zu krähen, dachte Tom. Sebastians offenkundige Arroganz ließ ihn sein Ziel kurzfristig vergessen. »Spielst du auf deine Affären an? Die haben bestimmt geholfen. Da es in der Politik inzwischen Usus ist, Alkoholkarrieren ins Spiel zu bringen, kannst du aus Franzis Sucht sicher auch ein paar Sympathiepunkte schlagen.«

»Was soll das, Tom? Ich dachte, wir feiern unser Wiedersehen! Aber du scheinst auf Krawall aus zu sein. Vergeuden wir nicht unsere Zeit. Ich melde mich später telefonisch, Carolyn. Es gibt da noch ein paar Fragen.«

Sebastian wollte gehen, doch Tom hielt ihn am Anzugärmel fest. »Was weißt du über Julias Tod?«

»Was soll ich darüber wissen?«

»Was hat sie dir über das Manuskript erzählt?«

»Julia und ich haben kaum Kontakt gehabt.«

»Franzi meinte, du warst in letzter Zeit sehr oft bei Julia. Sie hat sogar gedacht, Julia wäre deine aktuelle Flamme.«

»Franzi und ihre krankhafte Eifersucht. Das ist es, woran sie verzweifelt. Schmarrn.«

»Hast du als Julias Anwalt gewusst, dass sie ein Testament aufsetzen wollte? Bist du deshalb so häufig bei ihr gewesen? Hat sie mit dir statt mit Franzi darüber gesprochen?«

Tom entging der schnelle Blickwechsel zwischen Sebastian und Carolyn nicht.

»Oder hat sie sich dir anvertraut?«, fragte er Carolyn. »Du und Franzi, ihr seid ihre besten Freundinnen gewesen.«

»Da war ich mir in letzter Zeit offen gestanden nicht mehr so sicher.« Carolyn hielt die Handfläche zur Seite, um zu prüfen, ob es wieder begonnen hatte zu regnen, was der Fall war. »Kommt, lasst uns ins Auto gehen.«

Zu Toms Verwunderung verabschiedete sich Sebastian nicht. So kam es, dass sie sich wenig später zu dritt auf der Rückbank von Carolyns Wagen wiederfanden. Oberschenkel an Oberschenkel. Wie in den alten Tagen, wenn sie zu Spritztouren ins Oberland aufgebrochen waren.

Carolyn saß in der Mitte und lachte sie abwechselnd an. Die plötzliche körperliche Nähe schuf ein spürbares Vertrauen zwischen ihnen, und Carolyn bat den Fahrer, eine Zigarettenpause einzulegen und sie alleine zu lassen. Der Mann kam ihrem Wunsch gerne nach und gesellte sich zu den Sicherheitsleuten in dem dahinter parkenden weißen Audi.

»Jetzt bräuchten wir etwas zum Anstoßen, Jungs!«, meinte Carolyn gut gelaunt. »Mein Gott, bald 20 Jahre.«

»Mach uns nicht älter, als wir sind«, scherzte Sebastian.

»Leon ist jetzt 17 Jahre, oder?«, fragte Tom. Auch das Thema stand noch zwischen ihnen.

Carolyn nickte mit sichtlichem Mutterstolz. »Er hatte im September Geburtstag.«

»Hast du eigentlich inzwischen das Geheimnis um seinen Vater gelüftet?«, wollte Tom wissen.

Wieder schaltete sich Sebastian ein und verzog gequält das Gesicht. »Mei, jetzt lass sie halt mit solchen Fragen in Ruhe. Hast du hier nicht irgendwo einen Schampus, Prinzessin? Im Film ist das doch so.«

»Ich könnt die Security fragen.« Carolyn drehte sich nach den Sicherheitsleuten um.

»Wieso eigentlich so ein Sicherheitsaufgebot?«, fragte Tom. Sicher, Carolyn befand sich in einer herausgehobenen Position, aber keinesfalls in einer gefährdeten.

»Es gab ein paar Drohbriefe«, gab Carolyn zu.

»Weswegen?«

»Gestattest du, Prinzessin, dass ich als dein Anwalt das für dich übernehme?« Sebastian nahm deutlich mehr als ein Drittel des Rücksitzes ein und sprach in einem Atemzug weiter. »Wenn du etwas verändern willst wie Carolyn, dann wirst du immer auf Menschen treffen, die mit dem, was du tust, nicht zufrieden sind oder sich gar auf die Füße getreten fühlen.«

»Und was veränderst du?« Tom dachte an den Brief in der Innentasche seiner Lederjacke, den Max ihm mitgegeben hatte und der Carolyns Unterschrift trug. In dem Fall hatte sich Carolyn alles andere als innovativ gezeigt.

Sebastian fuhr fort, während Carolyn verstohlen auf die Uhr blickte. »Carolyn ist dabei, eine neue Form von Sozialem Wohnungsbau zu etablieren.«

Pause.

»Und?«

»Sind dir in der Stadt schon all die Ecken aufgefallen, die

dringend renoviert gehören, aber niemand kümmert sich darum?«

»Ich weiß vielmehr von einem Projekt, wo jemand etwas verbessern will und der Denkmalschutz unter Carolyns Ägide blockt.«

Während Carolyn aufhorchte, ging Sebastian über Toms Einwurf hinweg. »Schau, dieses Projekt in der Damenstiftstraße. Das Gebäude stand seit Jahren so gut wie leer. Carolyn hat mit Hilfe eines privaten Investors eine einmalige soziale Einrichtung geschaffen. Und es sind weitere Projekte geplant. Am Königsplatz ist ein altes Gebäude komplett abgerissen worden, und es entsteht ein neues mit über 100 Sozialwohnungen. Ein Altersheim und weitere Sozialwohnungen sind geplant. München explodiert. Günstiger Wohnraum heißt die Lösung. So etwas verändert die Welt.«

Das hört sich an wie in einem Werbeprospekt, dachte Tom. »Erst vor Kurzem hab ich gelesen, dass es so gut wie keinen Leerstand in München gibt, was bei den hohen Mieten kein Wunder ist. Was ist mit den Leuten, die dort zuvor gewohnt haben?«

»Siehst du, das ist der Punkt. Da steht ein ganzes Gebäude leer, weil sich ein, zwei Leute sperren, auszuziehen. Aber später gibt es neuen Wohnraum für Hunderte.«

Plötzlich sah Tom das verfallene Verlagsgebäude im Hinterhof vor sich. »Wolltet ihr Julias Immobilien auch umfunktionieren?«

»Quatsch.« Diesmal reagierten beide gleichzeitig, fast zu schnell.

»Was meinst du mit dem Projekt, das unter Denkmalschutz steht?« Carolyns Augenaufschlag hatte nichts von seinem Charme eingebüßt. Obwohl er sich vorher vorgenommen hatte, sie nicht darauf anzusprechen, griff Tom in die

Innentasche seiner schwarzen Lederjacke und zeigte ihr den Brief an Max.

Carolyn überflog ihn, dann reichte sie ihn an Sebastian weiter. »Tja, je höher man steigt, desto schmaler wird der Grat. Wenn du nicht höllisch aufpasst, wer neben dir läuft, dann kannst du jeden Moment in die Tiefe stürzen. Nimm dich der Sache bitte an, Sebastian. Da hat mal wieder jemand intern Mist gebaut.«

Tom spürte, wie Carolyns Oberschenkel sanft an seinen rieb. Vor Empörung hatte sich Carolyn so heftig auf ihrem Sitz bewegt, dass ihr Kostümrock weit nach oben gerutscht war. Ihr schien es nicht aufzufallen. Oder doch? Sie hatte wunderschöne Beine. »Es gibt intern jemanden, der immer wieder versucht, meine Kompetenz zu untergraben. Ich hab nichts von dem Schreiben gewusst. Sag Max bitte, dass wir gern zustimmen. Außerdem hat er einen guten Architekten an Bord. Da sind wir auf der sicheren Seite.«

Tom nahm es so hin. Wenn das so einfach ging. Carolyns Reaktion bestätigte Christls Vermutung, dass der Renovierungsstopp an Carolyn vorbei entschieden worden war.

»Noch was.« Carolyn legte Tom die Hand auf den Unterarm. Dabei drückte sie zart, aber spürbar seine Muskeln. »Julia hat sich verändert. Sie war wie besessen von diesem Manuskript, aber sie hat es nicht einmal mir gezeigt. Und seit einigen Tagen war sie regelrecht panisch.«

»Warum?«

»Wenn du mich fragst, hat sie zu viel herumerzählt.«

»Wer könnte etwas dagegen gehabt haben?«

»Das weißt du nie in so einem Fall.«

Die typische ausweichend diplomatische Antwort einer angehenden Politikerin, dachte Tom. Also keine weiteren Informationen.

Er wollte sich gerade an Sebastian vorbei aus dem Auto schälen, da hielt Carolyn ihn erneut fest. »Ich geb übernächsten Samstag ein Fest. Du weißt ja, mein Geburtstag. Leon wird auch da sein. Kommst du? Gerne mit Christl.«

Sie lächelte so breit, dass Tom sofort wusste, wohin Christl am übernächsten Samstag auf keinen Fall wollte.

Als er wieder auf seinem Rennrad saß, fühlte er sich wie durch einen Fleischwolf gedreht. Seltsam eigentlich, wenn man bedachte, wie eng miteinander verschweißt die Clique gewesen war. Durch dick und dünn, hatten sie sich geschworen. *Einer für alle, alle für einen.* Sogar Blutsbrüderschaft hatten sie geschlossen. Mit richtigem Blut. Eine Narbe am Handgelenk war Zeuge. Denn Tom hatte aus Überzeugung tiefer geschnitten, als nötig gewesen wäre.

Obwohl er geradeaus hätte fahren müssen, um auf dem schnellsten Weg ins Präsidium zu kommen, bog er rechts ins Altheimer Eck, lehnte sein Rad an eine Hauswand und atmete erst einmal durch.

Während Tom eine Nachricht an Max tippte, dass der Umbau weitergehen konnte, fuhr Carolyns weißer BMW vorbei. Das Pärchen auf dem Rücksitz stritt so heftig, dass die Scheiben beschlugen. Trotzdem konnte Tom erkennen, dass Sebastian Carolyn mit dem Brief in der Hand drohte.

27.

Auf dem Rückweg ins Präsidium kam Jessica der köstliche Duft von frisch Gebackenem vor der Konditorei Rischart am Marienplatz dazwischen. Sie war erschöpft und brauchte dringend einen Energieschub, bevor sie sich der Reinschrift der Manuskriptseiten und der Auswertung der Handydaten widmen konnte.

Sie liebte alles Süße. Trotzdem verkniff sie es sich allzu oft der Figur wegen, was allerdings auch nichts half. Es war uferlos. Aber nach all dem Hin und Her, dem Chaos und der Trostlosigkeit in Moosfelds Wohnung, brauchte sie nun dringend etwas für die Seele. Auch wenn der Besuch durchaus erfolgreich gewesen war. Schließlich hatte sie mit dem Foto eine Spur, die ihre These stützte.

An der Theke im Stehbereich bestellte sie ein großes Stück Millirahmstrudel mit einer Extraportion Sahne und einem doppelten Cappuccino. Dann ließ sie sich an einem Stehhocker mit Tisch nieder, genoss den Anblick dessen, was sie gleich verspeisen würde, stieß die Gabel in Strudel und Sahne und schob sie lustvoll in den Mund. Doch noch während sie kaute und die Quarksahne auf der Zunge zergehen ließ, schaute sie das Bild vom Foto auf ihrem Handy an.

Moosfeld hatte das Original nicht rausgerückt. Also hatte sie es abfotografiert. Die wichtigen Details waren erkennbar, wenn man wusste, was zu sehen war. Deshalb hatte Jessica das Bild bisher nicht an Tom oder Mayrhofer weitergeleitet. Sie würde ihre Neuigkeit erst präsentieren, wenn sie den Rahmen dazu hatte. Eventuell ergaben sich ja sogar aus der Reinschrift noch passende Puzzleteile. Und wenn sie etwas von Mayrhofer gelernt hatte, dann, wie man Erkenntnisse effektvoll in Szene setzte, um die nötige Anerkennung zu ernten.

»Da hat sich aber jemand eine Belohnung verdient.«

Jessica schreckte aus ihren Gedanken hoch, als ein gut aussehender Mann in einem schwarzen Trenchcoat einen Teller mit einem Stück Prinzregenten- und Erdbeertorte klappernd auf ihr Tischchen stellte. Er zog einen Stehhocker vom Nachbartisch heran, ließ sich ihr gegenüber nieder und grinste sie aufmunternd an. Sein Gesicht war außerordentlich markant geschnitten und er trug einen Bart, wie er jetzt modern war. Braune Haare, braune Augen und, soweit sie das beurteilen konnte, ein sportlich gebauter Körper. Alles in allem schien er einem Männerkatalog entsprungen zu sein. Wobei bei genauem Hinsehen seine rechte Gesichtshälfte etwas länger wirkte.

Jessica schluckte schnell die Gabel voll Strudelteig und Millirahm herunter und dachte im selben Moment daran, dass ihre Zahnzwischenräume jetzt gelblich vom Rahm sein mussten. Wobei diese Art von männlichem Wesen sowieso eine andere Liga war. Nachdem sie das erkannt hatte, schaltete sie auf Entspannung zurück. »Ähm, mein Mittagessen.«

Anders als erwartet, wies er sie nicht darauf hin, dass ihr Mittagessen alles andere als gesund sei, Kalorien und überhaupt, sondern wünschte ihr einen guten Appetit, bevor er sein Stück Prinzregenten- und Erdbeertorte verspeiste. Immer im Wechsel. Was für eine Mischung. Sie beobachtete ihn voller Neid.

»Mittagspause?«, fragte er zwischen zwei Bissen.

»Kann man so sagen.«

»Arbeiten Sie hier?«

Es konnte nicht schaden, ihn ein bisschen zu beeindrucken. »Im Polizeipräsidium.«

»Im Sekretariat?«

»Im Kommissariat.«

»Oh.«

Na also. Volltreffer. Betont selbstbewusst ließ sie das letzte Stück Kuchen im Mund zergehen.

»Sind Sie mit dem Mord an der jungen Frau betraut, die gestern erschossen wurde?«

»Ja.« Jetzt einen Schluck Cappuccino hinterher.

»Schrecklich. Ich habe gehört, sie hatte ein bisher unveröffentlichtes Manuskript von Ludwig Thoma dabei. Wurde sie deshalb erschossen?«

»Das wissen wir noch nicht. Sind Sie Journalist?«

»Entschuldigung. Ich habe mich noch gar nicht vorgestellt. Thomas. Thomas Müller.« Er kramte eine Visitenkarte heraus, die sie zu studieren begann.

»Wie der Fußballer?«, lachte sie.

»Ja, aber mich gab's schon früher«, grinste er zurück.

Ein auffälliges Logo in blauen Lettern auf einem silbergrauen Dreieck: DeuWoBau GmbH & Co. KG. Darunter kleiner: Thomas Müller, Baustellenleitung, Kontaktdaten.

Er sah nicht aus wie jemand, der auf dem Bau arbeitete. Und eigentlich auch nicht wie ein Thomas Müller. Wobei dieser Name in Deutschland auch nördlich des Weißwurstäquators sicher einer mit der höchsten Trefferquote war.

Das Logo der Firma allerdings war ihr in letzter Zeit des Öfteren ins Auge gestochen, da es so groß und plakativ war. Zum Beispiel an der Baustelle in der Damenstiftstraße. Dort, wo jetzt die Kinderbetreuung eröffnet worden war. Und auch am Königsplatz, den sie überqueren musste, wenn sie in ihre Ein-Zimmer-Wohnung in Schwabing fuhr. »Ach, da hätten wir uns ja auf einer Ihrer Baustellen schon über den Weg laufen können.«

Er grinste. »Sie kennen sich aus.«

»Ihre Firma ist gut im Geschäft.«

»Gott sei Dank.«

»Ein stark expandierendes Unternehmen.«

»In einer Stadt wie München ist bezahlbarer Wohnraum Mangelware.« Sein Grinsen war sympathisch.

»Und Ihre Wohnungen sind bezahlbar?«

»Sozialer Wohnungsbau.«

»Also nichts, wo ich als arbeitender Mensch eine Chance hätte. Auch, wenn mein Gehalt zum Leben kaum reicht.«

»Familie?«

»Nein.«

Er tauchte tief in ihre Augen ein. Sie schluckte und vergaß für einen Moment die Zeit, als plötzlich ihr Handy nach dem Song von »London Calling« auf der Tischplatte zu tanzen begann. Tom.

»Hi, Chef?«

»Wo bist du, Jessica? Mit Mayrhofer bei Marcel?«

»Auf dem Rückweg ins Büro.« Sie sprang von ihrem Hocker.

»Hast du gewusst, dass Mayrhofer bei Marcel ist? Mit einem Durchsuchungsbefehl für Verlag, Druckerei und Wohnung!«

»Hausdurchsuchung bei Marcel? Ohne dein Wissen?« Sie war platt.

»Die neue Staatsanwältin ist seine Cousine.«

Ja, das hatte sie mitbekommen, aber dem weiter keine Bedeutung beigemessen. »Und Weißbauer?«

Die Präsenz des Mannes gegenüber hatte sie ganz vergessen, obwohl sie weiter in seinen Augen versank.

»Gibt Mayrhofer Rückendeckung.«

Das hörte sich nicht gut an. »Was machen wir jetzt?«

»Sofort zu Marcel und Mayrhofer, bevor ein Unglück geschieht.«

»Bist du im Präsidium, Chef?«

»Ja. Die Handyauswertung und die Reinschrift sind da. Aber das hat Zeit. Wir treffen uns in zehn Minuten bei Marcel. Schaffst du das?«

»Ich werde es versuchen. Ich war bei Ludwig Moosfeld im Tal. Neuigkeiten. Du wirst staunen. Ein Foto mit Thoma bei einer Redaktionskonferenz mit einem Jungen. Der könnte unser Mann sein.«

»Neuigkeiten?« Thomas Müller war mit ihr aufgestanden.

»Ich muss. Leider.« Schließlich war sie ja nicht zum Vergnügen da.

»Sehen wir uns wieder?«

Das glaubte sie jetzt nicht. Stand er wirklich auf Vollschlanke? Zu ihm hätte eher eines dieser russischen Models gepasst, wie sie einem jetzt häufig in der Stadt begegneten. Mit einer Physiognomie, die rein biologisch gar nicht möglich war. BH-Größe 70 D bei Kleidergröße 34 oder Size Zero.

»Ihre Visitenkarte habe ich.« Sie schob sie in ihre Handyhülle, während sie den überlangen, orangeroten Pony mit einem Schwung nach hinten warf. Die Farbe war doch nicht so schlecht.

»Haben Sie auch eine für mich?« Beim Lächeln bildeten sich zwei steile Grübchen auf seinen Wangen.

Warum nicht. Sie gab ihm ihre. Lächelnd hauchte er ein Küsschen darauf, ohne seine Augen von ihren zu lassen.

Beschwingt verließ Jessica die Konditorei. Das war eine amüsante Abwechslung gewesen. Ob Thomas Müller sich bei ihr melden würde? Sie hatte ihn ganz vergessen, als sie mit Tom telefoniert hatte. Aber was sollte er schon mit den wenigen Sätzen anfangen, die er gehört haben konnte?

28.

Die Hausdurchsuchung war bereits in vollem Gang, als Tom mit dem Rennrad im Asamhof einfuhr. Der Regen hatte sich für einen Augenblick gelegt, und zwischen den Wolken blitzte sogar ein Stückchen blauer Himmel hindurch.

Der Pfarrer in seiner schwarzen Soutane gab sein Bestes, um Maria in der Wohnung von den Geschehnissen abzulenken. Er hatte sie in ihr Zimmer geschoben, reichte ihr die Schnabeltasse und stellte schließlich das Radio an, während die Mitarbeiter der Spurensicherung durch die Wohnung wuselten und Tom im Vorbeigehen grüßten. Durch das Kommen und Gehen war der muffige Geruch verflogen, und es duftete nach frisch aufgebrühtem Pfefferminztee.

Marcel war im Moment unterwegs und würde bei seiner Rückkehr vermutlich komplett ausrasten, hatte Nguyen Tom beim Öffnen der Wohnungstür zugeflüstert. Mayrhofer hatte dem Pfarrer eine knappe Stunde zuvor Durchsuchungsbeschlüsse für den Verlag sowie Marias und Julias Wohnung unter die Nase gehalten. Der friedfertige Nguyen hatte keine andere Lösung gewusst, als die Truppe hereinzulassen. Im Moment durchkämmte Mayrhofer mit weiteren Personen die Geschäftsräume.

Tom wollte sich erst einen Überblick verschaffen. Außerdem hielt er es für ratsam, auf Jessica zu warten. Sie würde – falls nötig – die Stimmung vor der Explosion retten.

»Ist diese Durchsuchung wirklich notwendig?«, fragte Nguyen.

»Sie könnten die Ermittlungen erheblich beschleunigen, indem Sie alles sagen, was Sie wissen.« Tom war sich nach wie vor sicher, dass der Pfarrer Wichtiges verschwieg. Trotzdem wunderte er sich, dass Weißbauer zusammen mit der Staatsanwaltschaft so viele Manneinheiten genehmigt hatte. Lag es daran, dass die Kugel, die Julia getötet hatte, aus Claas' Pistole stammte? Erhoffte man sich, über Spuren in Julias direktem Umfeld Rückschlüsse auf Claas Aufenthaltsort zu ziehen? War Claas, der Mann aus den eigenen Reihen, zur Gefahr geworden? Oder war er vielmehr mit im Spiel – und nur Tom tappte im Dunkeln?

»Sie könnten mir zum Beispiel verraten, was Julia gebeichtet hat.« Tom sah dem Pfarrer scharf in die Augen.

Der wirkte erschöpft und von der Situation überfordert. »Können Sie dafür sorgen, dass man die Maria in ihrem Zimmer in Ruhe lässt? Ich habe eine Krankenschwester organisiert. Sie müsste jeden Moment hier sein.«

»Gut. Aber geben Sie mir wenigstens einen kleinen Hinweis.«

Der Pfarrer seufzte. »Es war vielmehr ein abstraktes Gespräch über Loyalität, Freundschaft, Verrat – als eine Beichte. Die Julia hat mit sich gekämpft. Sie hat etwas herausgefunden gehabt und gewusst, dass es vor allem einer ihr sehr nahe stehenden Person schaden würde. Sie hat nach einem Weg gesucht, der Wahrheit, aber auch ihrer Vorstellung von Freundschaft und Loyalität gerecht zu werden.«

Wenn Nguyen die Wahrheit sprach, dann war die Antwort der sehr nahe stehenden Person mehr als ernüchternd gewesen. Sie hatte zwei Killer engagiert, um Julia zu töten. Ein ganz anderes Verständnis von Freundschaft und Loyalität. »Wer war die ihr nahe stehende Person?«

Kopfschütteln und Achselzucken. »Sie hat den Namen bewusst verschwiegen.«

Tom konnte sich trotz des Beichtgeheimnisses nicht vorstellen, dass der Pfarrer ihm den Namen von Julias Mörder vorenthalten würde, so fassungslos es ihn auch machte, dass der Mann nicht mehr verriet.

Für den Pfarrer schien das Gespräch beendet. Er griff nach seiner Bibel, die auf dem Tisch gelegen hatte. »Meine Hausbesuche warten. – Außerdem würde ich gerne den Trauergottesdienst vorbereiten. Wann, meinen Sie, kann die Beerdigung stattfinden?«

Tom durfte gar nicht daran denken. Ein Trauergottesdienst für Julia. »Ich gebe Ihnen Bescheid, sobald die Staatsanwaltschaft die Leiche freigegeben hat. Übrigens – wie ist es Ihnen gelungen, jemanden für Maria zu finden? Bei dem akuten Mangel an Pflegekräften.« Irgendwie musste es doch möglich sein, den Mann zu knacken.

»Ich habe Ihnen ja gesagt, wir halten hier zusammen. Niemand möchte die Maria im Heim sehen.«

»Trotz aller Gemeinschaft wurde Julia erschossen. Oder gerade deswegen?« Tom glaubte zwar nicht, dass es einen direkten Zusammenhang gab, aber er wollte es geklärt wissen.

»Mir ist nicht zum Scherzen.«

Ein weiterer Fakt musste ausgesprochen werden. »Haben Sie Angst, dass der Gebäudekomplex verkauft wird, wenn Maria die Stellung nicht hält? Sie ist jetzt die einzige Seidl.«

Nguyen blickte zu Boden, dann hob und senkte er die Schultern. »Gottes Wege sind unergründlich. Wir werden sehen, was wird.«

»Die Menschen hier würden ihre Heimat verlieren. Sie würden nie wieder so günstig in bester Innenstadtlage unterkommen. Und Sie würden St. Peter direkt unterstellt – ohne eigene Gemeinde.«

»Die Rechtslage ist ungeklärt.«

»Woher wissen Sie das, Herr Pfarrer?«

»Ich denk es mir.«

Als Tom durch das Fenster auf den Hof blickte und die riesige Grundstücksfläche in bester Innenstadtlage abmaß, wurde ihm schlagartig klar, welches gewaltige Potenzial unter städtebaulichen Aspekten in diesem Anwesen schlummerte.

Anna Maindl, die Leiterin der Spurensicherung, verharrte vor Marias Tür. Sie warf ihre langen, glatten Haare zurück, wodurch ihre Ohren sichtbar wurden. Dann schenkte sie Tom ein warmes Lächeln. »Ich würde da gerne mal reinschauen.«

Tom schlüpfte in seine Latexhandschuhe. »Ich komme mit.«

In dem Moment stürmte Mayrhofer zur Tür herein. »Wir haben das Motorrad.«

Nguyen blickte Tom irritiert an. »Motorrad?«

»Das Motorrad, das Marcel vor wenigen Tagen am Frankfurter Ring gekauft hat?«, fragte Tom.

»Jawohl. Die BMW S 1000 XR. Hinter einem Stapel alter Drucksachen versteckt. Wenn ich nicht drauf bestanden hätte, dass die beiseite geräumt werden, dann wär es glatt übersehen worden.«

»Ist das Vorderlicht defekt?« Tom lief ans Fenster, wo gerade ein Motorrad vorbeigeschoben wurde. Es war rot wie dasjenige, das er verfolgt hatte.

»Nicht direkt. Aber es kann repariert worden sein. Wir nehmen es zur Untersuchung mit.« Mayrhofers triumphierende Miene war kaum auszuhalten. Im Gegensatz zu Tom schien er davon auszugehen, einen Volltreffer gelandet zu haben.

»Seids ihr wahnsinnig?« Plötzlich war Marcels kräftige Stimme zu hören, begleitet von festen Fußschritten, die schnell näher kamen. Gleich darauf wurde die Tür aufgestoßen. Unter all den fremden Menschen wandte Marcel sich an Tom. »Was soll das, Tom? Hab ich was verpasst?«

Bevor sich Mayrhofer vor Marcel aufbauen konnte, packte Tom den Freund am Ärmel und zog ihn ans Fenster. Aber

Mayrhofer war noch nicht fertig. Er entfaltete ein Blatt Papier. Tom erkannte sofort das Bayerische Wappen oben in der Mitte, darunter übergroß und fett gedruckt das Wort: Beschluss.

»Der Durchsuchungsbeschluss für deine Wohnung.« Mayrhofer sprach jedes Wort überdeutlich aus mit Betonung auf »deine«. Das Kinn reckte er dabei weit nach vorne, während er auf den Zehenspitzen wippte. Es bereitete ihm sichtlich Spaß, Marcel, der ihn damals auf dem Schulhof »Milchbubi« genannt hatte, in den virtuellen Schwitzkasten zu nehmen, um ihm einen verbalen Haken nach dem anderen zu verpassen.

»Was wird mir vorgeworfen?« Marcel riss sich von Tom los.

»Du bist am Tatort gewesen, als Julia ermordet wurde. Du hast ein nagelneues Motorrad. Die gleiche Marke wie das Fluchtfahrzeug. Jetzt wird geprüft, ob es sich nicht gar um das Selbige handelt. Julia wollte die Scheidung und ein Testament aufsetzen. Dir ist die Zeit davongelaufen. Das ist ein ganzer Blumenstrauß voller Motive! Mal schauen, was wir noch finden? Die Tatwaffe? Hinweise auf den Mordplan? Das Originalmanuskript? Das Testament? Der Fantasie sind keine Grenzen gesetzt.« Mayrhofers Stimme triefte vor Überheblichkeit.

Marcel begann seelenruhig die Ärmel seines Baumwollhemdes hochzukrempeln. »Ich hab immer gewusst, dass irgendwann der richtige Moment kommt, um dir die Schnauze zu polieren.«

Tom baute sich zwischen den beiden auf. »Hör zu, Marcel. Du brauchst jetzt einen Anwalt. Ich ruf Franzi an. Ist die Kirche frei, Herr Pfarrer?«

Wie nahe Phil Nguyen Marcel auch immer stand, der Pfarrer hatte ein sicheres Gespür dafür, wann es darum ging, seine göttliche Kraft in den Dienst des Friedens zu stellen. »Denk an die Maria, Marcel. Sie bekommt alles mit. Sie darf nicht erfahren, was los ist.«

Marcel atmete mehrmals tief durch, man sah ihm an, wie er mit sich rang und seine Gefühle mühsam unter Kontrolle bekam. Nguyen reichte ihm ein Glas Wasser, während Tom die Nummer der Kanzlei Pohl wählte und die Sekretärin bat, sofort jemanden vorbeizuschicken. Da sowohl Franzi als auch Sebastian bei einem Termin waren, würde eine Mitarbeiterin kommen. Egal. Hauptsache, es war jemand Neutrales vor Ort. Nachdem Mayrhofer in Windeseile die Rechtsbelehrung heruntergerattert hatte, zog er mit seinen Leuten in Marcels Wohnung ab. In Begleitung des Pfarrers, der Marcel solange vertreten würde, bis die Anwältin da war.

29.

Tom und Marcel hatten gerade den halben Weg über den Hof in die Asamkirche zurückgelegt, als ihnen Jessica außer Atem entgegenhastete. Tom bat sie, bei Maria zu bleiben, bis die Pflegerin da wäre, und sich in der Zwischenzeit in Marias Zimmer umzusehen. Die Durchsuchung von Marias Zimmer war im Eifer des Gefechtes nämlich völlig untergegangen. Dabei erschien Tom gerade Marias Reich als Versteck ideal. Im Anschluss zogen sich Tom und Marcel in die Asamkirche zurück.

»Gehst du zur Beichte?«, fragte Tom den Freund, als sie im hinteren Abschnitt für die Kirchenbesucher auf der vordersten Holzbank saßen. Die barocke Pracht des Innenraums war allgegenwärtig. Gerade weil dieser Teil der Kirche relativ dunkel gehalten war und die Gestaltung die Leiden und Qualen der Welt spürbar werden ließ. Dieselben Gefühle, die Tom aus den Gesichtszügen im Profil des Freundes erkannte.

Marcel schüttelte den Kopf, starrte weiter nach vorne auf den Altar, während seine Kiefermuskeln arbeiteten und ihm der Gewissenskampf ins Gesicht geschrieben stand. Tom kannte Marcel gut genug, um zu wissen, dass es ein Fehler gewesen wäre, ihn jetzt unter Druck zu setzen. Die Ruhe in der Kirche tat ihnen nach dem Zusammenprall mit Mayrhofer beiden gut. Der schwere Geruch von Weihrauch hing in der Luft.

Sie waren eben durch den Vorraum an einem der insgesamt sieben Beichtstühle vorbeigegangen. Die Brüder Egid Quirin und Cosmas Damian Asam hatten dieses barocke Kleinod als Privat- und Beichtkirche für die Jugend konzipiert. Deshalb waren sie bei der Umsetzung an keine Auftraggeber gebunden gewesen, was zu einigen Besonderheiten geführt hatte. So war die Asamkirche nicht wie üblich nach Osten, sondern nach Westen ausgerichtet, und Egid Quirin konnte aus einem Fenster seines Privathauses direkt auf den Hochaltar blicken. Diese Details hatte Tom sich von einem Referat gemerkt, das er einmal mit Julia am Esstisch ausgearbeitet hatte.

Tatsächlich besuchte Tom die Asamkirche das erste Mal, seit er wieder in München war. Hier hatte er als Kommunionsschüler regelmäßig neben seiner gestrengen Mutter Magdalena ausgeharrt. Schon damals hatten ihn die schöne Gesangsstimme seiner Mutter und die Optik der Kirche stärker in ihren Bann gezogen als die Worte des Pfarrers. Die Augen waren geblendet von all dem opulenten Prunk, den reichhaltigen Stuckverzierungen, den farbenprächtigen Rot-, Gold- und Blautönen, deren Leuchtkraft in Richtung Altar immer strahlender wurde. Bis die Lichtführung schließlich in der effektvollen Betonung der Dreifaltigkeitsfiguren ihren Höhepunkt fand.

Ein Ort der Stille und Geborgenheit, dachte Tom. Und sie hatten Glück, dass sie die Kirche an diesem Nachmittag für sich hatten. Aber auch zur Hauptsaison gingen viele Münchenbesucher in Unkenntnis des barocken Schmuckstücks achtlos daran vorbei.

Tom warf einen seitlichen Blick auf seinen Freund, dessen Augenlider jetzt flackerten. Die Stille schien Marcel einerseits gut zu tun und ihm seine Situation schonungslos vor Augen zu führen. Andererseits wirkte er so versunken, dass es für Tom umso schwieriger wurde, einen Anfang zu finden. Gerade wollte er ansetzen und Marcel an die damaligen Referate über die Kirche und den gemeinsamen Religionslehrer erinnern, als Jessica Tom von hinten auf die Schulter tippte. Er zuckte zusammen, denn er hatte sie nicht kommen hören.

»Chef, die Krankenschwester ist da. Tut mir leid: Ich wollte es dir eigentlich später zeigen, aber jetzt denke ich, das ist wichtig. Das habe ich bei Moosfeld gefunden.«

Sie hielt ihm ihr Handy hin. Tom kniff die Augen zusammen. Ludwig Thoma bei einer Redaktionskonferenz. Der Stuhl rechts von ihm war leer, dafür saß links neben ihm ein Junge, vielleicht elf Jahre alt. Thoma hielt einen Gegenstand in der rechten Hand. Tom rätselte einige Sekunden, bis er schließlich die Miniaturharfe erkannte. Er reichte Jessica das Handy zurück, nickte ihr zu, hielt den Zeigefinger an die Lippen und wartete, bis sich ihre Schritte entfernt hatten. Moosfeld. Ein guter Einstieg.

Tom räusperte sich. »Wie hat Julia eigentlich reagiert, als sie Moosfeld bei der Ludwig-Thoma-Gesellschaft wiedergetroffen hat?«

»Moosfeld war und ist ein Arschloch!« Marcel schnaubte hörbar aus.

»Im Nachhinein waren wir auch keine Engel.« Tom wurde das Bild des dünnen Lehrers im Fensterrahmen im vierten Stock nicht los.

»Ich hab wegen ihm wiederholt. – Leon beinahe auch. – Und dann macht er der Julia so einen Stress! Dabei hat sie sich damals für ihn in die Bresche geworfen. Ohne sie wäre er vermutlich nie in den Schuldienst zurückgekehrt. Aber statt dankbar zu sein, hat er sie fertiggemacht.« Marcel schüttelte den Kopf.

Tom erinnerte sich, wie Julia sich in der Klasse dafür eingesetzt hatte, den Vorfall herunterzuspielen. »Woher hat Julia eigentlich diese geschnitzte Miniaturharfe gehabt?«

»Keine Ahnung. Ich hab mal vor vielen Jahren so ein Teil bei ihr gesehen. Wie für ein Puppenhaus, hab ich damals gedacht. Eine Harfe sollte aber auch auf den Buchtitel. *Ein Münchner im Himmel* – der hatte doch eine Harfe zum Jubilieren.«

»Also hat sie dir das Manuskript gezeigt?«

»Nein.« Marcel schüttelte heftig den Kopf. »Obwohl ich es verfilmen sollte. Im Stil des Zeichentrickfilms von Teil I. Sollte der Knaller werden. Seit Monaten war sie mit dem Marketingkonzept, der Social Media-Kampagne und allem drum und dran beschäftigt. Die Rettung für den Verlag. Der Einstieg in ein neues Zeitalter. Endlich! Eine Art eierlegende Wollmilchsau. – Aber dann hat sie es plötzlich nicht mehr eilig gehabt. Wir kommen damit zum 100. Todesjahr raus, hat sie gemeint. 2021! In vier Jahren! Ich hab sie ausgelacht. Eine verschlafene Chance. *Wer zu spät kommt, den bestraft das Leben*, hat Michail Gorbatschow einmal gesagt. Erst recht im digitalen Zeitalter! – ›Qualität kennt keine Eile‹, war ihre Antwort.«

Marcel lachte höhnisch. »Aber seit Dienstagfrüh war das Projekt sowieso gestorben.«

»Nach dem Zeitungsartikel«, überlegte Tom laut.

»Zeitungsartikel?«

»Zu den Prostituiertenmorden in den 60ern.«

»Der hat aufgeschlagen auf dem Esstisch bei der Maria gelegen. Ich hab ihn aber nicht gelesen.«

»Ich dachte, ihr wart getrennt.«

»Wir hatten begonnen, morgens wieder gemeinsam Kaffee zu trinken. Am Dienstag war sie völlig durch den Wind.« Marcel stützte die Ellenbogen auf die Oberschenkel und vergrub den Kopf in den Händen. »Als ich das Manuskript am Dienstagabend gegen ihren Willen habe lesen wollen, hat es nicht mehr im Safe gelegen. Sie muss es mit zur Franzi genommen haben.«

»Du hast gewusst, dass sie bei Franzi war?«

Er nickte.

»Hast du sie gefragt, ob du es lesen kannst?«

Marcel schüttelte den Kopf. »Es wäre zwecklos gewesen. Sie war komplett hysterisch. Mittwochvormittag hat der Sebastian angerufen. Er wollte noch mal über den Verkauf der Immobilien sprechen. Sie ist regelrecht ausgerastet. Egal, was käme, auf Sebastians Vorschlag würde sie nie und nimmer eingehen. Eine Wohnung würde sie vielleicht verkaufen. Und dann wolle sie erst einmal weg. Weit weg von der ganzen Scheiße hier – auch von mir.«

»Was hat Sebastian ihr denn konkret angeboten?« So konsequent wie Marcel an ihm vorbeisah, war sich Tom sicher, dass er wichtige Details ausließ.

»Sebastian hat einen Investor an der Hand gehabt, der alles kaufen wollte. Ein Riesending! Er hat Julia Millionen geboten.«

»Und Sebastian mittendrin.«

»Aber sicher doch.« Marcel lachte auf. »Hätte gut mitverdient.«

»Wie heißt der Investor?« Vielleicht ging es gar nicht um das Manuskript, sondern um das Anwesen, dachte Tom.

Marcel zuckte die Schultern. »Sebastian hat den Investor erst preisgeben wollen, wenn Julia zugestimmt hätte. Es hat sich trotzdem herumgesprochen. Fast täglich war ein Mieter da. Gentrifizierung. Das Wort huscht seit Monaten wie ein Gespenst über den Hinterhof. Dabei ist allen klar, dass es nur eine Frage der Zeit ist, bis die Mieten noch höher steigen werden. Jetzt, wo die Sendlinger Straße Fußgängerzone ist. Dabei sind die offiziellen Mietpreise in der Gegend schon seit geraumer Zeit schwindelerregend. Außer bei uns.«

»Und Julia.«

»Hätte nie auch nur daran gedacht zu verkaufen.«

»Und du?«

Marcel schwieg.

»Sie hat dich doch sicher nach deiner Meinung gefragt. Morgens beim Kaffee«, sagte Tom.

»Vielleicht hätte sie mich gefragt, wenn sie ernsthaft darüber nachgedacht hätte. Aber das hat sie nicht.«

»Was hättest du ihr geraten?«

Marcel zuckte mit den Schultern.

Tatsächlich hatte sich die Sendlinger Straße bei Einheimischen wie Touristen als Fußgängerzone etabliert. Trotzdem! Gentrifizierung? Nein. Die kleinen Geschäfte, die Wohnungen in den Hinterhöfen und der Liebreiz des Viertels durften nicht leiden. Es war gerade dieser Flair, der das Besondere der Sendlinger Straße ausmachte. »Was sagst denn du zur Fußgängerzone?«

»Mei, eigentlich wäre sie super. Es kommt nur darauf an, was man daraus macht. Und ob wieder die, die eh am stärkeren Drücker sitzen, alles andere plattmachen.« Marcel rutschte auf der harten Holzbank hin und her, betrachtete die Sakristei.

Tom widersprach. »Das muss nicht so sein. Es gibt inzwischen viele tolle Innenstadtkonzepte, die andere Schwerpunkte setzen als den Profit einzelner beziehungsweise großer Ketten. Auch die Kleinen setzen sich immer besser durch. Hier hat ein Umdenken stattgefunden.«

Marcel schüttelte den Kopf. »Du bist und bleibst ein Idealist, Tom.«

»Habt ihr wegen der Immobilie und Sebastians Angebot am Mittwoch gestritten? Der Pfarrer hat euch gehört.«

»Daher weht der Wind. Nein. Höchst privat. Beziehungsstress: Wie es halt ist, wenn man getrennt lebt, sich einander wieder nähert und dann alles den Bach 'runtergeht.«

Da kam Tom nicht weiter. »Du hast es jetzt mit in der Hand, Marcel, wie es im Viertel weitergeht. Schließlich wirst du ihren Anteil erben.«

»Keine Ahnung. Es ist mir auch egal. Wahrscheinlich hat sie irgendeiner Stiftung, dem Tierschutz, der Kirche oder einer Partei vermacht. Vielleicht gar dieser Ludwig-Thoma-Gesellschaft … Ich weiß es nicht, Tom.« Marcel wirkte gleichgültig und melancholisch. Aber ließen einen mehrere Millionen in Form immobilen Vermögens wirklich kalt, zumal es schon ein Angebot gab?

»Würdest du verkaufen?« Tom wollte Marcel nicht so einfach aus dem Thema entlassen.

»Ich mach mir über ungelegte Eier keine Gedanken.«

»Mei, die Franzi hätt' dir schon einen Wink g'ebn, wenn die Julia ein Testament zu deinen Ungunsten aufgesetzt hätt'.« Tom wurde langsam ungeduldig.

»Vielleicht hat die Julia der Franzi ja auch nicht mehr vertraut.« Marcel rieb sich das Kinn.

»Weil sie zu viel trinkt?« Vielleicht wurde Marcel gesprächiger, wenn sie im Dialekt weitersprachen, dachte Tom.

»Zum Beispiel.«

»Habts ihr eigentlich was miteinand?« Tom beobachtete den Freund ganz genau.

Der lachte auf, ging aber nicht auf den vertrauten Ton ein. »Die Franzi und ich? Weil wir beide betäubungssaffin sind? Du weißt selbst, dass wir alle irgendwann was miteinander hatten. Aber das ist lange her.« Marcel schüttelte den Kopf und sackte auf der harten Holzkirchenbank ein bisschen mehr in sich zusammen. Dabei hielt er die Lippen fest zusammengepresst.

»Was ist los, Marcel?« Tom stieß seinen Oberschenkel an Marcels. Dabei war ihr Blick auf Jesus am Kreuz geheftet. Der Lattengustl, hatte Marcel früher gescherzt. Von dieser Kaltschnäuzigkeit war jetzt nichts mehr zu spüren.

Ganz im Gegenteil. Marcel faltete die Hände, als er zu sprechen begann. »Du weißt, wie sehr ich sie geliebt habe. Ich habe von Anfang an nur die Julia gewollt. Ich wäre nie von ihrer Seite gewichen.« Marcel sah verzweifelt aus. »Trotzdem hab ich einen großen Fehler begangen, Tom.«

Tom beugte sich zu dem Freund vor, legte seine Hand auf Marcels Oberschenkel. »Erzähl!«

Marcel schwieg, aber sein Gehirn schien fieberhaft zu arbeiten, seine Augen wanderten hin und her. Tom blieb ruhig neben ihm sitzen. Die Kälte des Steinbodens kroch langsam über die Unterschenkel nach oben. Tom wartete. Marcel würde irgendwann zu dem Schluss kommen, dass es jetzt besser wäre, zu sprechen. Er war ganz nah dran.

Plötzlich lachte Marcel. »Kannst du dich an die Jahrtausendwende erinnern?«

»Freilich.«

»Ganz schön durchgeknallt waren wir an dem Abend. Alle. Aber am meisten die Caro. Du warst damals mit ihr zusammen.«

Tom nickte. Dass sich Marcel daran erinnerte.

»Sie hat sich so was von die Kante gegeben an dem Tag. Sie muss in der Zeit schwanger geworden sein.«

Das kam unerwartet. Tom sprang auf. »Jetzt fang du nicht auch noch an, dass ich der Vater vom Leon bin. Wenn es so wäre, warum hat sie es mir dann nie gesagt? Hat sie kein Vertrauen zu mir gehabt? Ich hätt' mich schon um den Buben gekümmert!«

Marcel starrte ihn verdutzt an.

Gerade, als Tom klar wurde, dass er es vermasselt hatte, hallten erneut Schritte über den Steinboden. Der Pfarrer. Die Miene des Koreaners drückte Bedauern aus, als er sich zu Tom herunterbeugte. »Tut mir leid. Ihr Kollege will Sie dringend sprechen. Er hat etwas gefunden.«

Der Moment war vorbei. So gesprächsbereit Marcel eben gewirkt hatte, jetzt war seine Miene wie versteinert.

»Mei, kannst du mir nicht diesen Lackaffen vom Leib halten?« Den Oberkörper vorgebeugt, rieb sich Marcel über das Gesicht.

Aber auch Tom war mit seiner Geduld am Ende. »Jetzt kannst du dir nur noch selbst helfen, Marcel. Indem du ausspuckst, was du weißt.«

Mayrhofer winkte ihnen von der seitlichen Tür der Kirche heftig zu.

»Bleiben Sie bei ihm«, flüsterte Tom dem Pfarrer zu und begab sich zu Mayrhofer. Jessica stand neben ihrem hochzufrieden wirkenden Kollegen und versuchte Tom mit Handzeichen etwas zu vermitteln, was er nicht verstand.

»Zehn prächtige Marihuana-Pflanzerl«, sagte Mayrhofer und machte eine Pause, bevor er triumphierend hinzusetzte: »Aber die Hauptsache ist das hier.« Er hielt Tom ein Tütchen mit weißem Pulver von der Größe des Daumens eines kräftigen Mannes hin. »Kokain.«

»Wie viel?«, fragte Tom.

»Über 100 Gramm.«

So ein Mist! Obgleich die Höhe der Strafe für den Besitz von Kokain im Ermessen des Richters lag, würde Marcel bei dieser Größenordnung nicht ohne Freiheitsentzug unter einem Jahr davonkommen.

So wenig ihn die Marihuana-Pflanzen überraschten, Tom hätte nie vermutet, dass Marcel kokste. Es passte in keiner Weise zu ihm.

»Irgendwas zum Fall?«, bremste Tom Mayrhofer ein.

Jessica antwortete an seiner statt. »Kein Testament.«

Mayrhofer fiel ihr ins Wort. »Dafür haben wir Finanzunterlagen sichergestellt. Der Verlag stand kurz vor der Pleite.«

Das hatte Tom bereits geahnt.

Mayrhofer drückte den Rücken durch, was bei seiner Hühnerbrust lächerlich wirkte. »Außerdem eine Nachricht auf dem AB. Eindeutig eine Reaktion auf den Anruf von Marcel. Von Franziska. Vom Dienstagnachmittag.«

»Was hat sie gesagt?« Tom formte seine Hände zu Muscheln und hielt sie hinter die Ohren.

Mayrhofer imitierte die angetrunkene Franzi. »Tut mir leid, Marcel. Bei uns sind weder Manuskript noch Testament. Ich kann dir im Moment nicht helfen.«

Tom nickte. Franzi hatte ihn in diesem Punkt also nicht belogen. Außer Julia hätte das Testament erst danach verfasst. Auf Marcels Anruf hin konnte Franzi konkret nachgehakt haben. Und vor allem: Scheinbar war Marcel sein Erbe doch nicht so gleichgültig, wie er vorgab. Hatte er Angst gehabt, so gut wie leer auszugehen?

»Außerdem haben wir in Julias Büro diese To-Do-Liste gefunden.« Mayrhofer hielt sie Tom mit einem süßlichen Lächeln hin.

Tom ging die Punkte durch. Minutiös und in krakeligen Buchstaben hatte Julia jeden Handstrich aufgeführt, den sie sich für den nächsten Tag vorgenommen hatte. Wie ein Rettungsseil, an dem sie sich entlanggehangelt hat, dachte Tom. Auch sein Name sowie das Wort Testament – mit einem Haken dahinter – standen auf der Liste. Beides dick unterstrichen. Hatte sie also doch einen letzten Willen verfasst?

Aber noch etwas hatte Julia wie ein Statement auf das Blatt gekritzelt und mehrmals umrandet. *Er WAR der Mörder! Fünf Frauen. Und die Mutter!?* Hinter das Wort »Mutter« hatte sie mehrere Fragezeichen gesetzt, eines größer als das andere.

»Wie auch immer. Wir nehmen ihn mit. Bei der Menge an Koks!« Mayrhofer schnippte in Marcels Richtung. So leid es Tom tat, er konnte dem nichts entgegensetzen.

Tom nahm Julias Liste zur Hand. »Was bedeutet: *Die Mutter?*«

»Vielleicht meinte sie ihre Mutter? Weil sie über den Schlaganfall von Maria nicht hinweggekommen ist und gerne mit ihr gesprochen hätte«, mutmaßte Jessica.

Das glaubte Tom nicht.

»Noch was.« Mayrhofer hielt eine Kaufquittung in die Höhe, augenscheinlich hatte er einen weiteren Trumpf im Ärmel. »Der Kaufbeleg für das Motorrad. Datiert vom Montag dieser Woche. Stolzes Sümmchen, wenn man pleite ist. Mit diversen Extras schlappe 20.000 Euro. Da reicht selbst dieser Vorrat an Kokain nicht hin.«

»Keine vorschnellen Schlüsse«, warnte Tom und gab strikte Anweisung, dass Mayrhofer außerhalb von Marcels Reichweite zu bleiben hatte. Tom konnte sich beim besten Willen nicht vorstellen, dass Marcel mit Koks dealte.

Gemeinsam mit Jessica ging Tom zu Marcel, der außer sich war, als er von dem Kokain erfuhr. »Koks? Ich? Ja, seh ich etwa aus wie ein Kokser?« Er lachte hell auf. »Tom. Du kennst mich. Das ist nicht mein Ding. Das ist eine ganz andere Liga.«

Der Pfarrer blickte zu Boden. »Was passiert jetzt mit ihm?«

»Festnahme. Haftbefehl durch die Staatsanwaltschaft. Erlass des Ermittlungsrichters. Untersuchungshaft. Falls keine Aussetzung erfolgt bis zur Verhandlung. Danach: Freiheitsstrafe nicht unter einem Jahr«, zählte Tom auf.

Phil Nguyen wirkte betreten.

»Haben Sie mir etwas zu sagen?«, fragte Tom. Nach einem längeren Zögern verneinte der Pfarrer.

Tom und Jessica begleiteten Marcel aus der Kirche. Draußen warteten bereits zwei Streifenpolizisten.

Tom spürte, wie sich Marcels Körper spannte und er rechts und links nach einem Fluchtweg suchte. »Mach jetzt keine Dummheiten, Marcel. Ich lass dich nicht im Stich. Du kannst dich auf mich verlassen.«

Marcels Blick erinnerte Tom an den eines verwundeten Tieres, als die beiden Polizisten ihn in ihre Mitte nahmen und quer über den Hof zur Kreuzstraße führten, wo der Streifenwagen wartete. Trotz der nassen Kälte öffneten sich einige Fenster.

Ein Mann rief Marcel zu: »Halt die Ohren steif. Wir brauchen dich. Ohne dich machen die uns hier platt!«

Tom schaute an der Fassade hoch. Es tat ihm gut, dass dem Freund kein Hass, sondern Mitgefühl entgegenschlug.

Der Pfarrer in seiner Soutane kam ihm entgegengeeilt. »Was wird jetzt aus der Maria?«

»Können Sie sich vorerst um sie kümmern?«

Der Pfarrer nickte langsam und würdig. Tom wusste seine Gesten inzwischen zu deuten. Das Vertrauen zwischen ihnen wuchs, auch wenn Tom sicher war, dass Nguyen etwas verbarg, was ihnen beiden anfing, Probleme zu bereiten.

»Wenn es jemandem gelingen sollte, meine Meinung über die Kirche zu revidieren, dann Ihnen«, sagte Tom mit provokantem Unterton und beobachtete den Pfarrer genau.

Der blickte erst zu Boden, dann zum Himmel. »Es liegt in Gottes Hand, dass ich Sie nicht enttäusche. Und Gottes Wege sind oft rätselhaft.«

»Irrtum, Herr Pfarrer. Es liegt einzig und allein in Ihrer.«

Auf dem Rückweg zur Wohnung lief ihnen die Pflegerin entgegen. »Schnell, Herr Pfarrer. Maria Seidl. Sie ist ganz außer sich.«

»Was ist passiert?« Nguyen beschleunigte seine Schritte.

»Dieser Anwalt, dieser Sebastian Pohl, von dem man jetzt oft in der Zeitung liest, war gerade da.«

30.

Der Teufel hatte ihn geritten. Claas war selbst überrascht, wie leicht es gewesen war, mit Jessica Starke ins Gespräch zu kommen. Jetzt hatte er also Toms direkte Mitarbeiterin kennengelernt.

Zweifelsohne eine nette junge Frau. Zu pummelig freilich und etwas schrill mit den roten Haaren, aber hochmotiviert. Allerdings auch naiv. Es war ein Unding, dass er jedes Wort am Telefon hatte mitverfolgen können. Aber sie passte zu Tom, der selbst stürmisch sein konnte wie ein junger Stier, immer mit den Hörnern durch die Wand und mit einer Extraportion Energie ausgestattet. So war er zumindest gewesen, als sie zusammen in Düsseldorf gearbeitet hatten.

Claas wischte die aufkommende Sentimentalität beiseite. Sie hatten sich sehr gern gemocht und beide Federn gelassen.

Soweit er das aus der Ferne beurteilen konnte, trat Tom inzwischen zurückhaltender auf.

Claas lief von der Konditorei am Kaufhaus Beck und seitlich am Neuen Rathaus vorbei über die Diener- und Residenzstraße bis zum Odeonsplatz. Dann quer über den Hofgarten bis zum Finanzgarten, wo er mit seinem Führer vom Landeskriminalamt verabredet war, den er nur unter dem Decknamen Luca kannte. Tatsächlich sprach man bei der Kontaktperson eines verdeckten Ermittlers im LKA offiziell nach wie vor von einem »Führer«, so kontaminiert der Begriff auch war.

Normalerweise kommunizierten sie über das wöchentlich erneuerte Prepaidhandy miteinander oder Claas wählte sich über eine verschlüsselte iCloud ein, um Dokumente einzusehen. Er war inzwischen hochspezialisiert darauf, unsichtbar zu bleiben und weder auf dem Handy noch dem Laptop irgendwelche Spuren zu hinterlassen, sollte eines der Geräte jemals in falsche Hände geraten.

Während Claas sich seinem Ziel näherte, gestand er sich ein, dass der Fall Iwan Maslov nicht nur seines, sondern auch Toms Leben verändert hatte. Claas hatte am Abend des besagten Tages vorgehabt, Tom und Nastasja – die beiden Menschen auf der Welt, die ihm am nächsten standen – endlich miteinander bekannt zu machen. Aber statt eines netten Treffens zu dritt hatte Claas einsam und schmerzlich Totenwache an Nastasjas Sarg gehalten.

Er hatte lange überlegt, wo sie beerdigt werden sollte, und sich schließlich für ein Grab auf einem wunderschönen Waldfriedhof entschieden, den sie gerne gemeinsam besucht hatten und den sie geliebt hatte. Von der Lichtung ihres Grabes aus hatte man einen wunderschönen Blick ins Tal. Den Platz kannte außer ihm nur eine Person. Hannah. Nastasjas Cousine und beste Freundin, die in Polen aufgewachsen war. Dieselbe

Hannah, die jetzt ein Verhältnis mit Sebastian Pohl hatte, wie Claas am Vorabend herausgefunden hatte. Er war den beiden gefolgt, bis sie in einem kleinen Hotel in Schwabing am Biederstein verschwunden waren.

Seit gestern Abend fragte Claas sich, welche Rolle Hannah in Iwans Spiel spielte? War sie wirklich nur die kleine Übersetzerin, der Iwan einen Job verschafft hatte? Eigentlich war Hannah Biologin. Zeitweise hatte sie auch als Putzfrau gearbeitet. Ihre Familie mütterlicherseits stammte aus Deutschland. Als Claas Hannah das letzte Mal gesehen hatte, hatte sie verzweifelt nach dem Mann gesucht, der die Familie im ehemaligen Schlesien um den Besitz gebracht hatte. Was tat sie jetzt in München? Hatte Hannah sich wirklich ernsthaft in Sebastian verliebt? Oder war sie nur ein Köder, den ihr Onkel ausgeworfen hatte, um den Anwalt in der Hand zu haben?

Claas tappte im Dunkeln. Aber er spürte, dass der Fall Iwan Maslov noch lange nicht zu Ende war, denn der Russe war wie die berühmte Hydra. Schlug man ihm einen Kopf ab, wuchsen an der gleichen Stelle zwei neue. Man hätte ihn nur kleinhalten können, indem man ihn ungehindert gewähren ließ. Aber Claas und Tom hatten ihm schon damals in Düsseldorf den Kampf angesagt. Sie hatten instinktiv gespürt, welche Gefahr von ihm ausging, und jetzt war das Ungeheuer erwacht.

Trotzdem. Dass dieser Kampf jemals dazu führen würde, dass er seine Waffe gegen Tom richten würde, das hätte Claas niemals vermutet. War es ein Glück gewesen, dass sein Vorhaben bisher misslungen war? Claas dachte zurück an jenen Nachmittag vor einem Monat. Freitag, der 20. Oktober. Als er endgültig so weit gewesen war, seinen Entschluss, Tom zu töten, in die Tat umzusetzen.

Christl musste einen siebten Sinn gehabt haben. Sekunden, bevor Claas abdrücken wollte, hatte sie die Tür des Wirtshauses geöffnet, war Tom entgegengelaufen und hatte sich ihm in die Arme geworfen, voller Begeisterung über den ersten Schnee. In diesem leuchtend blauen Dirndl hatte sie nicht nur Claas aus dem Konzept gebracht, sondern auch Tom volle Deckung gegeben. Während Claas sich von seiner Überraschung erholt hatte, hatten die beiden sich lange geküsst – ohne, dass Claas eine Chance gehabt hätte, Tom zu treffen. Sicher, er hätte Christl mit einem Schuss ins Jenseits befördern können. Aber er hatte sich geschworen, keine weitere unschuldige Frau auf dem Gewissen haben zu wollen. Selbst als die beiden eng umschlungen zurückgeschlendert waren, schützte Christls Körper Tom vor Claas' Kugel, bis das Paar hinter der Tür des Wirtshauses verschwunden war.

»Hi.« Luca lehnte rauchend an der verabredeten Parkbank. Claas stellte sich neben ihn und ließ sich Feuer geben. Luca war klein und rundlich, einige Jahre älter als Claas. Quadratisch, praktisch, gut – war Claas als Erstes durch den Kopf geschossen, als sie miteinander bekannt gemacht worden waren.

Nachdem Claas sichergestellt hatte, dass sie unbeobachtet waren, tauschten sie Neuigkeiten aus.

»Freitagnachmittag«, sagte Luca schließlich. »Wir gehen davon aus, dass *Er* persönlich auf die Baustelle kommt.«

»Solche Termine pflegt *Er* selten einzuhalten. Schon aus Sicherheitsgründen.«

Luca nickte wissend. »Übrigens. Die Kollegen vom Polizeipräsidium ermitteln im Mordfall ›Julia Frey‹. Die Frau ist am Mittwochnachmittag auf der Sendlinger Straße erschossen worden.«

Claas rauchte zwei lange Züge. »Ich weiß.«

»Mit deiner als vermisst gemeldeten Dienstwaffe.« Luca beobachtete Claas aufs Schärfste.

Diese betont beiläufig dahingeworfene Information fuhr Claas in die Haut wie die spitze Nadel einer Injektion. »Was?«

»Kannst du dir das erklären? Man rätselt hinter den Kulissen. Schließlich ist dein Standort nicht weit.«

Claas dachte nach. Die Dienstwaffe war ihm damals aus dem Halfter gerutscht, als er in aller Eile Nastasjas leblosen Körper weggeschafft hatte. Iwan Maslovs Sohn, dem Toms Schuss gegolten hatte, war geflüchtet. Wer konnte die Sig Sauer gefunden haben? Wer war außer ihnen vor Ort gewesen? Oder hatte es tatsächlich in den Reihen der Polizei einen Maulwurf gegeben, der die Waffe an sich genommen hatte? In wessen Hände war seine alte Dienstwaffe geraten? Doch nicht etwa in die der Russischen Mafia? Das würde bedeuten, dass sie in den Mord an Julia Frey verwickelt war.

»Was heißt, man rätselt?«, fragte Claas.

»Ob du die Waffe wirklich verloren hast.« Lucas Blick durchbohrte ihn.

»Warum sollte ich Julia Frey töten?« Claas schüttelte den Kopf. Da mussten andere kommen, um auf den Grund seiner Psyche vorzustoßen.

Luca schien ihm zu glauben. »Sehe ich auch so. Aber es gibt Beispiele von Kollegen, die in deinem Job Amok laufen. Kein Privatleben, fremde Identitäten, heimatlos ... Und andere, die überlaufen.«

»Mach dir da mal keine Sorgen!« Claas konzentrierte sich darauf, dass seine Hand nicht zitterte, als er erneut an der Zigarette zog. Er wusste genau, wovon Luca sprach, dachte an die harte Ausbildung, die er hinter sich hatte. Auch daran, wie er sich in kürzester Zeit das Wissen eingeprägt hatte, das er als Bauleiter brauchte. An seine einsamen Abende. Aber es ging niemanden etwas an, wie er sich wirklich fühlte.

Der richtige Zeitpunkt, um Luca eine weitere Information zuzuspielen. »Der Anwalt Sebastian Pohl und diese Julia Frey haben sich gekannt. Sie waren Klassenkameraden.« Claas behielt für sich, dass das auch für Tom galt, denn er ging davon aus, dass diese Info dem LKA bereits vorlag.

Luca nickte und deckte seine Karten auf. »So wie dein alter Freund und Kollege Tom Perlinger. Ich weiß. Der Fall nimmt bizarre Formen an. Und du hast wirklich keine Ahnung, wer deine Waffe damals an sich genommen hat?«

Claas schüttelte den Kopf. Das hatte er nicht.

Luca fuhr fort: »Die Tote hat ein Schriftstück von Ludwig Thoma bei sich gehabt, das die Täter haben mitgehen lassen. Ein paar Seiten sind sichergestellt worden. Sie liegen aktuell im LKA.«

»Könnte was für Iwan Maslovs private Kunstsammlung sein.« Claas hielt die Zigarette im Mund und band sich den Schuh. Das war ein ganz neuer Ansatz. »Er kann über Pohl von dem Manuskript erfahren haben. Neben internationalen Kunstwerken aus der Malerei sammelt er Schätze jeglicher Art wie antiquarische Bücher und grafische Studien. Internationales Beutegut der russischen Mafia. Da passt ein unveröffentlichtes Manuskript eines großen bayerischen Schriftstellers wunderbar hinein. Vor allem, wenn man in Bayern Fuß fassen will. Könnte ein genialer Schachzug sein, der ihm langfristig Tür und Tor auch in andere Gesellschaftsschichten öffnet.«

Luca nickte. »Das ist der Grund, warum der Mann so gefährlich ist. Zumal diese Julia Frey laut des ballistischen Gutachtens von Profis getötet wurde. Ganz Maslovs Handschrift. Perlinger und sein Team ermitteln trotzdem weiter. Aus unserem Fall halten wir Perlinger allerdings raus.«

»Da fällt mir was ein«, meinte Claas. »Habt ihr was zu einem Ludwig Moosfeld? Jessica Starke, Perlingers Teamkollegin, hat bei Moosfeld ein Foto von Ludwig Thoma mit einem

Jungen bei einer Redaktionskonferenz gefunden. Es scheint da einen Zusammenhang mit einem Prostituiertenmörder aus den 6oern zu geben.«

»Ich kümmere mich drum.« Luca warf den Stummel seiner Zigarette auf den Boden, zerdrückte ihn mit dem Fuß, hob ihn auf und steckte ihn in die Tasche. Claas grinste ob der Vorsichtsmaßnahme. Nur keine Spuren hinterlassen. Die drei N. *Niemand. Nie. Nirgends.*

Sie vereinbarten, in engem Austausch zu bleiben. Claas bezweifelte allerdings, dass es gelingen würde, Tom aus dem Fall Iwan Maslov herauszuhalten. Es war nur eine Frage der Zeit, wann Tom auf Anhaltspunkte stoßen würde, die in die Richtung führten, und dann würde er nicht aufzuhalten sein, den Dingen auf den Grund zu gehen und den Mord an der Freundin zu rächen. Das würde zwangsläufig zu einer Begegnung zwischen Claas und Tom führen.

Als ob Luca seine Gedanken erraten hätte, meinte er: »Übrigens, Perlinger weiß nichts von dir. Es läuft eine interne Untersuchung. Es gab damals einen Maulwurf in Düsseldorf. Perlinger ist auf dem Prüfstand.«

31.

Es dämmerte bereits, als Tom mit dem Rennrad in Richtung Kanzlei Pohl fuhr. Als sie zu Maria gekommen waren, hatte sich die alte Frau in ihrem Bett so unruhig hin- und hergeworfen, dass die Laken ganz zerwühlt waren. Ein kurzer Besuch von Sebastian hatte genügt, um sie völlig aufzuwühlen. Tom war froh über die Gitter am Bett. Sie hatten verhindert, dass Maria hinausgefallen war. Ansonsten hatte sich ihr grundsätzlicher Zustand nicht verbessert. Sie befand sich weiterhin im Wachkoma und war nicht ansprechbar. Die Krankenschwester hatte einen Arzt gerufen.

Bei seiner kurzen Stippvisite hatte Sebastian seine Mitarbeiterin abgeholt. Tom vermutete, dass Sebastian sich in Wahrheit einen persönlichen Eindruck von Marias geistigem Zustand hatte verschaffen wollen, vermutlich wegen der Erbangelegenheit. Er war wohl peinlich genau darauf bedacht gewesen, schnellstmöglich wieder zu verschwinden – ohne Tom oder sonst jemandem zu begegnen.

»Den Schlaganfall hat Maria nach einem Besuch von Sebastian und Carolyn gehabt«, hatte Nguyen Tom anvertraut. »Julia hat ihm Hausverbot erteilt. Trotzdem hat er regelmäßig angerufen.«

»Wegen der Immobilie?«, hatte Tom gefragt.

Der Pfarrer hatte genickt, während er Marias Laken glatt gezogen hatte. »Ich vermute.«

»Und Carolyn?«

»War oft hier. Sie hat sehr an der Maria gehangen. Julia hat einmal gemeint, da Carolyn ohne Mutter aufgewachsen ist, ist die Maria eine Art Ersatz für sie gewesen.«

So hatte Tom das auch empfunden. Als Carolyn fünf Jahre alt gewesen war, hatte ihre Mutter die Familie verlassen, um mit ihrem Liebhaber nach Teneriffa durchzubrennen. Maria hatte sich bemüht, der Freundin ihrer Tochter die Familie zu ersetzen.

Der Rest der Spurensicherungsmannschaft sowie Mayrhofer und Jessica waren eilig ins Präsidium zurückgekehrt. Die

Reinschrift der Manuskriptseiten musste inzwischen vorliegen, ebenso die Auswertung der Handydaten. Aber Tom wollte unbedingt als Nächstes mit Sebastian sprechen. Er musste wissen, wer dieser ominöse Investor war. Auch über Franziskas Nachricht auf dem AB war er irritiert. Warum hatte sie ihm nichts davon erzählt?

Sollte Julia doch ein Testament hinterlassen haben? Wenn ja, dann lief das Sebastians Plänen, den Besitz an einen Käufer zu vermitteln, je nach Inhalt quer. Hätte Franzi das Testament allerdings zurückgehalten oder gar vernichtet und Marcel die Immobilien verkauft, dann hätte es für alle ein großes Geschäft versprochen. Für Franzi obendrein einen Extraschuss Anerkennung und Liebe von Sebastian. Steckten sie alle drei unter einer Decke?

Doch vor allem: Wäre es in dem Fall nicht sinnvoll, auch Maria aus dem Weg zu schaffen? Nach ihrem Tod würde ihr Anteil an den Fiskus fallen. Mit den richtigen Verbindungen wäre es ein Leichtes, die Verantwortlichen von dem Projekt zu überzeugen. Maria schwebte unter Umständen in Lebensgefahr.

Tom bremste scharf. Er rief Jessica an und bat sie, über den Außendienstleiter per Eilentscheidung noch für die kommende Nacht einen Wachposten bei Maria zu organisieren. Gleichzeitig informierte er den Pfarrer.

Sebastians Besuch bei Maria war nichts anderes gewesen als die juristische Kontrolle, inwieweit sie jetzt, nach Julias Tod, in den Verlauf noch eingreifen konnte. Vielleicht hatte er sich auch einen Eindruck ihrer Lebenserwartung verschaffen wollen.

Als Tom wenig später an der Kanzlei Pohl ankam, waren alle Räume hell erleuchtet. Es wurde noch gearbeitet. Tom sprang vom Rad, stürmte die Treppe hinauf, je zwei Treppenstufen auf einmal nehmend. Plötzlich erinnerte er sich an den Hinterausgang. Er selbst hatte Sebastian einmal aus der Patsche geholfen, indem er ein Mädchen über diesen Ausgang aus Sebastians Teenagerzimmer geschleust hatte, während Sebastian das Nächste an der Wohnungstür empfangen hatte. Über die interne Feuerleiter war der Notausgang von allen Stockwerken und auch aus der Kanzlei erreichbar. Dieser Nebeneffekt der strengen Brandschutzauflagen für den denkmalgeschützten Jugendstilbau konnte Sebastian das Zusammentreffen mit Tom jetzt ersparen. Es war nicht auszuschließen, dass Sebastian das Weite suchte, während Tom am Empfang stand.

Eine verdutzte, gut aussehende Sekretärin in gerade noch zulässiger Rocklänge öffnete Tom auf sein Sturmläuten hin.

Um keine Zeit zu verlieren, präsentierte er ihr seine Dienstmarke und spähte in Richtung Notausgang. Die Tür war zu.

»Zu Sebastian Pohl, bitte.«

»Das tut mir leid. Er ist seit 14 Uhr durchgehend auf Terminen außer Haus.« Ihr Lächeln war charmant.

»Sicher?« Tom nahm ein bisschen Energie raus. Sie konnte ja nichts dafür.

»Ja. Sicher.«

»Und Franziska Pohl?«

»Ich bringe Sie zu ihr.« Die junge Frau bat ihn, ihr zu folgen, und wackelte gekonnt in High Heels voran.

Nachdem die Gefahr des Hinterausgangs gebannt war, blieb Tom brav hinter ihr, bis sie an einer weiß lackierten, massiven Holztür mit Messinggriff klopfte und Franzis »Herein« ertönte. Mit einem bezaubernden Lächeln wackelte die junge Dame davon, und Tom musste Sebastian insgeheim für sein Händchen bei der Auswahl weiblicher Mitarbeiterinnen gratulieren.

Er hoffte, Franzi nüchtern anzutreffen. Zu seiner Erleichterung empfing sie ihn gefasst und geschäftsmäßig und bat ihn, an einem weißen Besprechungstisch in der Ecke ihres eleganten Büros ihr gegenüber Platz zu nehmen.

»Gibts Neuigkeiten, Tom?« Sie schenkte ihm ein Glas Wasser ein.

»Wie man's nimmt.« Es war nicht einfach, aus ihren Gesichtszügen zu lesen. Was wusste Franzi?

»Du hast mir Marcels Anruf verschwiegen.«

Ihre Stirn legte sich in Falten. »Ach so. Er hat mich das Gleiche gefragt wie du. Was ich über das Manuskript weiß. Ob Julia ein Testament aufgesetzt hat. Das habe ich dir schon beantwortet. Beides Nein.«

Tom sah, wie sie mühsam die Tränen unterdrückte.

Es klopfte an der Tür. Ohne Franzis »Herein« abzuwarten, stand die hübsche Sekretärin im Türrahmen. »Frau Pohl, Entschuldigung. Ihr Mann sucht immer noch diese Unterlagen. Haben Sie inzwischen was gefunden? Ich brauche sie auch für das Bauministerium. Und ein Journalist hat nachgefragt.«

»Nein. Und sagen Sie meinem Mann, wenn er diese Unterlagen so dringend braucht, dann soll er bitte ins Büro kommen und selbst danach suchen. Die Befehlskette ist genau HIER, sehen Sie, HIER, an dieser Stelle, unterbrochen.« Franzis Stimme hatte erstaunlich klar und beherrscht geklungen, während sie eine waagrechte, resolute Linie durch die Luft gezeichnet hatte.

Wäre sie doch nur schon vorher so konsequent gewesen, dachte Tom. »Könnten Sie mir Sebastian Pohl bitte geben, wenn Sie ihn gerade am Telefon haben.«

»Er hat sich von unterwegs gemeldet. Ich kann gerne schauen, ob ich ihn erreiche. Er hat aber einen Abendtermin eingetragen, und in der Regel schaltet er das Handy dann aus.« Sie hatte wirklich ein bezauberndes Lächeln.

»Wo ist der Abendtermin?«

»Bei den politischen Terminen nach 18 Uhr steht leider nur: P.O.E.«

»P.O.E?«

»Politische Offizielle Einladung!« Der Ton ihrer Stimme verriet eine hohe Ernsthaftigkeit.

Franzis Kehle allerdings entwich ein bitteres Lachen, nachdem die Mitarbeiterin die Tür geschlossen hatte. »Mein Gott, ist die naiv. P.O.E. Politische Offizielle Einladung. Party Ohne Ende. Das sind die Abende, die Sebastian sich selbst genehmigt. Wofür auch immer.«

»Wer ist der Investor, der Julias Immobilienteil kaufen will?«

»Was? Wieso weiß ich davon nichts?« Sie sah ihn ehrlich erstaunt an.

Tom erzählte ihr, was er von Marcel und dem Pfarrer wusste. Sebastian hatte einen Investor an der Hand, der Julia ihren kompletten Besitz für eine horrende Summe abkaufen wollte. »Sie hat aber nicht gewollt. Verstehst du jetzt, warum das Testament so wichtig ist?«

Franzi stand auf. »Ich brauch jetzt einen Schluck. Du auch?«

Tom legte seine Hand auf ihre. »Franzi, bleib nüchtern. Du brauchst jetzt deine komplette Konzentration.«

Sie setzte sich wieder, schaute ihn ungläubig an. »Du glaubst, dass Sebastian und Marcel unter einem Hut stecken?«

»Wenn es hart auf hart kam, haben die beiden immer zusammengehalten. Du und Marcel aber auch. Denk bitte nach! Wer könnte der Investor sein?«

Sie schluckte. »Sebastian betreut die Immobilien- und Investitionsgeschäfte. Hat sich aus den Erb- und Vermögensangelegenheiten entwickelt. Schau dir unsere Regale an. Prallvoll. Alles Klienten. Wir haben Niederlassungen in Hamburg, Berlin und Düsseldorf. Der Laden brummt. Aber die Aufteilung hier vor Ort ist klar geregelt. Ich betreue mit meinem

Team die kleinen Krauterer. Sebastian die wirklich wichtigen Leute.«

»Wieso hast du dir das gefallen lassen? Du warst doch immer die Toughste von uns allen!«

Tränen standen in ihren Augen, und sie lugte zum Schrank. »Alles eine Frage der Psychologie. – Und der Liebe.«

Es half nichts, ihr jetzt Vorwürfe zu machen. »Franzi, wir bekommen das wieder hin. Ist noch jemand aus Sebastians Team da? Ich brauche den Namen des Investors.«

»Nein. Wäre aber auch irrelevant. Da wüsste niemand Bescheid. Big Business ist Chefsache.«

Tom dachte an den Termin vor der Kindertagesstätte am Nachmittag, als sie zu dritt in Carolyns Wagen gesessen hatten.

»Und Caro?«, fragte er.

»Mit Caro hat er auch das ein oder andere Großprojekt, klar. Das passt perfekt.«

Das wurde Tom plötzlich klar. »Sebastian findet die Investoren. Caro genehmigt.«

»Ganz so einfach wohl nicht. Du weißt ja, wie das mit den Ämtern läuft. Da mahlen die Mühlen langsam.«

»Es kann eine geniale Symbiose sein.« Tom erinnerte sich, wie Caro den Brief an Max souverän Sebastian übergeben hatte. Aber welchen Vorteil hätte Caro davon? Im Gegensatz zu den anderen war sie Beamtin und konnte aus diesem Geschäft keinen persönlichen Nutzen ziehen. Oder doch?

»Du kennst doch Caro. Sternzeichen Jungfrau. Hyperkorrekt und gewissenhaft. An der kommt keiner so schnell vorbei, wenn sie nicht will.«

»Und wenn sie will?«

»Sie würde nichts tun, was ihren Job gefährden könnte. Schließlich ist sie Mutter und hat ein Kind zu erziehen und zu finanzieren. Allein. Hat nie Alimente in Anspruch genommen. Leon ist noch in der Schule. Weißt du noch, wie dreckig es ihr ging? Ihr Vater hat sie während ihrer aktiven Tenniszeit als zweite Steffi Graf gefeiert, und als sie plötzlich schwanger war, hat er nichts mehr von ihr wissen wollen. Die Mutter auf den Kanaren hat es nicht einmal für nötig empfunden, zurückzukommen und ihrer Tochter beizustehen. Julia, die alte Maria und ich, wir haben sie aufgefangen. Ich kenne Caro. Sie würde nie und nimmer gefährden, was sie sich aufgebaut hat.«

Sein schlechtes Gewissen überkam Tom mit voller Wucht. Er war damals so sehr mit sich selbst beschäftigt gewesen, dass er nicht wahrgenommen hatte, wie schlecht es Caro wirklich gegangen war. Trotzdem hatte er ihr seine Hilfe angeboten, die sie allerdings konsequent abgelehnt hatte. Irgendwann hatte er aufgegeben. War es zu früh gewesen? Er rief sich in Erinnerung, wie schön und strahlend Caro heute neben ihm gesessen hatte. Sie hatte alles unbeschadet überstanden. Sie sah besser aus denn je, und es ging ihr ganz offensichtlich prächtig.

»Das Gleiche gilt für Sebastian«, fuhr Franzi fort. »Ja, er betrügt mich. Was das anbelangt, ist er ein Schwein. Aber er kandidiert für den Stadtrat! Das ist ein Prestigeamt. Er hat noch viel größere Pläne. Wenn es nach ihm ginge, würde er den amtierenden Ministerpräsidenten ablösen. Deshalb würde er nie seinen Job gefährden. Diese Kanzlei steht für solide Anwaltstätigkeit seit Generationen.«

Jedes ihrer Worte leuchtete Tom ein.

Franzi schien mit ihren Überlegungen sehr zufrieden zu sein. Sie stand auf, öffnete eine schmale Tür des weißen Wandschranks, der die ganze Seite einnahm. Eine kleine Bar kam zum Vorschein. Zielsicher griff sie nach einer Whisky-Flasche. Es war diesmal kein Johnnie Walker Blended Malt Scotch, sondern eine gängigere Marke. Sie wollte sie an den Mund ansetzen, da wurde ihr wohl bewusst, dass sie Besuch hatte. Schnell nahm sie ein Glas und goss es zur Hälfte voll. Die Tatsache, dass sie offen trinkt, lässt hoffen, dachte Tom. Am schlimmsten war die Krankheit für diejenigen, die sich alleine vollaufen ließen. Besonders bei Frauen, von denen ein Großteil Problemtrinkerinnen waren, die im Gegensatz zu Männern einsam tranken.

Tom nahm einen Schluck Wasser, obwohl der Geruch der gelben Flüssigkeit verführerisch zu ihm hinüberdrang.

»Du hast damals Marcel der Clique vorgestellt, Franzi. Kurz, nachdem sein Vater die Familie verlassen hatte. Die Mutter hat die beiden mit Ach und Krach über die Runden gebracht. Er hat dir leidgetan. War sitzengeblieben. Eigentlich gar nicht dein Kaliber. Außer, dass er gut aussah und dich zum Lachen bringen konnte.«

»Ihr wart alle vom ersten Moment an begeistert von ihm.«

»Ja, aber du hast ihn aufgepäppelt. Erst, als du in die USA gegangen bist, haben Julia und er ganz schnell geheiratet.«

»Marcel war von Anfang an in Julia verliebt. Mein Schicksal. Für die Männer, die ich liebe, bin ich nur Alibi oder Mittel zum Zweck – wie immer du es nennen willst.«

»Julia wollte weg.«

»Davon hat sie keinem etwas gesagt! Aber weg will ich auch.«

»Wer will das nicht. Jetzt nimm einmal an, sie hat gestern vor deinen Augen – oder wo immer – ein Testament verfasst und es dir anvertraut. Zugunsten des Tierschutzvereins. Du hast es aus einer alten Verbundenheit Marcel gegenüber verschwinden lassen. Damit erbt Marcel Julias Teil, und ihr hättet ein lustiges Leben führen können. Auf in die Karibik.« Jeden Tag vollgedröhnt, ergänzte Tom in Gedanken, verschwieg es aber.

Sie lachte auf. »Du bist sarkastisch, Tom. Das traust du mir zu?«

Tom beugte sich über den Besprechungstisch zu ihr und schaute ihr tief in die Augen. »Ich weiß es nicht, Franzi. In der Schule warst du die große Strategin. Was das anbelangt, hast du uns alle in die Tasche gesteckt. Selbst Caro. Aber ihr habt euch alle unglaublich verändert. Den Einzigen, den ich von der alten Clique wiedererkenne, ist Marcel. Er ist sich treu geblieben. Und ausgerechnet den haben wir gerade festgenommen.«

Sie ging auf die Nachricht von Marcels Verhaftung nicht weiter ein. Wusste sie schon davon?

»Du hast dich auch verändert, Tom.«

»25 Jahre sind eine lange Zeit.«

»Siehst du.«

»Aber im Gegensatz zu euch habe ich nichts zu verbergen.«

Sie zog die Augenbrauen hoch, sah plötzlich unendlich müde und abgekämpft aus. »Soll ich es noch mal bei Sebastian versuchen?«

Tom nickte, während sie die Rückruftaste des Telefons drückte. Sie hielt ihm den Hörer hin. *Der Teilnehmer ist momentan nicht erreichbar. Wenn Sie einen Rückruf wünschen, drücken Sie die Eins.*

»Es wird besser sein, du versuchst es im Laufe des Abends mit deiner Nummer. Die kennt er nicht.«

Ein Piepen zeigte Tom, dass sie ihm Sebastians Kontakt geschickt hatte. Sie schenkte sich ein weiteres Glas Whisky ein, ohne zu trinken. Das Gespräch war beendet. Tom verabschiedete sich von Franziska. Ohne zu ahnen, dass er zu später Stunde zurückkehren würde. Aus einem unvorhersehbar tragischen Grund.

32.

Endlich war Tom weg. Sie würde sich heute nicht betrinken. Wie viel Kraft es sie auch immer kosten würde. Sie brauchte ihren Verstand. Denn seine Fragen hatten ihr Misstrauen entflammen lassen wie Reisig das Osterfeuer.

Sebastian hatte also einen Investor gefunden, der Julia abfinden wollte? Das war eine unglaubliche Neuigkeit. Er hatte ihr keinen Ton verraten. Franziska musste herausfinden, wer dieser Investor war. Konnte es die DeuWoBau sein? Sie begann zu recherchieren. Doch alles, was im Internet zu finden war, war hochprofessionell, transparent und unauffällig. Aber anders, als sie Tom gegenüber behauptet hatte, hatte sie längst vermutet, dass Sebastian in undurchsichtige Geschäfte verwickelt war. Und das nicht etwa aus einer Not heraus, sondern aus reinem Machogehabe. Aus Selbstüberschätzung und einem spielerischen Austesten der Grenze. Genau, wie Julia es gesagt hatte.

Hatte Sebastian deshalb diese Unterlagen gestern so verzweifelt gesucht? Sie waren ihm so wichtig gewesen, dass er sogar das Risiko eingegangen war, sie einzuweihen. Selbst auf die Gefahr hin, dass sie zur Mitwisserin wurde. Er hatte ihr irgendetwas von einem neuen Projekt in der Sendlinger Straße erzählt. Sie gab den Begriff in die interne Suchmaske ein. Aber wie erwartet, landete sie keinen Treffer. Es war noch nicht eingestellt. Es würde eine lange Nacht werden. Franziska würde die Kanzlei auf den Kopf stellen, um die gesuchten Dokumente zu finden.

Als alle Mitarbeiter sich endlich in den Feierabend verabschiedet hatten, ging Franziska nach oben, orderte eine Pizza, die wenig später kam. Sie trank ein Glas Rioja dazu und machte es sich für einen Augenblick im Wohnzimmer gemütlich.

Den Rotwein hatte Sebastian ihr geschenkt. Er versorgte sie großzügig mit Alkohol – wie andere Männer ihre Frauen mit Blumen, Pralinen und Schmuck. Nicht ohne Hintergedanken, wie sie inzwischen wusste. Aber bis sie seine wahren Absichten – sie ruhigzustellen – durchschaut hatte, war es zu spät gewesen. Ihr Körper verlangte inzwischen nach Promille im Blut. Je mehr, desto besser. Sie steckte sich mit zittrigen Händen eine Zigarette an und ließ das Gespräch mit Julia Revue passieren.

Julia hatte das Manuskript für Tom kopieren wollen, ohne dass Marcel es mitbekam. Deswegen hatte sie Franziska spät am Abend aufgesucht. Obwohl Julia sehr aufgeregt gewesen war, war sie nahe dran gewesen, Franziska einzuweihen.

Sie hatte ihr das Manuskript sogar zum Lesen geben wollen. Aber gerade als Franziska mit der zweiten Seite beginnen wollte, hatte Julia es ihr aus der Hand gerissen und gemeint, sie wolle es erst kopieren.

Franziska hatte Julia das kleine Kopierzimmerchen zugewiesen, das nicht mehr genutzt wurde. Es war ihr sicherer erschienen, denn man konnte auf diesem Gerät nicht nachvollziehen, wer was kopiert hatte, wie auf den anderen. Allerdings war der automatische Einzug defekt. Sie hatte Julia ihre Hilfe angeboten, aber die hatte sie abgelehnt.

Da es so lange gedauert hatte, bis Franziska gehört hatte, wie Julia auf dem alten Kopierer Seite um Seite auflegte, hatte Franziska der Freundin zugerufen: »Ist noch Papier da?«

»Ja. Ja, kein Problem. Ich muss nur noch etwas lesen«, hatte Julia mit schwacher Stimme geantwortet.

Franziska hatte sich gefragt, ob sie Julia doch zur Hand gehen sollte, dann aber lieber ein Glas Whisky nachgeschenkt. Rund 100 Seiten mussten es gewesen sein, es hatte sicher eine halbe Stunde gedauert, bis Julia zurückgekehrt war. Plötzlich stocksauer hatte die Freundin ihr zugeraunt: »Du bist so blöd, Franzi. Wie hast du nur so tief sinken können?«

Dann war eine wahre Schimpftirade auf Sebastian gefolgt. Julia hatte sie vor ihm gewarnt, hatte ihr vor Augen geführt, welche Opfer diese Ehe verlangte. Daraufhin war der Streit zwischen ihnen entbrannt, der damit geendet hatte, dass Julia ihr entgegenschleuderte, sie würden sich alle noch wundern. Anschließend war die Freundin ohne ein weiteres Wort davongerauscht, die Lederaktentasche fest vor die Brust gedrückt.

Ja, Julia war verändert gewesen, nachdem sie aus dem Kopierzimmerchen gekommen war. Dort musste der Schlüssel zu ihrem Sinneswandel liegen. Als ob Julia etwas gefunden hätte, das ihr endgültig den Rest gegeben hatte. Inzwischen war Franziska fast sicher, dass es etwas mit der Immobilie und dem Investor zu tun hatte. Mit den Unterlagen, die Sebastian so verzweifelt gesucht hatte. Die wahrscheinlich verräterisch waren. Und die er vermutlich auch auf dem alten Kopierer kopiert hatte, um alle Spuren zu verwischen.

Franziska war so aufgewühlt, dass sie vergaß, einen weiteren Schluck Rioja zu nehmen, bevor sie runter in das Kopierzimmerchen in der Kanzlei lief.

Tatsächlich. Da lag eine Seite verkehrt herum auf der Glasfläche des Kopiergerätes. Hatte Julia sie extra für sie zurückgelassen? Wie vermutet war es keine Manuskriptseite. Mit zitternden Fingern drehte Franziska das Blatt um. Projekt Sendlinger Straße. Die letzte Seite einer Art handschriftlich festgehaltenen Abmachung zwischen drei Parteien. Ihre Vermutung war richtig gewesen. DeuWoBau GmbH & Co. KG. Blaue Schrift auf einem silbergrauen Dreieck. Franziska las die Seite Wort für Wort, und ihr stockte der Atem.

Plötzlich fiel es ihr wie Schuppen von den Augen. Jetzt verstand sie, warum Julia so außer sich gewesen war und warum sie gesagt hatte, Sebastian würde sein eigenes Ding drehen und Franziska nach Strich und Faden hintergehen. Franziska überlegte, ob sie Tom anrufen sollte.

Aber konnte das wirklich wahr sein? Sie zögerte, begab sich wieder nach oben, das Vertragsblatt in der Hand. Diesmal wankte sie nicht, weil sie zu viel getrunken hatte. Sondern, weil die Erkenntnis sie aus dem Gleichgewicht brachte. Wenn sie vorschnell handelte, würde Franziska ihr bisheriges Leben von einer Sekunde zur anderen komplett zerstören. Wollte sie das?

Mit einem Mal erkannte sie, warum Julia hatte sterben müssen. Sie erinnerte sich auch an Julias Andeutung hinsichtlich der geschnitzten Miniaturharfe und des Zeitungsbeitrags. Das war ihr ganz entfallen. Franziska besaß auch so eine Harfe. Ein Mitbringsel, als sie Mädchen von zehn oder elf Jahren gewesen waren. Wie Caro und Julia war sie entzückt von dem filigranen Schnitzwerk gewesen. Sie wusste noch sehr gut, von wem und warum sie die Schnitzerei geschenkt bekommen hatte.

Doch wenn sie jetzt eins und eins zusammenzählte, dann war das Ausmaß des Verbrechens weit größer, als dass sich jemand nur auf kriminelle und scheinheilige Weise bereicherte. Es ging auch um Vertuschung. Die Vertuschung einer Serie von Morden, die vor über 50 Jahren fünf jungen Frauen das Leben gekostet hatte.

Julia musste die Seite im Kopierer in der Hoffnung zurückgelassen haben, dass Franziska sie finden und lesen würde. Deshalb hatte Julia an ihrem Todestag so hartnäckig versucht, Franziska zu erreichen. Die Freundin hatte gehofft, doch noch eine Verbündete in ihr zu finden. Franziska hatte Julia den Streit nachgetragen und ihre Anrufe konsequent weggedrückt.

Franziska schluchzte. Ihr Kopf begann zu dröhnen. So gut sie den Whisky vertrug, die Tannine des Rotweins schlugen ihr auf den Schädel und beeinträchtigten ihr Denkvermögen. Sie schüttelte sich, ließ ihr bisheriges Leben an sich vorbeiziehen.

Dann griff sie zum Handy und sah, dass Tom angerufen und eine Sprachnachricht hinterlassen hatte. »Franzi, wir haben die Auswertung von Julias Handydaten. Warum hat sie am Mittwoch rund 20 Mal versucht, dich zu erreichen? Dafür muss es einen Grund geben. Bitte ruf zurück, sobald du diese Nachricht abgehört hast.«

Aus einem Impuls heraus drückte Franziska auf eine Handykurzwahltaste. Aber sie rief nicht Tom zurück, sondern sprach Carolyn auf Band. »Caro, Franzi hier. Ich brauche dich. Bitte komm sofort, wenn du diese Nachricht abgehört hast. Es ist wichtig.«

Sie musste eine Alternative finden, wenn sie nicht alles, was sie sich aufgebaut hatte, in Schutt und Asche legen wollte. Hatte Tom nicht gesagt, sie wäre immer die Strategin gewesen? Sie konnte zur Mitwisserin werden. Sie konnte zu den Gewinnern gehören. Profit aus ihrem Wissen schlagen. Sie konnte sich Respekt und Anerkennung zurückholen. Toms Idee war gar nicht schlecht gewesen. Weg. Mit Marcel in die Karibik. Ein Neuanfang.

Alle für einen und einer für alle. Die Kopfschmerzen waren jetzt so unerträglich, dass es besser war, den Wein auszutrinken als eine Tablette zu schlucken. Franziska setzte die Flasche an und sah Julias leblosen Körper auf der Straße liegen. Julias Tod würde ungesühnt bleiben. Franziska kämpfte gegen den aufkommenden Brechreiz an.

In letzter Sekunde schaffte sie es ins Badezimmer und übergab sich. Die Pizza war noch unverdaut. Danach fühlte sie sich so leer und betäubt, dass sie sich nach einem heißen Bad sehnte. Sie ließ Badewasser einlaufen und war gerade dabei, sich zu entkleiden, als ihr Handy klingelte und gleichzeitig eine SMS einging. Nachdem sie sich einen Bademantel übergeworfen hatte, nahm sie das Gespräch an und lief ins Wohnzimmer. Schon nach den ersten Sätzen überfiel sie ein ungutes Gefühl, zumal die Person von einer unbekannten Nummer aus angerufen hatte.

Nachdem sie aufgelegt hatte, ermahnte Franziska sich, einen klaren Kopf zu behalten. Sie würde den Druck erhöhen müssen, um ernst genommen zu werden. Ihre Gedanken kreisten fieberhaft. Da fiel ihr plötzlich die Miniaturharfe wieder ein. Sie bewahrte sie in der Küche in einer Schublade auf. Mit allerlei sonstigem Krimskrams.

Tatsächlich. Da lag sie nach wie vor zwischen Kugelschreibern, Andenkenkarten und Haargummis. Franziska nahm die filigrane Schnitzerei heraus und ließ ihre Finger über die Nylonsaiten gleiten. Die Töne schwangen kurz, doch klar. Nachdenklich ließ sie die kleine Harfe in die Bademanteltasche gleiten. Sie kehrte zurück ins Bad, stieg in die Wanne, ließ sich erschöpft ins Wasser sinken.

Doch kaum umhüllte sie der nach Lavendel duftende Schaum des Badewassers, da klingelte es an der Wohnungstür.

33.

Nach dem Besuch bei Franzi war Tom ins Präsidium geradelt. Jessica und Mayrhofer saßen tief über ihre Schreibtische gebeugt, als Tom im Büro eintraf und sie kurz begrüßte. Ausnahmsweise schienen sie sich die Arbeit aufgeteilt zu haben. Mit einem Blick erkannte Tom, dass Jessica über den Manuskriptseiten brütete. Mayrhofer dagegen thronte geradezu über der Auswertung der Handydaten. Es war unübersehbar, dass Marcels Festnahme eine Art inneren Triumphzug für ihn bedeutet hatte.

Mayrhofer richtete sich auf, als ob er einen Stock verschluckt hätte, und winkte mit dem Zeigefinger wie ein Musterschüler, der mit einer Erkenntnis aufwarten wollte. »Julia hat gestern rund 20 Mal versucht, Franziska zu erreichen.«

»Danke.« Tom wollte trotzdem zuerst in sein Büro. Doch die wichtigste Frage konnte er sich nicht verkneifen. »Von wem kam der letzte Anruf?«

»Unterdrückte Nummer. Prepaidhandy.«

Das war zu erwarten gewesen.

Tom ging in sein Büro. Wieder hatte Franzi ihm etwas verschwiegen. Sie war nicht leicht zu durchblicken. Auf der einen Seite tat sie ihm leid, auf der anderen spielte sie nicht mit offenen Karten. Er versuchte, sie direkt zu erreichen. Ergebnislos.

So gespannt Tom auch auf die weiteren vorliegenden Fakten war, er wandte sich zuerst seinem überquellenden Schreibtisch zu. Die offiziellen Berichte der Rechtsmedizin und Spurensicherung müssten längst unter dem sich auftürmenden Berg sein.

Was war los? Tom schob den Bürostuhl so ans Fenster, dass er nicht wegrollen konnte. Dann ließ er sich darauf fallen. Warum hielt Weißbauer die Berichte zurück? Stand Tom unter Beobachtung, weil die Kugel aus der ehemaligen Waffe seines verschwundenen Freundes stammte? Unterstellte man einem von ihnen eine Art Mittäterschaft?

Wie lange, dachte Weißbauer, konnte er das Spielchen treiben ohne Toms Misstrauen zu wecken? Dabei wusste Tom längst Bescheid. Was sich Weißbauer wiederum denken konnte, wenn er seine Mitarbeiter auch nur ein bisschen einzuschätzen wusste. Dann würde er vermuten, dass Tom seine Drähte genutzt hatte und inzwischen im Bilde war.

Aber was war so wichtig, dass es dafür stand, die Verzögerung bei der Aufklärung eines Mordfalls billigend in Kauf zu nehmen, indem man ihm Untersuchungsergebnisse vorenthielt? Ging es nur um ein intrigantes Ränkeschmieden oder hatte es damit zu tun, dass sich bei dem damaligen Fall in Düsseldorf hartnäckig das Gerücht eines Maulwurfs gehalten hatte? Wurde er gar verdächtigt und auf die Probe gestellt? Oder lag sonst etwas gegen ihn vor? Tom stand auf und sah aus dem Fenster.

Er liebte diesen Blick, konnte gar nicht genug davon bekommen. Deshalb war das Zimmer auch so kahl. Der Blick aus dem Fenster war seine Inspiration. Selbst jetzt in der Dunkelheit, wo sich die gelben Lichter von St. Michael in den nassen Pflastersteinen spiegelten.

Wir müssen diesen Fall so schnell wie möglich aufklären, dachte Tom, als er die über die Straße huschenden Menschen beobachtete. Egal, warum er von den Informationen abgeschnitten wurde. Denn es ging nicht nur darum, die Strafe für den Mord an Julia einzufordern. Sondern vor allem darum den Täter zu fassen, der weiter frei herumlief und jederzeit erneut zuschlagen konnte. Tom dachte an die Miniaturharfen. Der Prostituiertenmörder hatte fünf Frauen getötet. Das musste nichts heißen. Aber solange sie das Motiv für den Mord an Julia nicht kannten, war größte Alarmbereitschaft geboten. Bisher stocherten sie im Nebel.

Tom dachte an die flüchtenden Motorradfahrer. Was hatte eigentlich die Untersuchung hinsichtlich des Schusswinkels ergeben? Er zog sein Handy aus der Gesäßtasche und wählte Anna Maindls Handynummer.

»Geduld gehört nicht zu deinen Stärken, Tom«, meldete sich die Leiterin der Spurensicherung mit einem warmen Ton in der Stimme.

»Wer hat Julia erschossen?«, fragte er unumwunden.

»Der Motorradfahrer.«

»Danke, Anna.«

»Dafür nicht.«

Tom atmete auf. Natürlich konnte Marcel trotzdem die Killer engagiert haben, aber geschossen hatte er immerhin nicht. In jedem Fall saß Marcel nun in U-Haft und würde mit der Menge an Koks, die man bei ihm gefunden hatte, nicht so leicht herauskommen.

Tom studierte die Anrufliste. Noch immer keine Rückmeldung von Sebastian. Er versuchte erneut, ihn zu erreichen und hinterließ eine weitere Nachricht.

Auch Christl hatte sich nicht gemeldet. Klug wie sie war, hatte sie längst aufgegeben, ihn anzurufen, wenn er sich im Dienst befand. Er musste sich eingestehen, dass auch heute sein Beruf wieder einmal zulasten seines Privatlebens ging. Christl erwartete ihn bestimmt längst, um ihm von der Prüfung zu berichten. Er konnte nur hoffen, dass alles gut gegangen war. Wenn nicht, wäre es noch schlimmer, sie in so einer Situation alleine zu lassen, zumal bis auf Max und Hubertus der Rest der Familie über die Weltmeere kreuzte.

Mit Wehmut dachte Tom an den verlorenen Ring. Er würde einen neuen in Auftrag geben müssen. Allerdings hatte sein Goldschmiede-Freund sich ausgerechnet jetzt eine mehrmonatige Auszeit genommen.

Tom tippte schnell eine SMS an Christl. *Ich liebe dich.* Lapidar, aber wahr. Dann fuhr er sich mit den Fingern durch die Haare. Es war Zeit, sich mit Jessica und Mayrhofer kurzzuschließen.

Er stand auf, da ließen ihn plötzliche Schreie aus dem Nebenzimmer die Tür noch schneller aufreißen. Ihm bot sich ein bizarres Bild. Ein mittelgroßer, älterer Mann mit schlackernder Cordhose, die nur dank des Gürtels über der Hüfte gehalten wurde, hatte sich in Mayrhofers Schultern verkrallt und schüttelte ihn.

Toms Gehirn benötigte Sekunden, um zu begreifen, wen er vor sich hatte. Ludwig Moosfeld. Seinen ehemaligen Deutschlehrer. Von der Statur der gleiche Mann, der damals im Fensterrahmen gestanden hatte. 20 Jahre später. Trotzdem das gleiche verhärmt-intellektuelle Woody Allen-Gesicht mit kleinen, braunen Augen, die hinter dicken Brillengläsern und buschigen Augenbrauen hervorlugten. Allerdings blitzte aus Moosfelds Augen kein Witz wie bei Woody Allen, sondern blanke Wut.

Mayrhofer versuchte, den Mann von sich zu stoßen. »Gehen S' weg! Hat man Ihnen denn unten nicht g'sagt, dass hier ab 18 Uhr keine Besuchszeit mehr ist?«

»Mei, der Mayrhofer. Beamter ist er geworden. So einer, der beim dritten Gongschlag den Schreiberling fallen lässt.«

»Also, ich muss doch bitten! Ich kann Sie jederzeit wegen Beamtenbeleidigung einsperren lassen. Tät Ihnen mal ganz gut – ein paar Stunden in der Zelle!«

Tom konnte Mayrhofer sogar nachfühlen, welche Genugtuung es für ihn bedeutet hätte, den Deutschlehrer, der ihn so gedemütigt hatte, einzubuchten. Aber Moosfeld ließ sich weder einschüchtern noch wegstoßen. Er hielt Mayrhofer weiter an den Ärmeln seines rot-weiß karierten Hemdes fest. Wie ein Kampfhahn spannte Moosfeld den Oberkörper zu einem neuen Angriff. »Wo ist das Foto? Wo ist Ihre Kollegin? War sie das, die bei mir eingebrochen ist?«

So sehr es Tom insgeheim auch amüsierte, Mayrhofer in dieser Bredouille zu sehen, er würde ihn die nächsten Tage brauchen. »Grüß Sie, Herr Moosfeld. Kennen S' mich noch? Tom Perlinger.«

Wie auf Kommando ließ Moosfeld Mayrhofer los und starrte Tom mit offenem Mund an. »Mei, gibt's den auch noch!«

»Aber sicher. Kann ich helfen?«

Moosfeld schüttelte sich wie ein Hund, der aus dem Regen kam, dann ließ er Mayrhofer los und hielt den Blick fest auf den Boden gerichtet, während er mit großem Nachdruck sprach. »Ich habe Ihrer Kollegin heute Bilder aus meiner Ludwig-Thoma-Sammlung gezeigt, Perlinger. Später hat sie bei mir eingebrochen und alles durchwühlt.«

»Das kann ich mir nicht vorstellen.« Tom wies auf die kleine Sitzecke in seinem Zimmer. »Kann ich Ihnen einen Kaffee anbieten?«

»Ich brauch keinen Kaffee. Ich will das Bild zurück, das sie hat mitgehen lassen.«

»Sie bekommen jetzt einen Kaffee. Und dann unterhalten wir uns in Ruhe. Frau Starke kommt gleich zurück.«

Tom schaute Mayrhofer fragend an. Wo war Jessica überhaupt?

Mayrhofer strich sein Hemd an Schultern und Ärmeln glatt. »Sie ist noch mal weg. Eine Frau Arnold von der Stadtverwaltung hat sich gemeldet.«

Aha, das war gut, dachte Tom. Die Frau, die Hans-Gustav Huber und Friedrich Fink, die beiden Olympia-Komitee-Ausschussmitglieder, persönlich gekannt hatte.

Moosfeld trat zögernd in sein Büro, als Tom die Tür weit aufhielt. Zu seiner Überraschung begab sich Mayrhofer selbstständig zur Kaffeemaschine.

»Wie geht's Ihnen?«, fragte Tom, als Moosfeld Platz genommen hatte.

Der ging allerdings nicht darauf ein, sondern schimpfte direkt weiter. »Einfach einzubrechen. Das geht doch nicht!«

Was sollte das mit dem Einbruch? Jessica hatte Tom erzählt, wie wüst es bei Moosfeld ausgesehen hatte. Wahrscheinlich fand er sich in seinem eigenen Chaos nicht mehr zurecht.

»Meinen Sie dieses Bild?« Tom hielt Moosfeld sein Handy hin. Inzwischen hatte Jessica ihm die Abbildung von Ludwig Thoma bei der Redaktionskonferenz gemailt.

»Naa. Es gibt noch ein anderes. Einen Schnappschuss. Aufgenommen am Tegernsee im Garten von Ludwig Thomas Anwesen. Kurz vor seinem Tod im Mai 1921. Mit dem Großvater von Julia Frey und zwei weiteren jungen Männern. Der eine ist der Bub von dem Foto hier. Aber zehn Jahre später. Ein junger Mann. Wenn auch immer noch zierlich und mit großem Kopf. Nach dem Krieg. Mir fehlen kistenweise Bilder.«

Tom horchte auf. »Wissen Sie denn, wer der Bub ist?«

»Das war der Sohn von einer Familie, die der Ludwig Thoma in Berlin kennengelernt hat. Als seine Mutter verstorben ist, ist der Bub zu seiner Tante nach München geschickt worden. Thoma hat sich anfangs seiner angenommen. Er hat ja gewusst, wie es ist, Halbwaise zu sein.«

Tom erinnerte sich, dass der Vater des Schriftstellers verstorben war. »Wie hieß der Junge?«

»Wenn ich diesen Schnappschuss vom Tegernsee hätt'! Da steht es hinten drauf. Hat mich viel Zeit gekostet, das zu recherchieren.« Moosfelds Blick nahm wieder diese Verlorenheit an. Es wäre auch zu schön gewesen, dachte Tom.

Moosfeld senkte jetzt die Stimme und beugte sich weit über den Tisch, während seine Augen flink hin und her wanderten. »Ich habe ihn treffen wollen, weil ich gedacht habe, er könnte mir helfen zu beweisen, dass ich der Enkel vom Ludwig Thoma bin.«

Tom schluckte. Ludwig Thomas Enkel. Moosfeld blieb ein hoffnungsloser Fall. Ob er noch in Behandlung war? »Und, haben Sie ihn getroffen?«

»Nein. Er war schon tot. Ist ein Jahr vor meiner Geburt verstorben.«

Das war interessant. »Wann sind Sie geboren?«

»1968«, sagte Moosfeld und sah statt wie Ende 40 mindestens 20 Jahre älter aus. »Er kam 1967 ums Leben.«

In dem Jahr, in dem das letzte Mädchen ermordet worden war. Wenn der »Bub«, dachte Tom, der Mörder gewesen war, dann wäre das eine Erklärung, warum danach kein weiterer Mord geschehen war. Der wahre Mörder wäre genauso aus dem Verkehr gezogen worden wie der Student Horst Wagner, der vermeintliche Täter, der sich das Leben genommen hatte.

Außerdem! Wann hatte Jessica gesagt, war Hans-Gustav Huber gestorben? 1984, wenn Tom sich richtig erinnerte. Somit konnte der »Bub« nur Friedrich Fink sein, falls er überhaupt einer der beiden war. Auch die Beschreibung, die schon Hubertus abgegeben hatte, würde passen. Ein zierlicher Mann mit großem Kopf.

»Könnte der Mann Friedrich Fink geheißen haben?«

»Ich weiß nicht. Ich brauch das Bild.« Moosfeld schob seine Brille hoch.

»Wie ist er gestorben?«

»Autounfall.«

»Hatte er Familie?«

»Das hat mich nicht interessiert. Die hätten mir nicht helfen können.«

»Konnten Ihnen denn Julias Großvater und der andere Mann helfen?«

Moosfeld schüttelte den Kopf.

Mayrhofer klopfte und kam mit dem Kaffee. »Was wollten

Sie eigentlich am Dienstag von Julia? Sie haben ja x-Mal versucht, sie zu erreichen.«

Moosfeld starrte Mayrhofer unverständlich an. »Der stellt immer noch die gleichen blöden Fragen.«

Diesmal musste Tom Mayrhofer in Schutz nehmen, abgesehen davon, dass es keine blöden Fragen gab. »Julias Handy wird gerade ausgewertet. Daher kennen wir die ein- und ausgehenden Anrufe«, erklärte er.

Moosfeld nahm Mayrhofer die Tasse ab, trank gierig und wandte sich Tom zu. »Wegen des Artikels über die Prostituiertenmorde in der Zeitung. Ich wusste, dass Julia diesen Schnappschuss vom Tegernsee auch hatte. Weil ja ihr Großvater mit drauf war. Wir haben uns zur Schulzeit schon einmal darüber unterhalten. In dem Artikel am Dienstag hat etwas von einer geschnitzten Miniaturharfe gestanden. Und der ziselierten Schnupftabaksdose mit den beiden bayerischen Löwen und dem Spazierstock mit dem gleichen Knauf. Genau das ist auf diesem Schnappschuss zu sehen. Ich habe verhindern wollen, dass Julia damit an die Presse geht und der Name Ludwig Thoma im Zusammenhang mit einem Serienmörder durch den Schmutz gezogen wird. Nach all dem, was man ihm schon angetan hat.« Moosfeld richtete sich auf und ballte die Faust auf dem Tischchen.

»Sie wissen schon, dass Sie uns damit ein Mordmotiv frei Haus liefern?«, fragte Tom sprachlos und blickte zu Mayrhofer, der bewegungslos dastand. »Wo waren Sie am Mittwochnachmittag zwischen 16 und 17 Uhr, Herr Moosfeld?«

»In der Schule. Deutschintensivierung.«

»Gut. Wir werden das prüfen.« Es war einen Versuch wert gewesen. Auch wenn Tom nicht ernsthaft glaubte, dass Moosfeld etwas mit Julias Tod zu tun hatte. Er war viel zu nervös, um eiskalt einen Mord zu planen und durchzuführen.

Sie brauchten diesen Schnappschuss vom Tegernsee. Mit dem Namen des Buben von 1911, der 1921 ein junger Mann gewesen und 1967 verstorben war und sich im direkten Umfeld des Schriftstellers aufgehalten hatte.

»Mayrhofer«, sagte Tom. »Wenn Herr Moosfeld seinen Kaffee ausgetrunken hat, begleitest du ihn nach Hause und hilfst ihm beim Suchen.«

»Und beim Aufräumen!«, warf Moosfeld ein.

»Hast du mal auf die Uhr g'schaut, Perlinger!«, schnauzte Mayrhofer los. »Ich mach jetzt Feierabend. Ich hab Überstunden ohne Ende.« Damit verließ Mayrhofer den Raum.

Tom sprang auf. Sollte er sich das bieten lassen?

In dem Moment klopfte es an der Tür vom Gang, und Anna von der Spurensicherung streckte den Kopf herein. »Entschuldige, Tom. Sollen wir von Marcel Frey Fingerabdrücke nehmen? Das ist bisher irgendwie untergegangen.«

Dann erst sah sie, dass Tom nicht allein war, und hielt sich die Hand vor den Mund. »Oh, Pardon. Hab nicht gewusst, dass du Besuch hast.«

»Ja, macht das. Sicherheitshalber.«

»Ist die halbe ehemalige Zwölf A auf dem Präsidium versammelt? Der Frey ist auch hier? Wird der verdächtigt, seine Frau ermordet zu haben?«

So falsch liegt er nicht, dachte Tom. Die halbe Zwölf A. Julia, Marcel, Carolyn, Mayrhofer und er hatten Moosfeld in der Zwölften in Deutsch gehabt. Nur Franzi und Sebastian nicht.

»Keineswegs«, meinte Tom und warf einen Blick auf die Uhr. Es war 22.30 Uhr. Er rieb seine Hände. Er musste jetzt unbedingt zu Christl und wissen, wie die Prüfung ausgefallen war. »Also, Herr Moosfeld, wenn bei Ihnen wirklich eingebrochen wurde, sollten Sie Anzeige gegen unbekannt erheben. Ein Kollege wird das aufnehmen.«

»Und was bringt das?«

»Dass wir denjenigen finden, der das war. Meinen Sie wirklich, dass die Einbrecher diesen Schnappschuss vom Tegernsee mitgenommen haben? Woher sollten die denn davon wissen?«

»Das frag ich mich auch. Deswegen habe ich ja gedacht, Ihre Kollegin.«

»Es wird Sie jemand nach Hause begleiten und sich das vor Ort anschauen. Sind Sie so lieb und geben Sie sofort Bescheid, wenn Ihnen der Name des Buben einfällt.«

Tom informierte die Streife, während Moosfeld sitzen blieb und weiter plapperte. Er schien froh, jemanden gefunden zu haben, der ihm zuhörte. »Übrigens, der Marcel, der hat sich rührend um den Sohn von der Carolyn Wallberg gekümmert. Der Leon war auch bei mir in Deutsch. Hat das Talent der Mutter leider nicht geerbt.«

»Hab schon gehört. Hat Probleme gehabt, der arme Bub. Wie der Marcel damals.« Tom ging zu seinem Schreibtisch und begann demonstrativ, die Stapel darauf umzuschichten. Er selbst war bei Moosfeld auch keine Leuchte gewesen.

Moosfeld machte keinerlei Anstalten, sich zu erheben. »Wenn ich's nicht besser wüsste, dann würd ich ja sagen, der Apfel fällt nicht weit vom Stamm. Ich meine, die Carolyn war ja immer gut in Deutsch, aber ...«

Was sollte das jetzt? »Wie meinen Sie das?«

»Da müssen Sie die Carolyn Wallberg fragen.«

Schon wieder jemand, der dachte, er wäre Leons Vater? Bei all den Fragen, die Tom aktuell quälten, war das, wenn auch die persönlichste, nicht die drängendste.

Der Streifenbeamte trat ein. »Herr Perlinger?«

Tom ging zu Moosfeld, streckte ihm die Hand zum Abschied entgegen und klopfte ihm leicht auf die Schulter. »Wenn ich mehr Zeit hätte, Herr Moosfeld, würde ich mitfahren und mir das vor Ort anschauen.«

»Lassen S' mal, Tom.« Endlich stand Moosfeld auf. »Sie waren einer der Nettesten in der Klasse. Schade, dass aus Ihnen nicht mehr geworden ist.«

Tom grinste. Ehrlich war er, der alte Moosfeld. »Danke. Bin zufrieden.«

Moosfeld folgte dem Streifenbeamten, der beruhigend auf ihn einredete.

Obwohl er längst nach Hause wollte, ließ ihm Moosfelds Auskunft keine Ruhe. Tom warf eilig seinen Computer an und gab ein: *Friedrich Fink.*

Tatsächlich, der Mann war 1967 bei einem Autounfall in der Nähe von Wolfratshausen ums Leben gekommen. Eine Abbildung zeigte einen zierlichen, aber drahtigen Mann mit großem Kopf.

Damit lag die Wahrscheinlichkeit nahe, dass es sich bei dem »Bub« um Friedrich Fink handelte. Aber was bewies das schon? Es waren in diesem Jahr viele weitere Männer umgekommen, ohne dass man ihnen deswegen eine Reihe von Serienmorden zuschreiben konnte. Trotzdem. Die Spur war heiß, und es galt sie zu verfolgen.

Plötzlich fiel ihm der Name der Baufirma ein, dessen Schild vor der Fertigstellung der Kindertagesstätte in der Damenstiftstraße an der Außenwand angebracht gewesen war. DeuWoBau. Er recherchierte die Homepage und verschaffte sich einen Überblick über das Unternehmen.

Nach außen hin war die Firma international und aalglatt aufgestellt. Aber tatsächlich betätigte sich die Gesellschaft sowohl als Investor, als auch als Bauherr. Bei der DeuWoBau konnte es sich durchaus um den ominösen Investor handeln, der Interesse an Julias Immobilien angemeldet hatte. Tom merkte sich ein Gespräch mit einem der beiden Geschäftsführer für den kommenden Tag vor. Dem Namen nach ein Deutscher und ein Russe, der in den USA studiert hatte. War hier die Verbindung zu Claas, nach der er gesucht hatte? Tom dachte unweigerlich an Düsseldorf und Iwan Maslov. Spann sich das Netz des Russen inzwischen bis nach München?

Sollte er nochmal bei Marcel in der Zelle vorbeizuschauen? Wusste der Freund eventuell mehr? Tom überlegte noch, als ihn eine SMS von Jessica erreichte. *Bin bei euch im Wirtshaus. Neuigkeiten. Bis gleich.* Angehängt hatte sie ein Selfie mit einem goldgelben Hendl, knackigen Pommes Frites und einem frischen Salat. Erst jetzt bemerkte Tom, was für einen Hunger er hatte.

Er kontrollierte sein Handy. Kein Rückruf von Sebastian.

34.

Es ging bereits auf Mitternacht zu. Sebastian parkte geschickt in der Tiefgarage am Oberanger auf seinem breiten Dauermietplatz ein.

Er hatte einen anstrengenden Tag hinter sich und freute sich auf sein Bett. Franziska lag bestimmt schon im Tiefschlaf und würde ihn nicht stören. Das hätte er jetzt auch nicht gebrauchen können.

Sebastian kam von seiner Geliebten, Hannah Rössner. Ein unglaubliches Mädchen. Auf den ersten Blick hatte er sich in die deutschstämmige Polin verliebt, was nicht schwer gewesen war. Hannah hätte jederzeit auf den Laufstegen der Welt durchstarten können. Nicht nur ihrer perfekten Maße wegen, sondern auch wegen ihrer selbstbewussten Haltung, die von madonnenhaft-stolz bis zu mädchenhaft-wild changieren konnte. Sie hatte die gleiche honigblonde Haarfarbe wie Franziska. Bei Hannah allerdings fielen die weichen Locken bis auf die Hüften hinab. Das Faszinierendste aber an ihr war ihre starke Persönlichkeit. Sie wusste genau, was sie wollte, und damit hatte sie Sebastian in der Hand, dessen war er sich bewusst, und es reizte ihn. Zumindest bis jetzt.

Ursprünglich war sie ihm als Übersetzerin vorgestellt worden, obwohl sie in Polen Biologie studiert hatte. Trotzdem hatte sie in Deutschland zeitweise sogar als Putzfrau ihren Lebensunterhalt verdient, bevor ihr der Übersetzerjob bei der DeuWoBau angeboten worden war, da sie perfekt Russisch, Polnisch und Deutsch sprach. Deutsch so gut wie akzentfrei.

Angeblich war Hannah über zwei Ecken mit Iwan Maslov verwandt, dem maßgeblichen Kopf hinter der DeuWoBau, den Sebastian bisher nicht persönlich zu Gesicht bekommen hatte. Auch wenn er bereits in dessen zweites Projekt involviert war. Viele weitere steckten in der Pipeline – wie auch das, was bei Sebastian unter »Sendlinger Straße-Hinterhof«, also Julias Immobilienkomplex, lief. Sie saßen auf einer Goldmine. Carolyn hatte gestern durchaus recht gehabt, als sie gemeint hatte, dass sich durch Julias Tod ganz neue Perspektiven ergaben. Besonders, wenn er mit einbezog, dass auch Maria nicht mehr lange leben würde, wovon er sich gestern persönlich überzeugt hatte. Sebastian hatte keinerlei Zweifel, dass es ein Leichtes wäre, Marias Immobilienanteil in ein Gesamtprojekt einzubinden, wenn es erst einmal in staatlicher Hand wäre.

Sebastian lief die Treppe im Eiltempo hinauf. Als er auf der

Straße angekommen war, schaltete er den Flugmodus seines Handys aus. An seinen P.O.E.-Abenden pflegte er sich von allen Verpflichtungen frei zu machen. Prompt piepte es. Über 20 Anrufe. Zehn davon sowie einige SMS allein von Tom. Mit der dringenden Bitte um Rückruf.

Auch Franziska hatte x-Mal versucht, ihn zu erreichen, aber letztendlich war sie der Grund, weswegen er das Handy überhaupt ausstellte. Anfänglich hatte sie an diesen Abenden fast stündlich versucht, mit ihm in Kontakt zu treten. Warum sie heute wohl angerufen hatte? Denn inzwischen hatte sie verstanden, dass er nicht gestört werden wollte, und pflegte sich daran zu halten.

In der Kanzlei war alles dunkel. Doch oben in der Wohnung brannte Licht. Sollte sie noch wach sein? Er nahm zwei Treppenstufen auf einmal. Obwohl er es nicht eilig hatte, Franziskas vom Alkohol aufgequollenes Gesicht zu sehen. Wenn sie nicht schlief, würde sie ihn mit Vorwürfen überfallen. Denn natürlich wusste sie längst, dass er eine Neue hatte. Und dass es diesmal ernster war als sonst. Trotzdem konnte er schwer auf Franzi verzichten. Solange sie die Kanzlei so managte, wie es ihr trotz ihrer Alkoholabhängigkeit bisher gelang.

Er hoffte, dass sie auf dem Sofa eingeschlafen war und vergessen hatte, das Licht auszuschalten. Am Ende würde sie sonst auf die Unterlagen zu sprechen kommen, die Sebastian gestern so verzweifelt gesucht und blöderweise bisher nicht gefunden hatte. Er konnte sich einfach nicht erklären, wo sie abgeblieben waren. Aber so wie er alles durchkämmt hatte, konnten sie eigentlich nur versehentlich im Schredder gelandet sein. Langsam war er halt doch urlaubsreif.

Nach ihrem gestrigen Streit war Franzi misstrauisch geworden. Deshalb hatte sie beim Frühstück versucht, ihn über seine aktuellen Projekte mit Carolyn auszufragen. Er würde nicht umhinkommen, ein ernstes Wort mit ihr zu reden und sie zu bitten, jetzt durchzuhalten. Wenn alles vorbei war, könnte sie eine Entziehungskur machen. Dann würden sie eine gute Lösung finden, Hannah eingeschlossen.

Warum hatte Julia auch auf diesem Schwachsinn mit dem Manuskript so herumreiten müssen. Tatsächlich hatte Sebastian bisher nicht ernsthaft darüber nachgedacht, warum jemand Killer – denn so hatte es im Internet gestanden – auf Julia angesetzt haben könnte. Zumindest hatten die Männer wesentliche Teile des Manuskriptes erbeutet. Allerdings war inzwischen auch die Rede davon, dass Marcel wegen Mordverdachts und unerlaubten Rauschgiftbesitzes – 100 Gramm Kokain! – in U-Haft saß. Kaum zu glauben. Aber wusste man, wohin die Liebe führen konnte? Sebastian hatte die letzten Jahre wenig mit Marcel zu tun gehabt.

»Hallo«, klang es plötzlich aus dem Treppenhaus. War das nicht Carolyns Stimme?

»Was machst du denn um diese Uhrzeit hier?«, rief Sebastian, noch bevor er an der Wohnungstür oben angekommen war.

»Franziska hat mich angerufen.« Carolyn trug noch das gleiche Kostüm wie am Nachmittag. Trotzdem wirkte sie keinesfalls müde oder erschöpft. »Jetzt bin ich da, und sie macht nicht auf.«

Komisch. Sebastian ging an Carolyn vorbei, steckte den Schlüssel ins Schloss und drehte um. Der penetrante Duft von Lavendel schlug ihm entgegen.

Carolyn redete in einem Schwall weiter. Auch wenn sie die Stimme senkte, vermutlich um Franzi nicht zu wecken, falls sie schlief. »Franzi war verzweifelt. Sie kann sich nicht verzeihen, dass sie Julia nicht geholfen hat. Du musst dich besser um sie kümmern, Sebastian. Sie braucht dich jetzt. Ich konnte nicht früher. Mein Schreibtisch quillt über. Das neue Projekt, du weißt ja. Die Tücke steckt im Detail – wie meistens.«

»Sie wird eingeschlafen sein. Stockbesoffen auf dem Sofa.«

»Du hättest heute Abend bei ihr bleiben müssen.«

Sie zogen beide die Schuhe aus und schlichen auf Strümpfen über das Parkett in Richtung Wohnzimmer.

»Du hast doch selbst gerade von viel Arbeit gesprochen«, flüsterte Sebastian. »Wenn ich den Termin heute hätte sausen lassen, dann bräuchte ich zur Wahl in zwei Jahren gar nicht erst anzutreten. Du weißt selbst, wie gut das für uns ist, wenn ich im Stadtrat sitze.«

»Trotzdem. Die beste Freundin deiner Frau ist quasi vor ihren Augen erschossen worden. Sie müsste ein Holzklotz sein, um das einfach wegzustecken. Das ist sie aber nicht. Das wissen wir beide.«

Plötzlich blieb Carolyn stehen. »Soll ich nicht gehen? Es ist besser, wenn ihr erst einmal alleine redet. Sie wird sauer auf mich sein. Ich hätte früher kommen müssen.«

Sebastian schüttelte den Kopf. »Auf gar keinen Fall. Komm bitte mit. Dann kannst du dir selbst einen Eindruck von ihrem Zustand verschaffen. Wir bringen sie zusammen ins Bett. Dann ist sie morgen wenigstens ausgeschlafen und wieder fit.«

Sie betraten das Wohnzimmer. Die Sofadecke lag aufgeschlagen auf dem Sessel, ein Pizzakarton stand auf dem Esstisch. Daneben ein Glas mit einem Rest Rotwein. Rioja. Aber keine Spur von Franziska.

Sebastian war irritiert. »Franziska?«

Auch in der Küche war sie nicht. Nun liefen sie beide den langen Flur zurück, öffneten eine Tür nach der anderen. Das Bett im Schlafzimmer war unberührt.

»Vielleicht ist ihr die Decke auf den Kopf gefallen und sie ist noch mal weg«, meinte Carolyn.

Nicht nur wegen des Lavendelgeruchs beschlich Sebastian ein mulmiges Gefühl. Das war völlig untypisch für Franzi. Er durchquerte das Schlafzimmer in Richtung des dahinterliegenden Badezimmers. »Wahrscheinlich hat sie sich ein Bad einlaufen lassen. Deshalb dieser extreme Lavendelgestank. Hoffentlich ist sie nicht in der Wanne eingeschlafen.«

Jetzt beschleunigte auch Carolyn ihre Schritte. »Franzi?« Sebastian hörte Carolyns Fußsohlen auf dem Parkett hinter sich und riss die Badezimmertür auf. Dann prallte er zurück. Carolyn rannte gegen seinen Rücken.

In dem kleinen Raum wurde der Lavendelduft von einem anderen, übel an Kloake und Fäulnis erinnernden Gestank überlagert. Eine Kerze brannte auf dem Fenstersims, dahinter lehnte ein Blatt Papier, computerbeschrieben. Das Wachs war so gut wie heruntergebrannt. Es war ein schauderhaft schönes Bild – wie von einem Künstler inszeniert.

»Nein.« Neben sich hörte Sebastian Carolyns unterdrückten Schrei.

Während er unfähig war, sich zu bewegen, sah er die letzten Jahre mit Franziska vor seinem geistigen Auge vorbeirasen. Ihren Alkoholismus. Ihren Verfall.

Er wollte schreien, doch seine Stimme versagte ihren Dienst.

Von ihm aus gesehen war Franziskas Kopf auf den linken Badewannenrand gerutscht und seitlich nach vorne gekippt. Der Badeschaum bedeckte ihren Körper bis zur Brust, war rot-braun gesprenkelt. Das Badewasser, das an manchen Stellen durchschimmerte, hatte eine unansehnliche orangebraune Tönung. Die Wanne war relativ kurz. So, dass Franziska nicht abgerutscht, sondern in ihrer Position verharrt war. Mit angewinkelten Beinen. Es kostete Sebastian Überwindung, ihr Gesicht zu betrachten.

Ihre Haare wirkten wie frisch frisiert, doch ihr Nacken war von einer braun-roten, angetrockneten Flüssigkeit verklebt, von der dieser üble Geruch ausging. Ihre Augen blickten offen ins Leere. Ihr Mund stand offen. Die Schneidezähne fehlten.

Sebastian lehnte sich an den Türrahmen. Hatte Franziska Selbstmord begangen? Es sah alles danach aus, dass sie sich eine Kugel in den Kopf gejagt hatte. Hatte er ihr zu viel zugemutet? Aber woher hatte sie eine Waffe?

»Sebastian.« Carolyns spitzer Schrei holte ihn zurück in die Realität. Das Blatt Papier hatte Feuer gefangen, das jetzt in Windeseile auf den Leinenstoff des Badrollos übergriff.

Er stürzte ins Badezimmer. Befeuchtete ein Handtuch im Waschbecken, warf es auf die Flammen. Das weiße Leinen brannte wie Zunder. Carolyn riss den Schrank auf, sie kannte sich aus. Sie zog weitere Handtücher heraus und warf sie ihm zu. Sebastian fasste das Rollo an einer Ecke und versuchte, es mit einem Ruck herunterzuzerren. Doch es war zu solide, hielt stand. Er zog erneut. Diesmal löste sich der untere Teil, den die Flammen bereits versengt hatten. Er schmiss den brennenden Stofffetzen zu Boden, warf die Handtücher darauf, erstickte die Flammen.

Doch der obere Teil am Fenster brannte weiter. Sebastian ergriff die Brause der Dusche, drehte das Wasser voll auf, hielt auf die Flammen. Carolyn kam mit dem Feuerlöscher aus dem Treppenhaus angerannt. Hatte Franziska das ganze Haus mit sich ins Jenseits befördern wollen? War das ihre Rache für seinen Verrat? Mit vereinten Kräften gelang es ihnen schließlich, die Flammen zu besiegen.

Carolyn knipste das Licht an. Sebastian warf einen Blick auf das Blatt Papier, das neben der Kerze gelegen hatte, ohne es zu berühren. Es war auf den Boden geflattert. Geistesgegenwärtig hatte Sebastian es vor dem Verbrennen gerettet, in dem er ein Handtuch darauf geworfen hatte, das er nun an einer Ecke fasste und hochnahm. Trotz des angekokelten Rands erhaschte er einige Worte. Ein Abschiedsbrief. Mit dem Computer geschrieben. Seltsam. Hatte Franziska den Selbstmord geplant? Mit

einem Schlag hatte sie seine politische Karriere zunichtege-
macht. Sebastian wollte sich auf dem Wannenrand niederlassen.

Aber Carolyn zog ihn weg. »Wir müssen die Polizei rufen.
Und wir dürfen keine Spuren verwischen.«

Tränen liefen über ihr Gesicht. »Warum bin ich nicht früher gekommen? Sie war so verzweifelt. So wie mir jetzt muss
es Franzi wegen Julia ergangen sein.«

35.

Bevor Tom das Präsidium verließ, warf er einen Blick auf die
Auswertung von Julias Handy auf Mayrhofers Schreibtisch.

Moosfeld hatte sowohl Dienstag als auch Mittwoch versucht, Julia zu erreichen. Am Dienstag hatte sie sein Gespräch
am Nachmittag zwar angenommen, aber nach weniger als einer
Minute beendet.

Weitere Anrufe waren von Carolyn, Sebastian und Marcel
eingegangen. Auf keinen davon hatte Julia reagiert, wobei sie
am Mittwochmittag Carolyn zurückgerufen, das Gespräch
aber beendet hatte, sobald auf der Gegenseite abgenommen
worden war.

Der Anruf, der Julia zurück ins Büro gerufen hatte, war –
wie Mayrhofer schon gesagt hatte – von einem Prepaidhandy
von nicht nachvollziehbarer Nummer getätigt worden. Parallel hatte Marcel ihr eine WhatsApp mit der Bitte um ein
Gespräch geschickt.

Auf dem Nachhauseweg dachte Tom daran, dass Jessica erwähnt hatte, dass Ludwig Thoma sich in dem geretteten Anschreiben auf ein Treffen am Tegernsee bezog. Konnte es das Treffen sein, von dem Moosfeld nun den Schnappschuss suchte? Hatte Julia auch so ein Foto besessen? Wenn ja, wusste der Pfarrer eventuell mehr darüber?

Tom setzte eine Sprachnachricht an Phil Nguyen ab. *Suche ein Foto. Ein Schnappschuss von Ludwig Thoma mit Josef Seidl und zwei weiteren jungen Männern von 1921 vor Thomas Haus »Auf der Tuften« am Tegernsee. Sagt Ihnen das etwas?*

Gleichzeitig erinnerte er sich daran, dass ihm bei Maria im Zimmer ein weißes Rechteck an der Wand aufgefallen war. Eben so eine Leerstelle, wie sie ein nach Jahren weggenommenes Bild hinterlässt.

Der Pfarrer antwortete sofort. *Meinen Sie das, das bei Maria im Zimmer hängt?*

Ja. Können Sie es abfotografieren?

Ich bin erst gegen Mitternacht dort. Werde den Wachposten darum bitten.

Danke.

Das Wirtshaus leerte sich bereits, als Tom sein Rennrad im Hausgang abgeschlossen hatte und durch den Hauptgang zum Stammtisch lief. Christl erwartete ihn mit Jessica, Max und Hubertus bereits. Christl strahlte ihn aus müden Augen so glücklich an, dass ihm ein Stein vom Herzen fiel. Er nahm sie in die Arme, küsste sie. »Gratuliere, mein Schatz!«

»Danke.«

»Das muss gefeiert werden.« Er strich ihre Haare zurück und betrachtete ihr schönes Gesicht.

»Ja, aber erst, wenn du fit und ausgeschlafen bist und der Fall gelöst ist.«

»Seit wann bist du so verständnisvoll?«, fragte Tom irritiert.

»War heute die erste Frage. Die äußeren Faktoren müssen passen, damit ein Vorhaben gelingen kann. Aber allzu lang warten sollten wir nicht.« Christl tippte ihm mit dem Zeigefinger auf die Brust.

»Ich geb mein Bestes.« Er lachte, gab ihr einen Kuss und streichelte Einstein über den Rücken, bevor er sich setzte. Der Hund blinzelte ihm aus seinem Körbchen schlaftrunken zu.

»Der hat's gut. Schlafen, fressen, Gassi gehen, gestreichelt werden.« Tom hätte heute gerne mit dem Hund getauscht.

Die anderen lachten.

»Und?«, fragte Max.

»Obatzter, bitte. Doppelte Portion.«

Max nickte, gab die Bestellung höchstpersönlich an die Küche weiter. Dort wurde den Geräuschen nach bereits aufgeräumt. Aber Max kam mit einem randvollen Hellen zurück, bei dem der Schaum seitlich ablief. Tom trank einen kräftigen Schluck und wischte sich über den Mund. Das tat gut.

»Was sind das für Neuigkeiten?«, fragte er dann Jessica.

Jessica rutsche auf ihrem Platz hin und her. Sie hatte eine Portion Apfelkücherl mit Vanilleeis vor sich stehen und schien vor Mitteilungsbedürfnis zu platzen. »Frau Arnold, die Mitarbeiterin von Hans-Gustav Huber hat mir angeboten, sie heute Abend zu besuchen. Da wollte ich nicht Nein sagen.«

»Sehr gut.« Toms Obatzter kam mit drei knackig braunen Brezn, die der Koch trotz später Stunde extra für ihn aufgebacken haben musste. »Hat sie sich an das Duo Hans-Gustav Huber / Friedrich Fink noch erinnern können?«

Jessica nickte. »Der Huber, meinte sie, wär sehr nett gewesen. Er hat sie eingestellt, war immer zuvorkommend, aber distanziert. Selbst, wenn er betrunken gewesen wäre. Und das wäre schon das ein oder andere Mal nach so einer Sitzung vorgekommen. Wobei er wohl einiges vertragen hat. Aber so nach sechs bis sieben Maß sei er dann aus den Latschen gekippt, aber nie aufdringlich geworden, meinte sie.«

»War nicht der Friedrich Fink derjenige, der behauptet hat, er sei betrunken gewesen?« Tom nahm mit einem Stück Brezn eine Riesenportion Obatzter auf.

»Eben. Und das ist komisch. Den Fink, meinte sie, hat sie nie betrunken erlebt. Er hat immer nur ein Helles bestellt und dann, wenn die anderen es nicht mehr mitbekommen haben, Apfelsaftschorle. Das wusste sie deshalb, weil sie bei der ersten Sitzung neben ihm saß. Er sei ihr unangenehm gewesen. Kein schöner Mann. Ziemlich klein. Mit einem Kopf wie ein Gnom. Aber Kraft hätte er gehabt. Auch hätte er sich bemüht, nett zu sein. Ein bisschen zu nett, denn sie sei ja erst 15 gewesen, als sie 1966 begonnen habe. Und der Fink hätte ja eine elfjährige Tochter gehabt, die sei ja nur vier Jahre jünger gewesen. Sie sei das nächste Mal extra als Letzte gekommen, um am Eckplatz zu sitzen und jederzeit aufstehen zu können. Der Huber habe dann aber verfügt, dass sie bei den Sitzungen nicht mehr dabei zu sein brauchte.«

»Der Fink hat eine Tochter gehabt?« Tom nahm sein Handy aus der Gesäßtasche und legte es auf den Tisch.

Tatsächlich hatte sich der Pfarrer bereits gemeldet. Er hatte die nackte Wand abfotografiert – mit einem weißen Rechteck, an dessen oberer Kante mittig und leicht nach unten versetzt ein Nagel eingeschlagen war. *Das Bild ist weg.*

Danke. So ein Mist! Tom fluchte innerlich.

Jetzt konnten sie den »Buben« also nicht mit dem Mann vergleichen, der nach Moosfelds Aussage 1967 bei einem Autounfall ums Leben gekommen war.

Jessica nickte. »Zur Tochter wusste Frau Arnold nicht viel. Nur, dass es sie gab. Sie hat anscheinend bei den Großeltern gelebt.« Sie widmete sich ihrem Apfelkücherl. Sichtlich froh, ihre Neuigkeit losgeworden zu sein.

Christl, Hubertus und Max hatten schweigend zugehört.

»Die Indizien gegen Friedrich Fink verdichten sich.« Tom erzählte von Moosfelds Besuch, als sich der Streifenpolizist, der den Lehrer begleitet hatte, meldete.

»Herr Perlinger, mal abgesehen davon, dass es hier aussieht wie im Saustall. Hier ist tatsächlich eingebrochen worden.«

Das durfte nicht wahr sein! Wer immer versuchte, Indizien ungesehen verschwinden zu lassen, kam ihnen zuvor. Die Nachtschicht der Spurensicherung musste kommen.

»Was hat die Reinschrift des Manuskripts ergeben?«, fragte Tom.

Jessica schluckte einen Löffel Vanilleeis hinunter und wartete auf seine nächste Frage. Sie liebte diese Frage-Antwort-Spiele.

»Laut Gutachter ein Original. Das ist die positive Nachricht. Da wir insgesamt sechs Seiten haben, davon zwei Seiten Anschreiben und nur vier von schätzungsweise 100 weiteren Seiten, ist es nicht ganz einfach, daraus schlau zu werden. Aber, soweit ich das sehe, hat Ludwig Thoma seinen Aloisius mit seinen bisherigen literarischen Figuren zusammengebracht. Die treffen sich alle bei ihm in so einer Art »himmlischem Wirtshaus« und erzählen Geschichten aus ihrem Leben. Man kann sich Teil II gut als Zeichentrickfilm vorstellen, wenn man Teil I kennt. Aber das Beste: Auf Seite 55 fängt er im unteren Drittel an zu beschreiben, wie sein Ludwig aus den *Lausbubenge-schichten* mit einem anderen Jungen die Mädchen ärgert. Sie haben einen Spazierstock dabei. Aber bevor es richtig spannend wird, ist die Seite zu Ende.«

»Man könnte sich also vorstellen, dass Ludwig Thomas Lausbub Ludwig den Mädchen von einer Hecke aus einen

Stock in die Fahrradspeichen steckt?«, fragte Tom. So, wie der Täter später seine Opfer zu Fall gebracht hatte.

»Genau so.« Jessica nickte.

Tom sah ihr an, dass sie nicht zu offen sprechen wollte, und schwieg. Natürlich hatte sie recht. Sie waren nicht im Präsidium. Die Angewohnheit, am Stammtisch die aktuellen Fälle zu besprechen, hatte ihnen zwar schon bei der Aufklärung geholfen, durfte aber nicht zu weit getrieben werden.

Hubertus räusperte sich jetzt. »Ich hab auch ein bisserl was zu Friedrich Fink herausbekommen.«

»Ach?«, fragte Jessica, steckte den Löffel ins Eis und schob die Unterlippe vor. Im Gegensatz zu Mayrhofer liebte sie es nicht, wenn ihr jemand Arbeit abnahm.

»Hubertus war so lieb, parallel ein bisschen zu recherchieren«, beruhigte Tom sie. Einstein saß aufrecht wie eine Eins und schien Tom mit seinem Blick hypnotisieren zu wollen.

»Ein überzeugter Käsefan. Das haben wir schon rausgefunden«, warf Max ein.

Tom wandte sich Jessica zu. »Einmal abgesehen davon, dass alles, was hier am Tisch gesprochen wird, nichts mit unserer Ermittlungsarbeit zu tun hat.«

»Ausschließlich schriftstellerisches Interesse.« Hubertus versuchte, Jessicas Bedenken mit einer Handbewegung wegzuwischen.

»Verstanden.« Jessica schob eine frische Himbeere auf dem Teller hin und her. »Alles andere wäre ja auch gegen die Vorschriften.«

»Jetzt schieß schon los.« Max stand auf und holte seinen Tabak, als der Mann am Nebentisch aufgebracht rief: »Nichtraucher. Auch wenn S' da Wirt san.«

Max legte Pfeife und Tabak vor sich auf den Tisch. »Ist ja schon recht.«

»Finks Lebensdaten kennt ihr ja. Er ist 1900 in Berlin geboren und 1967 bei einem Autounfall verstorben. Ludwig Thoma
hat die Familie Fink während seiner Berliner Zeit kennengelernt. Er hat sie sogar in einem Aufsatz erwähnt.«

»Dann könnte die Schnupftabaksdose mit dem Spazierstock
ursprünglich eine Art Gastgeschenk gewesen sein«, warf Jessica ein.

Hubertus nickte und fuhr fort. »Finks Mutter ist verstorben,
als der Junge zehn Jahre alt war. Er ist zu seiner Tante nach
München gekommen. Sie war ein Fan von Ludwig Thoma und
hat ihn häufig mit dem Buben beim Simplicissimus besucht.
Thoma muss für den Buben, der wohl schriftstellerische Ambitionen gehabt hat, ein großes Vorbild gewesen sein. Umgekehrt hat Thoma gewusst, wie es ist, ein Elternteil zu verlieren.
Vermutlich haben die beiden sich recht nahe gestanden. Und
jetzt kommt's: Der Mann der Tante, also Friedrichs Onkel,
war Schreiner.«

Hubertus legte eine Kunstpause ein.

Tom klickte das Bild auf seinem Handy an. »Aller Wahrscheinlichkeit nach ist der »Bub« auf dem Foto von der Redaktionskonferenz also Friedrich Fink, und er könnte auch die
Miniaturharfen geschnitzt haben. Wie hast du denn das rausbekommen, Hubertus?«

»Ist aus einem Artikel in einer alten Simplicissimus-Aus-
gabe hervorgegangen. Friedrich durfte diverse Gedichte im
Simplicissimus veröffentlichen. Thoma hat seine geschnitzten Miniaturharfen in einem eigenen Beitrag gewürdigt. Der
Beitrag könnte nach der Konferenz auf dem Foto entstanden
sein. – Später hat Fink ein Büchlein mit Gedichten verfasst.
Vor allem vom Ersten Weltkrieg, der ihn als ganz jungen Burschen sehr geprägt hat. Es fand einige Beachtung, auch wenn
Ludwig Thoma es nie erwähnt. Wie Thoma war Fink zunächst

kriegsbegeistert. Er ist 1917 eingezogen worden, hat in Verdun gekämpft und muss grausame Dinge gesehen haben.«

»Von dem Gedichtband habe ich auch gelesen«, schaltete sich Jessica ein. »Irgendjemand hat ein paar Informationen zu Friedrich Fink als Person des öffentlichen Lebens bei Wikipedia eingestellt und dieses Werk angegeben. Hauptsächlich geht es aber um seine Verdienste hinsichtlich der Olympischen Spiele.«

»Ich hab mir mal die Mühe gemacht und diesen Gedichtband bei der Bayerischen Staatsbibliothek eingesehen. Der Krieg muss auf den jungen Mann verheerend gewirkt haben. Aber es finden sich auch leidenschaftliche Liebesgedichte darunter. Scheinbar hat er sich in Verdun in eine junge Französin verliebt. Doch er schreibt auch um die Tragik der einseitigen Liebe, erinnert ein bisschen an Goethes Werther. Nicht unbegabt. Auch Fink scheint an Selbstmord gedacht zu haben. Letztendlich ist dann aber die Französin ums Leben gekommen. Unglückliche Liebe. Ein Thema, das auch Ludwig Thoma in den späteren Jahren umgetrieben hat. Er war ja in Maidi Liebermann verliebt, aber ihr Mann hat sie nicht freigegeben.«

»Wie ist die Französin umgekommen?« Toms Halbe war bereits leer.

»Wenn ich es richtig verstanden habe – was bei der Form der Literatur nicht einfach ist –, im Krieg rund um Verdun. Und zwar ziemlich brutal. Ihr wisst, was das bedeutet.« Hubertus schaute über den Rand seiner Brille hinweg vielsagend in die Runde.

»Du meinst, sie wurde von feindlichen Truppen vergewaltigt?«, fragte Max.

Tom schob seinen leeren Teller beiseite.

»Könnte man aus dem Gedicht herauslesen, ja.« Hubertus kraulte Einstein. Günther knurrte leise, bis Hubertus ihm ebenfalls Streicheleinheiten zukommen ließ.

Alle fünf sahen sich betreten an.

»Fink hat erst seine Mutter, später seine Geliebte verloren«, sagte Christl schließlich. »Reicht das aus, um eine sexuelle Perversion zu entwickeln?«

»Kommt drauf an, was noch alles passiert ist«, meinte Tom. Sie mussten mehr darüber erfahren, eventuell einen Psychologen zu Rate ziehen.

»1962 ist seine Frau spurlos verschwunden. Da war die gemeinsame Tochter fünf Jahre alt.« Hubertus nahm einen kräftigen Schluck von seinem Weißbier.

Die Tochter, dachte Tom. Da war sie wieder.

»Seine Frau spurlos verschwunden? Wie denn das?«

»Nun ja, Annegret Fink, geborene Sturm, war 1962 bei ihrem Verschwinden erst 24 Jahre alt.« Hubertus' Stoppelhaare standen senkrecht nach oben. Er stand unter Strom.

»Und der Fink 62! Ein Altersunterschied von 38 Jahren!« Max pfiff durch die Zähne.

»Außerdem war es Finks erste Ehe. Das war noch vor der sexuellen Revolution. Die Antibabypille kam ja erst 1960 nach Deutschland.« Hubertus hob den Zeigefinger, wie er es gern tat, wenn er besonderes Augenmerk auf etwas lenken wollte.

»Du meinst, seine vorherigen sexuellen Erlebnisse könnten sich in Prostituiertenkreisen abgespielt haben?«, erriet Tom seine Gedanken.

»Er war schüchtern, und wie sagt man so schön ›ohne einen Schlag bei den Frauen‹. Körperlich benachteiligt. Ich hab ihn ja selbst gekannt.« Hubertus trank sein Weißbier leer.

Tom und Jessica sahen sich an.

»Was stand auf dem Zettel von Julia?«, fragte Jessica. »*Er WAR der Mörder! Fünf Frauen. Und die Mutter!?*«

Auch Tom hatte den dick umrandeten Text vor Augen und wollte gerade seine Vermutung kundtun, da fing sein Handy zu vibrieren an. Sebastian. Endlich. »Sebastian?«

Sebastians Stimme klang belegt und leise an sein Ohr. »Tom. Franzi ist tot.«

»Was? Wo bist du?«

»Zu Hause. Caro ist bei mir. Wir haben sie gerade gefunden.«

»Bleibt, wo ihr seid und rührt nichts an. Wir sind sofort da.«

»Deine Kollegen sind schon alarmiert«, meinte Sebastian leise.

Tom verabredete mit Jessica, dass sie nachkam. Er rannte zu seinem Rennrad.

36.

»So schnell sieht man sich wieder«, begrüßte Ehinger ihn müde. Mehr denn je erinnerte der Leiter der Rechtsmedizin Tom an einen grimmig dreinblickenden Riesenschnauzer. Ehingers weißer Oberlippenbart dominierte das Gesicht. Von der hohen Stirn bis zum Glatzenansatz gruben sich die Falten noch tiefer ein als sonst, während Ehinger seinen Lederkoffer neben Tom die Treppe hochschleppte. Vermutlich hatte der Anruf den Rechtsmediziner aus dem Bett geholt, so zerknittert wie er aussah.

Tom und Ehinger trafen kurz nach der Spurensicherung am Tatort ein. Tom fragte sich, wie viel Zeit zwischen dem

Absetzen des Notrufs und dem Anruf bei ihm vergangen war. Jedenfalls war die Spurensicherung in Franziskas Badezimmer bereits in vollem Gange. Obwohl das Fenster weit geöffnet war, roch es nach kaltem Rauch in dem circa 15 Quadratmeter großen Raum, wo die hochgewachsene Anna Maindl im weißen Schutzanzug unermüdlich fotografierte. Sie grüßte Tom müde. Ihr schmales Gesicht sah blass und schlafbedürftig aus, auch wenn sie unermüdlich wirkte.

»Langer Tag«, meinte Tom. Es war nicht nur das scharfe Geruchsgemisch, das seine Augen zum Tränen brachte, als er Franziskas Leiche in der Badewanne erfasste. Auf der kurzen Fahrradfahrt durch die feucht-kalte Novembernacht hatte Tom sich seelisch und geistig auf das vorbereitet, was ihn erwarten könnte. Trotzdem traf ihn der Anblick der toten Freundin unvermittelt. Franziska. Vor wenigen Stunden hatte er ihr in der Kanzlei gegenübergesessen, sie sogar verdächtigt, mit Marcel und Sebastian unter einer Decke zu stecken. Jetzt war sie tot. Die Zweite aus der alten Clique, die innerhalb weniger Stunden aus dem Leben geschieden war. Es war unfassbar.

Trotzdem registrierte er die Brandspuren um das Badefenster herum. Die Handtücher auf dem Boden, die schwarz verschmierte, nasse Wand.

»Das hätten wir heut Nacht auch nicht mehr gebraucht«, antwortete Anna Maindl und pinselte mit langen Fingern eine farblose Tinktur auf das Waschbecken.

Toms Blick fiel auf die Waffe, die jemand aus dem Badewasser gefischt und auf den Wannenrand gelegt hatte. Eine Sig Sauer P6. Er erkannte den Waffentyp sofort und machte Ehinger darauf aufmerksam. Der Leiter der Rechtsmedizin zog seine in einem Halbkreis nach oben gebogenen, dichten Augenbrauen noch höher, während seine Mundwinkel nach unten fielen. Mit so einer Waffe war Julia erschossen worden.

Und es war heutzutage kein wirklich gebräuchlicher Waffentyp mehr.

Wie um alles in der Welt kam diese Waffe in Franziskas Besitz?

Im ersten Moment sah alles nach Selbstmord aus, aber Tom misstraute dem Bild, das sich gar zu offensichtlich bot.

»An Selbstmord glaube ich nicht«, raunte er Ehinger zu.

»Das müsste sich schnell klären lassen.« Ehinger stellte seinen Koffer ab. »Könnt ihr das Wasser in der Wanne schon ablassen?«, fragte er Anna.

»Momenterl«, antwortete sie und rief einen weiteren Kollegen hinzu.

Tom spielte die Möglichkeiten durch. Wenn die Waffe auf dem Wannenrand tatsächlich diejenige war, mit der Julia erschossen worden war, und Franziska Selbstmord begangen hatte, lag der Verdacht nahe, dass sie etwas mit dem Mord an Julia zu tun hatte. Das glaubte Tom allerdings nicht. Viel eher ging er davon aus, dass jemand versucht hatte, Franziska den Selbstmord und die Tatwaffe unterzujubeln, und dass sie es mit einer ähnlich professionellen Inszenierung zu tun hatten wie schon bei Julias Tod.

Als er sich auf den Weg ins Wohnzimmer machte, um Carolyn und Sebastian zu verhören, traf Jessica ein. Tom bat sie, bei Ehinger zu bleiben. Jessica hatte inzwischen versucht, Mayrhofer zu mobilisieren, doch der hatte bislang auf keinen ihrer Anrufe reagiert.

Die ersten Minuten im Wohnzimmer waren bedrückend still. Tom hätte nicht vermutet, dass Sebastians gestandene Statur so in sich zusammenfallen konnte. Carolyn und Sebastian saßen auf der Couch, auf der Tom am Abend zuvor mit Franziska Whisky getrunken hatte. Carolyn sah verweint aus in ihrem Kostüm, in dem sie am Nachmittag noch gestrahlt hatte.

Sie musste sich das Gesicht gewaschen haben und war jetzt gänzlich ungeschminkt. Auch Sebastian trug noch denselben Anzug, hatte aber Jackett und Krawatte ausgezogen und sein Hemd bis zur Brust aufgeknöpft – als ob ihm die Luft knapp geworden wäre. Tom ließ sich auf dem Sessel gegenüber nieder. Müde und fassungslos starrten sie sich an. Altvertraut und doch so fern, dachte Tom. *Alle für einen, einer für alle.* Der alte Leitspruch ging ihm nicht aus dem Sinn.

Dann holte er tief Luft. »Erzählt mal.«

Die beiden berichteten abwechselnd. Wie sie sich vor der Tür getroffen und Franziska tot aufgefunden hatten. Wie das Feuer auf die Vorhänge übergegriffen hatte und der Abschiedsbrief fast verbrannt wäre. Und wie sie im letzten Moment verhindert hatten, dass alles in Flammen aufgegangen war.

Ein großflächiger Brand, dachte Tom, hätte einen Großteil der Spuren verwischt. Das sprach für eine professionelle Handschrift.

»Seit 16 Uhr versuche ich verzweifelt, dich zu erreichen, Sebastian. Warum hast du nicht zurückgerufen?«, fragte Tom und fuhr sich mit den Händen über das Gesicht.

»Ich schalte immer mein Handy aus, wenn ich Termine habe.« Sebastian stand auf und ging zu dem Beistelltischchen, auf dem Franziska den Whisky am Vortag hatte stehen lassen. Tom und Carolyn lehnten sein Angebot ab, doch er goss sich großzügig ein und trank einen kräftigen Schluck, bevor er sich wieder niederließ. Zeit gewonnen, dachte Tom.

»Ich hasse es, wenn sich Leute während des Gesprächs vom Handy ablenken lassen. Deswegen schalte ich es aus, sobald ich die Kanzlei verlasse. Und erst wieder an, wenn ich zurückkomme. Mein kleiner persönlicher Luxus. Franziska hat heute x-Mal versucht, mich zu erreichen. Ich habe es erst gesehen, als ich in Reichweite der Kanzlei war. Kurz, bevor wir sie gefunden haben.« Er schüttelte fassungslos den Kopf. »Wäre ich doch nur drangegangen.«

Zog Sebastian eine Show ab? Es sah nicht danach aus. Tom konnte Sebastians Gewissensbisse nachfühlen. Denn wäre er früher bei Julia gewesen, dann wäre auch sie eventuell noch am Leben. Trotzdem sagte er: »Nicht gerade das übliche Verhalten für einen aufgehenden Stern am Stadtratshimmel. Ich brauche alle deine Termine. Seit Dienstag früh. Lückenlos. Mit Ansprechpartner und Telefonnummer.«

Immerhin konnte er Sebastian den Gefallen tun, sich vor Carolyn keine Blöße geben zu müssen. Schließlich war es sowieso besser, alle Termine schriftlich vorliegen zu haben, damit sie nahtlos überprüft werden konnten. Von Mayrhofer, der sich wie eine Hyäne daran machen würde, Sebastian zu jagen. War Marcel ein Dorn in Mayrhofers Auge, dann war Sebastian die Dornenhecke.

Sebastian nickte. »Bekommst du. Glaubst du nicht an einen Selbstmord?« Es war fast eine Art Hoffnungsschimmer aus seiner Frage herauszuhören. Der tiefe Wunsch, von Schuld freigesprochen zu werden?

Tom konnte ihm den Gefallen nicht tun. »Wir werden sehen.«

Carolyn rollten jetzt Tränen über die Wangen. Sie kramte ein Taschentuch aus ihrer Designerhandtasche, putzte sich dezent die Nase. Die Beine hatte sie elegant zu einer Seite geneigt. Selbst jetzt, ungeschminkt und verweint, war sie schön. Das Grün ihrer Augen schien durch das rotunterlaufene Weiß geradezu zu glühen. »Franziska wollte, dass ich komme. Ich habe sie vertröstet. Ich hatte so viel zu tun. Und jetzt? Jetzt ist es zu spät.«

Carolyn tupfte sich die Augen.

Tom dachte daran, dass Franziska einen Tag zuvor das Gleiche über Julia gesagt hatte. In diesem Fall schienen immer alle irgendwie zu spät zu sein. *Wer zu spät kommt, den bestraft das Leben.* Hatte nicht Marcel erst vor Kurzem Gorbatschow mit diesem Satz zitiert? Aber vielleicht waren die Weichen längst so gestellt gewesen, dass der Verlauf vorprogrammiert gewesen war. Vielleicht hatte bereits jemand mit allen zur Verfügung stehenden Mitteln eine Alternativlosigkeit inszeniert.

»Wo warst du, bevor du hierher gekommen bist?«, fragte Tom sie.

»Bis 18.30 Uhr hatten Sebastian und ich eine gemeinsame Besprechung in meinem Büro am Odeon. Mein Assistent, Denis von Kleinschmidt, kann das bezeugen.«

»Und danach?«

Wie auf der Suche nach einem Punkt, an dem sie sich festhalten konnte, schweiften ihre Augen in die Ferne. »Wir sind an einem gigantischen Projekt, Tom. Klärungsbedarf in alle Richtungen. Ich habe mir einen Überblick verschaffen müssen. Außerdem hat ein gefühlter Meter Unterschriftenmappen zur Unterzeichnung auf meinem Schreibtisch gewartet. Ich habe nicht einfach weg können, als Franzi angerufen hat.«

Carolyn wurde von einem Weinkrampf geschüttelt. »Wenn ich doch nur gleich los wäre.« Sie putzte sich die Nase. »Ich hätte sie ernst nehmen müssen! Ich habe unterschätzt, wie schlecht es ihr geht. Wir haben uns erst am Mittwoch zum Mittagessen im Café Luitpold getroffen.«

»An Julias Todestag?«

»Ja.«

»Und danach?«

»Jeden Tag haben wir telefoniert. Am Freitag wollten wir die wichtigsten Punkte für Julias Beisetzung durchgehen. Wir haben gedacht, dass es uns beiden helfen würde, um uns von Julia zu verabschieden. – Und jetzt? Jetzt müssen wir auch Franzi beerdigen.« Sie schaute Sebastian an. Der schüttelte den Kopf. Die Fassungslosigkeit stand ihm ins Gesicht geschrieben.

»Du warst also bis kurz vor 23 Uhr im Büro und bist dann hierher gefahren?«

Sie nickte. »Denis kann das bezeugen. Es gibt einfach Zeiten, da muss man gewisse Dinge zu Ende bringen. Wir haben gerade so ein Zeitfenster.« Sie versuchte, die Tränen zu unterdrücken, doch es gelang ihr nicht. »Tom, ich kann nicht mehr. Ich möchte nach Hause.«

Tom nickte. Er hätte sie gerne weiter befragt. Zum Beispiel, wie das genau mit den Bauprojekten war. Aber solange nicht gewiss war, dass Franziska nicht Selbstmord begangen hatte, lief er Gefahr, in die falsche Richtung zu preschen. Er könnte Porzellan zerschlagen, das er später wieder mühsam zusammenkleben müsste. Das Gleiche galt für Sebastian, der jetzt ein Taxi rief.

Als Tom Carolyn nach unten brachte, kam ihnen Jessica entgegen.

»Chef!« Sie drehte sich so, dass Carolyn nicht sehen konnte, was sie Tom zeigte. »Das haben wir in der Bademanteltasche von Franziska Pohl gefunden.«

Tom nahm die Klarsichthülle entgegen, befühlte den filigranen Gegenstand, musste wieder an das Puppenhaus-Orchester denken. Er war nicht einmal mehr überrascht über den Fund, drehte sich um und hielt Carolyn das Tütchen entgegen. »Kennst du das?«

Es entging ihm nicht, dass Carolyn zögerte, bevor sie den Kopf schüttelte und den Blick schnell wieder von dem Tütchen nahm. Sie umarmten sich, und sie drückte sich an ihn. So intensiv, dass er ihren festen Körper deutlich spüren konnte.

»Pass auf dich auf«, sagte er und meinte es ernst.

Sie nickte unter Tränen. Nachdem sie ins Taxi gestiegen war, gab Tom Jessica das Tütchen mit der Miniaturharfe zurück. Er war sich sicher, dass Carolyn die Schnitzerei nicht zum ersten Mal gesehen hatte.

37.

Freitag, 17. November 2017

Carolyn stand früh auf. Es würde ein anstrengender Tag werden. Sie würde all ihre Fassung und Stärke brauchen, um ihn durchzustehen.

Aufgewühlt, wie sie gewesen war, hatte sie nicht schlafen können, nachdem das Taxi sie in der Nacht in der Sparkassenstraße, direkt beim Eingang zum Alten Hof, abgesetzt hatte und sie die wenigen Schritte die Treppe hinauf zum Aufzug und bis zu ihrer Dachgeschosswohnung geeilt war. Es war verrückt gewesen, die kurze Strecke, die sie Hunderte von Malen zu Fuß zurückgelegt hatte, mit dem Taxi zu fahren.

Vom Oberanger hatte der Taxifahrer sich im wieder einsetzenden Regen direkt über den Rindermarkt und den Marienplatz am Spielzeugmuseum bis in die Sparkassenstraße geschlängelt. Zahlreiche Betrunkene bahnten sich schwankend den Weg zur letzten U- und S-Bahn. Carolyn war im Fonds des Taxis froh gewesen, dem Tatort und Toms bohrenden Fragen entflohen zu sein.

In der Wohnung angekommen, hatte sie sich erst die Pumps von den Füßen gestreift, dann ein Glas Merlot eingeschenkt

und anschließend in Gedanken mit Franzi und Julia angestoßen. Jetzt waren sie wieder vereint. Im Himmel. Ein bitteres
Lachen war ihrer Kehle entwichen.

Sie hatte das Fenster weit geöffnet und die Stille im Hof
genossen, während die Nachtluft hereingeströmt war. Irgendjemand musste den Kamin angezündet haben, denn der schwere
Geruch verglimmenden Holzes drang zu ihr herüber.

Obwohl Carolyns Wohnung nicht groß war, war sie einma-
lig. Nie hätte sie sich träumen lassen, dass sie sich einmal eine
Immobilie in dieser Größenordnung in bester Innenstadtlage,
wo die Quadratmeterpreise bis auf 18.000 Euro pro Quadratmeter hinaufkletterten, würde leisten können. Von einem
Beamtengehalt, selbst im gehobenen Dienst, wäre das unmöglich. Unternehmer, Vorstandsvorsitzende, Vermögensmillio-
näre und der internationale Jetset lebten hier. Im Alten Hof, der
ursprünglichen Residenz der bayerischen Herzöge, war einst
Kaiser Ludwig der Bayer zur Welt gekommen. Der Erste von
zwei Wittelsbachern auf dem Kaiserthron.

Beim Blick in Richtung des Türmchens, das wie ein Schwal-
bennest an der östlich von Carolyns Fenster liegenden Fassade
der Residenz klebte, hatte sie sich an die Geschichte erinnert,
die man sich über diesen magischen Ort erzählte. In Gedanken
hatte sie ein Äffchen mit einem Baby oben auf der Turmspitze
sitzen sehen. Genau wie die Legende vom Affentürmchen es
besagte. Sie befand sich in einer ähnlichen Lage. In schwindel-
erregender Höhe, auf dem Höhepunkt eines schmalen Grates.
Um sie herum der Abgrund. Allein mit ihrem Kind, das es zu
schützen galt. Der Erzählung nach hatte das Hof-Äffchen das
Baby erst zurück in sein Bettchen gelegt, als Ruhe eingekehrt
war. Der spätere Kaiser Ludwig hatte seinem Geschlecht später
zu großem Ansehen verholfen. Etwas nördlich zeugte eine in
Bronze gegossene Reiterstatue im Hofgraben von seinem Ruhm.

Carolyn hatte an Leon gedacht. Was wohl aus ihm werden würde? Elternliebe. Affenliebe. Im Volksmund war das eine dem anderen sehr nahe. Sie konnte den Eltern ihre Angst nachempfinden, aber auch die Panik des Äffchens verstand sie gut. Auch sie würde alles für Leon tun. Hatte alles für ihn getan. Im Gegensatz zu ihrer Mutter, die Carolyn verlassen hatte. Doch eines war ihr plötzlich klar geworden. Wie in der Legende musste sich auch jetzt die Situation entspannen, damit alles ins Lot kam. Aber derjenige, der die Lage erst zum Eskalieren gebracht hatte, würde solange weiterbohren, bis das letzte Geheimnis gelüftet war. Vorher würde keine Ruhe einkehren. Denn es handelte sich um keinen geringeren als ihren früheren Freund und Geliebten Tom Perlinger. Das war ein Problem, für das es im Grunde nur eine Lösung gab: Sie musste konsequent bleiben, wenn sie ihr Kind und sich retten wollte.

Sie hatte das Fenster geschlossen und den AB abgehört. Ausgerechnet Leon hatte eine Nachricht hinterlassen. Er hatte von Julias Tod erfahren und war sehr aufgebracht gewesen. Ob es wahr sei, dass die Bullen jetzt Marcel eingesperrt hätten. Das könne ja wohl nicht angehen.

Irgendwann im Laufe des Tages würde sie ihn zurückrufen, dachte Carolyn jetzt, während sie aus der Dusche stieg. Aber es war besser, wenn Leon ausgeschlafen war, bevor sie mit ihm sprach. Leon hing sehr an Marcel. Ganz unbewusst.

Carolyn betrachtete sich im Spiegel. Auch wenn sie gestern Abend nur wenig getrunken hatte, waren ihr die Spuren der durchwachten Nacht anzusehen. Sie hätte, nachdem sie sich mit ihrem Glas Merlot aufs Sofa gesetzt hatte, nicht nach dem Büchlein im Regal greifen sollen, das sorgfältig hinter einem dicken Buch versteckt lag, so, dass es vor fremden Blicken verborgen blieb. Das Tagebuch ihres Großvaters, das zu lesen sich außer ihr keiner die Mühe gemacht hatte.

Auch Carolyn hatte es nach dem Tod der Urgroßmutter mütterlicherseits, die es verwahrt hatte, erst nicht beachtet. Bis sie es schließlich an Silvester 2000 vor der großen Jahrtausendparty aus einem Moment der Langeweile heraus in die Hand genommen und darin geblättert hatte. Die Lektüre war ein Schock gewesen, der sie ganz unvermittelt getroffen und ihr Leben von einem Moment auf den anderen verändert hatte.

Doch so haarsträubend die Gefühle, die ihr Großvater seinem Tagebuch anvertraut hatte, auch gewesen waren. Carolyn hatte ihn verstanden. Die Schmerzen, die ihr Großvater durch die Zurückweisungen der Frauen empfunden hatte, hatten seinen Verstand außer Kraft gesetzt. Seine Rache war bestialisch gewesen. Trotzdem hatte Carolyn ihn geradezu beneidet um die Konsequenz seines Tuns.

Enttäuschte Liebe. Was konnte schlimmer sein? Ihre Zeit mit Tom hatte ihr lebhaft vor Augen gestanden. Aufgewühlt hatte sie an das Zusammentreffen am Nachmittag gedacht. Er hatte nie geahnt, wie sehr sie ihn geliebt hatte, während sie immer gewusst hatte, dass er sich nicht für sie entscheiden würde. Sie erlebte erneut den Stich, der sie damals durchbohrt hatte, als Christl Weixner das erste Mal in der Clique aufgetaucht war. Carolyn hatte sofort gewusst, dass sie Tom an diese Frau verlieren würde. Ihre rasende Eifersucht hatte sie mit anderen Männern gestillt, bevor Tom sie hintergehen konnte. Denn sie war sich sicher gewesen, dass er sie eines Tages betrügen würde. Warum eigentlich, fragte sie sich jetzt. Doch sie spülte den Gedanken und den bitteren Geschmack in ihrem Mund mit einem Schluck Wasser herunter.

Anschließend trug Carolyn sorgfältig Make-up, Mascara und Rouge auf, während sie daran dachte, dass die Lektüre des Tagebuches nicht nur ihr Leben verändert hatte, sondern inzwischen auch das ihrer besten Freundinnen. Denn Carolyn war heute im Gegensatz zu damals um ihres Sohnes und ihrer selbst willen nicht mehr bereit, das, was sie sich aufgebaut hatte, zu gefährden.

Sie wollte und würde nicht ertragen, dass Leon litt. Sie wollte ihm ein sorgenfreies Leben ermöglichen. Sie wollte für ihn da sein, anders, als ihre Mutter es bei ihr getan hatte. Zwar hatte Leon die Vater- wie ihr die Mutterliebe gefehlt, trotzdem glaubte sie nicht, dass er etwas vermisst hatte. Das sollte auch in Zukunft so bleiben. Sie bürstete entschlossen ihr Haar.

Deswegen hatte sie sich in der Nacht im Bett hin und her gewälzt und ihren Plan weiterentwickelt. Ihre Chancen standen gar nicht schlecht. Immerhin war es dank Denis' Hilfe gelungen, diesen Schnappschuss vom Tegernsee aus Moosfelds Wohnung zu beschaffen, bevor der alte Trottel ihn selbst wiedergefunden hatte.

Denis war wirklich ein Glücksgriff gewesen. Seine Verbindungen reichten vom Innenministerium aus überallhin. Selbst ins Landeskriminalamt. Obwohl sie sich dessen bewusst war, dass sie Denis nicht unterschätzen durfte, weil er im Ernstfall käuflich war, glaubte sie nicht, dass er sie leichtfertig verraten würde. Solange sie ihn bei Laune hielt. Es hatte nur eines kleinen Anrufs seinerseits bedurft, um herauszufinden, dass man sich im LKA aktuell mit einem Ludwig Moosfeld befasste.

Natürlich hatte Carolyn sich an den alten Deutschlehrer erinnert. Moosfeld war das Gespött der Schule gewesen. So einen vergaß man nicht.

Sie war selbst dabei gewesen, als Julia und Moosfeld sich während einer Seminararbeit zu Ludwig Thoma über diesen Schnappschuss vom Tegernsee unterhalten hatten. Sowohl Moosfeld als auch Julia hatten einen Abzug besessen. Sie war damals eifersüchtig auf die Freundin gewesen.

Carolyn war ein Stein vom Herzen gefallen, als Sebastian ihr gestern nach seiner Stippvisite bei Maria bestätigt hatte, dass der Schnappschuss von der Wand verschwunden sei. Sebastian hatte nicht umrissen, dass sie ihn nur deshalb zu Maria geschickt hatte.

Aber scheinbar hatte Julia selbst das Foto abgehängt. Sicher hatte sie vorgehabt, es Tom zu zeigen. Zur Unterstützung der Indizien, die sie im Manuskript gefunden hatte.

Carolyn warf einen letzten prüfenden Blick in den Spiegel, bevor sie ihren eleganten Trench über die Schultern hängte, nach dem Seidentüchlein und ihrer Handtasche griff und in ihre hochhackigen Pumps schlüpfte. Darunter hatte sie sich heute bewusst für das eng anliegende Etuikleid entschieden, das ihre Augenfarbe in den Fokus rückte und alles überstrahlen ließ.

Für Carolyns Großvater war Thoma mehr als ein Vorbild gewesen. Das ging aus seinen Aufzeichnungen eindeutig hervor. Er hatte sich ganz und gar mit dem Schriftsteller identifiziert, hatte deshalb begonnen, diese Miniaturharfen zu schnitzen. Heute würde man von einer Art Merchandising-Artikel zu Thomas *Ein Münchner im Himmel* sprechen, der durchaus ausbaufähig gewesen wäre. Aus der Sicht des Buben und späteren jungen Mannes damals waren es aber vielmehr Liebesbeweise an den Schriftsteller und sein Werk gewesen.

Carolyn verschloss die Wohnungstür und stieg in den Lift. Natürlich hatte Julia ihr das unveröffentlichte Manuskript gezeigt. Kurz nachdem die Freundin es im Nachlass ihres Vaters gefunden hatte. Schließlich hatten beide von der Freundschaft ihrer Großväter mit dem Schriftsteller gewusst und waren stolz auf diese Verbindung gewesen. Carolyn hatte Julia als kleines Mädchen eine der Miniaturharfen geschenkt, von denen sie mehrere besessen hatte. Auch Franzi hatte eine bekommen. Und sie selbst hatte sich eine aus dem Säckchen genommen, das sie mit dem restlichen Nachlass ihres Großvaters in ihrer Wohnung aufbewahrte.

Immerhin war es Carolyn gelungen, Julia zu überzeugen, das Manuskript erst zu Thomas 100. Todesjahr zu veröffentlichen. Somit hatte sie Zeit gewonnen. Ihr Plan wäre aufgegangen, wenn nicht der Artikel zu den Prostituiertenmorden am Dienstag erschienen wäre. Julia hatte die Hinweise sofort erkannt und durchschaut, was Carolyn schon seit der Lektüre des Tagebuches wusste. Doch vermutlich hätte sie zu dem Zeitpunkt noch geschwiegen, dachte Carolyn jetzt, während sie aus dem Lift ausstieg, die kühle, aber trockene Morgenluft genoss und mit klappernden Absätzen den Alten Hof überquerte.

So wie die Freundin auch ihren Ärger geschluckt hatte, dass Carolyn und Sebastian gleich nach dem Tod von Kurt Seidl begonnen hatten, Druck auf seine beiden Erbinnen auszuüben. Maria und Julia hatten sich geweigert einzusehen, auf welcher Goldmine sie saßen. Anstatt sich über die neue Chance zu freuen, hatten sie sich fürchterlich aufgeregt und mit Händen und Füßen gegen jede Veränderung gewehrt. Maria so stark, dass sie schließlich diesen Schlaganfall erlitten hatte.

Auch auf Marcel hatte sie einwirken müssen wie auf einen sturen Esel. Erst der Hinweis auf Leon hatte ihn einsichtiger gemacht.

Julia hätte ihr alles verziehen und bei allem mitgespielt. Wenn, ja, wenn sie nicht genau einen Tag vor Erscheinen dieses Artikels über den Prostituiertenmörder Marcel mit dem Motorrad erwischt hätte. Leons Weihnachtsgeschenk. Gedrosselt natürlich. So dass er das Motorrad mit 17 Jahren bereits fahren konnte. Das erst hatte den Stein ins Rollen gebracht. Den Todesstich ausgelöst. Unerfüllte Liebe. Es lief immer auf das Gleiche hinaus.

Die Liebe zwischen Mann und Frau, dachte Carolyn, während der Duft des Kaffees vom Dallmayr-Stammhaus zu ihr herüberwehte, als sie mit zügigen, kleinen Schritten über die Dienerstraße links am Stammhaus des Feinkostgeschäftes vorbei Richtung Residenzstraße und Odeonsplatz lief. Leidenschaftliche Liebe ist etwas ganz anderes als die Liebe zwischen Eltern und Kind. Sie dachte an eine Wippe. Während in einer Beziehung letztendlich einer oben sitzen wollte, würden Eltern den umkämpften Platz in der Höhe immer ihrem Kind überlassen. Seine Freude war ihr Glück.

Bis sie den Odeonsplatz im Eilschritt überquert hatte, war der Plan, den sie bereits am Abend geschmiedet hatte, zum Nahziel geworden. Es gab keinen anderen Weg. Er oder sie. Toms Misstrauen war erwacht, das war offensichtlich. Er würde sich auf keine Verhandlungen einlassen, war mit keinen Reichtümern der Welt zu locken. Auch musste sie sich eingestehen, dass es ihr bisher nicht gelungen war, ihn mit ihren weiblichen Waffen zu schlagen. Es war nur eine Frage der Zeit, bis er ein Puzzlestück an das andere fügen und kein Erbarmen kennen würde. Sie kam ihm lieber zuvor.

Das Klacken ihrer Absätze kam ihr unnatürlich laut vor, als sie die Auffahrt zum Eingang des Innenministeriums entlangschritt und sich dem Odeon näherte. Diesem klassizistisch strengen Gebäude mit dem hellgelben Anstrich, das der Architekt Leo von Klenze für Ludwig I. entworfen hatte. Eines der altehrwürdigen Bauwerke, die der Ludwigstraße ihr Gesicht verliehen. Seit es Carolyn gelungen war, ihr Büro hierher zu verlegen, hatte sie jeden Morgen den Moment genossen, auf dieses Gebäude zuzugehen. Es hatte sie mit Stolz erfüllt, hier tätig zu sein.

Sie grüßte den Pförtner und wollte an ihm vorbei zum Lift, als er sie ansprach, ein Päckchen in der Hand. »Frau Wallberg, guten Morgen. Das hat ein Kurier eben für Sie abgegeben. Wollen Sie es mitnehmen oder soll ich es raufbringen lassen?«

»Danke. Ich nehme es mit.«

Carolyn verbarg den Schrecken, der sie durchfuhr. Sie erwartete keine Sendung. Sie starrte den Karton an. Größe und Form entsprachen einer Aktentasche. Sollten *sie* es tatsächlich gewagt haben, ihr Julias Ledertasche zu schicken?

Mit einem freundlichen Lächeln nahm sie dem Pförtner das Paket ab, gönnte sich wie üblich einen kurzen Blick über die Schulter in den ovalen Odeonsaal, während sie den Aufzug betrat. Oben angekommen, sammelte sie sich beim Gang durch den Flur, warf dem telefonierenden Denis durch die offene Bürotür eine charmante Kusshand zu, die er mit einem schnellen Zungenschlag im offenen Mund konterte. Er war unersättlich. Genau wie sie.

In ihrem eigenen Arbeitsraum ging sie zielstrebig an den Schreibtisch, holte die Schere aus der obersten Schublade, schnitt den Karton auf und nahm den eingewickelten Gegenstand heraus.

Ihr erster Eindruck hatte sie nicht getäuscht. Julias Lederaktentasche. Braun und abgegriffen. Mit eingetrockneten dunklen Spritzern über die Rückseite verteilt. Julias Blut. Carolyn konnte sich daran erinnern, wie Julia diese Tasche ihres Großvaters als Teenager auf dem Dachboden entdeckt hatte. Eine Reminiszenz an die Familiengeschichte als Verleger, hatte die Freundin gejubelt und die Tasche seitdem in Ehren gehalten.

Aber warum war Carolyn dieses Beweisstück ins Büro geschickt worden? Was sollte das? Vereinbart war eine persönliche Übergabe. Je länger sie darüber nachdachte, desto klarer wurde ihr, dass sie es mit einer deutlich ausgesprochenen Drohung zu tun hatte.

Sie las die beiliegende Karte, die auf dem Boden des Kartons gelegen hatte. *Zu Ihrer Verwendung. Das Foto erlauben wir uns vorerst zurückzuhalten.* Es lag eine Kopie des Fotos bei. Der Schnappschuss vom Tegernsee.

Mit zittrigen Fingern öffnete Carolyn die Tasche und blätterte die Manuskriptseiten durch. Kopien. Wo war das Original? Bei Julia zu Hause? Bei Franzi im Safe? Hatte Julia es sonst irgendwo deponiert? Oder war es ihr gar gelungen, es Tom in die Hände zu spielen?

Carolyn ließ sich auf den Bürostuhl sinken. Dann wäre alles verloren. Oder hatten *sie* auch das zurückbehalten?

Sie sah das Manuskript minutiös durch. Keine Spur vom Original. Aber etwas anderes fiel ihr auf. Bei der Kopie fehlten einzelne Seiten. Carolyn war erst beruhigt, als sie erkannte, dass es nicht die wesentlichen waren.

Natürlich. Doppelte Absicherung. Ihr war längst klar gewesen, mit wem sie sich eingelassen hatte. Man wollte sich sicher sein, dass man sich auf sie verlassen konnte. Carolyn zwang sich, ruhig zu bleiben. Es würde ihr eine Lösung einfallen, um die Geister, die sie gerufen hatte, auch wieder loszuwerden. Sie war nicht umsonst die Enkelin ihres Großvaters. Sie stand auf, ging ans Fenster, blickte auf den Innenhof.

In Gedanken kalkulierte sie den Wert, den sie für die Organisation hatte. Sie kam zu dem Schluss, dass man nicht so einfach auf sie verzichten konnte. Schließlich saß sie an einer entscheidenden Position. Sie war nicht so leicht zu ersetzen.

Als sie Schritte im Gang hörte, nahm sie schnell den Telefonhörer zur Hand und gab vor zu telefonieren, bevor Denis den Kopf zur Tür hereinstreckte. Sie hielt den Zeigefinger an den Mund. Er gab ihr zu verstehen, dass er sie in einer Stunde zur Kundgebung auf dem Odeonsplatz abholen würde.

Den Hörer neben dem Telefon lehnte Carolyn sich im Stuhl zurück. Immerhin wusste sie jetzt, dass der verräterische Schnappschuss mit Thoma und ihrem Großvater Friedrich Fink nicht in ganz falsche Hände geraten war. Julia musste ihn also tatsächlich zum Manuskript in die Aktentasche gesteckt haben.

Carolyn zwang sich, gelassen zu bleiben. Sie zog den Burberry Trench aus und hängte ihn auf einen Bügel im Schrank. Dann nahm sie das Prepaidhandy aus der Manteltasche, wählte die Nummer, die Iwan Maslov ihr bei ihrem ersten und bisher einzigen persönlichen Treffen vor über drei Jahren für Notfälle anvertraut hatte.

Sie gab sich zu erkennen, nachdem sich die tiefe Stimme mit dem russischen Akzent am anderen Ende ein »Hallo« abgedrückt hatte.

»Die Tasche kam an. Danke.« Carolyn setzte sich auf die Schreibtischkante, ließ den Blick in den Innenhof gleiten und legte eine Pause ein. Sie wollte ein aktives Signal setzen, dass die Drohung sie unbeeindruckt ließ. »Ich denke, an unserer gemeinsamen Linie hat sich nichts geändert. Das nächste Projekt ist in Sicht.«

Die Stille am anderen Ende dehnte sich. Plötzlich dachte sie an Denis. War ihre Position wirklich so sicher? Oder stand er bereits in den Startlöchern? Sie wischte den Gedanken beiseite. War es nicht immer so, dass sich kurz vor Schluss neue Hürden auftaten, die man konsequent aus dem Weg räumen musste, um wieder eine Stufe höher zu gelangen?

Sie räusperte sich, sprach klar und fest in die Stille hinein.

»Es gibt allerdings ein neues Problem.«

»Das wäre?«

Sie hatte gewissenhaft genug recherchiert, um zu wissen, dass ihre Worte ins Schwarze treffen würden. »Tom Perlinger.«

»Tom Perlinger«, kam es überrascht und mit einem tiefen Schnaufen aus dem Off. Ganz gegen die Abmachung, Namen am Telefon zu wiederholen »Das trifft sich gut. Er steht auf unserer Liste.«

Carolyn lächelte, während sie das Tagebuch ihres Großvaters vor sich sah. Enttäuschte Liebe, dachte sie bitter, sollte nie ungesühnt bleiben.

38.

Das Wetter hatte sich verbessert. Zwischen den dicken Regenwolken zeigte sich immer wieder ein Stückchen weiß-blauer Himmel.

Claas war spät dran. Es war bereits nach zehn Uhr, als er auf der Baustelle am Königsplatz eintraf. Aber das Ärgerlichste war: Iwan Maslov hatte am Morgen tatsächlich eine kurze Stippvisite gegeben. Doch Claas hatte ihn verpasst. Als er aus der U-Bahn kam, sah er für einen kurzen Moment die roten Rücklichter des weißen Ferraris aufleuchten, bevor der Sportwagen über den Königsplatz davonbretterte.

Es war typisch für Maslov, zu einer anderen Zeit aufzutauchen als erwartet. Der Mann verstand es geschickt, falsche Informationen zu streuen. Manchmal fragte sich Claas, wo überall Maslov seine Helfer sitzen hatte. Selbst das LKA schien nicht sicher vor ihm.

Nachdem er sich wie üblich nach dem Aufstehen und einer Katzenwäsche im Internet einen Überblick über die aktuellen Ereignisse verschafft hatte, hätte Claas sich fast an seinem Espresso verbrüht, den er auf der kleinen Kochplatte aufzusetzen pflegte, als er auf die Schlagzeile von Franziska Pohls Tod gestoßen war. Verdacht auf Selbstmord! Claas hatte demjenigen einen imaginären Vogel gezeigt, der diese ganz offensichtliche Fake News verantwortete. Nie und nimmer hatte Franziska Pohl Selbstmord begangen.

Während Claas jetzt mit den Vorarbeitern den Tagesplan besprach, beobachtete er die russischen Brüder in der Motorradkleidung, die am Dienstag plötzlich aufgetaucht waren. Er tippte auf zweieiige Zwillinge, so wie die beiden miteinander umgingen. Falls es keine Zwillinge waren, lag höchstens ein Jahr zwischen ihnen. Auch wenn der eine größer als der andere war, hellere Haut und Haare hatte, so war die familiäre Ähnlichkeit unverkennbar. Am augenscheinlichsten war die Brutalität, die beide verband. Claas hatte beobachtet, wie sie eine Katze gequält hatten, die auf der Baustelle nach Beute gesucht hatte und selbst Opfer geworden war.

Die beiden waren ihm von Anfang an unsympathisch gewesen, und er fragte sich, welcher Aufgabe sie nachgingen. Sie gehörten offiziell nicht zu seinem Team und waren ihm nicht vorgestellt worden, was nicht weiter verwunderlich war, da es mehrere Bauleiter für die einzelnen Gebäudebereiche und Bauabschnitte gab. Trotzdem sahen die jungen Männer, die er auf Mitte 20 schätzte, viel eher aus wie gemeine Killer als seriöse Bauarbeiter.

Die Brüder scharten sich um die Geschäftsführer, wann immer einer der beiden auf der Baustelle auftauchte, was in den letzten Tagen häufiger der Fall war. Mit einigen der russischen Männer, die in der Mannschaft das Sagen hatten, waren die Zwillinge kumpelhaft eng. Wobei nicht zu übersehen war, dass selbst die Russen versuchten, den beiden aus dem Weg zu gehen. Zum Schlafen war ihnen einer der hinteren Baustellenwagen zur Verfügung gestellt worden, wo auch die polnischen und rumänischen Fremdarbeiter unter der Woche wohnten. Die meiste Zeit lungerten die Brüder jedoch um ihren eigenen Bauwagen herum, rauchten, tranken, lachten dreckig und kabbelten sich. Dann wiederum fuhren sie auf ihrem roten Motorrad fort, blieben über Stunden, ja halbe Tage verschwunden. Claas hatte sehr wohl beobachtet, dass sie unterschiedliche Nummernschilder im Einsatz hatten und darauf bedacht waren, das Motorrad hinter dem Bauwagen versteckt zu halten. Heute wirkten sie übernächtigt. Doch ganz offensichtlich gut gelaunt.

Je länger er die Brüder beobachtete, desto sicherer wurde sich Claas, dass sie die Unbekannten sein mussten, die im Zusammenhang mit dem Mord an Julia Frey im Internet erwähnt worden waren. Auch das Video eines Passanten hatte er sich wieder und wieder angeschaut, auf dem das Motorrad für den Bruchteil einer Sekunde erkennbar war.

Außerdem wusste Claas inzwischen über seinen Führer Luca, dass das ballistische Gutachten eindeutig ergeben hatte, dass der flüchtige Motorradfahrer auf Julia geschossen hatte. Aber wie waren die Zusammenhänge? Es musste ihm gelingen, näher an die beiden heranzukommen, um mehr über sie und ihre Aufträge zu erfahren.

Er wartete, bis er mit dem Vorarbeiter alleine war, der ihm am vertrauenswürdigsten schien.

»Können wir die beiden dort auch einsetzen?«, fragte er den Polen. »Wir sind mit dem Terminplan hinterher. Es sind zwei kräftige Jungs. Sie scheinen sich zu langweilen.«

Der Mann duckte sich instinktiv und bedachte Claas mit einem furchtvollen Blick. »Nix gut.«

Claas verstand.

Trotzdem begab er sich in die Nähe der Brüder. Untereinander sprachen sie Russisch. Claas hatte während seiner Beziehung mit Nastasja begonnen, Russisch zu lernen, was ihm nicht sonderlich schwergefallen war. Allerdings überforderte es ihn, in der fremden Sprache von den Lippen abzulesen.

Die Gewohnheiten der beiden Männer waren ihm inzwischen vertraut. Früher oder später würden sie zum Toi-Toi-Häuschen gehen, um dort ausgedehnte Sitzungen zu halten. Währenddessen führten sie ihre Unterhaltung in der Regel ungeniert fort. Dabei blieb einer der beiden meist drinnen, der andere draußen.

Claas schlich sich ungesehen hinter das Häuschen. Es war matschig, nicht nur vom Regen. Der beißende Gestank von Urin stieg ihm in die Nase. Er war nicht der Erste, der hier seine Notdurft verrichtete, dachte Claas, als er die Hose öffnete, bedacht darauf, in keine offensichtliche Pfütze zu treten. Für den Fall, dass ihn einer der Brüder bemerken würde, gab er vor, seine Blase zu leeren.

Tatsächlich schienen die beiden sich gänzlich unbeobachtet zu fühlen und setzten ihr Gespräch fort. Wenn auch auf Russisch.

»Tom Perlinger«, sagte der eine. »Endlich.«

»Darauf haben wir lange gewartet«, meinte der andere.

Sein Bruder nahm einen Stock und schlug ihn gegen das Häuschen. »Da wird der Chef sich freuen.«

Claas hörte ihn lachen, während der Urinstrahl im Bauwagen die Schüssel traf. Er suchte eilig das Weite, bevor die Brüder ihn entdecken konnten.

39.

Tom hatte auf das Frühstück verzichtet. Ihm war nicht nach Essen zumute gewesen. Außerdem hatte er nach der kurzen Nacht verschlafen. Genau wie Christl, die, nachdem alle Prüfungen überstanden waren, vergessen hatte, den Wecker zu stellen. Noch auf dem Weg ins Präsidium telefonierte Tom mit Ehinger.

»Hi, mein Freund. Was sagt die Untersuchung?«

»War eine kurze Nacht. Die Staatsanwältin und deine Kollegin haben der Obduktion schon um sieben Uhr vor Ort beigewohnt.«

Tom wich auf dem Färbergraben einem Lieferwagen aus. Sehr gut. Jessica war also vollständig im Bilde.

»Kein Selbstmord, oder?«

Ehinger atmete schwer. »Nein. Wie gestern von dir vermutet. Bei dem Alkoholspiegel wär dieser präzise Schuss schwierig geworden. Was meinst du, wie viele Alkoholiker ich schon auf dem Tisch gehabt habe, die mehrmals abdrücken mussten, bis es endlich geklappt hat. Selbst beim Nackenschuss. So wie ich das sehe, war sie stark betrunken. Sie hat sich übergeben und dann ein Bad einlaufen lassen. In der Badewanne ist sie dann von ihren Mördern überrascht worden.«

»Zwei?«

»Verschiedene Punkte deuten darauf hin. Zum Beispiel der Zeitaspekt, der computerbeschriebene Abschiedsbrief. Den Abdrücken an Armen und Beinen nach hat der eine ihre Beine in die Badewanne gepresst und der andere ihren Oberkörper nach vorne gedrückt, um sie zum Schuss zu zwingen. Sie hat Schmauchspuren an der rechten Hand. Die Täter haben natürlich Handschuhe getragen. Außerdem ist wieder ein Schall-

dämpfer zum Einsatz gekommen. Wer bringt sich mit Schalldämpfer um? Wenn du mich fragst: eiskalte Profis.«

Tom erahnte, wie Franziska ihre letzten Minuten erlebt
hatte. »Hat sie sich gewehrt?«

»Schon. Aber es ging alles sehr schnell. Viel wird sie nicht
mitbekommen haben. Ihre Leber war übrigens in keinem guten
Zustand.«

»Munition?« Tom wusste die Antwort, doch er wollte sie
aus Ehingers Mund hören.

»Was schätzt du?«

»Die gleiche wie bei Julia.«

»Stimmt.«

»Und die Waffe? Auch identisch?« Tom beschleunigte seine
Schritte.

»So ist es.«

»Also soll es so aussehen, als ob Franziska im Besitz der
Mordwaffe war und etwas mit Julias Tod zu tun hat. Wer ist
so blöd zu glauben, dass wir darauf hereinfallen?«

»Das habe ich mich auch gefragt.« Ehinger stieß zischend
die Luft aus.

»Tatzeit?«, fragte Tom.

»Gegen 20 Uhr. Sie war rund fünf Stunden tot, als sie gefunden wurde. Der Verwesungsprozess hatte bereits eingesetzt.
Daher der üble Gestank. Das Gehirnwasser …«

»Danke. Reicht«, unterbrach Tom ihn. »Und die Kerze?«

»Du hast Glück. Habe mich schon mit Anna abgestimmt.
Die Täter müssen sich rund eine Stunde in der Wohnung –
eventuell sogar in der Kanzlei – aufgehalten haben. Die Kerze
ist in rund dreieinhalb Stunden abgebrannt. Sie haben wohl
nicht damit gerechnet, dass noch jemand kommen würde.«

Ein Totenlicht für Franziska, dachte Tom traurig. Das sie
beinahe mit Haut und Haaren verschlungen hätte. Er schluckte.

Aber noch etwas interessierte ihn. »Wie kam es, dass Jessica bei der Obduktion dabei war? Hat Weißbauer nicht interveniert?«, fragte Tom.

»Diesmal war ich schneller als er. Wir haben das gestern Abend schon vereinbart.«

»Und die Staatsanwältin?«

»Jessica ist in solchen Dingen geschickter als du, Tom. Die beiden Frauen kommen gut miteinander klar.«

»Mayrhofers Cousine.« Tom hielt es für notwendig, Ehinger darauf hinzuweisen, falls er es noch nicht wusste.

»Aber ein ganz anderes Kaliber«, konterte der Rechtsmediziner.

»Sehr gut.« Tom war zufrieden. Hauptsache, die relevanten Informationen lagen vor. Und vielleicht sollte er sich die neue Staatsanwältin einmal anschauen, bevor er vorschnelle Schlüsse zog.

Für ihn war inzwischen klar, dass sie zwei Vollprofis suchten. Die beiden Motorradfahrer, die er verfolgt, aber nicht gefasst hatte. Zwei Berufskiller, die sowohl Julia als auch Franzi auf dem Gewissen hatten. Doch von wem hatten sie ihre Aufträge bekommen? Welches Geheimnis hatten Julia und Franzi gelüftet, das für irgendjemanden so gravierend war, dass er nach ihrem Leben trachtete?

Vielleicht hatte Mayrhofer schon weitere Informationen hinsichtlich des Motorrads, das weiterhin zur Fahndung ausgeschrieben war. Nachdem man inzwischen wusste, dass Marcels Motorrad nicht das Fluchtfahrzeug war. Unter anderem war es im Gegensatz zu dem Fluchtmotorrad gedrosselt worden.

Als Tom wenig später ins Büro kam, saß Mayrhofer tatsächlich bereits am Schreibtisch. Er telefonierte wild gestikulierend, eine unangetastete Leberkässemmel vor sich. »Marcel hat versucht, sich in der Zelle das Leben zu nehmen.«

40.

Christl, Max und Hubertus wollten sich ihr gewohntes gemeinsames Frühstück trotz der traurigen Nachricht von Franziskas Tod nicht nehmen lassen, so bedrückt sie auch waren.

Denn je feindlicher die Welt draußen sich präsentierte, umso heimeliger war es am Stammtisch, wo schon die dicke Eichenholzplatte Beständigkeit ausstrahlte. Hier scheint die Zeit stehen geblieben zu sein, dachte Christl und atmete durch, als sie auf die Eckbank rutschte.

Sie hatte bereits einen ausgedehnten Spaziergang mit Einstein an der Isar hinter sich und Gelegenheit gehabt, Julias und Franziskas plötzlichen Tod Revue passieren zu lassen. Die beiden Morde waren schrecklich. Am Morgen hatte Tom noch keinen brauchbaren Ansatz verfolgt. Sie beneidete ihn nicht um seine Aufgabe. Trotz allem war es allerdings Freitag. Das lang ersehnte Wochenende nach der letzten Prüfung, das sie eigentlich zu zweit hatten verbringen wollen. Irgendwo in den Bergen, weit weg von allem. Jetzt würde sie am Abend im Restaurant aushelfen. Doch bis dahin hatte sie nach Wochen des Lernens, Gott sei dank, endlich frei. Sie hatte inzwischen gelernt zurückzustecken, wenn Tom in vollem Einsatz war. So war ihr der Vormittag willkommen gewesen, um in Ruhe darüber nachzudenken, wie es weitergehen sollte. Jetzt, da sie ihr BWL-Studium aller Wahrscheinlichkeit nach abgeschlossen hatte – auch wenn die Klausurnoten noch nicht vorlagen.

»Ich überlege, selbst ein Wirtshaus aufzumachen«, meinte sie ansatzlos zu Max, der am Stammtisch über dem großen Reservierungsbuch gebeugt saß, um das sich sonst Hedi kümmerte.

Man sah Max an, dass diese Tätigkeit nicht zu seinen Lieblingsbeschäftigungen gehörte.

Die Handwerksarbeiten im Innenhof waren in vollem Gange. Laute Hammerschläge und Bohrgeräusche drangen bis zu ihnen hindurch, da jetzt am Morgen noch nicht alle Plätze besetzt waren.

»Noch mehr Konkurrenz!«, Max war augenscheinlich nicht begeistert. Er ließ seine Linke mit dem Stift sinken. »Christl, magst du nicht wieder voll bei uns einsteigen? Hedi und ich, wir wollen sowieso kürzer treten.«

Christl häufelte eine große Portion Kaiserschmarrn aus der großen Pfanne, die in der Mitte des runden Stammtisches stand, auf ihren Teller. Dazu selbstgemachtes Apfelkompott und ein duftender Cappuccino. Herrlich.

Hubertus schaltete sich ein. »Wenn dir langweilig ist, könnte ich Unterstützung bei der Vermarktung meines Krimis gebrauchen.«

»Dankeschön. Aber ich glaube, ihr versteht nicht, was ich meine. Ich glaube, Tom und mir würde es guttun, ein bisschen unabhängiger zu sein.« Sie hätte sich denken können, dass Max nicht begeistert reagieren würde.

Sein kleiner Bruder war sein Ein und Alles. Und jetzt, wo die Töchter langsam flügge wurden, war Tom für Max und Hedi umso wichtiger. Aber Christl verspürte den dringenden Wunsch, etwas Eigenes aufzubauen. Bei Franziska war offensichtlich gewesen, wohin es sie geführt hatte, sich ganz und gar auf Sebastian einzustellen. Dafür hatte Christl nicht studiert. Trotzdem durfte sie jetzt nichts überstürzen.

Hubertus schüttelte voller Unverständnis den Kopf. Dann wechselte er das Thema. »Ich habe gestern weiter zu Friedrich Fink recherchiert. Sein Töchterl hat Marie geheißen.«

»Marie Fink?«, fragte Max.

»Ursprünglich ja. Aber die Großeltern mütterlicherseits haben die Kleine nach dem Verschwinden der Mutter zu sich genommen und adoptiert.« Hubertus nagte an seiner Unterlippe.

Günther lag zu seinen Füßen. Er hatte sich inzwischen an Einstein gewöhnt, der nach dem Spaziergang und einem Leckerli zufrieden vom Körbchen aus den Gesprächen lauschte. Er war wirklich ein unglaublicher Hund. Sobald er Gesellschaft um sich herum hatte, war er zufrieden. Dass er nicht in die Küche durfte, hatte er inzwischen gelernt.

»Wie haben sie noch mal geheißen?«, fragte Max. Er wirkte unkonzentriert. »Mei, bin ich froh, wenn das Gehämmer da draußen endlich aufhört.«

»Sturm«, erinnerte sich Christl.

»Genau.« Hubertus zeigte mit der Gabel auf sie. »Marie Sturm.«

»War sicher ziemlich schwer für die kleine Marie, ohne Mutter aufzuwachsen. Ich habe mal gelesen, dass sich Kinder die Schuld dafür geben, wenn sich ihre Eltern trennen oder gar ein Elternteil verschwindet.« Christl dachte an ihre eigene Mutter. Die strenge Apothekerin hatte im Gegensatz zu ihrem künstlerisch veranlagten Papa wenig Zeit für sie gehabt. Aber wenn, dann war sie sehr liebevoll gewesen.

Max schaute durch die Glastür in den Innenhof. Plötzlich schien er etwas zu sehen, was ihm missfiel. Einer der Handwerker – altersmäßig ein Lehrling – war gerade dabei, eine Lampe mitten in einem Rundbogen anzubringen.

»Ja ist der denn narrisch?« Max sprang auf, öffnete die Glastür in den Innenhof und rief: »Nicht dahin. Schauen S' halt auf den Plan. Was meinen S', was uns der Denkmalschutz erzählt, wenn wir uns nicht an die Vorgaben halten!«

Der Lehrling starrte verdutzt auf die Lampe in seiner Hand, dann auf das Loch, das er bereits gebohrt hatte. Der Meister eilte herbei, den Plan in der Hand. Die beiden studierten die Aufzeichnungen gemeinsam. Dann beruhigte der Meister Max mit einem Zeichen, dass er alles im Griff hatte.

Max kehrte zurück an den Stammtisch, er schien fieberhaft nachzudenken. »Hast du Marie Sturm gesagt?«, fragte er Hubertus.

Der nickte.

»Jessas Maria!« Max griff sich an die Stirn. »Jetzt fällt es mir wieder ein. Die beiden haben hier geheiratet. Wisst ihr, wer vor der Ehe so geheißen hat? Ich seh die Hochzeitsanzeige förmlich vor mir. Das muss 1978 gewesen sein. Unser Vater hat schon nicht mehr gelebt. Ich war ein Bub von 14 Jahren und hab bei den Festen ausgeholfen. Ich hab ein ganzes Tablett Maßkrüge fallen lassen, als sie in ihrem weißen Brautkleid zur Tür hereingekommen ist. Schön wie ein Engel. Ein Bilderbuchpaar – auch wenn die Ehe nicht lang gehalten hat.«

Christl und Hubertus sahen Max gespannt an, der blickte von einem zum anderen.

»Marie Sturm und Theo Wallberg.«

Hubertus verstand als Erster. »Marie Wallberg. Carolyn Wallberg. Du meinst, die Mutter von Carolyn war Finks Tochter?«

Nun hatte auch Christl verstanden. Sie sprang auf. »Carolyn ist die Enkelin von Friedrich Fink? Sie ist diejenige, die nicht will, dass ein schlechtes Licht auf ihren Großvater fällt, weil das ihre eigene Karriere gefährden könnte! Das müssen wir sofort Tom erzählen.«

Weil Max Tom nicht erreichen konnte, rannte Christl zu Toms Rennrad im Hausgang. Es war mit einem Zahlenschloss versperrt. Nach zwei vergeblichen Versuchen hatte Christl die Nummer geknackt. Tom hatte ihr Geburtsdatum gewählt.

41.

»Was machst du denn für Sachen, Mensch!«, begrüßte Tom den Freund und spürte, wie er wütend wurde, als er den Vernehmungsraum betrat. Marcel hatte einen dicken Verband um den Kopf. Es roch nach kahlen Wänden und ungewaschener Angst.

Marcel hockte wie ein Häufchen Elend an einem grauen Resopal-Tischchen mitten im Raum. Der Notarzt hatte ihn notdürftig versorgt, aber befunden, dass er nicht ins Krankenhaus müsse. Nach dem Gespräch mit Tom würde er wegen des Kokains dem Haftrichter vorgeführt werden – und dann würde man weiter sehen.

Marcel blickte ihn aus seinen traurigen Augen an. Er wirkte übernächtigt und neben sich stehend. Was war nur aus dem alten Freund geworden! Tom wusste inzwischen, dass Marcel in einem Anfall tiefer Verzweiflung den Kopf wiederholt gegen die Wand geschlagen hatte.

»Wärst du nicht frühzeitig entdeckt worden, dann könntest du dir jetzt ein Zimmer mit Maria im Pflegeheim teilen. Damit wäre niemandem geholfen!«

»Doch.« Marcel fixierte die Wand. »Mir. Stimmt es, dass Franzi auch tot ist?«

Tom nickte.

Marcel schüttelte verzweifelt den Kopf. »Es tut mir alles so leid!« Obwohl Marcel leise sprach, hallte jeder Ton von den kahlen Wänden zurück.

Tom zog seinen Stuhl an das Tischchen, auf dem ein Krug mit Wasser, zwei Gläser und das Aufnahmegerät standen. Er brauchte nur einzuschalten, was er aber unterließ. Das war nicht der Moment für ein offizielles Verhör. Auch wenn man ihm das Versäumnis später zum Vorwurf machen könnte.

Es war ein befremdliches Gefühl ausgerechnet Marcel, den er für seine kreative Ader immer bewundert hatte, in diesem unpersönlichen Verhörraum gegenüberzusitzen.

»Was tut dir leid?«

»Dass alles so gekommen ist.«

»Und warum kam es so?«

Als Marcel schwieg, wurde Tom lauter. »Sag endlich, was du weißt, Marcel. Bevor noch jemand stirbt. Ich habe einen Wachposten bei Maria stationiert. Sie könnte die Nächste sein.«

Marcel schreckte aus seinem Phlegma auf. »Maria?«

»Maria ist eine steinreiche Frau. Wenn die Immobilie das wahre Motiv ist, dann ist sie in höchster Gefahr.«

»Weil ihr Erbe bis zu ihrem Tod gewissermaßen brachliegt?« Marcel schaute ihn ungläubig an.

»Ein Erbe, das nicht zu unterschätzen ist«, sagte Tom. Und auch Marcel war ganz gut im Bilde, wie Tom feststellen musste.

»Wer würde denn so etwas tun?«, fragte der Freund und sah aus, als ob er es wüsste, aber nicht fassen könnte.

»Das frage ich dich!« Tom schlug mit der Faust auf den Tisch. Marcel zuckte zusammen, und Tom entschloss sich, einen Schuss ins Blaue zu wagen. Denn er war sich inzwischen sicher, wer der Vater von Leon war.

Moosfelds Andeutung hatte in ihm gearbeitet. Ebenso Marcels tastender Redeversuch in der Asamkirche, den Tom selbst zunichte gemacht hatte. »Meinst du nicht, es ist an der Zeit, dass dein Sohn erfährt, wer sein Vater ist?«

Marcel schaute ihn überrascht an. »Bist du endlich dahintergekommen?«

»Du wolltest es schon in der Asamkirche beichten, nicht wahr?«

»Sagen wir so: Ich war nahe dran.«

»Weswegen habt ihr so ein Geheimnis daraus gemacht?«

»Warum wohl?«

»Wegen Julia?«

»Hauptsächlich. Aber auch wegen dir.« Marcel stützte den Kopf in die Hände und stöhnte leise auf. »Carolyn war Julias beste Freundin. – Ich ihr Ehemann. Sie so zu hintergehen ist unverzeihlich.«

Tom goss Wasser in die beiden Gläser und schob Marcel eines hin. »Wie und wann ist das überhaupt passiert?«

Marcel nahm einen Schluck und betrachtete das Wasser im Glas. »Weißt du, eigentlich bin ich froh, endlich zu Leon stehen zu können.«

Tom nickte, ohne zuzugeben, dass er sich mit dem Gedanken, einen Sohn zu haben, selbst angefreundet hatte. »Sei froh, dass man dich davor bewahrt hat, das alles einfach wegzuwerfen.«

Marcel sah ihn verzweifelt an und lachte kurz auf. »Ein toller Vater, der im Gefängnis sitzt! Leon wird begeistert sein. Und Carolyn erst! Die Presse wird unser Leben durchkauen. So lange, bis ein zäher, undefinierbarer Brei daraus geworden ist. Dabei habe ich mit dem Koks nichts zu tun! Glaub mir, Tom! Ich habe keine Ahnung, wie es in meinen Schrank gekommen ist! Ich grüble schon die ganze Zeit darüber nach. Irgendjemand muss es mir untergejubelt haben.«

Tom wurde langsam ungeduldig. »Wir haben inzwischen zwei Morde zu klären. Glaub mir, das Kokain ist im Moment dein und mein geringstes Problem.«

»Freiheitsentzug nicht unter einem Jahr. Bis dahin ist alles den Bach runter. Was wird aus Maria?«

»Im Moment kümmert sich Phil Nguyen um sie.«

»Der Pfarrer. Ich hab mich in letzter Zeit oft gefragt, ob uns den der liebe Gott oder der Teufel geschickt hat.«

»Weil er in Julia verliebt war?«

288

»Seit er da ist, ist alles nur schlimmer geworden.«

Tom erinnerte sich an sein Gefühl, dass der Pfarrer etwas verbarg. Er würde ihn noch einmal aufsuchen müssen. »Weißt du, dass du mir gerade ein Mordmotiv nach dem anderen lieferst? Eifersucht. Und den Wunsch zu vertuschen, dass Julia erfährt, dass du Leons Vater bist. Jetzt erzähl schon, worüber habt ihr in den Tagen vor ihrem Tod gestritten?«

Marcel fuhr sich mit den Händen durchs Gesicht, richtete sich aber schließlich auf, nahm einen weiteren Schluck Wasser. Schweißperlen glänzten auf seiner Stirn, obwohl es kühl im Raum war. »Na gut, Tom. Weil du es bist. Schlimmer als jetzt kann es nicht mehr werden.«

Marcel schien sich in eine andere Zeit zurückzuversetzen, seine braunen Augen glänzten. »Kannst du dich an Silvester 2000 erinnern?«

Tom nickte. »Die Jahrtausendwende.«

»Ich sehe diese Nacht wie heute vor mir«, begann Marcel. »Am Anfang waren wir zu sechst in einer größeren Gruppe unterwegs. Ganz München war auf den Beinen und hat gefeiert. Damals ist die Angst vor Anschlägen noch nicht allgegenwärtig gewesen. Überall ist unbeschwert musiziert, getrunken, gelacht worden. Das große Feuerwerk auf dem Marienplatz hat alles gesprengt, was ich bis dahin erlebt habe.«

Tom erinnerte sich. Trotzdem hatte er um Mitternacht einen Abstecher nach Hause gemacht, wo Christl mit ihrer Familie zu Besuch gewesen war. Christls Mutter war eine enge Freundin von Hedi. Auch Christls Bruder hatte damals noch gelebt. Beim Einläuten des neuen Jahrtausends war Tom bei ihnen und nicht bei den Freunden auf dem Marienplatz gewesen. Die hatten alle schon sehr tief ins Glas geschaut. Er hatte sich an einem so einzigartigen Abend nicht gleich die Kante geben wollen. Bei seiner Rückkehr auf den Marienplatz war

Carolyn außer sich gewesen, hatte ihm eine Szene gemacht. Trotzdem hatten sie später in der Dachgeschosswohnung eine berauschende Nacht erlebt. Aber zuvor war Carolyn an jenem Abend sehr verändert gewesen. Er hatte ihr Verhalten ihrem Alkoholpegel zugeschrieben.

Marcel fuhr fort. »Du warst kurz vor Mitternacht plötzlich weg. Franzi, Sebastian und Julia haben sich mit einer Magnum-Champagnerflasche, die Sebastians Eltern gestiftet hatten, um die Mariensäule gedrängt. Julia war damals genau wie Franzi in Sebastian verliebt. Obwohl wir seit Kurzem zusammen waren. Sie hat ihn von Anfang an durchschaut und gewusst, dass er nie treu sein würde. Aber fasziniert von ihm war sie trotzdem.« Marcel trank einen Schluck und wischte sich über die Augen.

»Ich habe es immer gewusst. Doch an dem Abend hat es besonders wehgetan. Carolyn hat es bemerkt. Du warst weg. Sie war allein wie ich. Sie hat mich zum großen Christbaum vor dem Rathaus gezogen. Davor war das Feuerwerk aufgebaut. Alles war großräumig abgesperrt.

Kurz vor Mitternacht sind wir über den Zaun geklettert. Wir haben sehen wollen, was passiert. Es hat niemanden interessiert. Jeder war mit sich beschäftigt. Carolyn war sauer auf dich, weil du bei Christl warst. Du hast sie zwar gefragt, ob sie mit will. Aber sie hat keine Lust gehabt, Christl zu sehen.

Als wir bemerkt haben, dass niemand auf uns achtete, sind wir von der Rathausseite unter die Äste des Weihnachtsbaumes gekrochen. Der Baum war sehr dicht in dem Jahr. Die Äste haben tief und schwer an den Seiten heruntergehängt. Aber in der Nähe des Stammes war am Boden ein Hohlraum von fast einem Meter bevor die ersten Äste wuchsen. Dort sind wir hin.

Wenn man am Stamm nach oben geschaut hat, konnte man sogar ein bisschen Himmel sehen. Es hat nach Tannennadeln geduftet, war überraschend warm. Obwohl diese Nacht sonst eisig war. Irgendwann hat Carolyn mit ihrem einmaligen Augenaufschlag gemeint: ›Zieh deine Jacke aus. Wir brauchen ein Lager.‹ – Ich hab nicht lange überlegt.«

Tom verstand nicht gleich.

Marcel lachte auf. »Carolyn. Du weißt, wie sie damals ausgesehen hat. Sie war kurz zuvor auf der Straße von einem Playboy-Fotografen angesprochen worden. Ich habe nur Julia geliebt. Von Anfang an. Aber ich war so verletzt. Die Situation war so unglaublich. Wir unter dem Christbaum. Die feiernden Menschen um uns herum. Die ersten Böller haben schon vor Mitternacht gekracht. Auch Feuerwerkskörper sind vorher schon explodiert. Die Menschen haben es nicht erwarten können.«

Tom schluckte. Er war damals überzeugt gewesen, dass die Beziehung zwischen Caro und ihm etwas ganz Einmaliges gewesen war. Sie war seine erste große Liebe gewesen. Selbst im Rückblick nahm Caro einen Platz direkt hinter Christl ein.

Marcel schien ihm anzusehen, was er dachte. »Es tut mir leid. Aber weißt du, was das Verrückteste ist? Selbst wenn ich die Zeit zurückdrehen könnte, ich hätte es im Nachhinein nicht anders gemacht. Ich habe meine Jacke ausgezogen. Und sie ihre. Sie hat nur ein durchsichtiges Blüschen getragen, darunter keinen BH. Das hat sie langsam aufgeknöpft und gemeint: ›Weißt du, was ich mir für den Rutsch ins neue Jahrtausend vorgenommen habe?‹ Natürlich habe ich es sofort erraten. Und gedacht: Ja, sie hat recht. Und dann haben wir uns unter dem Christbaum geliebt, als ob es kein Morgen gäbe. Das Feuerwerk über uns. Die Musik. Die Menschen, die keine Ahnung gehabt haben, was wir taten. Es war ein einziger unglaublicher Rausch.«

Marcel hatte aufgehört zu sprechen.

Tom war sprachlos. Er ließ sich in seinem Stuhl zurückfallen. Er hatte keine Sekunde geahnt, was damals zwischen den beiden vorgefallen war.

Trotzdem. »Aber wie kannst du sicher sein, dass du Leons Vater bist?«

Immerhin kannte Tom den Verlauf der weiteren Nacht.

»Carolyn hat gleich nach Leons Geburt einen Vaterschaftstest machen lassen. Sie hat ihn mir aber erst später gezeigt.«

»Gibt es den noch?«, fragte Tom misstrauisch.

»Wir haben ihn beide vernichtet. Wir wollten nicht, dass Julia ihn findet. Du kannst ihn aber jederzeit selbst wiederholen, wenn du mir nicht glaubst.«

»Warum hat Carolyn dich überhaupt eingeweiht?«

»Leon hat kurz vor Schuleintritt eine schwierige Phase gehabt. Carolyn hat gemeint, er bräuchte eine männliche Bezugsperson. Sie hat nicht gewollt, dass er so litt wie sie damals, als ihre Mutter mit ihrem Lover auf die Kanaren gegangen ist. Sie hat gesagt, sie wolle den ›circulus vitiosus‹ in der Familiengeschichte durchbrechen. Ich habe nicht verstanden, was sie meinte. Aber es war mir auch egal. Der Moment, Julia die Wahrheit zu sagen, war jedenfalls vorbei.«

»Und dann habt ihr die treusorgenden Freunde gespielt. Der Mann der besten Freundin, der die Vaterrolle übernimmt«, ergänzte Tom.

Marcel nickte. »Ich war einfach nur froh, mich um Leon kümmern zu können. Leon hat von Anfang an großes Vertrauen zu mir gehabt. Und da Julia und ich keine Kinder hatten, hat sie sich gefreut, wenn Leon bei uns war. So wie früher Maria und Kurt Carolyn bei sich aufgenommen haben, haben wir Leon in unser Leben integriert, wenn Carolyn beruflich unterwegs war.«

»Und Julia hat nie Verdacht geschöpft?«, fragte Tom, während der »circulus vitiosus« in seinem Hinterkopf arbeitete.

Auf welche Abwärtsspirale in der Familiengeschichte hatte Carolyn angespielt?

»Erst als sie das Motorrad entdeckt hat.«

»Die rote BMW?«

»Leons Weihnachtsgeschenk. Carolyn hatte einen Tipp von einem Bekannten bekommen. Ich habe mir das Modell angeschaut, für gut befunden und gekauft. Carolyn hat mir das Geld dafür in bar gegeben. Aber blöderweise habe ich Julia nicht frühzeitig eingeweiht. Irgendwie habe ich geahnt, dass sie sich einmischen würde. Dass sie meinen würde, es wäre pädagogisch nicht der richtige Moment, Leon zu belohnen, weil er gerade überall in Schwierigkeiten steckt. Als sie mich dann dabei erwischt hat, wie ich das Motorrad gedrosselt hab, damit Leon schon jetzt damit fahren kann, ist sie ausgerastet. Ich habe schon etwas geraucht gehabt. Irgendwann ist mir der Kragen geplatzt. Mir ist herausgerutscht, dass ich selbst entscheiden will, was ich meinem Sohn wann schenke. Damit war die Katze aus dem Sack.«

Das war wohl der Moment, in dem Julia beschloss, ein Testament aufzusetzen, dachte Tom, während es weiter in ihm arbeitete. »Und Carolyn? Wie hat sie reagiert?«

»Ich hab sie natürlich sofort angerufen. Sie hat sich riesig aufgeregt. ›Wie konntest du nur so blöd sein‹, hat sie geschrien. ›Das wird sie mir nie verzeihen.‹ Und so war es auch.«

Tom stand auf. »Danke, Marcel. Ich werde den Haftrichter um Aufschub bitten, bis der Fall geklärt ist. Du hast mir sehr geholfen.«

»Was denkst du jetzt?«

Marcel sah zwar immer noch erbärmlich aus, aber trotzdem schien ihm das Geständnis sichtlich gutgetan zu haben. Er saß gerader, wirkte selbstbewusster. Ein Hoffnungsschimmer lag in seinen Augen.

Tom warf einen Blick zu der von dieser Seite undurchsichtigen Glasscheibe, hinter der – wie er wusste – Mayrhofer stand und alles mitgehört hatte. Den Teil zu Toms Liebesleben hatte er sicher sehr genossen.

»Dass alle Fäden bei Carolyn zusammenlaufen«, antwortete Tom, stand auf und klopfte Marcel auf die Schulter.

42.

Jessica hatte der Obduktion von Franziskas Leiche in der Nußbaumstraße im Institut für Rechtsmedizin beigewohnt. Vor ihren und den Augen von Staatsanwältin Dr. Gertrude Stein hatte Dr. Peter Ehinger seine Erkenntnisse zur Todesursache bei dem eindringlichen Geruch von Desinfektionsmittel und Tod dargelegt. Jessica hatte den Blick kaum von Franziskas sorgfältig vernähtem Körper wenden können.

»Sauber«, hatte Gertrude mit tiefer Stimme kommentiert, als Ehinger anhand der Leber die Auswirkungen von einem zu hohen Alkoholkonsum demonstriert hatte.

Mayrhofers Cousine erinnerte nicht nur von der Physiognomie, sondern auch von ihrem trockenen Humor an die Kabarettistin Monika Gruber. »Wie heißt es so schön: ›Lass dich nicht lumpen, heb den Humpen. Mein letzter Wille sechs Promille.‹ Das hat unsere Frau Pohl hier gewissenhaft beherzigt.«

Gertrude hatte Ehinger das Nierenschälchen aus Edelstahl aus der Hand genommen und die Leber eingehend begutachtet. Sie hatte dabei das Gesicht verzogen, als ob es sich um ihre eigene handeln würde.

»Mhm, nun ja. Nicht zum Nachahmen empfohlen.« Ehinger hatte nach dem Schälchen gegriffen und es auf den Tisch zurückgestellt, während Jessica insgeheim kichern musste. Auf jeden Fall war klar, warum Mayrhofer die familiäre Beziehung zur Dr. Gertrude Stein nicht an die große Glocke hängte. Er fürchtete sie.

Die Frau war das genaue Gegenteil von Mayrhofer und schwer in Ordnung, hatte Jessica empfunden und sich somit entspannt.

Als sie nun in ihrem knallgelben Mini in Richtung Polizeipräsidium vor der Blumenstraße an der roten Ampel stand, hörte sie, dass auf dem Handy eine SMS eingegangen war. Unbekannte Nummer. Sie hatte Glück. In der zweiten Reihe war eine Lücke. Sie parkte ein und ließ sich die Nachricht anzeigen.

Schauen Sie sich Schließfach 2021 im Münchner Hauptbahnhof an.

Warum?, schrieb sie eilig zurück.

Die Antwort bestand aus zwei Worten: *Sebastian Pohl.*

Als keine weitere Erklärung kam, tippte sie eilig ein. *Wer bist du?*

Keine Antwort. Sie rief die unbekannte Nummer an. Doch es ertönte nicht einmal das Freizeichen. Das Handy musste inzwischen ausgeschaltet sein. Wütend gab Jessica trotzdem einige Fragezeichen in das Nachrichtenfenster ein. Keine Antwort. Der Unbekannte würde sich nicht wieder melden. Aber Jessica würde die Handynummer später prüfen lassen. Auch wenn sie vermutlich von einem Prepaid Handy stammte. Sie fuhr an, als die Ampel auf Grün sprang.

Wer immer ihr diese Nachricht hatte zukommen lassen, hatte sein Ziel nicht verfehlt, musste Jessica sich eingestehen. Ihre Neugierde war geweckt. Es gelang ihr rechtzeitig, an der

Hauptfeuerwache abzubiegen und innerhalb von zehn Minuten zum Hauptbahnhof vorzustoßen. Nachdem sie eingeparkt hatte, fragte sie sich, was sie nun tun sollte. Sie musste Tom informieren. Doch sein Handy war aus. Vermutlich steckte er mitten in Marcels Vernehmung. Also rief sie Mayrhofer an.

»Hi. Ich bin jetzt am Hauptbahnhof. Hab gerade eine SMS von unbekannt erhalten. Ich soll mir Schließfach Nr. 2021 anschauen.«

»Warum?«

»Sebastian Pohl.«

»Tu das. Aber nimm einen Streifenpolizisten oder Sicherheitsbeamten mit. Davon gibt's am Hauptbahnhof ja genug.« Mayrhofers Reaktion kam ansatzlos.

»Und wenn das eine Finte ist?«, gab sie zu bedenken. »Am Schluss geht eine Bombe hoch, sobald wir die Tür öffnen.«

»Eine Kollegin weniger«, kam prompt zurück.

»Du bist echt ein Arschloch.« Langsam war ihre Geduld am Ende.

»Spaß beiseite. Gefahr im Verzug«, antwortete Mayrhofer. »Übrigens: Marcel Frey hat ausgepackt. Er ist der Vater vom Leon Wallberg. Damit laufen alle Fäden bei Carolyn zusammen.«

Jessica ging das etwas zu schnell. »Wo ist Tom?«

»Bei Weißbauer.«

»Warum denn das?«

»Warum wohl?« Mayrhofer schnäuzte sich.

»Nicht schon wieder Weißbauer!« Das konnten sie jetzt gar nicht brauchen.

»Doch.«

»Was ist als Nächstes geplant?«, fragte sie.

»Sobald Tom zurück ist, machen wir uns auf den Weg zu Carolyn.«

Jessica wunderte sich über Mayrhofers motivierten Ton. Vermutlich lag es daran, dass er Carolyn jetzt seine Macht würde demonstrieren können.

»Ins Innenministerium?«, fragte sie.

»Deswegen ist Tom beim Weißbauer.« Diesmal war es vielmehr ein Trompeten am anderen Ende.

Jessica hielt das Handy mit Abstand zum Ohr. »Ich komme nach, sobald ich hier fertig bin.«

»Vorausgesetzt, du fliegst nicht in die Luft«, kam es neunmalklug zurück.

»So schnell wirst du mich nicht los.«

»Ist zu befürchten.« Er legte auf, bevor sie antworten konnte.

Wenn er ihr auch nicht geholfen hatte, eines zumindest hatte das Gespräch bewirkt: Sie würde vorsichtig sein.

Wenig später stand Jessica bei Gustl, dem Verantwortlichen für die Gepäckaufbewahrung am Münchner Hauptbahnhof und präsentierte ihm Dienstmarke und -ausweis.

»Ned scho wieda!«, meinte er nicht sonderlich begeistert. Seit Bombenattentate wie ein Damoklesschwert über allen Transitplätzen hingen, gehörte das Öffnen von Schließfächern zum Alltag.

Doch Jessica hatte inzwischen gelernt, Münchner Originale wie Gustl um den Finger zu wickeln. Sie grantelte temperamentvoll mit, schimpfte auf die aktuelle Situation und warf ihm mitleiderregende Augenaufschläge durch ihre roten Ponyfransen zu. Schließlich rief Gustl einen erfahrenen Streifenpolizisten und schlurfte mit ihr nach oben, wo der Beamte bereits wartete und die Tür des Schließfachs 2021 fachmännisch inspizierte.

»Schaut nicht nach einer Bombe aus«, meinte der Mann schließlich bedächtig.

Gustl zückte den Universalschlüssel. Die Tür sprang auf.

Im Innenraum erwarteten Jessica ein Stapel loser Blätter sowie zwei ordentlich aufgestellte Ordner der Kanzlei Pohl & Partner, die sie mit behandschuhten Fingern vorsichtig herausnahm und begutachtete.

Um die Unruhe möglichst gering zu halten – denn es hatte sich bereits ein Kreis Schaulustiger um sie versammelt, und ein besonders Schlauer fotografierte jeden Handgriff, den sie tat, mit dem Handy –, bat Jessica die beiden Männer den kompletten Inhalt mit ihr in Gustls Büro zu befördern.

Mit der Lösung sichtlich zufrieden verschloss Gustl das Fach wieder, nahm ihr die Ordner ab, drückte sie dem Streifenpolizisten in die Hand und herrschte die Umstehenden an: »Habts ihr denn nix zum Doa? Jetzt schauts halt ned a so!«

Jessica nahm die losen Blätter und folgte den beiden Männern in ein Büro im ersten Stock. In einem dichten Nebel von Zigarettenqualm räumte Gustl ihr einen Platz auf seinem Schreibtisch frei und organisierte einen Cappuccino für sie.

Jessica steckte sich eine Zigarette an und klappte den ersten Ordner auf. Sie benötigte einige Zeit und ihre ganze Konzentration, um zu verstehen, was sie in welcher Tragweite vor sich hatte. Es handelte sich um Kopien maßgeblicher Entscheide zu Genehmigungsverfahren städtischer Bauvorhaben. Die Beschlüsse betrafen die Kindertagesstätte in der Damenstiftstraße sowie die Großbaustelle am Königsplatz. Aber auch die Genehmigung für ein groß angelegtes Neubauprojekt in einem Hinterhof der Sendlinger Straße lag bereits vor. Alle Bescheide trugen die Unterschrift von Carolyn Wallberg. Weiter stieß Jessica auf eine Vielzahl öffentlicher Ausschreibungen zu diesen einzelnen Projekten. Doch sie waren allesamt von einer Firma unterboten wurden. Von der DeuWoBau GmbH & Co. KG. Besonders interessant erschienen ihr allerdings die beiliegenden Vorabmietverträge. Aufgesetzt waren sie von der Kanzlei

Pohl & Partner. Gegengezeichnet von Carolyn Wallberg und zwei Geschäftsführern der DeuWoBau, dem offiziellen Bauherrn. Die Verträge waren auf den – Jessica unverhältnismäßig lang vorkommenden – Zeitraum von 20 Jahren ausgelegt. Außerdem stellten sie sicher, dass jede einzelne Wohnung der Neubaukomplexe zu einem – wie ihr schien – astronomisch hohen Mietpreis von der Stadt München angemietet werden sollte. Also von Steuergeldern, schloss Jessica. Sie dachte an die Summe, die jeden Monat von ihrem karg bemessenen Gehalt abging. In diesen Finanztopf würde auch ein Teil ihres Geldes fließen, wenn man dem anonymen Steuertopf einen individuellen Fingerabdruck zuordnete.

Jessica verließ das Büro mit den Unterlagen und dem sicheren Gefühl, dass sie einem Betrug von unvorstellbarem Ausmaß auf der Spur waren.

43.

Carolyn presste ihre Handtasche fest unter die Achsel. Diesen Tag musste sie gut überstehen, dann würde sich alles wieder finden.

Die Kundgebung auf dem Odeonsplatz war ein voller Erfolg. Nicht nur wegen der dampfenden Weißwürste, die aus einem riesigen Kessel kostenlos an einem Stand verteilt wurden und deren würzig-herzhafter Duft bis zu ihr herüberwehte. Massenweise waren Menschen gekommen, die sich für bezahlbaren

Wohnraum in München interessierten. Carolyn stand auf der aufgebauten Holzbühne direkt vor der Feldherrnhalle. Ihr erster Auftritt im Namen einer Partei. Denis hatte ihr dazu geraten. Alles war von oberster Stelle abgesegnet. Sie dürfe ihr Licht nicht länger unter den Scheffel stellen, hatte Denis gemeint.

Nun sprach ihr Nachredner, hob und senkte die Stimme über das Megafon im üblichen Politikerton, während sie die Menschen betrachtete, die zustimmend klatschten und pfiffen. Im Grunde wollten alle immer nur das eine: mehr. Dabei war es so einfach, wenn man erkannt hatte, dass jeder seines eigenen Glückes Schmied war, dachte Carolyn und zwang sich zu einem Lächeln. Sie hatte es geschafft. Und auch Leon würde sein Auskommen haben, dafür hatte sie gesorgt.

Plötzlich zuckte sie zusammen. War das nicht Tom, der sich durch die Menschenmenge von der Theatinerstraße kommend einen Weg bahnte und direkt auf sie zusteuerte? Sie hatten keinen Termin vereinbart. Seine Miene war ernst und eisig. Auch den Mann neben ihm kannte sie. Diese knochige Gestalt, kleiner als Tom. Das Haar hatte sich am Kopf zu einer ausgewachsenen Halbglatze gelichtet, die durch die hohe Stirn und die lange Gesichtsform betont wurde. Korbinian Mayrhofer. Carolyn hatte gehört, dass er zu Toms Team gehörte, sich das aber nicht vorstellen können. Die beiden waren in der Schule wie Katz und Maus gewesen.

Tom fixierte sie. Es war nur der Bruchteil einer Sekunde, und sie wusste, dass er sie durchschaut hatte. Er wollte zu ihr. Zielstrebig. Er würde sie festnehmen und verhören. Gnadenlos. Sie blickte sich um.

Plötzlich sah sie zwei Männer am Odeonsplatz von einem Motorrad absteigen, das sie zum Geländer des Ein- und Ausgangs der U-Bahn-Station schoben. Endlich. Die beiden Russen waren da.

Seelenruhig schloss der Fahrer das Motorrad ab, während sein Bruder die Menge mit den Augen überflog. Direkt dahinter hielt ein Taxi, und ein Mann in einem dunklen Wollpulli sprang heraus. Er fiel ihr nur deshalb auf, weil er die Brüder nicht aus den Augen ließ. Außerdem kam er ihr bekannt vor. Sie überlegte fieberhaft. Natürlich. Er war ihr auf der Baustelle am Königsplatz begegnet. Ein gut aussehender Brünetter. An seinen Namen allerdings konnte sie sich nicht erinnern.

Besser sie brachte sich aus der Schusslinie. Wenn die Brüder ihre Arbeit gut erledigten, war sie ihr Problem in Kürze los. Carolyn wich einige Schritte zurück, drehte sich um und stieg die wenigen Stufen von der Bühne hinab.

»Gehen Sie schon?«, fragte einer der Organisatoren.

»Leider. Zurück ins Ministerium. Die Arbeit ruft.« Carolyn hob bedauernd die Schultern.

Gefasst, aber zügig, stahl sie sich rechts an der Feldherrnhalle vorbei durch die Menschenmenge auf die Residenzstraße. Kurz entschlossen bog sie dann in die Viscardigasse – das sogenannte Drückebergergasserl – in Richtung Theatinerstraße. Sicher war Tom inzwischen an der Bühne angekommen und ihr dicht auf den Fersen. Sollte sie den beiden Russen einen Wink geben? Oder konnte sie davon ausgehen, dass sie ihrem Job gewachsen waren?

Carolyn lief schneller. Obwohl sie geübt war, sich in hohen Absätzen zu bewegen, fluchte sie innerlich, sich am Morgen für die hochhackigen Pumps entschieden zu haben. Einen Moment kämpfte sie mit sich, ob sie die Schuhe ausziehen und auf Strümpfen weiterlaufen sollte, entschloss sich dann aber dagegen. Sie durfte auf keinen Fall Aufsehen erregen. Sie hastete die Theatinerstraße entlang, als ihr kurz vor der Hypo Kunsthalle ausgerechnet Christl Weixner auf einem Herren-Rennrad entgegenkam. Während laute Rufe, spitze Schreie und das Übersteuern des Megafons vom Odeonsplatz an Carolyns Ohren drangen, nahm sie aus den Augenwinkeln wahr, wie Christl anhielt und zum Handy griff. Christl hatte sie gesehen. Aber nicht nur das. Aus irgendeinem Grund schien auch Christl hinter ihr her zu sein, denn sie bog in ihre Richtung ab. Nun streifte Carolyn die Schuhe doch von den Füßen und rannte vor der Kunsthalle zum Eingang in die Fünf Höfe.

Die hängenden Gärten der Luxuseinkaufspassage erinnerten sie an Lianen, die sich jeden Moment um ihren Hals schlingen konnten. Sie drängte sich durch schick angezogene Menschen, die es zur Mittagspause in die Cafés und Bistros zog. Unter den irritierten Blicken rannte Carolyn kreuz und quer durch die Passage. Schließlich nahm sie eine Abkürzung durch ein Ladengeschäft. Sie musste in ihre Wohnung und das Tagebuch retten, bevor es in falsche Hände fiel. Sonst wäre alles aus.

In seinem Tagebuch hatte Friedrich Fink nicht nur minutiös seine Gefühle bei jedem Mord beschrieben, sondern auch die Stelle, wo die Leiche seiner Frau Annegret, Carolyns Großmutter, verscharrt lag. Mit seinen Aufzeichnungen würde man ihre sterblichen Überreste – selbst nach bald 60 Jahren – jederzeit finden und exhumieren können. Wahrscheinlich war sogar die Grabbeigabe noch zu erkennen, die er ihr auf die Brust gelegt hatte. Eine Miniaturharfe. Damit sie im Himmel jubilieren konnte. Zusammen mit Engel Aloisius, der Fink schon als kleinem Bub Trost und Zuversicht gespendet hatte.

An ihn und sein großes Vorbild Ludwig Thoma hatte der kleine Friedrich Fink sich in seiner ersten, schweren Zeit in München geklammert. Als der Onkel gedacht hatte, er müsse die Trauer aus dem missratenen Neffen prügeln. Die Tante hatte ihm nicht geholfen. Engel Aloisius würde sich Annegrets verlorener Seele annehmen und sie erlösen, hatte Fink in seinem Tagebuch geschrieben. Genau wie er den kleinen

Friedrich erlöst hatte, indem er ihm einen Weg aus der Trauer und Wut aufgezeigt hatte. Friedrich hatte begonnen Miniaturharfen zu schnitzen. Und eine solche Harfe hatte er Annegret auf die Brust gelegt. Wie auch den Frauen nach ihr. Als Trost.

Carolyns Handy klingelte permanent. Sebastian. Sie nahm das Smartphone aus der Tasche, entfernte den Chip. Als sie kurz vor einer Tram über die Maffeistraße lief, warf sie ihr iPhone auf die Schienen und beglückwünschte sich, als es unter der Last der Straßenbahn zerbarst.

44.

Tom und Mayrhofer kämpften sich durch die Menge am Odeonsplatz in Richtung des Podiums vor der Feldherrnhalle. Plötzlich spürte Tom Carolyns Blick auf sich und erwiderte ihn. Der Moment der gegenseitigen Erkenntnis fuhr ihm durch Mark und Bein.

Tom wusste sofort, dass sie mit ihrem Verdacht richtig lagen. Carolyn war diejenige, die sie suchten. Sie hatte sowohl Julia als auch Franziska töten lassen – aus Angst, dass die Freundinnen die Vergangenheit ihres Großvaters ans Licht bringen und damit Carolyns Ruf und Karriere zerstören würden. Wahrscheinlich hatte sie dabei auch an Leon und seine Zukunft gedacht. Der Enkel eines Serienmörders zu sein, würde kaum ein vitaminreicher Proviant auf dem Weg durchs Leben sein. Auch wenn das keinerlei Entschuldigung für das war, was sie getan hatte.

Kaum war Tom von dem Gespräch mit Weißbauer zurückgekehrt, hatte er Christls SMS gelesen und daraufhin mit ihr telefoniert.

»Friedrich Fink war Carolyns Großvater.« Christls Stimme hatte sich regelrecht überschlagen. »Carolyn. Carolyn ist diejenige, die ihr sucht.«

Atemlos hatte Christl ihm erzählt, was Hubertus und Max herausgefunden hatten.

»Fink war Carolyns Großvater«, hatte Tom ungläubig wiederholt. Wie wenig er doch über sie gewusst hatte.

Er hatte an sein Gespräch mit Weißbauer gedacht, der Tom zunächst vom Dienst hatte suspendieren wollen. Doch schließlich war es Tom gelungen, Weißbauer davon zu überzeugen, dass Carolyn hinter den beiden Morden stand. Was würde er sagen, wenn er jetzt erfuhr, dass Carolyns hochdekorierter Großvater höchstwahrscheinlich der Serienmörder aus den 60ern war? Und dass er zusätzlich zu den fünf Prostituierten auch seine eigene Ehefrau getötet hatte.

Tom fragte sich, ob Weißbauer den Fall dann erst recht vertuschen wollte. Ein verdientes Mitglied der bayerischen Politik post mortem mit so einem Verdacht zu belasten! Schließlich war Fink wegen seiner Verdienste um die Olympischen Sommerspiele in München mit dem Bayerischen Verdienstorden ausgezeichnet worden. Sie würden eindeutige Beweise liefern müssen. Doch dabei konnte ihnen nur eine behilflich sein: Carolyn.

»Laut Hubertus' Einblick in ihren Presse-Terminkalender ist sie jetzt bei einer Kundgebung auf dem Odeonsplatz«, hatte Christl ihn informiert.

Tom war irritiert von Christls Keuchen gewesen. »Wo bist du?«

»Auf dem Weg dorthin. Mit deinem Rennrad«, hatte sie geantwortet.

»Du fährst auf der Stelle nach Hause«, hatte er befohlen. Ohne allerdings daran zu glauben, dass sie auf ihn hören würde.

Mayrhofer und er waren umgehend aufgebrochen. Tom in der Hoffnung, dass sie vor Christl am Odeonsplatz ankommen würden.

Auf dem Weg über den Promenadeplatz waren Nachrichten von Jessica eingegangen, die Tom jedoch notgedrungen ignorierte. Denn nichts war jetzt wichtiger, als Carolyn zu fassen.

Als Tom beobachtete, wie Carolyn sich über die Treppe des Podiums auf die Residenzstraße stahl, zückte er seinen Dienstausweis und hielt ihn den Menschen hin, die aufgeschreckt zur Seite wichen. Trotzdem waren weitere Hunderte zwischen ihnen und Carolyn, die schließlich hinter der Feldherrnhalle verschwand.

»Los«, rief er Mayrhofer zu. »Sie versucht zu fliehen. Wir brauchen Verstärkung.«

Von der Mitte des Platzes drangen jetzt laute Rufe bis zu ihnen herüber. Als Tom sich umblickte, erkannte er zwei Männer in Motorradkluft, die mit ihren Helmen die Menge überragten wie er. Sie bewegten sich direkt auf ihn zu. Die beiden Killer. Es war nicht schwer zu erraten, auf wen sie es abgesehen hatten. Einer der beiden musste eine Waffe gezückt haben, denn auf dem Platz entstand ein wilder Tumult. Menschen schrien panisch durcheinander. Das Megafon übersteuerte. In der Ferne erklang bereits das Martinshorn. Sicher ging man von einem Anschlag aus.

Tom war nun hinter dem Podium angekommen und rannte auf die Residenzstraße. Keine Spur von Carolyn. Er bedeutete Mayrhofer, der einige Meter hinter ihm zurückgeblieben war, das Drückebergergasserl zu nehmen, während er fieberhaft überlegte, wie er sich an Carolyns Stelle verhalten würde. Sie würde versuchen, alle Spuren zu verwischen. Denn was hatten sie tatsächlich in der Hand? Nichts als vage Vermutungen.

Wo konnten sich stichhaltige Beweise befinden? Tom wusste, dass Carolyn vor circa zwei Jahren eine Wohnung im Alten Hof erworben hatte. Christl hatte ihm davon erzählt. Laut Max hatte sie zuvor einem Russen gehört. Sie hatten sich alle drei gewundert, wie Carolyn sich ein solches Luxusdomizil von ihrem Beamtengehalt hatte leisten können. Aber Tom war davon ausgegangen, dass sie geerbt hatte wie er auch. Inzwischen sah er das anders. Er dachte an Sebastian und sein letztes Gespräch mit Franzi. Alles deutete darauf hin, dass Carolyn doch bestechlich geworden war und sich für ihre Unterschrift auf den Baugenehmigungen hatte bezahlen lassen.

Seinem Instinkt folgend schlug Tom die Richtung Alter Hof ein. Er rannte, schlängelte sich um Menschen, wich an der Kreuzung Perusastraße der Tram aus, wäre fast von einem Taxi erfasst worden. Obwohl er so schnell lief, wie er nur konnte, hörte er hinter sich die schweren Motorradstiefel der beiden Männer näher kommen.

Er konnte nur hoffen, dass sie nicht blindlings drauf losballern würden, denn die Straße war voll von Passanten, die sich an einem entspannten Bummel erfreuten und die letzten warmen Sonnenstrahlen genossen. Er wollte keinen Moment daran denken, welche Katastrophe die Männer mit ihren Waffen anrichten konnten. Er rannte noch schneller. Obwohl er spürte, dass er an seine Grenzen kam. Hinter sich hörte er Schreie, als eine Kugel neben ihm einschlug. Sie riss ein Einschussloch in die Fassade eines Ladengeschäftes – direkt neben seinem Kopf.

45.

Claas folgte vielmehr den Aufschreien der Menschen auf dem Platz, als dass er die Brüder sah. Auf einmal waren die beiden Russen in ihrer Motorradkluft verschwunden. Doch schließlich erhaschte er einen Blick auf die Residenzstraße und Tom. Statt sich weiter durch die Zuhörer zu quälen, rannte er um die Menschenmenge herum. Kaum war er von Seiten des Hofgartens auf die Residenzstraße gelangt, hatte er die Brüder wieder vor sich. Rund 100 Meter vor ihm verfolgten sie Tom, den Claas nicht mehr sehen konnte. Er lief hinterher. Doch schließlich verlor er die beiden Verfolger auch aus den Augen. Mist.

Er griff nach seinem Handy. Eine ältere Nachricht. *Wer sind Sie?* Er hoffte für Jessica, dass sie seinem Tipp gefolgt war. Er joggte weiter, bis er schließlich am Max-Josephs-Platz fast mit einem von Toms Mitarbeitern zusammengestoßen wäre. Hieß er nicht Mayrhofer? Da Mayrhofer ihn nicht kannte, war es ein Leichtes für Claas, sich an seine Fersen zu heften. Mayrhofer bog am Nationaltheater rechts in den Hofgraben. Der Mann schritt zügig voran, wobei er Blicke auf Handy und Uhr warf.

Claas hatte sich – wie er es immer tat – den Stadtplan seines Einsatzortes eingeprägt. Trotzdem benötigte er einen Moment, um zu realisieren, wo sie sich befanden. Aber schließlich erkannte er, worauf sie sich zubewegten. Auf den Alten Hof, die ehemalige Residenz der bayerischen Herzöge.

Claas kämpfte mit sich. Er hatte inzwischen verstanden, was vor sich ging: Würde er die Killer lassen, dann würden sie Tom für ihn erledigen. Aber wollte er wirklich, dass sie beendeten, was er sich vorgenommen hatte?

46.

Tom hatte die Männer am Max-Josephs-Platz abgeschüttelt. Kurz nachdem ihn die Kugel fast erwischt hätte, war er in einer Gruppe von Demonstranten untergetaucht. Über die kleine Passage von der Dienerstraße aus war er am Restaurant Alter Hof vorbei bis zu dem rechteckigen Innenhof vorgedrungen, der sich mit einem Rundbogen auf die Burgstraße öffnete.

Ansonsten war der Hof durch das Hauptgebäude der Residenz mit dem Affentürmchen und den beiden Flügeln im Westen und Osten begrenzt. Linker Hand stand der Rotmarmorbrunnen im Schatten einer kleinen Baumgruppe. Auch ein beliebter Treffpunkt, an dem sich die Clique früher verabredet hatte.

Eine der Wohnungen im linken Bereich musste Carolyns sein. Während Tom überlegte, wie er weiter vorgehen solle, sah er plötzlich, dass sich die Tür des linken Flügels öffnete. Carolyn, jetzt in flachen Pumps, aber noch immer in engem Kleid und Trench, trat aus der Tür.

»Carolyn.« Er schritt auf sie zu.

Sie lächelte ihm entgegen. »Tom, du hast wirklich ein Talent, im unpassendsten Moment aufzutauchen. Ich habe es eilig.«

Sie hängte sich ihre Handtasche betont lässig über die Schulter und wollte an ihm vorbei. Ihm entging nicht, dass sie sich suchend umblickte. Auch wenn sie ihre Flucht von eben durch ein selbstbewusstes Lächeln zu leugnen suchte.

»Ich muss mit dir reden.«

»Dass du inzwischen Hauptkommissar bist, bedeutet nicht, dass du nicht wie jeder andere Mensch Termine mit meinem Büro zu vereinbaren hast.«

»Carolyn. Lassen wir das Theater. Wir wissen inzwischen, dass du die Enkelin von Friedrich Fink bist.«

Sie schaute ihn überrascht an. »Na und?«

»Du hast Julia und Franziska auf dem Gewissen.«

Noch bevor er das plötzliche Aufleuchten in ihrem Gesicht zu deuten wusste, hörte er die schweren Schritte der Motorradstiefel. Die Brüder kamen den Hofgraben entlang.

Carolyn versuchte sich wegzudrehen und an ihm vorbei zu entwischen. Doch Tom packte sie in der Drehung am Ärmel ihres Mantels. Er wollte sie in den Schutz des Brunnens ziehen. Doch sie wehrte sich heftig. Die Motorradfahrer hatten inzwischen das Feuer eröffnet. Tom warf Carolyn zu Boden und sprang mit einem Satz hinterher. So, dass er sie mit seinem Körper bedeckte. Der Brunnen war nur wenige Meter entfernt. Aus seiner Deckung heraus würde er sie beide schützen können. Denn der Kugelhagel sagte ihm, dass die beiden Männer es nicht nur auf ihn abgesehen hatten. Jeder der beiden hatte einen von ihnen im Visier. Aber Carolyn schien das nicht verstehen zu wollen. Sie wollte aufstehen.

»In Deckung.« Er stieß sie in Richtung des Brunnens, hielt sie umklammert, griff nach seiner Pistole. Sie saßen fest.

Die Männer hatten hinter dem ersten Baum Stellung bezogen. Sekundenlang war alles totenstill. Die wenigen Menschen im Hof hatten sich in Sicherheit gebracht. Keiner betrat den Zugang zum Hof. Tom betete, dass irgendjemand so geistesgegenwärtig war, einen Notruf abzusetzen. Die Luft schien zu knistern. Jeder wartete darauf, dass der andere zuerst aus der Deckung kam.

Carolyn wand sich. Sie versuchte, sich aus Toms Armen zu befreien. Er umschloss sie fester. Es gelang ihm, die Handschellen vom Gürtel zu lösen, um sie ihr anzulegen. Da trat sie ihn mit voller Wucht gegen das Schienbein. Für einen Moment verlor er das Gleichgewicht. Diesen Bruchteil einer Sekunde nutzte Carolyn. Sie sprang auf. Sofort schoss einer der Brüder. Carolyn stürzte. Tom sah die Wunde an ihrer Schläfe und schloss die Augen. Er fluchte innerlich. Doch sie hatte die Augen offen und atmete.

Alles Weitere spielte sich in Sekundenschnelle ab.

Tom hörte das Quietschen von Fahrradbremsen. Aus den Augenwinkeln nahm er an der Treppe zur Sparkassenstraße Christl auf seinem Rennrad wahr, die entsetzt zu ihnen herüberstarrte.

»Bleib, wo du bist!«, schrie er ihr zu. Er versuchte Carolyns Körper hinter den Brunnen zu ziehen, denn die Männer schossen weiter. Eine weitere Kugel hatte bereits Carolyns Oberschenkel getroffen.

Er beugte sich wohl zu weit nach vorne, denn er hörte Christls verzweifelten Schrei. »Tom.«

Der vordere der Brüder lugte einen winzigen Moment hinter dem Baumstamm hervor. Tom schoss. Er hörte ein Fluchen. Gleich darauf fühlte er selbst einen beißenden Schmerz im Oberarm. Er drehte sich zur Seite, zielte, feuerte. Er sah den Mann nicht mehr. Auch der zweite Mann hielt sich in Deckung. Blitzschnell zerrte Tom Carolyns Körper hinter den Brunnen, während er sein Magazin leer schoss.

Totenstille. Als keine weiteren Schüsse folgten, vermutete Tom, dass der Schütze sein Magazin wechseln musste. Oder hatte Tom ihn gar getroffen? Was war mit dem zweiten Mann?

Hinter dem Baum, wo der zweite Schütze Stellung bezogen hatte, nahm Tom schemenhaft Mayrhofers knochige Gestalt wahr. Hatte er sich von hinten angeschlichen? Sollte Mayrhofer den zweiten Killer gar überwältigt haben? Tom wagte nicht, daran zu glauben. Da schob sich eine dunkle Silhouette an Mayrhofer vorbei, die Tom erschreckend vertraut vorkam.

Claas. Sein tot geglaubter Exkollege stand direkt hinter dem vorderen Schützen. Der hatte den Feind in seinem Rücken noch nicht entdeckt. Tom atmete auf. Das war die Chance. Er kam leicht aus der Deckung. Er musste den Killer ablenken. Wenn der Mann Claas erst bemerkte, war der Freund verloren.

Claas hielt die Waffe gezückt und zielte. Doch Tom traute seinen Augen nicht. Claas zielte nicht auf den Rücken des Killers, der jetzt wieder Schüsse in Toms Richtung abgab. Claas hatte Tom im Visier. Der ausgestreckte Arm mit der Pistole zitterte, bevor er eine kleine Drehung vollführte. Dann feuerte Claas auf den Motorradfahrer, der sich genau in dem Moment umdrehte, als Claas schoss.

47.

Jessica hatte in aller Eile die Ordner und Unterlagen im Präsidium zu Händen von Dr. Gertrude Stein hinterlegt und sich über Mayrhofer per Handy über die aktuelle Lage und den Standort informiert.

Nun war sie von der Löwengrube über die Schäfflerstraße quer über den Marienhof und die schmale Passage bei Manufactum auf dem direkten Weg in den Alten Hof. Als sie dort ankam, waren die Festnahmen bereits erfolgt. Sie war zu spät.

Ausgerechnet Mayrhofer war diesmal vor ihr an Ort und Stelle gewesen und hatte sogar einen der Killer außer Gefecht gesetzt!

»Na, Frau Kollegin. Die Rettung des Kaisers verpasst?«, triumphierte er.

»Du musst ja auch mal zum Zug kommen«, gab sie schlagfertig zurück. Sie sah sich nach Tom um, während sie mit einem Ohr mitbekam, wie Mayrhofer begann, Anna Maindl den Tathergang haarklein zu schildern. Jessica staunte, als Anna Mayrhofer nachdrücklich zu seinem Einsatz gratulierte. Hatte Jessica doch tatsächlich eine Jahrhundertleistung verpasst! »Allein hätte Perlinger gegen die beiden Profis keine Chance gehabt«, gab Mayrhofer nun im Brustton der Überzeugung von sich. Jessica würde die Geschichte sicher noch öfter zu hören bekommen und ausreichend Gelegenheit haben, ihn entsprechend zu loben. Sie ging weiter.

Mehrere Krankenwagen standen im Hofgraben. Zwei fuhren gerade ab. Im ersten musste die schwerverletzte Carolyn liegen, wie Jessica aus den Gesprächen der Umstehenden erfuhr.

Im hintersten Wagen entdeckte sie Tom. Christl verabschiedete sich im Moment mit einem innigen Kuss von ihm. Sie war wahrscheinlich heilfroh, dass er mit einer Verletzung davongekommen war. Seine Lederjacke lag quer über seinen Oberschenkeln. Jemand hatte den Ärmel des Sweatshirts aufgeschnitten. Jessica erkannte eine kreisförmige, blutige Wunde in der Mitte des Oberarms.

Auch Jessica atmete innerlich auf. Das war zwar sicherlich schmerzhaft, aber nicht lebensbedrohlich. Tom schien keine Miene zu verziehen.

Aber wer stand dort links von ihm? Jessica kniff die Augen zusammen. War das nicht Thomas Müller aus der Konditorei? Was machte der hier? Die Atmosphäre zwischen den beiden Männern war mehr als geladen, das spürte Jessica selbst auf einige Meter Entfernung. Wahrscheinlich hatte Christl es deshalb so eilig, nach Hause zu kommen. Sie wirkte durcheinander, als sie Jessica umarmte, sobald sie bei der Gruppe angekommen war.

Mit einem kopfschüttelnden Blick auf Tom meinte Christl: »Mal wieder mittendrin. Und ich hab von einem ruhigen Tag nach der Prüfung geträumt.«

Tom reichte Christl die Lederjacke. »Kannst du mal schauen, ob du die beiden Löcher im Ärmel stopfen kannst?«

Christl nahm die Jacke an sich und zog die Augenbrauen hoch.

Jessica beeilte sich etwas Beruhigendes zu sagen. »Jetzt kommt ja erst einmal das Wochenende. Und unser Fall ist so gut wie gelöst.«

Christl reichte Thomas Müller die Hand zum Abschied. »Hat mich sehr gefreut, dich endlich kennenzulernen, Claas. Tom hat viel von dir gesprochen. Komm uns doch bald mal besuchen. Tom hat lange auf diesen Moment gewartet. Ihr habt euch bestimmt eine Menge zu erzählen.«

Thomas Müller schenkte Christl ein inniges Lächeln. Fast deutete er eine Verbeugung an. »Hat mich auch gefreut, Christl. Tom ist wirklich zu beneiden.«

Dann verabschiedete er sich mit Küsschen rechts und links von Christl, die zügig zu Toms Rennrad lief, das an der Hausfassade lehnte.

»Mensch, Chef«, platzte Jessica heraus. »Was machst du denn für Sachen.«

»Für Sicherheit sorgen«, gab Tom zurück und verzog das Gesicht schmerzverzerrt, als die Sanitäterin begann, die Wunde zu desinfizieren.

»Wenigstens müssens nicht auf den OP-Tisch«, meinte die ältere Frau pragmatisch. »A glatter Durchschuss.«

»Das ist bei mir immer so«, bemühte sich Tom um einen Scherz.

»Was machen Sie hier?«, wandte Jessica sich jetzt an Thomas Müller. Irgendwie dämmerte ihr, dass das Treffen in der Konditorei nicht rein zufällig gewesen sein konnte.

Die beiden Männer musterten sich. Es war ein befremdlicher Blick, den Jessica nur schwer zu deuten wusste.

»Woher kennt ihr euch eigentlich?«, wollte sie dann wissen.

Doch die beiden schienen nicht auf sie zu achten. Sie hielten den Augenkontakt, in dem Vertrauen und Misstrauen mit Freude und Verstörung wechselten.

»Darf ich vorstellen«, meinte Tom schließlich. »Mein Exkollege Claas Buchowsky aus Düsseldorf. Jessica Starke.«

»Thomas Müller!«, rief sie empört.

»Es ist etwas komplizierter«, antwortete Claas. Statt des eleganten Trenchcoats trug er einen dicken schwarzen Wollpulli und wirkte auch sonst ganz anders als in der Konditorei, irgendwie mehr wie er selbst.

»Hab ich etwas verpasst?« Jessica hatte mit einem Mal das untrügliche Gefühl, einem ziemlichen Schwindel aufgesessen zu sein.

»Lässt du uns einen Moment allein?«, bat Tom.

Sie wollte erst widersprechen, nickte dann aber, als sie Toms ernsten Blick erfasste. Sie war froh, als sie Anna Maindl vor dem Rotmarmorbrunnen erblickte. Die Chefin der Spurensicherung hob gerade eine Tasche vom Boden auf und unterzog sie einer Begutachtung.

»Wir sehen uns«, damit ging Jessica zu Anna, die ihr lächelnd die Tasche entgegenstreckte, als sie bei ihr angekommen war.

»Carolyn Wallbergs Handtasche. Sehr wertvoll. Und nicht nur wegen der teuren Marke. Bekommst jetzt du. Damit du auch ein Erfolgserlebnis hast.«

Aus Annas Augenzwinkern schloss Jessica, dass Mayrhofer mit seiner Schilderung über seinen heldenhaften Schuss den Bogen wohl etwas überspannt hatte. Trotz Jahrhundertleistung.

Jessica streifte ihre Latexhandschuhe über und tastete in die Tasche hinein. Was war denn das für ein Büchlein?

Sie begann sofort zu blättern und zu lesen. Mit jedem Wort stockte ihr stärker der Atem.

»Danke«, grinste Jessica Anna an.

»Gerne doch«, grinste Anna zurück. Ihre dunklen Augen strahlten voll Wärme.

Jessica durchströmte zum ersten Mal – seit sie Berlin verlassen hatte – das glückliche Gefühl, in München Freunde zu haben. Und nicht nur Tom und seine Familie. Wenn das kein Grund war, sich auf dem Rückweg ins Präsidium ein Riesenstück Holländer Kirsch zu genehmigen. Ohne Thomas Müller. Das verstand sich von selbst.

48.

Die Sanitäter und der Notarzt bestanden darauf, dass Tom mit ins Krankenhaus fuhr, damit seine Wunde ausgiebig desinfiziert und versorgt werden konnte. Tom wehrte sich zunächst, ließ sich dann aber unter der Bedingung breitschlagen, dass Claas ihn begleitete. Da Claas wusste, dass er keine Chance hatte, Tom zu entkommen, stimmte er schließlich zu und stieg ein.

Jetzt saßen sie gemeinsam im Fond des Wagens und wurden im Stopp und Go des Berufsverkehrs durchgeschüttelt. Tom auf der Krankentrage, Claas auf dem Sitz daneben. Über die Maximilian- und Prinzregentenstraße ging es mit Blaulicht, aber ohne Martinshorn, zum Klinikum rechts der Isar.

Claas hatte das Gefühl, dass ihm in der Enge des Krankenwagens die Luft wegblieb. Am liebsten hätte er das Weite gesucht – ohne auch nur einen Ton mit Tom zu sprechen. Er fühlte sich zerrissen. Auf der einen Seite haderte er mit sich, den Russen lebensgefährlich verletzt statt Tom erschossen zu haben. Wie hatte ihm das nur passieren können? Es war nicht sein Verstand gewesen, der seine Hand gelenkt hatte. Auf der anderen Seite fühlte er die tiefe Zuneigung Tom gegenüber, die sie beide vom ersten Moment des Kennenlernens an verbunden hatte. Ein Teil von ihm war dem Schicksal dankbar, dass Tom lebte.

Von Anfang an waren sie wie Brüder gewesen. Claas wollte sich nicht vorstellen, welche Gewissensbisse ihn jetzt tatsächlich quälen würden, wenn ihm gelungen wäre, was er sich über so einen langen Zeitraum hinweg vorgenommen hatte. Vermutlich wäre sein Leben noch leerer gewesen als bisher. Er war einem Irrglauben aufgesessen. Er hatte gehofft, dass Toms Tod ihn erlösen würde. In der Enge des Fonds erkannte Claas, wie falsch das gewesen war. Vielmehr musste er selbst damit zurechtkommen, dass er Nastasja damals an diesen unseligen Ort mitgenommen hatte.

Als die Stille zwischen ihnen schneidend wurde, schien Tom es – seiner typischen Ungeduld entsprechend – nicht länger auszuhalten. Auch in diesem Punkt hatten sie sich ergänzt. Während Tom voranstürmte, ging Claas normalerweise besonnen und umsichtig vor.

»Wieso hast du auf mich gezielt?«, wollte Tom wissen.

Claas zögerte. »Verstehst du keinen Spaß mehr?«

Er sah Tom an, dass der ihm nicht glaubte.

Doch Claas war noch nicht so weit, Tom zu erzählen, was damals in Düsseldorf wirklich geschehen war. Das Schloss zu dem geheimen Kämmerchen, in dem er alles zu seinem Leben mit Nastaja aufbewahrte, war wie verrostet. Stattdessen sprach Claas von seinem Job als verdeckter Ermittler. Er begann mit Scherzen über seine Ausbildungszeit zum Bauleiter. Kam dann aber darauf, dass er wieder an Iwan Maslov dran war. Dass der Russe dabei war, sein kriminelles Netz über München zu spannen wie ein Spinne, die auf fette Beute aus war. Dass sie beide gerade wieder einmal alles vermasselt hatten. Dass sie jetzt die Killer, aber nicht den Kopf der Bande gefasst hätten. Dass Jessica wichtige Ordner aus einem Bahnhofsschließfach sichergestellt hatte, die von Sebastian dort versteckt worden waren. Dass LKA, BKA und Polizeipräsidium jetzt an einem Strang zogen und sein Job hier in München somit erledigt sei. Wenn auch ergebnislos.

»Warum hast du dich nie gemeldet?« Tom ließ sich von Claas' Ausflüchten natürlich nicht ablenken. Er hielt sich weiter an die drängenden Fragen. An die, die Claas ihm nicht beantworten wollte.

»Kennst du das nicht? Das Gefühl, Abstand zu brauchen.«

»Abstand.« Tom verlagerte das Gewicht auf eine Körperseite. Er zog seine Geldbörse aus der Gesäßtasche, öffnete sie, nahm einen blauen Zettel heraus, entfaltete ihn.

Er deutete auf jeden Buchstaben *Ü. H A. F M. C.* »Überraschung. Heute Abend. Freu mich! Claas. – Was für eine Überraschung sollte das werden, Claas?«

Claas kämpfte tapfer gegen die Tränen an, die ihm in die Augen schießen wollten.

»Gib mir Zeit, Tom. Ich meld mich bei dir.«

Der Wagen hielt an. Sie standen an der roten Ampel vor der Luitpoldbrücke. Der Friedensengel thronte auf der anderen Seite der Isar und schien zu ihnen herüberzuschauen.

Ohne Tom Zeit für eine Antwort zu geben, schob Claas die Tür beiseite, stieg aus und war sich bewusst, dass er einen sprachlosen Tom zurückließ, dem er irgendwann die Wahrheit würde sagen müssen.

Bevor Claas sich vom Krankenwagen entfernen konnte, ertönte das Martinshorn. Er blickte sich erschrocken um.

Tom klopfte ans Fenster und bewegte den Mund ganz deutlich hinter der Scheibe.

»Danke, dass du mir das Leben gerettet hast«, las Claas von seinen Lippen.

Die Ampel sprang auf Grün, und der Wagen fuhr an.

Claas hob die Hand und brüllte so laut, dass Tom es selbst im Krankenwagen hören musste. »Nicht dafür, Kumpel.«

49.

Jessica klappte das Tagebuch zu. Sie ertrug die Lektüre nicht länger. Friedrich Fink hatte tatsächlich jede seiner Taten und Beweggründe haarklein dokumentiert.

Er hatte sogar beschrieben, wie er den Streich zum Mordplan weiterentwickelt hatte, den der Lausbub Ludwig in Ludwig Thomas *Ein Münchner im Himmel, Teil II* dem Engel Aloisius am Stammtisch im Himmel beichtet. Tatsächlich beruhten Friedrich Finks sexuelle Erfahrungen hauptsächlich auf seinen Erlebnissen im Rotlichtbereich. Gegen den ausgerechnet Fink im Rahmen seines politischen Engagements für die Olympischen Spiele 1972 so vehement gekämpft hatte.

Skandal um Rosi, dachte Jessica. Dirndlmorde. Sie stand auf. In der Rückschau hatte Friedrich Fink nicht nur seine eigene Frau – noch dazu die Mutter seiner Tochter – und fünf junge Prostituierte auf dem Gewissen. Auch die Morde an Julia Frey und Franziska Pohl waren eine Folge seiner Taten. Carolyn hatte die beiden Frauen töten lassen, damit sie nicht hinter das Geheimnis ihres Großvaters kamen. Angesichts der kriminellen Machenschaften, in die Carolyn selbst verwickelt war, hätte ihr ein solcher Skandal nachhaltig geschadet.

Was für eine Scheinheiligkeit! Ein nach außen hin so geachteter Mann und Politiker war ein perverser Frauenserienmörder gewesen! Es war ihm hervorragend gelungen, seine Fassade aufrechtzuerhalten. Jessica ging die aktuelle Sexismus-Debatte durch den Kopf, die ihr oft übertrieben und fast aufgeblasen erschienen war. War nicht das eigentliche Übel die Doppelmoral? Ging es nicht hauptsächlich um den gegenseitigen Respekt voreinander. Und vor dem Leben überhaupt. Dem Wunder des Seins.

Ihr Kopf schien zu platzen. Sie musste mit jemandem reden. Mayrhofer hatte sich angesichts seiner heutigen heldenhaften Leistung und seines überquellenden Überstundenkontingents bereits ins Wochenende verabschiedet. Aber sie musste ihre Erkenntnisse mit jemandem teilen. Am liebsten mit Tom.

Auch wenn ihr klar war, dass das, was sie herausgefunden hatte, eigentlich warten konnte. Nun, da Carolyn als auch die beiden Auftragskiller außer Gefecht gesetzt waren, drohte keine akute Gefahr mehr. Zumal Tom sicher Ruhe brauchte. Aber ihr Kopf schwirrte. Die Ordner im Hauptbahnhof, das Tagebuch, Carolyn, Claas Buchowsky alias Thomas Müller. Irgendwie passte alles noch nicht recht zusammen. Auch wenn sie wusste, dass Sebastian Pohl inzwischen in U-Haft saß. Auf Veranlassung von Dr. Gertrude Stein.

Tom tat ihr leid. Die alte Jugendclique hatte sich so gut wie aufgelöst. Julia und Franziska tot. Carolyn als Mordanstifterin mit einer lebensbedrohlichen Kopfverletzung auf der Intensivstation. Marcel und Sebastian beide in U-Haft. Kein schönes Fazit zum bald anstehenden 20-jährigen Abi-Jubiläum.

Jessica kopierte die wichtigsten Passagen des Tagebuchs und brachte es dann zurück in den Aufbewahrungsraum der laufenden Ermittlungen. Dann machte sie sich auf den Weg zu Tom. Er war inzwischen sicher aus dem Krankenhaus zurück.

Doch als sie zum Stammtisch kam, saß er nicht gemeinsam mit Max und Hubertus bei einem Hellen.

»Er ist oben«, meinte Max. »Nicht gut drauf.«

Jessica stieg die vielen knarzenden Holzstufen nach oben bis ins Dachgeschoss. Oben angekommen, brauchte sie erst einmal eine Verschnaufpause. Vor der Tür hörte sie die Stimmen von Christl und Tom. Stritten sie etwa? Sie klingelte.

»Komm rein«, Christl schien froh, sie zu sehen.

Einstein sprang bellend an ihr hoch. »Ist der Hund immer noch bei euch?«

»Julias Erbe«, seufzte Christl lächelnd.

Der Hund begann mit der Vorderpfote temperamentvoll an einem kleinen Schränkchen zu kratzen, das in der Garderobe stand.

Christl seufzte. »Jedes Mal, wenn jemand kommt oder geht, denkt er, er hätte Anspruch auf eine Belohnung.«

»Auf jeden Fall weiß er, seine Wünsche zu äußern«, lachte Jessica, als Einsteins Schaben an der Tür heftiger wurde.

»Jetzt ist aber Ruhe!« Christl gab dem Hund ein Leckerli. Einstein verzog sich schwanzwedelnd in eine Ecke.

»Hat geklappt«, lachte Jessica.

»Er erzieht uns statt umgekehrt.« Christl nahm Jessica das Cape ab.

Jessica war noch nie in Toms Wohnung gewesen und schwer beeindruckt. Sie dachte an sein karges Büro. Eindeutig Christls Handschrift, die hier zum Tragen kam.

»Schön habt ihr's!«, rief sie aus.

»Danke.« Christl führte sie in den großen Raum, in dem Tom sich in der offenen Küche einen Cappuccino aus der Maschine ließ. Die Gleiche wie im Büro. Die Küche war ein Traum. Vermutlich hätte die Anschaffung Jessicas komplettes Jahresgehalt verschlungen. Sie verdrängte den Gedanken an die Kochnische in ihrem Ein-Zimmer-Appartement.

»Auch einen?«, fragte Tom und füllte Bohnen nach, als Jessica nickte. Er hatte einen dicken Verband um den Oberarm, der ihn aber nicht weiter zu stören schien. Es war warm im Raum. Tom war barfuß und trug ein kurzärmeliges weißes T-Shirt zur verwaschenen Jeans, das seine Muskeln zur Geltung brachte.

»Er soll sich eigentlich schonen«, meinte Christl. »Wenn du jetzt nicht gekommen wärst, wäre er direkt ins Büro verschwunden.«

Jessica ließ sich schnaufend auf dem nächststehenden Hocker nieder. Christl holte Gebäck aus einem der Schränke und verteilte es auf einem Teller: Spritzgebäck mit Schokoladenenden. Jessica griff gleich zu.

»Bitteschön.« Tom stellte den Kaffee vor sie hin und ließ sich ihr gegenüber nieder. »Danke, dass du gekommen bist.«

»Wie geht's dir?«

»Die Schussverletzung ist das Wenigste«, antwortete Christl an seiner statt und nahm sich einen Keks. »Claas geht ihm nicht aus dem Sinn.«

»Da haben wir etwas gemeinsam«, meinte Jessica. »Meinst du, er wollte mich gezielt kennenlernen?«

Sie kam sich ziemlich naiv vor. Hatte sie doch gleich gewusst, dass sie für Männer seines Kalibers nicht interessant genug war. Dabei hatte sie seit gestern mehr an Claas gedacht als an Benno. Auch deswegen, weil sie sich insgeheim schalt, dass sie ihn nicht entlarvt hatte. Wie hatte sie sich als intelligente Frau nur so täuschen lassen können! Es konnte nur daran gelegen haben, dass sie ganz und gar auf den Fall konzentriert gewesen war. Oder auf den Millirahmstrudel mit Sahne?

»Ich lass euch mal alleine.« Christl griff nach der Hundeleine und rief nach dem Hund, der sofort schwanzwedelnd an ihr hochsprang.

»Bis später«, damit waren die beiden aus der Tür.

Tom musterte Jessica, dann schien er sich zu entscheiden, sie in die wahren Hintergründe einzuweihen. »Claas arbeitet jetzt fürs Bundeskriminalamt. Als verdeckter Ermittler. Angesetzt auf einen Mann, den wir nur unter dem Namen Iwan Maslov kennen. Den Kopf der euroasiatischen Mafia. Thomas Müller war Claas' Deckname. Seine Deckung ist höchst wahrscheinlich aufgeflogen, weil er mir das Leben gerettet hat. Wir wissen inzwischen, dass Iwan Maslov in den Fall verwickelt ist.«

»Ach.« Jessica vergaß ihren Keks in den Cappuccino zu tauchen. Also zog der Fall doch weitere Kreise.

Tom fuhr fort: »Claas und ich haben Maslov und sein kriminelles Netzwerk schon in Düsseldorf gemeinsam bekämpft. Dort haben wir aber nur seinen Sohn hinter Gittern bringen können.«

»Der Fall, bei dem du verletzt wurdest.«

Tom nickte. »Claas hat damals seine Waffe verloren. Einer von Maslovs Männern muss sie gefunden haben. Ein geschickter Schachzug, die Waffe hier wieder ins Spiel zu bringen. Carolyn hat sich von Maslov kaufen lassen. Die Untersuchungen laufen. LKA, BKA und Weißbauer tagen in diesem Moment. Die DeuWoBau, bei der Claas als Baustellenleiter eingeschleust worden ist, ist eine von Maslovs Firmen. Weißbauer hat mich gerade angerufen. Deshalb die Geheimnistuerei. Das LKA hat von Anfang an mit im Boot gesessen.«

»Und? Was meint Weißbauer jetzt?«

»So klein.« Tom hielt Daumen und Zeigefinger circa einen halben Zentimeter voneinander entfernt in die Höhe. »Er lässt dir übrigens für die Ordner danken. Sie waren das letzte i-Tüpfelchen. Weißbauer hat sich kaum eingekriegt. Aus krimineller Sicht ein geniales Konzept! Mit Drogengeldern finanzierter, sozialer Wohnungsbau durch Anmietung der Stadt mit x-fachem Gewinn refinanziert.«

»Den Tipp mit den Ordnern habe ich von unbekannt erhalten.«

»Claas.« Tom lächelte sie an. »Er hat beobachtet, wie Sebastian die Ordner am Bahnhof deponiert hat. Du hast einen bleibenden Eindruck bei ihm hinterlassen. Deshalb hat er dir den Tipp gegeben.«

Jessica fühlte, wie sie errötete. »Er wollte dir über mich einen Joker zuspielen.«

Tom zuckte die Schultern und nahm einen Schluck Cappuccino. »Ich weiß es nicht, Jessica. Heute habe ich gedacht, er wollte mich erschießen.«

»Aber er hat dir doch das Leben gerettet.«

»Ja. Letztendlich. Dann.«

»Wieso sollte er dich töten? Ihr seid doch Freunde.«

»Er verschweigt mir irgendetwas. Solange, bis er mir nicht gesagt hat, was, bin ich mir nicht mehr sicher, ob wir wirklich Freunde sind.«

Jessica verstand Tom. Dieser Claas war ein hervorragender Schauspieler. »Wo ist er jetzt?«

»Verschwunden. Er meldet sich, wenn er so weit ist.«

Sie schwiegen beide einen Moment.

Dann meinte Jessica: »Also ehrlich. So ganz verstanden habe ich es nicht, was hier abgelaufen ist.«

»Ganz einfach«, antwortete Tom. »Iwan Maslov hat begonnen, große Bauprojekte in München zu realisieren, um Drogengelder zu waschen. Da der Bedarf an sozialem Wohnungsbau besonders groß ist, kam er auf die Idee, die Gebäude durch öffentliche Gelder subventionieren zu lassen und sie langfristig an die Stadt zu vermieten. Wahrscheinlich ist Maslov über Carolyns Position auf sie aufmerksam geworden. Ich denke nicht, dass er von ihrem Großvater gewusst oder sie gar damit erpresst hat. Nein, vielmehr hat er sie mit Geld gelockt. Ihr hohe Provisionen versprochen. Sie mit dieser Wohnung geködert. Sie hat zuvor einem Russen gehört. Ein komischer Zufall, findest du nicht? Carolyn wollte immer Karriere machen. Das ging ihr vermutlich zu langsam. Aber ausschlaggebend war: Alle Projekte haben einen sozialen Hintergrund. Damit hat er sie letztendlich überzeugt. Carolyn ist auf ihre Art eine Idealistin. Sie hat immer Gutes tun wollen, auch wenn es jetzt im Nachhinein berechnend aussehen mag. Maslov hat ihr ein Modell präsentiert, mit dem sie gut verdienen und sich engagieren konnte. Eine Art eierlegende Wollmilchsau. Maslov ist der soziale Aspekt egal. Er wollte einfach nur sein Drogengeld waschen und gewinnbringend anlegen.«

»Drogengeld waschen?«, echote Jessica.

»Das ist das Geniale an seinem Konzept!« Tom rührte Zucker in seine nur noch halb volle Tasse. Jessica kannte diese Angewohnheit. Er löffelte erst den Milchschaum und süßte dann den Rest.

»Maslov finanziert den Bau dieser Großprojekte gewissermaßen aus der Portokasse. Carolyn hat genehmigt. Sebastian die entsprechenden Verträge aufgesetzt. Rechtlich aalglatt und gar nicht so einfach zu knacken, meint Weißbauer.«

Jessica hatte verstanden. »Und die langfristigen Mietverträge mit der Stadt sichern dann den Rückfluss des Schwarzgeldes über Jahre.«

»Genau. Mit Zinsen, von denen der Sparer selbst zu Bestzeiten nicht träumen konnte. 30 bis 40 Prozent. Die steigenden Immobilienpreise nicht einmal eingerechnet. Wer weiß, wohin die Preise in München noch klettern? Eine goldene Investition.«

»Eine Win-Win-Situation für alle Beteiligten. Außer für den Steuerzahler, der dieses korrupte System indirekt mitfinanziert.« Die Dimension wurde Jessica plötzlich klar. Carolyn stand Friedrich Fink in Sachen Scheinheiligkeit in nichts nach, dachte sie.

»So ist es.« Tom leerte seine Tasse.

»Ach übrigens …« Jessica nahm einen weiteren Keks. Jetzt wollte sie endlich ihren Trumpf ausspielen: »Carolyn hatte das Tagebuch ihres Großvaters in der Tasche.«

»Wahnsinn! Und?«

Es war selten, dass es ihr gelang, Tom zu überraschen.

»Um es auf einen Nenner zu bringen: Es ging immer um enttäuschte Liebe. Natürlich wird sich ein Fachmann seine Aufzeichnungen anschauen müssen. Aber soweit ich das erkennen kann, muss der frühe Tod der Mutter enorme Verlustängste in ihm freigesetzt haben. Sie war wahrscheinlich die einzige, die ihn jemals wirklich geliebt hat. Trotz seiner körperlichen Einschränkungen. Finks erste Jahre in München müssen schrecklich gewesen sein. Er bezieht sich immer wieder darauf. Der Onkel hat ihn brutal verprügelt. Die Tante hat ihn benutzt, um sich gesellschaftlich im Licht der Wohltäterin zu sonnen. Ansonsten hat sie sich kaum um ihn gekümmert. Im Gegenteil.

Sie hat ihn wie alle anderen wegen seines Aussehens gehänselt. Die Mitschüler haben ihn gemobbt. Besonders die Mädchen. Nur Ludwig Thoma schien ihn zeitweise zu verstehen. Er hat ihn für seine Schnitzereien gelobt, die der Onkel seinem Neffen um die Ohren gehauen hat.«

»Die Miniaturharfen?«, fragte Tom.

»Ja«, antwortete Jessica. »Ich habe ›Harfe‹ als Symbol mal gegoogelt. Zum einen steht die Harfe für das Himmlische.« Jessica holte aus. »Finks Sehnsucht nach dem Himmel. Nach seiner Mutter. In der Traumdeutung wird die Harfe aber oft auch als Symbol für Schwingung genannt. Also die Harmonie oder Disharmonie zwischen einem Menschen und der Umwelt.«

»In dem Fall dann wohl eher eine Disharmonie«, meinte Tom trocken.

Jessica nickte. »In jedem Fall war Ludwig Thoma für Fink ein großes Vorbild. Später auch in literarischer Hinsicht. Thoma dagegen scheint Finks schriftstellerische Ambitionen später nicht ernst genommen zu haben. Für Fink blieb Thoma ein unerreichbares Idol.«

Jessica trank einen Schluck. »Fink war sicher weit überdurchschnittlich intelligent. Sein Inneres aber wurde von extremen Gefühlen beherrscht. Zurückweisungen lösten den übermächtigen Wunsch nach Rache in ihm aus. Sein Verhältnis zu Frauen war von Anfang an gestört. Er wollte sie beherrschen. Vielleicht, um sie nicht verlieren zu können. Im Krieg muss er dann furchtbare Dinge gesehen haben. Auch Vergewaltigungen. Die Gefühle und Bilder haben sich überlagert.«

Jessica machte eine Pause.

»Er hat sich in diese Französin verliebt«, warf Tom ein.

»Ja. Aber als sie ihn zurückwies, hat er sie den deutschen Truppen ausgeliefert, wie Hubertus schon vermutete. In seinem Tagebuch beschreibt er alles haargenau. Er hat zugeschaut, wie sie vergewaltigt und getötet wurde. Und sich am Schluss an ihrer Leiche vergangen.«

Tom schluckte. »Dann war sie seine erste Leiche. Das Tötungsmuster hat er bei den Prostituierten wiederholt.«

Jessica nickte. »Und bei seiner eigenen Frau. Er hat jahrelang gegen diesen Trieb angekämpft. Karriere gemacht. Sich in die Arbeit gestürzt. Sich scheinbar damit abgefunden, keine Beziehung führen zu können. Prostituierte getroffen. Bis er Carolyns Großmutter kennenlernte. Sie war 38 Jahre jünger. Er hat sich in sie verliebt. Wohl auch, weil er dachte, dass er sie beherrschen könnte. Dass sie ihm hörig würde und ihn nicht verlassen würde. Dann hat sie sich aber angeblich in einen jüngeren Mann verliebt. Vielleicht hat er sich das nur eingebildet. Aber sie musste sterben.«

»Also hat sie ihre kleine Tochter nicht im Stich gelassen?« Tom schüttelte den Kopf.

»Er hat sogar die Stelle beschrieben, an der er ihre Leiche verscharrt hat.«

Sie schwiegen beide einen Moment.

Jessica dachte daran, wie Fink die anderen Frauen getötet hatte. »Später hat er sich bewusst für Prostituierte entschieden. Für Frauen, die Liebe verkaufen. Frauen, die er nicht verlieren konnte.«

»Frauen, die, wenn man an seine Olympiapläne denkt, in seinen Augen sogar fehl am Platz waren«, ergänzte Tom.

»Damit hatte er für sich so etwas wie eine offizielle Genehmigung.« Genau diese Sichtweise Finks hatte Jessica bei der Lektüre des Tagebuchs am meisten getroffen.

Sie hingen beide einen Moment ihren Gedanken nach.

Tom nahm schließlich einen Keks. »Wir werden noch einige Zeit damit beschäftigt sein, all das aufzuarbeiten, was dieser Fall an Fragen hinterlassen hat. Zum Beispiel die, wieso bei Ludwig Moosfeld eingebrochen wurde.«

Jessica spürte, wie sie rot wurde. »Thomas Müller. Beziehungsweise Claas. Weißt du noch, als ich dir das von dem Foto am Telefon erzählt habe? Da stand er neben mir und konnte jedes Wort mithören.«

»Nicht seine Handschrift.« Tom schüttelte den Kopf.

»Aber die Information war in der Luft. Er kann sie weitergegeben haben und sie ist in falsche Hände geraten«, Jessica nahm sich vor, in Zukunft vorsichtiger zu sein, wer was und wann mitbekam, als es an der Tür klingelte.

50.

Christl fühlte sich wie betäubt. Was für ein Tag! Über Langeweile jedenfalls konnte sie sich nicht beklagen, seit sie mit Tom zusammen war. Zu lange wollte sie ihn heute nicht alleine lassen, deshalb lief sie mit Einstein nicht bis zu den Isarauen, sondern nur eine Runde um den Block. Kaum waren sie zurück, zog der Hund vehement in Richtung Innenhof-Eingang des Wirtshauses.

Im Innenhof arbeitete Max gemeinsam mit den Handwerkern. Der Raum sah mit der indirekten Beleuchtung an den Wänden schon jetzt einladend aus, obwohl er noch nicht fertig renoviert war.

Max begrüßte sie. »Was meinst du?«

»Sieht schon super aus«, sagte Christl. »Hedi wird begeistert sein.«

»Das Fass in der Mitte würde ich noch gerne verrücken.«
Max rieb sich das Kinn und rief nach einem Handwerker.

»Die Tischplatte ist ja ganz verrutscht.« Er nahm die Blumenvase und die quadratische Holzplatte vom Fass, die als Deckel diente, und lehnte sie an einen Stuhl.

Zwei Handwerker eilten herbei. Gemeinsam versuchten sie, das morsche Holzfass hochzustemmen. Es war leer, aber schwer. Als sie es anhoben, knarzte es, bewegte sich aber keinen Millimeter.

»Nur nicht aufgeben«, rief Max.

Ein weiterer Handwerker kam hinzu. Zu dritt gelang es den Männern schließlich, den gewölbten Fasskörper von den Holzplanken zu lösen. Allerdings blieb der morsche Bodendeckel liegen. Die Eisenringe hielten die Planken zusammen.

»Was ist denn das?« Auf dem Bodendeckel lag eine Postmappe aus handgeschöpftem, hellbeigem Büttenpapier.

Christl bückte sich, nahm die Mappe hoch, schlug den Deckel auf. In großen Druckbuchstaben stand auf dem Deckblatt zu lesen: *Ein Münchner im Himmel, Teil II von Ludwig Thoma.*

War das möglich? Das Original! Es hatte die ganze Zeit hier gelegen?

Max erkannte sofort, was Christl in den Händen hielt. »Julia muss den Deckel beiseite geschoben und das Manuskript in das Fass gesteckt haben, als sie an ihrem Todestag hier war«, meinte er fassungslos.

Christl ließ sich auf den nächstbesten Stuhl sinken. »Sie war völlig verängstigt an dem Tag. Wahrscheinlich wollte sie verhindern, dass das Original in die falschen Hände fiel. Ich hab sie hier stehen sehen. Mit ihrer Ledertasche. Der Verschluss hat geklemmt.«

Max blickte Christl über die Schulter und deutete auf das Manuskript. »Das bringst du mal besser gleich Tom.«

Christl starrte den Packen Blätter an. Ihr war bewusst, dass sie ein wichtiges Beweisstück in den Händen hielt. Dennoch siegte ihre Neugierde. Einen Blick zumindest wollte sie hineinwerfen, bevor sie es weitergab.

Sie trug noch ihre Handschuhe. Vorsichtig blätterte Christl die einzelnen Seiten um, bis sie zur entscheidenden Stelle kam. Max beugte sich über sie. Gemeinsam begannen sie zu lesen.

Alois Hingerl, bekannt als Engel Aloisius, hatte Petrus überzeugt, ihm im Himmel einen Stammtisch einzurichten. Von hier aus – gut gestärkt – könnten die Engel die göttlichen Botschaften verteilen und dafür sorgen, dass kein »Manna« im Sumpf der Bürokratie versank.

»Typisch Ludwig Thoma«, schmunzelte Max. Christl nickte. Sie lasen gebannt weiter.

Nacheinander kamen all die liebenswerten Figuren an Aloisius' Himmelsstammtisch, die Ludwig Thoma während seines Schriftstellerlebens geschaffen hatte. Bei reichlich Bier und Harfenklängen erzählte jeder aus seinem Leben. Den Rekord hielt der Lausbub Ludwig mit neun Maß. Nach der achten Maß gab Ludwig den »Dirndlstreich« zum besten.

Mit dem Streich erschreckten er und sein Freund Anderl die Touristinnen, die in immer größerer Zahl ins Dorf drängten. Ludwig hatte es auf ein bestimmtes Madl abgesehen: Marietta. Christl blätterte zur nächsten Seite, als sie sah, dass auch Max fertig war.

Anderls Vater betrieb einen Radlverleih. Als Marietta auf Ludwigs Rat zu einer Tour aufbrach, lauerten die beiden Burschen ihr auf. Kaum, dass Marietta an ihnen vorbeiradelte – ganz verzückt, aber schon leicht außer Puste, weil es bergauf ging – stieß der Anderl einen »Hacklstecka« in die Speichen ihres Hinterrades. Marietta fiel. Ludwig fing sie auf, tröstete sie, bot ihr von seinem »Schmaizla« an, schenkte ihr eine kleine »Harpfe«. Eine Miniaturharfe, die er extra für sie geschnitzt hatte. Sie war hingerissen von dem hübschen Burschen. Doch Mariettas Vater misstraute Ludwig. Er beobachtete ihn und ertappte die beiden auf frischer Tat. Marietta und ihre Familie reisten ab. Aber Ludwig und Anderl versüßten sich seitdem die Ferien mit diesem Streich, der zu steigendem Erfolg führte.

Christl ließ die Blätter sinken.

»Das war sie«, meinte Max. »Die Vorlage für die Prostituiertenmorde.«

51.

Tom hoffte instinktiv, dass Claas es sich anders überlegt hatte und doch auf einen Sprung bei ihm vorbeikam. Doch als Tom zur Wohnungstür eilte und sie erwartungsvoll aufriss, blickte er nicht in Claas', sondern in das zerknirschte Gesicht des Pfarrers. Was wollte Phil Nguyen am Freitagnachmittag von ihm?

»Haben Sie einen Moment für mich? Ich habe gehört, was geschehen ist. Jetzt, habe ich gedacht, ist der richtige Moment für eine Beichte.«

Tom hielt die Tür weit auf und versuchte seine Enttäuschung zu verbergen. Er hatte auf Claas gehofft. »Bitte, treten Sie ein. Meine Kollegin Jessica Starke ist zu Besuch, aber Sie kennen sich ja bereits.«

Der Pfarrer trug einen schwarzen Mantel über der Soutane. Vermutlich kam der Geistliche gerade aus der Kirche, denn der schwere Geruch von Weihrauch umgab ihn.

»Ich möchte Sie nicht lange aufhalten«, meinte der Pfarrer. »Es ist mir nur wichtig, Ihnen, nun ja, ein paar Dinge darzulegen, die ich nun nicht länger für mich behalten kann. Auch wenn die Konsequenzen nicht absehbar sind.«

So nervös hatte Tom den Pfarrer bisher noch nie erlebt.

»Jetzt kommen S' erst einmal rein. Möchten S' einen Kaffee?«

»Nein, danke. Bitte keine Umstände.«

Tom sah dem Mann an, dass er etwas Stärkeres brauchte, um seine Zunge zu lockern.

»Einen Schnaps?«, fragte er, während der Pfarrer Jessica mit einer angedeuteten Verbeugung begrüßte.

Der Pfarrer nickte bedächtig.

Tom wählte einen Enzian und stellte das Schnapsglas vor den Pfarrer, der neben einem Holzhocker stehen blieb. Auch Jessica und sich schenkte Tom ein. Nach kurzem Zögern kippten alle drei den Schnaps in einem Zug hinunter, wobei Tom und Jessica ihre Augen nicht von Phil Nguyen ließen.

Der Pfarrer schüttelte sich. Er schaute sein leeres Glas an. »Es fällt mir nicht ganz leicht. Aber ich hab gehört, was passiert ist. Möge der Herr der Carolyn gnädig sein. Wenn ich das gewusst hätte, hätte ich mich anders verhalten, das müssen S' mir glauben.«

Mei, jetzt red schon!, dachte Tom. »Was wollen Sie uns denn beichten?«

Der Pfarrer drehte das Gläschen zwischen Daumen und Zeigefinger. »Als die Julia an dem Morgen bei mir in der Kirche war, war sie furchtbar verzweifelt. Sie hatte herausgefunden, dass der Marcel Leons Vater ist. Er hat sie die ganzen Jahre hintergangen.«

Tom kürzte die Rede des Pfarrers ab. »Marcel hat das inzwischen gestanden.«

Der Pfarrer schaute ihn überrascht an.

Tom durfte gar nicht daran denken, dass Franziska eventuell noch leben würde, wenn der Koreaner früher mit der Sprache herausgerückt wäre. Doch das wollte er dem Mann jetzt nicht aufs Butterbrot schmieren. Er war froh, dass auch Jessica schwieg.

Phil Nguyen fuhr fort: »Ich war unglaublich wütend auf den Marcel. Ich habe nicht verstehen können, wie er der Julia das hat antun können. Ich habe gedacht, dass er eine Abreibung verdient hätte.«

»Eine Abreibung?«, fragte Jessica.

»Nun ja, ich habe Ihnen doch erzählt, dass den Gebrüder Asam die Jugendbeichte besonders wichtig war und dass uns da große Erfolge gelungen sind.«

Tom zwang sich, sich zurückzuhalten. Auf keinen Fall wollte er ihn unterbrechen.

»Vor ein paar Tagen kam ein türkisches Mädchen in die Kirche, das in letzter Zeit öfter um den Beichtstuhl herumgestrichen ist wie um einen wärmenden Ofen, ohne dass sie sich getraut hätte. Ich habe sie angesprochen, und sie hat sich ein Herz gefasst. Sie hat mir ein Päckchen in die Hand gedrückt und gemeint, das habe sie bei ihrem Bruder gefunden. Aber der Vater würde ihren Bruder umbringen, wenn er das wüsste.«

Tom ahnte bereits, worauf der Pfarrer hinauswollte. »Das Kokain?«

Der Koreaner nickte, scheinbar froh, dass Tom ihn verstanden hatte und dass er nicht weiter reden musste.

»Sie hat Ihnen das Kokain ihres Bruders gegeben?« Tom hatte nicht wenig Lust, den Pfarrer durchzuschütteln. Er wusste, was das zu bedeuten hatte. Er konnte es nicht fassen. »Das kann auch ihr Gott nicht ungestraft lassen!«

»Mann, oh, Mann!« Jessica schlug die Augen gen Himmel. »Verstehe ich das richtig? Sie haben das Kokain nicht zur Polizei gebracht, sondern Marcel untergejubelt?«

»Ich habe gedacht, er hat die Julia getötet. Ich habe gesehen, wie er ihr gefolgt ist. Ich war überzeugt, dass er etwas mit Julias Tod zu tun hat.«

»Und da haben Sie mal eben göttliche Justiz gespielt? Das wird Folgen haben!« Tom schlug mit der Hand auf den Tisch. »Wir müssen sofort den Staatsanwalt informieren. Marcel sitzt unschuldig.«

»Warten Sie«, meinte der Pfarrer. »Ich bin noch nicht fertig.«

»Wir sind ganz Ohr.« Jessica hatte Tom zur Beruhigung die Hand auf den Unterarm gelegt.

In den Augen des Pfarrers glitzerten Tränen. »Die Julia hat mir an dem Morgen auch ihr Testament anvertraut. Falls mir etwas passiert, hat sie gesagt.«

»Das wird ja immer besser.« Tom stemmte die Hände in die Hüften und dachte daran, dass er immer gewusst hatte, dass der Pfarrer ihnen etwas verschwieg.

»Was steht drin?«, wollte Jessica wissen.

»Ich weiß es nicht«, gab Phil Nguyen kleinlaut zu. »Ich habe den Umschlag am frühen Nachmittag im Nachlassgericht abgegeben.«

Tom griff zum Handy, um unverzüglich Weißbauer von den aktuellen Vorgängen zu informieren, als sich der Schlüssel im Türschloss drehte.

»Wir sind wieder da!«, hörte Tom Christl rufen. »Ihr könnt euch nicht vorstellen, was wir gefunden haben.«

52.

Zwei Wochen später, der Samstag vor dem 1. Advent

Tom und Max waren übereingekommen, ein Fest zu geben.
Auch wenn Julias und Franziskas Tod sowie Claas' plötzliches Auftauchen Tom sehr nahe gegangen waren, so gab es
doch genügend Gründe zu feiern. Die erweiterte Hacker-Familie war gut erholt von der Kreuzfahrt zurückgekehrt, die
Innenhof-Renovierung gelungen und der Fall gelöst. Außerdem hatten Christl und er sich in aller Stille verlobt.

Tom half Hedi bei den letzten Vorbereitungen. Sie hatten
den Innenhof einladend dekoriert, bald würden die ersten
Gäste eintreffen.

Das Bierfass, in dem Julia das Originalmanuskript versteckt
hatte, war neu hergerichtet worden und hatte einen Ehrenplatz
in der Mitte des Innenhofs bekommen. Mit einer kleinen Tafel
zu Ehren Ludwig Thomas.

Inzwischen hatte man außer dem Tagebuch auch Julias Ledertasche mit der Kopie des Manuskripts bei Carolyn sichergestellt.
Zwar war der Schnappschuss vom Tegernsee bisher nicht aufgetaucht, aber die Schnupftabaksdose und der Spazierstock waren
in ihrer Wohnung gefunden worden. Die Gegenstände waren
mit Hilfe eines 3-D-Verfahrens abgeglichen worden. Es handelte
sich eindeutig um die Mordwaffen der Prostituiertenmorde aus
den 60ern, die Friedrich Fink für sechs brutale Morde eingesetzt
hatte. Auch seine Frau Annegret, Carolyns Großmutter, hatte
man inzwischen exhumiert. Sie war auf die gleiche Weise ums
Leben gekommen wie die fünf weiteren Mädchen.

Damit war nicht nur der Cold Case geklärt, sondern auch der
Student Horst Wagner konnte post mortem von seiner Schuld

freigesprochen werden. Tom hatte die Nachricht Wagners Mutter überbracht. Sie hatte ihm überglücklich die Hand gedrückt. Mittlerweile war auch klar, dass es damals keine Mittäter gegeben hatte. Horst Wagners Mutter hatte dieses Gerücht gestreut und Beweise dafür angeführt, um dafür zu sorgen, dass die Akte des Falles nicht geschlossen wurde. Nur so war die Rehabilitierung ihres Sohnes möglich gewesen.

Carolyn lag nach wie vor im Koma. Aktuell war nicht abzusehen, welche bleibenden Schäden die Kopfverletzung hinterlassen würde. Da man davon ausging, dass Carolyn eine Gefahr für Iwan Maslov und sein Netzwerk darstellte, war sie in einen Hochsicherheitstrakt des Krankenhauses verlegt worden.

Marcel war wieder auf freiem Fuß. Zur Überraschung aller hatte Julia weder den Tierschutzverein noch die Ludwig-Thoma-Gesellschaft, sondern Marcel als Erben eingesetzt. Trotz der Enttäuschung, die sie darüber empfunden haben musste, dass er ihr seine Vaterschaft verschwiegen hatte. Allerdings unter gewissen Mietfestschreibungen und unter der Prämisse, die Pfarrstelle der Asamkirche dauerhaft und Phil Nguyen auf Lebzeiten zu finanzieren. Julias kleiner persönlicher Rachefeldzug.

Die juristischen Konsequenzen für den Pfarrer waren noch unklar. Zwar hatte Marcel auf eine Anklage verzichtet, aber Staatsanwältin Dr. Gertrude Stein bestand darauf, Phil Nguyen nicht ungestraft davonkommen zu lassen. »Wo kommen wir denn da hin, wenn jetzt jeder Pfarrer sein eigenes Recht spricht!« hatte sie mit ihrer tiefen Stimme gerufen und vielsagend auf die Akte geklopft.

Leon war inzwischen zu Marcel gezogen und bereitete sich auf sein Abitur vor, wie Marcel Tom gegenüber beteuert hatte. Aus dem sprunghaften Teenager war über Nacht ein ernsthafter junger Mann geworden. Vater und Sohn würden heute Abend auch unter den Gästen sein, was Tom sehr freute.

Nur von Claas hatte Tom nichts mehr gehört. Doch wenigstens wusste er jetzt, dass der Freund lebte. Den blauen Zettel hatte Tom aus der Brieftasche genommen und in sein Lieblingsbuch im Regal gestellt. Hubertus' ersten Krimi.

Tom und Hedi schauten auf den weihnachtlich dekorierten Innenhof, in dem eine lange feierlich mit Kerzen beleuchtete Tafel für die Familie und ihre Gäste eingedeckt war.

»Gut schaut's aus!«, meinte Hedi zufrieden, als Max und Christl sich zu ihnen gesellten.

Christl strahlte, während Einstein nicht von ihrer Seite wich. Tom hatte ihr schweren Herzens von dem verlorenen Ring erzählt. Sie hatte sich unbändig gefreut, dass er sich zu diesem gemeinsamen Schritt entschlossen hatte. Und ja, sie wollte ihn heiraten, allerdings unter der Bedingung, dass er mehr Zeit mit ihr verbrachte.

Nach und nach trafen die Gäste ein.

Tom begrüßte Jessica, Ehinger und Weißbauer, die er direkt neben Hubertus platziert hatte. Auch Mayrhofer war diesmal gekommen. Er sonnte sich noch immer in seinem heldenhaften Einsatz.

Um jeglichen Empfindlichkeiten vorzubeugen, hatte Tom dafür gesorgt, dass der Abstand zwischen Mayrhofer und Marcel möglichst groß war. Zwischen sie hatte er Phil Nguyen und die Hacker-Familie mit Hedi, Tina, Felix und der kleinen Mia platziert.

Nachdem Max alle begrüßt hatte, das erste Bier geflossen und die Teller gefüllt waren, wurde die Stimmung schnell ausgelassen.

Tom prostete Marcel und Leon zu. »Auf die Zukunft.«

»Und auf Ludwig Thoma«, gab Marcel zurück, mit einem Blick auf das Bierfass mit der Gedenktafel an den Schriftsteller. »Wir werden das Manuskript zu Julias Ehren im nächsten

Jahr herausgeben«, verkündete Leon. »Und für frischen Wind in der Verlagslandschaft sorgen.«

Marcel nickte seinem Sohn zustimmend zu. Tom sah ihm an, dass er alles tun würde, um Leon davor zu bewahren, sich mit dem Urgroßvater zu identifizieren.

»Das lobe ich mir! Dann ziehen wir an einem Strang«, schaltete sich Hubertus ein. »Tom, du musst zugeben, der Fall ist einen neuen Krimi wert!«

»Absolut.« Tom zwinkerte Hubertus zu, während sich Jessica und Benno verstohlen ein Bussi gaben.

»Das Ludwig-Thoma-Komplott!«, flüsterte Hubertus wie zu sich selbst.

Tom seufzte tief durch. Dieses Manuskript hatte das Leben zweier geliebter Menschen gefordert. Aber es hatte auch geholfen einen Cold Case aufzuklären. Und es war ihnen gelungen, einen erheblichen Schlag gegen die organisierte Kriminalität auszuführen. Zumindest für den Moment.

Er legte seinen Arm um Christl, drückte sie fest an sich und fühlte eine wohlige Vorfreude auf die Zukunft mit ihr. Den Ring würde er nachfertigen lassen. Sobald sein Goldschmiedefreund wieder zurück war.

EPILOG

Iwan Maslov warf sein Prepaidhandy in den Kamin und sah zu, wie das Plastikgehäuse schmolz und schließlich verschmorte. Der beißende Gestank verbreitete sich in Windeseile im Raum.

Sein russischer Geschäftsführer hatte ihn gerade darüber informiert, dass die Staatsanwaltschaft gegen die DeuWoBau ermittelte und sämtliche Computer und Akten beschlagnahmt worden seien.

Iwan hatte dem Mann mit wenigen Worten deutlich gemacht, dass er alle Schuld auf sich nehmen und für einige Jahre hinter Gittern wandern würde. Der Mann hatte schnell verstanden, dass er keine andere Wahl hatte. Würde er sich wehren oder gar im Rahmen eines Zeugenschutzprogrammes aussagen, dann würde er die wenigen Stunden in U-Haft kaum überleben. Auch für seine Familie konnte Iwan nicht garantieren. Er lachte. Seine Männer waren schließlich überall.

Carolyn Wallberg. Dieses verflixte Luder hatte das Projekt zum Scheitern gebracht. Von ihrer Vergangenheit hatte er nichts geahnt. Noch lag sie im Krankenhaus. Er würde sie im Auge behalten müssen. Natürlich konnte er sie jederzeit ins Jenseits befördern lassen. Aber warum? Vieles erledigte sich von selbst. Warum nicht auch der Fall Carolyn Wallberg?

Auf die beiden Brüder jedenfalls war Verlass. Auch weiterhin. Sie würden im Gefängnis für einige Unruhe, aber vor allem dafür sorgen, dass Iwans Netzwerk dort zuverlässig funktionierte. Er hatte bereits ein schönes Sümmchen auf ihr Konto in Russland überweisen lassen. Damit würde ihre Familie ein großzügiges Auskommen haben.

Das deutsche Rechtssystem hatte seine Lücken. Er würde sich dafür einsetzen, dass die Brüder ihre Strafe in Russland absitzen durften. Angesichts ihrer schweren Kindheit würde das psychologische Gutachten hilfreich sein, das er in weiser Voraussicht bereits hatte anfertigen lassen.

Hannah Rössner, Nastasjas Cousine, war ein Problem. Es war ihr nicht gelungen, Sebastian in der Nacht, als Franziska starb, davon abzuhalten, nach Hause zu gehen. Planmäßig hätte alles in Flammen aufgehen sollen. Dass Hannah sich aber auch ausgerechnet in Sebastian Pohl hatte verlieben müssen. Selbst wenn der Anwalt alle Register ziehen würde, stand in den Sternen, ob es ihm gelänge, den Richter von seiner Unschuld zu überzeugen. Doch Iwan hielt große Stücke auf Sebastian. Er würde ihm so gut wie möglich behilflich sein.

Was aus Hannah würde, musste sich zeigen. Der einzige Grund, warum sie überhaupt noch lebte, war der, dass sie ihn eines Tages zu Nastasjas Grab führen und ihm helfen würde, das Geheimnis um den Tod seiner Tochter zu lüften. Denn den Mann, den Nastasja geliebt hatte, hatte Iwan bisher nicht kennengelernt. Auch wenn er wusste, dass er derjenige sein musste, der den Tod seiner Tochter zu verantworten hatte.

Auf keinen Fall jedoch würde Iwan von seinem Plan abrücken.

Er ließ den Blick durch die Glasfront seines Penthouses über das nächtlich erleuchtete München gleiten und grinste, als seine Augen an den Frauentürmen hängen blieben. Er würde eine neue Firma im Stil der DeuWoBau gründen. Aber besser. Schließlich hatte auch er aus seinen Fehlern gelernt. Denis von Kleinschmidt stand in den Startlöchern, zu allem bereit.

Wie winzig alles von hier oben aussah. Eine Spielzeugstadt, in der er bald nach Belieben Figuren und Gebäude setzen und verrücken würde. München, das Zentrum seiner Macht. Vor allem und gerade deshalb, weil sein Erzfeind hier saß.

Tom Perlinger.

DANKSAGUNG

Ein Buch zu schreiben ist wie eine Schneise durch den Dschungel der Fantasie zu schlagen. Das ist nicht immer ganz einfach. Umso mehr möchte ich allen ganz herzlich dafür danken, die mir dabei geholfen haben, den Weg zu finden und ans Ziel zu kommen.

Zunächst meiner lieben Familie, die weiß, wie es ist, mit einer Autorin zusammenzuleben: Ralf, Lukas, Milena und Lilly. *I love you.*

Dann all jenen, die darauf vertraut haben, dass auch ein Buch aus dem wird, was ich mir ausdenke. Claudia Senghaas, Armin Gmeiner sowie dem gesamten Gmeiner-Verlags-Team.

Meinen lieben Freunden, die ihr euch trotz zahlreicher Verpflichtungen und unter Zeitdruck meinem Werk angenommen habt. Beate Flach, Sabine Kleine, Annette Lehmkühler, Ute Kauderer, Constanza Rosa, Jochen Hahn, Stephanie Spinner-Konig, Clara Schmidt und Lisa Auer. Danke, für eure gnadenlos ehrlichen Worte.

Meinem Hörbuch-Sprecher Thomas Birnstiel. Lieber Thomas, ein ganz herzliches Danke dafür, dass du das Manuskript vorab für mich gelesen hast. So konnte ich eine objektivere Ebene zum Geschriebenen aufbauen.

Dann denen, die mir mit ihrer Freundschaft, ihrem professionellen Netzwerk und Wissen hilfreich zur Seite standen: Christine Waldhauser-Künlen; Dr. Nadja Eisenberg, Allgemeinärztin; Prof. Dr. Wilhelm Schmidbauer, Landespolizeipräsident; Ludwig Waldinger, Pressesprecher LKA; Alfred Riepertinger, Pathologisches Institut Klinikum München und Autor des Buches: »Mein Leben mit den Toten«; Ulrich Thiele, Steuerberater und Wirtschaftsprüfer Kanzlei Weidinger, Thiele,

Wenninger, www.wtw-muc.de, zufälligerweise in der Sendlinger Straße; Dr. Birgit Schoeller, Kanzlei Hubertus4 München, spezialisiert auf Erbrecht, www.kanzlei-hubertus4.de; sowie Horst Münzinger, Vorsitzender des Fördervereins Bairischer Sprache und Dialekte e.V., www.fbsd.de, der mich auch vor zu vielen Apostrophierungen bewahrte, die in der bayerischen Sprache unüblich sind.

Ein herzlicher Dank!

* *Die Ludwig-Thoma-Gesellschaft gibt es in der Form nicht. Es gibt eine Ludwig-Thoma-Gemeinde Dachau e.V.*
** *Im Alten Hof stehen keine Eigentumswohnungen zum Kauf.*
*** *Die Zeitschrift »Muh« gibt es tatsächlich. www.muh.by*

Weitere Titel finden Sie auf den folgenden Seiten und im Internet:

WWW.GMEINER-SPANNUNG.DE

Hauptkommissar Perlinger ermittelt:

1. Fall:
Die Montez-Juwelen
ISBN 978-3-8392-2056-6

2. Fall:
Das Ludwig Thoma Komplott
ISBN 978-3-8392-2294-2

3. Fall:
Karl Valentin ist tot
ISBN 978-3-8392-2578-3

4. Fall:
Der Märchenkönig
ISBN 978-3-8392-0245-6

WWW.GMEINER-VERLAG.DE
Wir machen's spannend

DIE NEUEN

ISBN 978-3-8392-0154-1
AM INN

ISBN 978-3-8392-2730-5
AUGSBURG UND BAYERISCH-SCHWABEN

ISBN 978-3-8392-0155-8
FÜNFSEENLAND

ISBN 978-3-8392-0158-9
HARZ

ISBN 978-3-8392-0160-2
NORDSEEKÜSTE NIEDERSACHSEN mit Hund

ISBN 978-3-8392-0159-6
LÜNEBURGER HEIDE

ISBN 978-3-8392-0161-9
NIEDERRHEIN

ISBN 978-3-8392-0163-3
OSTSEE MECKLENBURG-VORPOMMERN

ISBN 978-3-8392-0164-0
OSTSEE SCHLESWIG-HOLSTEIN

ISBN 978-3-8392-2626-1
SACHSEN

ISBN 978-3-8392-0156-5
BODENSEE Für Senioren

ISBN 978-3-8392-0157-2
NORDSEE SCHLESWIG-HOLSTEIN Für Senioren

ISBN 978-3-8392-0166-4
SÜDLICHE WEINSTRASSE UND PFÄLZERWALD

ISBN 978-3-8392-0166-4
SÜDTIROL

ISBN 978-3-8392-2838-8
USEDOM

ISBN 978-3-8392-0168-8
WIESBADEN RHEIN-TAUNUS RHEINGAU

GMEINER KULTUR

WWW.GMEINER-VERLAG.D

Mensch, Kultur, Region